기억의 문

기억의 문

© 주원규 2015

초판 1쇄 발행 2015년 3월 16일
초판 2쇄 발행 2015년 4월 24일

지은이 주원규
펴낸이 이기섭
편집인 김수영
책임편집 김준섭
기획편집 김윤정 이지은
마케팅 조재성 정윤성 한성진 정영은 박신영
경영지원 김미란 장혜정

펴낸곳 한겨레출판(주) www.hanibook.co.kr
주소 서울시 마포구 효창목길 6(공덕동) 한겨레신문사 4층
전화 02-6383-1602~3
팩스 02-6383-1610
대표메일 munhak@hanibook.co.kr

ISBN 978-89-8431-886-1 03810

기억의
문

주원규 장편소설

한겨레출판

차례

가족

가족

    남자가 씻는 동안 여자는 밥을 준비했다. 그릇을 올려놓을 때마다 흔들거리는 낡은 식탁이었지만, 그 위에 올려놓은 반찬의 가짓수만큼은 괜찮았다.

    텔레비전 화면에 얼굴을 처박고 있던 아이를 향해 여자가 다가갔다. 여자는 아이의 머리를 헝클어뜨렸다. 아이는 여자의 장난에도 익숙하게 반응했다. 여자가 아이를 등 뒤에서 끌어안았다. 아이는 등이 따뜻해지는 걸 느꼈다. 텔레비전에서 눈을 뗄 만큼 강렬한 따뜻함이었다.

    여자가 아이를 식탁 의자에 앉히고 아이 옆에 앉았다. 씻고 나온 남자가 수건으로 머리를 털며 맞은편에 앉았다. 여자가 아이에게 말을 걸었다.

    — 먹어. 어서.

    아이가 남자의 눈빛을 한번 올려다본 뒤 빠른 속도로 밥을 먹기 시작했다. 밥을 먹으면서도 아이의 눈은 남자 뒤에 있는 텔레비전 화면으로 자꾸만 옮겨갔다. 텔레비전에선 아이들이 좋아하는 애니메이션이 나오고 있었다. 수많은 팔과 다리를 화려하게 움직이는 로봇과 사이버 괴수 들의 움직임이 화면을 총천연색으로 가득 메웠다.

— 끄지 그래요.

남자가 불편한 듯 말했지만 여자가 천천히 고개를 가로저으며 말했다.

— 괜찮을 거예요. 만화를 보는 것뿐인데요.

가족의 식사는 평범했다. 아니, 평범하지 않을지도 몰랐다. 남자는 식사 내내 책에서 눈을 떼지 않았다. 여자는 아이의 곁에 붙어 떨어지지 않으려 했다. 아이는 여자가 자신을 감싸듯 끌어안아도 별다르게 신경 쓰지 않았다.

식사가 끝났다. 아이는 다시 텔레비전 화면에 바싹 다가갔고, 남자는 머리를 말리기 위해 화장실로 들어가 드라이어를 켰다. 여자는 주방 싱크대 앞에 서서 그릇을 씻기 위해 물을 틀었다.

많은 소리가 뒤섞이던 그 순간, 하나의 소리가 수많은 소리를 잠재워버렸다. 전화벨 소리. 단순하면서도 묵직한 울림을 지닌 소리였다.

따르르릉.

따르르릉.

차임벨 아래 선반에 놓여 있던, 좀처럼 울린 적이 없던 먼지 더께
가 쌓여 있는 전화기에서 울리는 소리.

소리는 멈추지 않고 계속되었다.

따르르릉.

따르르릉.

물소리도, 드라이어 소리도 순식간에 가라앉았다. 전화벨 소리는
끊어지지 않고 이어졌다. 그러자 아이도 텔레비전을 껐다.

모두의 귀가 이제 단 하나에 집중되었다.

남자가 여자를 바라봤다. 그러고는 곧 고개를 돌려 아이를 바라봤
다. 아이는 아빠와 엄마, 남자와 여자를 물끄러미 바라만 보았다.

전화벨 소리는 계속되었다.

1부

사라진 아이

임대 아파트

1.

사건 당일.

— 맛있게 생겼는데.

남자의 손이 정인의 목을 타고 젖가슴까지 내려갔다. 정인의 몸이 움찔한 순간 시속 200킬로미터로 질주하던 구형 소나타 택시가 좌우로 흔들렸다. 옆 차선의 트럭과 충돌할 뻔했지만, 정인은 속도를 늦추지 않은 채 유연하게 빠져나갔다.

새벽 3시 30분. 수원역까지 말쑥한 슈트 차림의 네 남자를 운반하면 짝숫날의 일과는 끝난다. 그들은 택시에 오르자마자 저급한 음담패설을 주고받았는데, 증권가 용어를 자연스럽게 섞는 걸로 봐서 금융계 종사자로 보였다. 그들은 정인을 함부로 대했다. 특히 운전석 뒷자리에 앉은 남자는 두 손을 뻗어 운전 중인 정인의 젖가슴을 움켜쥐기까지 했다. NYPD 마크가 새겨진 야구모자를 눌러쓴 정인이 룸미러로 남자를 봤다. 닳고 닳은 수컷의 정욕이 뼛속까지 물든 남자가 정인의 모자챙을 들어 올리며 말했다.

— 왜, 싫어?

— …….

— 택시 운전으로 썩기 아까운 얼굴이야. 탱탱한 가슴하며……. 우리 수원 가면 모텔부터 가자.

옆에서 휴대전화를 만지작거리던 남자가 거들었다.

— 스리섬은 필수야. 어때? 100만 원 콜?

— 쪼잔한 새끼. 100만 원이 돈이냐. 자, 이거 봐.

정인의 뒤에서 그녀의 옆얼굴을 향해 고기 냄새와 알코올 냄새가 뒤섞인 구취를 쏟아내던 남자가 지갑에서 카드를 꺼내 보였다.

— 그냥 이걸로 긁어. 이거 VIP 카드다.

— 텐프로도 아닌데 택시나 모는 년한테 뭘 그렇게 써?

— 뭘 모르시네. 난 이렇게 싱싱하고 때 묻지 않은 조개가 좋아. 양식장 조개들하곤 차원이 다르잖아. 한번 만져 봐. 완전 자연산이야.

남자들이 키득거렸다. 그러나 그들의 웃음은 이내 비명으로 변했다.

정인은 거침없는 동작으로 기어를 변속했다. 동시에 1차선에서 2, 3, 4차선으로 차선을 급변경했다. 요란한 클랙슨이 남자들의 귀를 할퀴고 지나갔다.

— 씨발! 미쳤어!

1차선을 질주하던 구형 소나타 택시가 4차선을 넘어 갓길에 부딪히듯 멈춰서는 데 걸린 시간은 단 3초였다. 질주하던 새벽의 차량들이 혼비백산하며 일제히 클랙슨을 울려대면서 지나갔다.

　— 이런 개. 같은 년! 죽으려고 환장했어!

　보조석에 앉아 있던 남자가 손을 들어 올려 정인의 뺨을 때리려 했다. 정인이 그 손을 잡았다.

　— 왜, 죽기 싫어?

　— 죽고 싶으면 너 혼자 죽어, 씨발년아!

　정인은 남자의 흔들리는 동공을 쏘아봤다. 그 눈에서 조강윤이 떠올랐다. 그리고 자신이 외면한 조민의 눈동자까지. 조민은 지금 어떻게 됐을까. 어떤 꼴일까.

　운전석 밑에 장착된 블랙박스 축전지 잭을 뽑아낸 정인이 택시 밖으로 나왔다. 정인이 담배를 꺼내 불을 붙이는 사이 네 남자도 일제히 밖으로 나왔다.

　— 이런 미친년이 택시를 다 몰고 나라 꼴 완전 좆이다!

　정인의 젖가슴을 주무르던 남자가 휴대전화를 들이밀며 으르렁거렸다.

　— 넌 이제 뒈졌어. 과속에, 난폭 운전에다 불법 합승까지 다 엮어서 신고할 거야. 앞으로 핸들 잡을 생각 꿈에도 하지 마!

　정인은 곧바로 행동에 들어갔다. 휴대전화를 쥔 남자의 손목을 앞차기로 가격한 정인은 그대로 몸을 돌려 남자의 명치끝을 한 번의 발차기로 적중시켰다. 정인은 이어서 발차기 한 번과 주먹 가격 두 번으로 순식간에 나머지 남자 셋을 갓길에 드러눕혔다. 목과 관

자놀이를 가격당한 남자 둘은 그대로 혼절했고 낭심을 얻어맞은 남
자는 고속도로 바닥을 뒹굴며 고통스러워했다. 그녀는 바닥을 뒹구
는 남자의 재킷 안주머니에서 지갑을 꺼내 택시 요금 4만 원을 손
에 쥐곤 지갑을 내던졌다.

　— 할증인 거 알지?

　— 살려주세요. 잘못했어요.

　남자가 벌벌 떨며 중얼거렸다. 정인은 조민을 생각했다. 그 아이
는 어째서 이런 부탁도 하지 못했을까. 왜, 어째서……

　정인은 피우던 담배를 남자 앞에 던져버리고 서둘러 택시에 올랐
다. 마음이 급해졌다. 조민이 있는 곳, 임대 아파트로 되돌아가야겠
다는 생각밖에 들지 않았다. 새벽 4시, 자신을 조민으로부터 강하
게 밀어내던 척력이 지금은 더할 수 없는 인력으로 되돌아온 것이
다. 조민은 타인이다. 아니다. 조민은 타인이 아니다. 어째서인지는
모르겠지만……

　오늘의 총알은 끝났다. 구형 소나타 택시는 분기점에서 방향을
선회해 서울, 정인의 아파트로 질주했다.

　2.

　사건 발생 2주일 전.

　— 담배 하나만 줘.

담배 연기를 뱉으며 서울 야경을 보고 있던 정인이 고개를 돌렸다. 초등학생으로 보이는 남자아이가 담담한 눈으로 그녀를 보고 있었다. 눈 위까지 내려온 헝클어진 앞머리, 오른쪽 귀의 조그마한 피어싱, 그리고 담배. 옆집에 사는 아이였다. 그동안 몇 번 보긴 했지만, 목소리를 들은 것은 처음이었다.

정인은 다시 고개를 돌려 서울의 밤을 향해 연기를 뿜었다. 두어 걸음 떨어진 곳에 서 있는 아이의 시선이 느껴졌다. 정인은 담뱃갑을 난간 턱에 올려놓았다. 아이는 자연스럽게 담뱃갑에서 담배 한 개비를 꺼내 입에 물었다.

— 불은 있니?

아이는 고개를 끄덕이고는 몇 걸음 떨어진 곳에 웅크리고 앉아 호주머니에서 라이터를 꺼내 불을 붙인 다음 담배를 깊게 빨았다.

— 몇 살이야?

— 나이는 왜?

아이의 입에서 흰 연기가 흘러나왔다.

— 난 몇 살로 보여?

— 글쎄. 잘 모르겠는데.

— 너보다 훨씬 많아 보이지 않니?

— 아, 왜 반말하냐고?

초등학생 나이의 아이가 스물하고도 아홉 살 먹은 여자에게 담배를 달라고, 그것도 시종 반말로 일관하는 태도에 화가 날 법도 하지만 정인은 신기하다고 생각했을 뿐이다.

담배를 문 아이의 뺨이 규칙적으로 움푹 들어갔다가 부풀어 올랐다. 흔한 일은 아니었다.

정인은 꽁초를 바닥에 버리고 발로 비벼 불씨를 껐다. 아이가 담배를 피우며 말했다.

— 정확하네.

— 뭐가?

— 홀숫날 오후 9시 정각이면 여기서 담배 피우는 거 말이야.

— 날 감시했니?

— 교대 근무하는 직업인가 봐.

정인은 아이의 아이답지 않은 말투가 오히려 편하게 느껴졌다. 대화라는 걸 해본 게 언제였을까. 개인적인 얘기, 잡담. 그런 걸 해보긴 했을까.

— 짝숫날, 모래 쌓기 놀이.

정인이 새로 빼어 든 담배를 화살표 삼아 아파트 앞 공원을 가리키자 아이의 눈이 살짝 커졌다.

— 날 봤어?

가로등 전체가 고장 난 아파트 외경은 찬란한 네온 불빛으로 이글거리는 도심 풍경과는 거리가 멀었다. 특히 정인이 가리킨 아파트 앞 공원은 시커먼 어둠으로 빚은 찰흙 덩어리 같았다. 그곳에서 아이는 늘 모래 쌓기를 하며 놀았다.

아이가 꽁초를 바닥에 던지고 운동화로 비볐다. 실밥이 엉망으로 풀린 운동화는 이미 수명을 다한 듯 보였다.

— 이름이 뭐야?

— 너부터 말해.

― 난 조민.

― 외자야?

― 응. 민. 백성 민.

― 누가 지어줬어?

― 몰라 그딴 거. 누나는?

정인이 아이를 힐끗 쳐다봤다. 젊은 남자들이 농으로 '누나'라고 부르는 것과는 완전히 다르게 느껴졌다. 정인은 순간의 느낌을 지우며 퉁명스럽게 말했다.

― 정인.

― 누나도 외자네. 인?

― 그래 사람 인. 됐니?

― 대충.

아이는 이름을 알고 싶어 나오기라도 한 것처럼 자리를 털고 일어섰다. 1002호의 현관문 손잡이를 잡은 아이가 말했다.

― 홀숫날 또 만나.

아이는 대답도 듣지 않고 집으로 들어갔다. 정인은 꽤 오랫동안 1002호의 창문을 들여다봤다. 아이가 들어간 지 한참이 지나도 불은 켜지지 않았다.

3.

사건 발생 13일 전.

매달 짝숫날. 정인은 핸들을 잡았다. 오후 4시 30분, 이제 막 주행거리 30만 킬로미터를 넘어서는 구형 소나타 택시를 끌고 차고지를 빠져나왔다.

동료들은 30만 킬로미터 정도면 영업용 택시로는 쓸 만한 편이라고 했다. 50대의 김 씨는 단종된 모델인 스텔라 88로 무려 49만 킬로미터까지 뛰었다고 했다. 고철 덩어리인 택시의 핸들을 쥔 김 씨는 소원이 개인택시 매입이라고 입버릇처럼 말했고, 한 푼이라도 더 벌기 위해 사당-수원 간 총알택시 운전을 도맡아 했다. 하지만 김 씨는 소원을 이루지 못했다. 49만 킬로미터를 넘어 50만을 코앞에 둔 어느 날, 김 씨의 택시는 고속도로 중앙분리대를 들이받고는 폭발해버렸다. 노후로 인한 엔진 과열 사고였다.

한일택시에 장기근속하던 김 씨의 바통을 이어받은 건 정인이었다. 정인은 회사가 자신에게 요구하는 게 무엇인지 정확히 알고 있었다. 인생 경험이나 하려고 운전대 잡은 거라면 당장에 그만두든가. 그게 아니라 택시 운전이 생계라면 목숨 걸고 총알택시를 몰든가. 정인은 한 치의 주저함도 없이 죽은 김 씨의 대타를 자임했다. 사납금 제도가 있는 회사택시에서는 여간해선 택하지 않는 총알택시. 총알의 사정거리 또한 한층 벌어졌다. 수원에서 화성, 화성에서 동탄까지.

이른 저녁, 깊은 밤, 청소차가 어슬렁거리는 이른 새벽에 상관없이 정도의 차이만 있을 뿐 네 명씩 짝을 이룬 승객들은 한결같이 피곤해 보였다. 술에 취하든, 휴대전화를 만지작거리든, 여자 친구와 키스하든, 생면부지의 합승객이 옆자리에서 헛구역질을 하건 말건 상관없이 룸미러에 비친 그들은 피로에 찌들어 있었다.

정인에게 활력을 주는 건 취객들이었다. 꽥꽥 고성을 질러대는 슈퍼 히어로들은 대부분 4, 50대 수컷이었다. 거나한 취기의 비루한 힘을 빌려 정인에게 음담패설을 해대고, 허벅지나 손을 움켜쥐기도 했다. 그럴 때마다 정인은 액셀러레이터를 밟았다. 그거면 됐다. 제 아무리 취하고 발정난 수컷이라 해도 시속 200킬로미터에 다다르면 순한 양으로 돌변했다. 조수석의 수컷은 정인의 몸에서 손을 떼 손잡이를 붙잡았고 뒷좌석의 수컷은 공포를 떨쳐내기 위해 억지로 눈을 감거나 고개를 숙였다. 택시가 출발하고 5분만 지나면 추파, 너스레, 혼잣말, 푸념, 얼토당토않은 시국 비판은 속도에 함몰돼 죄다 사라졌다.

열 번이 넘는 왕복 총알운전을 마치고 사당으로 돌아올 때면 어김없이 이른 햇빛이 차창으로 스며들었다. 정인은 그렇게 자신에게 주어진 하루하루를 소비했다. 벌써 3년째였다.

4.

사건 발생 11일 전, 오전 10시 30분.

짝숫날. 정인은 아파트 앞 공원으로 들어섰다. 낡고 허름하긴 해도 나름 구색을 갖춘 공원이었다. 하지만 해가 떨어지기 전에는 이용하는 사람이 드물었다. 사방으로 들어선 고층 아파트 탓에 어두컴컴한데다 늦은 밤이면 몰려드는 10대 청소년들의 흔적으로 퀴퀴한 냄새가 배어 있었다.

지금도 이용객은 벤치에 앉아 있는 노파 하나와 모래밭에서 흙장난을 하는 조민뿐이었다. 노파는 정신이 온전치 않은지 허공에 대고 끊임없이 뭔가를 중얼거렸다. 정인은 바로 옆을 지나칠 때야 노파가 속삭이듯 부드러운 목소리로 욕을 한다는 것을 알아차렸다.

조민은 입에 담배를 문 채 흙장난을 하고 있었다. 모래를 쌓고, 쌓은 모래를 다시 무너뜨리고. 혼자 할 수 있는 흙장난이라 해봐야 고작 그 정도였지만 조민은 꽤나 열심이었다. 입에 담배를 물고 흙장난하는 아이. 어울리지 않는 조합이지만, 정인의 눈에는 어색해 보이지 않았다. 조민에게 담배는 태어날 때부터 몸에 품고 나온 부적 같아 보였다.

문득 고개를 든 조민이 정인을 올려다봤다. 언제나처럼 편안한 얼굴이었다. 조민이 연기를 한 모금 길게 내뱉으며 물었다.

— 이 시간에 웬일이야?

— 그 질문은 내가 해야 할 것 같은데.

— 왜?

— 오전 10시 반이면 학교에 있어야 하는 거 아니야?

조민이 우습다는 표정을 지었다.

— 학교 다닐 거라고 생각했어?

— 당연한 거 아니야? 초등학교는 의무교육이잖아.

— 학교 같은 거 안 가.

— 왜?

— 필요 없대.

— 누가 그래?

담배꽁초를 모래에 눌러 끈 조민이 무심하게 말했다.

— 아빠가.

조민이 바지를 털고 일어나 벤치에 앉자 정인도 그 옆에 앉았다. 노파는 한 칸 건너 벤치에서 여전히 욕설을 중얼거리고 있었지만, 내용은 들리지 않았다.

어디서 구했는지 조민이 말보로 한 개비를 정인에게 건네주었다. 정인은 헝클어지고 엉망이 된 머리를 대충 쓸어 올리며 담배를 받았다. 조민이 불을 붙여주며 말했다.

— 짝숫날인데…….

— 짝숫날인데 왜 여기 있냐고?

의아해하는 게 당연할 거라고 생각했다. 정인이 짝숫날 오전에 집 밖으로 나온 건 3년 동안 한 번도 없었던 일이었다.

그 원칙은 오늘같이 성가신 경우를 제외하곤 철저히 지켜졌다.

임대 아파트 관리자들은 무례하다. 모두 그런 건 아니지만 절대 다수가 그런 편이다. 그들은 자신이 이런 곳에서 국가의 돌봄이나 받는 사람들을 관리한다는 사실을 한심스럽게 생각하며 신세 한탄을 되풀이한다. 수도관이 터져 공사를 해야 할 때도 그들은 입주민들에게 별다른 사전 통보를 하지 않는다.

아침부터 초인종이 수십 번 울렸다. 정인이 현관문을 열자 한국주택공사 모자를 눌러쓴 관리자들이 점령군처럼 성큼 밀고 들어왔다. 정인에게 모자가 벗겨지고 손이 꺾이는 봉변을 당하고 나서야 그들은 용건을 밝혔다. 아마도 다른 집에서는 말 한마디 없이 욕실과 주방을 점령했을 것이다.

정인과 조민은 약속이라도 한듯 꽁초를 모래성 위에 던졌다. 조민이 벤치에서 일어나 다시 모래 더미 쪽으로 걸어갔다. 모래 한 줌을 손에 쥐는 조민을 보다가 정인은 벌떡 일어났다. 조민 바로 옆에서 초록색 유리 조각이 반짝였다. 취객들이 버린 술병이었다. 정인은 조민의 오른손을 쥐고 단숨에 일으켰다. 놀랄 만도 한데 조민은 무표정하게 정인을 볼 뿐이었다. 정인은 그 무표정에서 조민의 과거를 얼핏 읽을 수 있었다. 짧든 길든 누구나 자신만의 과거가 존재하는 법이다. 조민의 과거, 정인의 과거…….

그 순간, 정인은 자신이 조민이 다칠까 봐 걱정했다는 사실을 알아차렸다. 유쾌한 깨달음은 아니었다. 흙장난하던 아이가 손을 다치거나 말거나 신경 쓰지 말았어야 했다. 정인을 움직인 것은 조민의 과거가 자신의 과거와 어딘가 닮았을 거라는 직감이었다.

— 밥이나 먹으러 가자.

정인을 올려다보던 조민이 얼른 말했다.

— 난 짜장면 먹고 싶은데.

5.

사건 발생 11일 전, 오후 1시.

조민은 짜장면을 마치 식은 죽을 마시듯 먹어치웠다. 검은 면발을 씹지도 않고 입 안에 밀어 넣었다. 한 그릇을 순식간에 비운 조민이 말없이 정인의 자리에 놓인 짜장면을 바라봤다. 정인이 짜장면을 내주자 조민은 다시금 면발을 삼켰다. 쉬지 않고 입을 우물거리면서도 조민은 내내 정인을 보고 있었다.

— 한 가지만 묻자.

조민이 멀뚱거리며 정인을 바라봤다.

— 대답하기 귀찮으면 고개만 끄덕여도 돼.

조민이 두 손으로 짜장면 그릇을 받든 채 슬쩍 고개를 끄덕였다.

— 원래 짜장면을 좋아하는 거야? 아님 여태 굶은 거야? 굶은 거면 고개 끄덕여.

조민은 망설임 없이 고개를 끄덕였다. 정인은 불을 붙이지 않은 담배를 입에 물고 다시 물었다.

— 엄마 없어?

이번에도 조민은 고개를 끄덕였다.

— 돌아가셨어?

이번에는 아무 반응도 보이지 않았다. 조민은 고개를 끄덕이는 대신 면발을 한가득 입에 넣고 웅얼거리듯 말했다.

— 본 적이 없으니까 없는 거랑 마찬가지지.

— 아빠는 있잖아. 밥 안 줘?

— 있는데 별 도움이 안 돼.

— 아빠로서의 자격을 말하는 거야?

— 자격까진 바라지도 않아. 오히려 그보다 못해.

조민의 아버지. 1002호 남자와 몇 번 마주친 적이 있었다. 깡마르
고 눈에 핏발이 선 남자. 그가 아버지로서 문제가 많다는 것은 정인
도 알고 있었다. 알고 싶지 않아도 알 수밖에 없었다.

— 그래도 밥은 줄 거 아냐?

조민이 젓가락을 내려놓았다. 아이의 자리에 놓인 짜장면 두 그
릇은 이미 바닥을 드러낸 뒤였다.

— 지금 취조해?

— 취조란 말도 알아?

— 뭘 알고 싶은데?

정인은 그 질문에 답하지 못했다. 오히려 아이의 질문에 그녀 자
신이 놀랐다. 궁금증이라는 감정은 자신의 것이 아니었다. 정인에
게 궁금증은 허락받지 못한 감정이었다.

쉽게 답하지 못하는 정인을 보며 조민이 미소 지었다.

— 아빠에 대해 말해줄까?

— 하고 싶으면 해.

— 그럼 조건이 있어.

— 무슨 조건?

— 수영.

— 수영?

— 물에 떠 있고 싶어.

6.

사건 발생 11일 전, 오후 3시.

서울, 그중에서도 변두리 슬럼가에 자리 잡은 복지센터에 있는 수영장을 찾은 건 정인의 일생에서 유례를 찾아볼 수 없는 예외였다. 그것도 짝숫날 벌어진 예외.

정인은 조민을 데리고 아파트에서 10분 정도 떨어진 거리에 있는 복지센터 지하 수영장을 찾았다. 오후 5시가 되면 정인은 사당역 사거리에 도착해 있어야 한다. 시간 엄수는 사회를 살아가는 스물아홉 독신인 정인, 그녀만의 규칙이었다.

— 딱 1시간이야. 4시면 나가야 하니까 시간 꼭 지켜.

— 30분이면 충분해. 30분.

수영장에는 단 한 명의 시설 이용자도 보이지 않았다. 무료한 얼굴로 입장료를 받은 30대 여자를 빼고는 관리인조차 보이지 않았다.

조민은 허물 벗듯 지린내 진동하는 티셔츠와 면바지를 벗고는 낡은 팬티 차림으로 푸른 물속에 몸을 던졌다. 물속으로 빠져든 조민은 한참이 지난 뒤에야 위로 떠올랐다. 창백할 만큼 흰 피부에 갈비뼈와 엉덩이뼈가 눈에 보일 정도로 마른 몸이었다.

조민은 몸을 반듯이 하고 천장을 향해 누워 있었다. 몸이 좌우로 조금씩 흔들릴 뿐 그 자리 그대로였다. 물을 베고 누운 아이의 몸은 깃털처럼 가벼워 보였다.

— 아빠에 대해 말해줄게.

— …….

— 알코올중독자야.

— 언제부터?

— 내가 태어나기 전부터래.

— 너 몇 살인데?

— 몰라.

— 나이를 왜 몰라?

— 출생신고도 안 했는데 그걸 어떻게 알아.

정인은 잠시 말을 멈췄다가 물었다.

— 대충이라도 몰라?

— 열한 살? 아님 열두 살? 출생신고 안 했다니까 놀랐어?

조민은 무표정했지만, 목소리는 어쩐지 웃는 것처럼 들렸다. 정인이 놀란 건 사실이었다. 대한민국 땅에 자식의 출생신고를 하지 않는 부모가 있다는 것을 처음 알았다.

정인은 이어지는 생각을 자르고 무뚝뚝하게 말했다.

— 네 아빠 꽤 오래 버티네.

— 오래 버틴다는 게 무슨 뜻이야?

— 10년 이상 술독에 빠지면 죽거나 병신이 돼. 그런데 네 아빤 멀쩡하잖아.

— 멀쩡하다고 하진 않았어.

잠시 침묵이 흘렀다. 정인은 조민과 대화하다 보면 이상하게 번번이 말이 막혔다.

조민은 물 위에 누운 채 계속 정인을 바라보고 있었다. 수영장 주위를 두리번거리면서 시간을 확인하던 정인도 곧 조민의 눈을 마주했다. 부표처럼 떠 있던 조민이 조용히 물었다.

— 왜 안 들어와?

— 무슨 소리야?

— 물속에 들어오고 싶잖아.

— ……내가?

— 아니야?

정인은 수면보다 더 잔잔한 조민의 눈을 뚫어지게 응시했다. 어떤 감정도 깃들지 않은 눈이었다. 흔들리는 것은 정인이었다.

— 왜 그렇게 생각해?

— 그냥 보여.

— 보인다고?

— 푸른 물속을 헤엄치는 누나가 보여. 누난 혼자 있어. 주위에 아무도 없어. 그렇지만 누나는 무서워하지 않아.

— …….

— 편안해 보여. 물과 하나가 된 것처럼…… 물 위에서 잠든 것 같기도 해.

— 거짓말하지 마. 그게 어떻게 그냥 보여?

— 난 거짓말 못해. 그냥 보이는데, 어떻게 보이냐고 물으면 뭐라고 대답해야 돼?

조민이 난처한 표정을 지었다.

오래전, 정인의 유년은 푸른 물 위에서 시작되고 물 위에서 마무리되었다. 사방으로는 잔잔한 물빛과 푸르른 창공, 이따금 부는 바람과 산새의 울음소리가 전부였다. 정인도 조민처럼 그저 물 위에 자신을 내던졌고 그렇게 물 위에 떠오른 상태로 하루를 보내곤 했다. 따사로운 햇살 아래 몸을 누이고 지그시 눈을 감은 채 있다 보면 햇살은 붉은 노을로 변하고 어둑어둑해진 하늘에는 총총하게 별이 나타났다.

정인은 조민을 한동안 바라보기만 했다. 조민도 더 묻거나 말하지 않았다. 더없이 평온한 표정으로 수영장 천장을 올려다보며 물 위에 떠 있을 뿐이었다.

7.

사건 발생 10일 전.

텅 빈 방, 덩그러니 놓인 간이침대에 몸을 누인 정인은 잠을 이루지 못했다. 벽을 뚫고 끊임없이 괴성이 들려오고 있었다. 1002호, 조민의 집이었다. 정인이 이곳 임대 아파트에 자리 잡은 3년 동안 보름에 한 번씩 규칙적으로 되풀이되는 일이었다. 시끄럽긴 하지만, 신경 쓸 이유는 없었다, 그동안은.

멀쩡하다면 보름에 한 번 꼴로 아들을 때리지는 않을 것이다.

폭군의 일방적인 횡포를 떠올리게 하는 굉음이 들려왔다. 유리 깨지는 소리, 집기 던지는 소리, 그리고 이어지는 남자의 괴성.

정인은 온 신경을 모아 조민의 목소리를 가려내려 애썼지만, 전혀 들리지 않았다. 베란다 유리라도 깼는지 이전보다 큰 소리가 벽을 넘어왔다. 더는 참을 수 없었다. 정인은 맨발로 침대를 박차고 내려와 한걸음에 현관문을 열고 밖으로 나갔다.

아파트 복도에는 이미 주민들이 나와 있었다. 인상을 찌푸린 채 수군거리면서도 누구 하나 1002호의 문을 두드리지는 않았다. 정인은 몇 뼘 떨어지지 않은 1002호의 현관문 손잡이를 잡았다. 문은 조금 열려 있었다. 문조차 닫지 않고 집기를 부수고 아이를 때릴 정도로 남자가 이성을 잃었다는 사실이 불안했다.

— 괜히 끼어들지 마. 저 집 인간, 사이코야.

중년 여자가 말렸지만, 정인의 귀에는 들어오지 않았다.

1002호의 내부는 참담했다. 거실과 베란다 사이의 유리가 산산조각 나서 바닥은 온통 유리 조각 천지였고, 쓰러진 책장에서 쏟아진 책들이 그 위를 뒹굴고 있었다. 아수라장이 된 거실 한구석에 조민이 웅크리고 앉아 있었다. 어디가 찢어졌는지 얼굴이 피투성이였다.

— 너 뭐야!

깨진 소주병을 손에 쥔 한 마리 짐승이 핏발 선 눈으로 정인을 노려봤다.

— …….

— 뭐냐고, 씨발년아!

— 옆집 누나야, 아빠. 택시 운전하는.

조민이 정인 대신 말했다. 상황과 어울리지 않게 담담한 목소리였다.

— 누가 너한테 물었어? 지금 저 쌍년한테 묻고 있잖아!

이미 이성을 잃은 지 오래인 남자가 깨진 소주병을 조민의 머리에 던지려 했다. 정인은 단숨에 남자에게 달려들어 옆구리를 발로 걸어찼다. 남자는 비명을 지르며 그 자리에 주저앉았다. 처음에는 욱, 하고 소리를 질렀지만 시간이 지나자 소리조차 지르지 못했다. 옆구리를 움켜쥔 채 버둥거리기만 했다.

정인은 조민에게 다가가기 위해 걸음을 옮기려다 멈칫했다. 맨발에 유리 조각이 파고든 것이다.

— 누나, 괜찮아?

— 지금 누굴 걱정할 때야?

정인은 발바닥에서 유리 조각을 빼내고 조민에게 다가갔다. 조민은 머리를 박고 헐떡이는 남자를 걱정스럽게 쳐다봤다.

— 괜찮을까?

— 죽지는 않을 테니까 걱정하지 마.

정인은 조민이 걱정이었다. 얼굴 곳곳에서 여전히 피가 흐르고 있었다.

정인이 조민의 손을 붙잡고 일으킨 순간이었다. 경찰 두 명이 현관에 들어섰다. 그들은 정인과 조민, 새우처럼 몸을 말고 헐떡이는 남자를 번갈아 보며 물었다.

— 어떻게 된 겁니까?

8.

사건 발생 10일 전.

조강윤의 진술은 나름 일관되었다. 마누라는 가출한 지 오래고 자식이라고 하나 있는 게 학교도 가지 않고 담배나 피워댄다. 그러니 어떻게 참을 수 있겠는가. 혼을 좀 낸다는 것이 그만 이렇게 됐다. 조강윤은 반성문 쓰는 불량 청소년처럼 순찰 대원에게 고분고분하게 굴었다.

문제는 정인이었다. 세파에 닳고 닳은 40대 후반의 파출소 순찰 대원은 한사코 정인의 신분을 알고자 했다.

— 난 1003호 세입자예요.

— 글쎄 그러니까 주민등록번호하고 이름 대라고요.

— 그냥 옆집 사는 사람이라니까요.

정인은 완강했다. 일관된 목소리 톤으로 같은 답을 반복했다. 조강윤이 고개를 돌려 정인을 봤다. 핏발 선 눈에 묘한 긴장감이 돌았다.

정인은 소파에 앉아 있는 조민을 바라봤다. 코피가 멈추지 않았다. 정인은 순찰 대원을 무시하고 조민에게 다가가 콧잔등을 누르고는 고개를 숙이게 했다.

조강윤을 조사하던 순찰 대원이 마치 훈계라도 하듯 말했다.

— 이런 신고가 자꾸 들어오면 곤란해요. 벌써 몇 번입니까?

— 죄송합니다.

— 오늘은 여기서 보내요. 내일 날 밝으면 보내주죠.

그 말을 들은 정인이 고개를 돌려 따졌다.

— 저 인간이 아이를 죽이려 했어요.

순찰 대원은 아무렇지도 않게 대꾸했다.

— 술 취했잖아요. 술 취하면 그럴 수도 있지.

— 술 취하면 사람 죽여도 면죄부 받겠네요.

— 어허, 아가씨. 왜 말꼬리를 잡고 이러나. 설마 자기 새끼 죽이기야 했겠어요?

— 아이 꼴을 보고 그런 말을 하세요. 훈방이 아니라 형사 입건해야 하는 거 아닌가요?

파출소 안의 모든 이들이 일제히 조민을 바라봤다. 여기저기 상처투성이에 퍼렇게 멍든 아이의 얼굴을 보자 조강윤을 두둔하던 순찰 대원도 살짝 인상을 찌푸렸다.

조민은 침묵했다. 처벌을 원하지도, 선처를 구하지도 않았다. 퉁퉁 부은 눈두덩이에 가려진 눈은 담담하기만 했다. 정인은 이 아이에게는 아버지의 폭행, 육체적 고통이 아무런 의미도 없다는 사실을 알아차렸다.

— 가자.

정인은 조민의 손을 잡고 일으킨 뒤 파출소 문을 열었다.

파출소를 빠져나가는 정인의 뒤통수에 순찰 대원이 한마디를 못 박듯 내던졌다.

— 다음에 오면 주민번호 꼭 밝혀요. 안 그럼 간첩 취급받아도 할 말 없어요.

9.

사건 발생 10일 전.

10평이 채 안 되는 1002호의 내부는 아수라장이었다. 성한 물건을 찾을 수가 없었다.

현관에 멈춰 선 정인과 달리 조민은 평범한 일상인 것처럼 아무렇지 않게 집으로 들어갔다. 조민은 신발을 신은 채 책을 줍고 큰유리 조각을 쓰레기통에 버렸다.

— 누나, 청소기 좀 돌려줄래?

조민이 가리킨 곳에 대형 청소기가 엎어져 있었다. 청소기는 낡고 금이 가 있었지만, 다행히 성능은 좋아서 장판에 박혀 있는 유리조각까지 빨아들였다.

쓰레기가 사라지며 모노륨 장판 속이 흉물스럽게 드러났다. 길게찢어진 장판은 폭력의 흔적을 가감 없이 보여줬다. 찢기고 파인 상처투성이 흔적이었다.

정인은 고개를 들어 조민을 봤다. 조민은 갈색 소파에 고양이처럼 몸을 웅크리고 누워 그녀를 보고 있었다. 그 눈빛이 지구대에서봤던 상처와는 무관해 보여 어쩐지 아득히 멀어 보였다.

청소기 전원을 껐을 때, 나지막한 숨소리가 들렸다. 조민이 웅크린 자세 그대로 잠들어 있었다. 끊어질 듯 끊어질 듯 이어지는 조용한 숨소리가 조민의 위태로운 현실을 말해주는 것 같았다.

정인이 몸을 굽혀 옆에 쌓아둔 책 세 권을 집어 들고 조민의 옆에 걸터앉았다. 허벅지에 닿은 조민의 발에서 체온이 느껴졌다. 낯설도록 아늑한 느낌이 몸을 감쌌다. 정인은 소파에서 내려와 바닥에 앉았다.

정인은 시계를 봤다. 밤 11시였다. 이제 일상으로 돌아가야 한다. 정인은 밖으로 나가는 대신 세 권의 책을 훑어봤다. 두꺼운 양장본이었다. 그중 두 권의 책이 정인의 흥미를 끌었다. 카를 마르크스의 《자본론》과 《혁명의 실패》.

책 모서리가 험하게 닳은 《자본론》을 펼치자 거칠게 찢겨나간 흔적이 눈에 띄었다. 줄을 긋거나 동그라미를 그려 넣은 흔적도 보였다.

《혁명의 실패》의 겉표지를 펼치니 작가 사진이 있었다. 옆모습이 찍힌 흑백사진이었지만 집을 아수라장으로 만들고 아들을 피투성이로 만든 남자, 조강윤이 분명했다. 정인은 한동안 책 제목을 응시했다.

'혁명의 실패.'

실패. 실패라……. 정인은 혁명과 실패란 단어를 씁쓸히 되뇌었다. 그리고 바닥에 쌓여 있는 책들을 훑었다.

《폴 포트, 우리들의 일그러진 영웅》, 《쿠바의 몰락》, 《레닌의 못다 이룬 꿈》…….

정인은 소파에 등을 기대고 눈을 감았다. 끔찍한 피로감이 몰려왔다.

'죄다 실패한 것들뿐이야. 실패자들. 실패.'

정인은 조민의 거친 숨소리를 들으며 아주 잠깐 죽음에 가까운 잠에 빠져들었다.

10.

사건 발생 9일 전.

잠에서 깬 정인은 자리에서 벌떡 일어났다. 이마에 맺혔던 땀방울이 볼을 타고 흘러내렸다. 온몸이 차가웠다. 축축하고 불쾌했다. 그런 그녀의 옆에 조민이 있었다. 언제 잠에서 깼는지 조민은 작은 수첩에 뭔가를 쓰고 있었다.

머리를 한번 크게 쓸어내리며 정인이 중얼거렸다.

— 벌써 시간이······.

시계를 보니 새벽 1시 반이었다.

— 혼자 있어도 괜찮지? 난 일하러 가야 해.

조민이 수첩에서 눈을 떼고 정인을 올려다봤다. 눈이 마주쳤다.

— 꿈을 꿨지?

— 뭐?

누구나 잠들면 꿈을 꾼다. 잠꼬대를 했을지도 모른다. 하지만 조민은 평범한 꿈을 얘기하는 게 아니었다. 조민의 깊은 눈과 마주한 정인의 이마에 다시 식은땀이 맺혔다. 정인은 꿈을 정확히 기억했다. 자신의 무의식을 할퀴고 간 세계는 지옥도 그 자체였다. 갑작스럽게 발화된 화마처럼 휩쓸고 지나간 악몽의 파장을 찢고 조민이 성큼 들어온 것이다.

조민이 뭔가를 적고 있던 수첩을 정인에게 건넸다.

임무 실패, 잘린 머리, 화형

꿈속에서 진저리쳤던 내용이 조민의 수첩에 고스란히 담겨 있었다. 정인이 수첩을 조민의 허벅지에 내려놓으며 물었다.

— 어떻게 알았어?

— 뭘?

— 내 꿈, 어떻게 알았느냐고.

꿈속에서 정인은 주어진 임무에 실패한 자신을 대신해 동료들이 화형당하거나 참수당하는 장면을 목격했다. 정인은 자신의 꿈속 세계가 어떻게 조민의 수첩에 적혀 있는지 알고 싶었다.

— 수영장에서 말했잖아. 그냥 보인다고.

— 그러니까 그게 어떻게!

정인은 높아지는 자신의 목소리에 흠칫했다. 이성을 잃어서는 안된다. 이성을 잃으면 살 수 없다. 흥분은 죽음이다. 냉정해야 한다. 정인은 애써 목소리를 낮췄다.

— 궁금해서 그래. 솔직하게 말해줘.

— 누나, 난 언제나 솔직해. 설명하긴 어렵지만, 그냥 누나의 꿈이 보였어.

— 어떤 꿈이었는데?

— 누나는 임무에 실패했어. 그러자 누나 친구들이 누나 대신 차례로 죽어야 했어. 목이 잘리거나 산 채로 불에 태워졌어. 처형하는 사람들이 뭐라고 중얼거렸는데 내용은 모르겠어.

정인은 창백한 얼굴로 조민 앞에 섰다. 아이의 말을 믿을 수밖에 없었다.

— 자주 그러니? 그러니까 다른 사람 꿈을 볼 수 있니?

— 가끔. 아니 사실은 자주 그래. 아빠의 꿈을 볼 때도 있어.

정인은 한동안 아무 말도 하지 못했다. 꿈의 내용보다 자신의 꿈을 누군가 봤다는 사실이 정인을 더 두렵게 했다.

— 하나만 묻자.

정인이 마른 입술에 침을 묻히고 물었다.

— 내 꿈……. 어땠어?

— 어땠냐고?

— 어떤 느낌이었어?

— 솔직히 말해도 돼?

— 넌 항상 솔직하다고 했잖아.

조민은 정인을 응시하며 말했다.

— 끔찍했어.

— 끔찍했다고?

— 끔찍하고…… 무서웠어.

정인은 고개를 끄덕였다. 끄덕이면서 이 아이는 꿈을 보기만 한 게 아니라고 생각했다. 당시 자신이 느꼈던 기분, 끔찍하고 무서운 기분까지 느꼈다고 생각했다. 다리에 힘이 풀렸다.

정인은 조민 옆에 털썩 앉았다.

— 설명할 수 있겠니?

— 뭘?

정인은 조민을 보며 속삭이듯 말했다.

— 내 꿈이 갖는 의미.

— 모르겠어. 난 그냥 본 걸 말한 것뿐이야.

— 그렇지. 그건 꿈이야. 꿈일 뿐이지.

— 그래서 설명하기 어려워.

설명하기 어려운 일. 그 말이 정인의 귀에 오랫동안 맴돌았다. 정인은 더 이상 캐묻지 않았다. 더 들어갈 경우 나타나게 될 실체가 두려워졌다. 내내 잊으려 했던, 하지만 지워지지 않는 과거의 기억이 또다시 현재로 돌변할지 모른다는 우려가 정인을 두렵게 했다.

정인은 빠르게 1002호를 빠져나왔다. 등 뒤에서 조민이 고맙다고 말했지만, 대꾸조차 하지 못했다.

11.

사건 발생 2일 전.

조강윤은 일주일 동안 조용했다. 문밖에 쌓이는 소주병은 엄청났지만 정인이 숙면을 취할 정도로 고요했다. 폭풍 전야와 같은 고요함이었다.

그 일주일 동안 정인은 조민을 외면했다. 10층 복도나 아파트 단지 편의점 앞에서 마주쳤을 때도, 어둑어둑한 석양을 등지고 모래 쌓기를 하는 조민과 마주쳤을 때도 말을 걸지 않았다.

조민은 꽤 서운한 눈치였다. 또래 아이들과는 달리 인생사 희로 애락에 달관한 것 같다고는 해도 그래 봐야 열 살 남짓한 아이에 불과했다. 누군가의 관심에 목말라하는 외로운 아이.

아파트 복도에 나란히 서서 담배를 피울 때조차 정인은 정면만 응시했다.

— 아빠가 또 난리 쳐도 도와줄 필요 없어.

정인은 대꾸하지 않았고, 조민은 계속 정인을 올려다보면서도 더는 말을 건네지 못했다. 조민은 잘못 생각하고 있었다. 알코올중독자 아버지를 둔 아들과 엮이는 일 따위는 전혀 성가신 일이 아니었다. 이 세상에 존재하는 최악의 인간들과 얽혀도 아무 상관없었다. 하지만 정인은 조민과는 얽히고 싶지 않았다.

'불온함.'

신호를 무시하고 새벽 도로를 질주하던 정인에게 불현듯 떠오른 단어였다. 조민의 담담하면서도 깊이를 알 수 없는 눈에는 다가서서는 안 되는, 다가섰다가는 이제껏 자신을 지탱해온 금지의 벽이 일순간 깨질 것 같은 무엇이 있었다. 조민과 마주할 때마다 느끼는 감정. 의문, 의심, 그리고 두려움.

조민은 꿈을 훔쳐봤다. 그것은 꿈이 아니었다. 과거였다. 꿈에서조차 잊어야 할, 깡그리 태워 없애고 싶은 장면을 조민이 지켜봤다. 그리고 수첩에 적었다. 정인은 총칼 앞에서도 느끼지 못한 두려움을 느꼈다. 누군가 자신의 과거를 알고 있다. 그것은 생존이 걸린 문제였다.

정인은 조민을 피했다. 하지만 피할수록 자신의 마음이 아이에게

서 멀어지지 못한다는 사실을 깨달을 수밖에 없었다. 이미 어딘가에 똬리를 튼 불온함이 정인을 파괴하려 독을 흘리고 있었다.

12.

사건 발생 14시간 전.

짝숫날. 거짓된 평화는 끝났다.

오후 3시. 알람에 맞춰 간이침대에서 일어나 커피 잔에 뜨거운 물을 부을 때까지는 여느 건조한 일상과 다르지 않았다. 정인이 커피를 한 모금 마셨을 때, 1002호에서 결코 듣고 싶지 않은 소리가 들려오기 시작했다. 집기 부서지는 소리와 함께 일방적으로 쏟아붓는 알코올중독자의 고함이 들려온 것이다.

— 빌어먹을.

정인은 커피 잔을 내려놓으며 중얼거렸다. 1002호의 파괴음이 불길하게 느껴졌다. 기분 탓이 아니었다. 오늘따라 분노를 끌어올리는 단계가 전부 생략된 채, 곧바로 유리 깨지는 소리가 나고 있었다. 마치 끝장을 보고야 말겠다고 작심이라도 한 것 같았다.

정인은 1002호의 현실을 외면하고 싶었다. 아버지의 탈을 쓴 짐승이 어떤 짓을 하든 그것도 조민의 인생이었다. 조민은 타인이었다.

정인은 신발을 신고 집 밖으로 나갔다. 그녀의 일상은 1002호가 아닌 도로에 있었다. 정인이 문을 채 닫기도 전에 1002호의 문이 열리고 조민이 튀어나왔다. 아이를 따라 날아온 유리 꽃병이 난간 벽에 부딪치면서 산산조각 났다.

조민이 잔뜩 몸을 웅크렸다. 찢어진 러닝셔츠 차림의 조강윤이 어슬렁어슬렁 복도로 걸어 나왔다. 조강윤은 쉼 없이 지껄였다. 조민에게 뭐라고 하는지 알 수 없을 정도로 혀가 꼬여 있었다. 조강윤은 거침없이 조민의 몸을 짓밟았다.

정인은 가만히 서서 조강윤을 봤다. 조강윤의 눈은 이미 사람의 것이 아니었다. 아들의 머리와 어깨를 짓밟고 옆구리와 허벅지, 두 다리를 힘껏 걷어찼다.

정인과 조민의 눈이 마주쳤다. 조민은 서글퍼 보였다.

조강윤을 제압하는 건 일도 아니었다. 하지만 또 끼어들었다가 자칫하면 파출소로 불려 갈 것이고 그곳에서 재차 신원 조회를 요구받을 것이다. 그렇게 되면 차고지에 늦게 도착할 것이고 지각이 반복되면 총무부장은 정인의 근무 태도를 위에 보고할 것이다. 정인은 일상의 균열이 두려웠다. 아니, 그녀가 두려운 것은 조민의 눈빛이었다.

시선을 돌린 정인은 복도를 벗어나 엘리베이터로 걸어갔다. 한 번도 뒤돌아보지 않았다. 하지만 멀어지는 몸과는 다르게 조민의 서글픈 눈빛이 더한층 생생하게 따라붙고 있었다.

13.

사건 당일.

불안은 또 다른 불안을 낳는다.

차고지를 경유하지 않고 한양아파트로 향한 구형 소나타 택시가 단지 입구에 들어섰을 때, 검은 연기가 정인의 눈에 들어왔다. 연기는 14단지에 가까워질수록 점점 더 또렷해졌다.

14단지 전체가 시끄러웠다. 새벽 5시라곤 믿을 수 없는 소란이었다. 몇 대의 소방차와 구급차가 요란한 사이렌 소리와 함께 도착했고, 입주민들 대부분이 1층 옥외 주차장에 나와 있었다. 택시 밖으로 나온 정인은 불길의 진원지를 찾았다.

불안은 불안으로 끝나지 않았다.

1003호 옆, 1002호에서 치솟는 불길이 불안을 현실로 만들었다. 검붉은 불길이 현관과 창문 전체를 뒤덮었다. 정인은 멍하니 불길을 응시하며 중얼거렸다.

조민……?

조민은……?

검은 재

1.

남자는 오른손에 테이크아웃 커피 잔, 왼손에 아이패드를 들고
나타났다.

남자가 슬며시 문을 닫았다. 스르륵 소리와 함께 문이 닫혔다. 여
닫이문의 특수한 금속 재질이 재우의 눈에 선명히 들어왔다.

닫힌 문을 지켜보던 재우가 천장 모서리를 올려다봤다. 초소형
감시 카메라가 작동 중인 게 보였다. 눈에 보이는 게 전부는 아닐
것이다. 몸을 숙이자 책상 밑에 부착된 초소형 보이스 레코더가 보
였다. 규칙적으로 깜빡이는 자그마한 붉은 점이 재우를 지치게 했
다. 숨소리, 말 한마디, 동작, 표정까지 감시해 보고서를 만들겠다
는 심사였다. 재우는 맞은편에 앉은 비리수사팀 윤이 이런 식의 접
근에 꽤 유능하다는 평가를 받는다는 사실을 알고 있었다.

재우는 경찰을 감사하는 또 다른 경찰인 비리수사팀을 경찰이라고 부르고 싶지 않았다. 국민의 세금으로 경찰대학까지 졸업한 인재가 현장에서 칼침 맞을 각오로 범죄자와 대치하는 동료 경찰의 비위(非違)를 캐는 업무를 경찰의 일로 볼 수 있을까. 눈앞의 윤을 포함한 비리수사팀 모두가 자신과 관련된 사건의 전모를 알고 있다는 생각만 해도 부아가 치밀었다.

— 쉽게 갑시다. 다 알고 지내는 사이끼리 말입니다. 안 그렇습니까. 선배님?

'다 알고 있다.'

재우의 심증은 더욱 견고해졌다. 일종의 길을 터는 말 건넴인데, 그 말로 인해 재우는 자신의 선택이 더 중요해졌다는 생각이 들었다.

— 김재우 팀장님. 서울지방경찰청 광역수사대 지능2팀 팀장 맞으시죠?

— 잘 아는군.

— 그럼요. 경찰대 출신은 아니시지만 꽤 굵직한 사건들 많이 해결해오셨잖아요.

— 그래서?

— 선배님.

— 말 돌리지 말고 빨리 말해.

— 이렇게 바쁜 시간에 선배님을 조사실로 호출한 이유는 대충 아시겠죠?

— 글쎄. 무슨 이유인지 나는 모르겠는데.

— 편하게 말씀드리죠. 강원건설 건입니다.

말을 듣는 순간 재우는 목에 가시가 걸린 듯 숨이 막혔다. 예상하고 있었다. 하지만 막상 윤의 입에서 '강원건설'이 나오자 짜증이 밀려왔다.

재우는 강원건설 비리를 전담 수사하던 광역수사대 지능2팀 팀장이었다. 정선 지역 카지노 입찰 과정에서 발생한 경쟁사 대표 집단 폭행 사건. 최종 입찰업체로 선정된 강원건설 최순호 사장과 측근들의 배임, 횡령, 주가조작. 거기에 질풍노도 10대 아들의 강간 살인미수 혐의까지. 각종 비리가 고구마 줄기처럼 딸려 나왔다.

강원건설이 재우에게 제시한 비리 무마에 대한 거래 조건은 파격적이었다. 물론 뒷돈을 받아 챙긴 건 재우 혼자만이 아니었다. 상납의 대가는 팀원들 전체에 고루 돌아갔으며, 상납의 마수는 경찰청 고위 간부 몇몇에게까지 거미그물처럼 얽혀 들었는데 공교롭게도 그 그물망의 중심에 재우가 있었다. 그 말을 거꾸로 해석하면 재우만 자폭하면 밑의 팀원들과 고위 간부들은 손을 털고 무사할 수 있다는 얘기였다.

재우는 윤을 보며 이번만큼은 빠져나오기 어렵겠다고 직감했다. 불행하게도 재우의 직감은 한 번도 틀린 적이 없었다. 재우가 중얼거렸다.

— 정말 재수가 없어. 그렇지?

아이패드 위에서 중지와 검지를 쉼 없이 터치하는 윤이 화면에 시선을 고정한 채 말했다.

— 일단 답이 안 보이면 차선을 생각하는 게 좋다고 생각합니다.

— 뭐가 차선인데?

윤은 책상 밑으로 손을 뻗어 보이스 레코더 세 개를 책상에 올려
놓고 전원을 껐다.

— 이번엔 제대로 물을게요.

— 어린놈이 시원시원하네.

— 많이 어리진 않습니다. 내년에 결혼하거든요.

— 이제 갓 결혼하면 많이 어린 거 아닌가?

— 저 돌싱입니다. 재혼이란 말이죠.

윤은 두 손으로 턱을 괴고 재우를 어긋난 시선으로 올려다보며
말을 이었다.

— 사실 광역수사대 지능2팀 팀원들하고 부장들 몇 명과 사전 미
팅을 좀 했습니다.

— 그래서?

— 모두들 빠져나갈 알리바이가 확실해요. 조사해보니 선배님만
강원건설 최순호 쪽 계좌를 열어놓으셨더군요.

— 내 명의가 아닐 텐데.

— 차명, 대포통장, 대포전화, 그거 까발리는 거야 시간문제죠.
안 그렇습니까? 요즘 같은 정보화 시대에 말이에요.

— 웃기는군.

— 또 하나 결정적인 거. 상품권.

— 씨발.

— 상품권 사용 내역도 모두 입수했습니다. 원하시면 여기서 상
품권 일련번호를 맞춰볼 수도 있어요.

— 자세히도 털었네.

— 지금부터 선배님께 두 가지 방안을 제시할 생각입니다. 오늘은 우선 그것만 말씀드리도록 하죠.

— 들어나 보지.

겉으로는 여유 있는 척했지만 재우는 입이 말랐다. 재우의 생사여탈권을 쥔 윤은 건반을 두드리듯 아이패드 화면을 터치하며 데이터를 확인했다.

— 하나는 몸으로 때우는 거고 다른 하나는 사퇴하는 선에서 마무리하는 겁니다.

낮게 깔리는 윤의 진지한 육성이 재우를 소름 끼치게 만들었다.

— 몸으로 때운다는 의미, 잘 아시겠죠? 집행유예 따윈 기대도 하지 마세요. 무조건 실형입니다. 최하 세 바퀴예요.

재우는 담배를 꺼내 입에 물었다. 윤이 직접 자리에서 일어나 안주머니에서 라이터를 꺼내 불을 붙여주었다. 한 모금 길게 내뱉은 재우가 윤을 올려다보며 말했다.

— 그러니까 그 말은 길은 하나란 얘기네.

— 선배님에겐 그 길이 최선입니다.

— 우습군. 기간은?

— 일주일 드리겠습니다.

— 일주일?

— 일주일 내로 일신상의 이유로 사직서 내시면 강원건설 최순호 건은 이 정도 선에서 덮을 겁니다.

— 그렇지 않으면?

— 계속 뭉그적거리시면 그땐 제대로 구속영장 받아 수갑 채워드

릴게요. 신문, 방송은 옵션이구요.

윤은 회계 보고하듯 건조한 말투로 말한 뒤 커피를 한 모금 마셨다. 재우는 윤을 보며 자리에서 일어섰다. 밖으로 나가기 전 개인적인 질문을 건넸다.

— 재혼이라면, 아이는 있나?

— 없어요. 애가 있으면 모든 게 성가시죠.

— 난 이혼했는데, 딸이 하나 있어. 열다섯. 이름은 김소미.

— 예쁜 이름이네요.

— 얼굴도 꽤 예쁜 편이지.

— 선배님이 키우나요?

— 물론 아니야. 전처가 키우는데 양육비가 한 달에만 몇백이 넘어.

— 대단하군요. 특별 영재교육. 그런 거라도 받나요?

— 아니 그보다 더한 거. 그런 것과는 비교할 수 없지.

— 선배님 사생활이니 더 묻지는 않겠습니다.

— 그 사생활이 이렇게 나를 궁지로 모는군.

— ……

— 이 상황에서도 어떻게 하면 벗어날 수 있을까 고민하게 만들잖아.

— 분명히 말씀드리지만 선택의 여지가 없습니다. 퇴로가 없어요.

— 그건 두고 볼 일이고.

조사실 복도를 걸어 나오는 재우는 어떤 것도 제대로 보이지 않았다. 복도는 끝없이 긴 것 같았다. 한참을 걸었다고 생각했을 때

전화가 왔다. 휴대전화 액정에 '소미 엄마'란 이름이 떴다. 재우는 오늘 날짜를 확인했다. 말일을 이틀 앞둔 마지막 주 목요일이다. 양육비 송금일이 이틀밖에 남지 않았다. 이번 달, 다음 달도 언제나처럼 계속 송금해야 하는 삶의 무게가 재우를 짓눌렀다.

재우는 전처의 전화를 부러 무시하며, 광역수사대 사무실로 복귀해야겠다고 생각했다. 일상으로 돌아가 밀린 사건들을 어떻게든 처리해 다음 달 월급이라도 챙겨야겠다는 구차스러운 생각으로 걸음을 옮겼다.

2.

폴리스 라인은 허술했다. 노란 선 두 줄이 X자로 현관문을 가로막은 게 전부였다. 새벽 1시. 10층 복도 전체가 어두웠다. 이전보다 더 철저한 암흑이었다.

경찰 조사가 발표되기 전 방송에서는 일제히 임대 아파트 화재 사고를 사회 양극화 운운하며 거창한 사회문제로 다루었다. 방송국 보도를 따르면 아파트에 진입했을 때 이미 부자가 자살로 목숨을 거둔 상태라고 했다.

믿을 수 없었다. 정인은 자신의 눈으로 직접 옆집 상황을 확인하고 싶었다. 식탁 의자에 앉아 있으면 자신의 집 벽지까지 불길에 그슬린 흔적이 눈에 들어왔다. 가만히 벽을 보고 있으면 조민이 벽을 뚫고 자신을 향해 뛰어들어올 것만 같았다. 조강윤의 구타를 견디던 조민, 그때의 그 눈빛이 내내 지워지지 않았다.

폴리스 라인을 걷어내고 현관문 손잡이를 붙잡은 정인은 문이 열려 있음을 확인했다. 강한 열기에 현관문 중심이 운석이라도 맞은 것처럼 움푹 파여 있었다. 정인은 1002호 안으로 들어가 천천히 내부를 살폈다. 어느 것 하나 성한 것이 없었다.

처절했다.

창틀에서부터 커튼, 모노륨 장판과 천장의 몰딩 마감재, 전등, 책장, 주방 싱크대까지 모두 검은 재와 그을음에 휩싸인 채 형체를 잃어버렸다.

조민의 흔적을 찾을 수 있을까.

거실과 주방 사이에 1평 남짓한 공간이 눈에 들어왔다. 소주병만큼은 살아남았다. 박살난 것도 있고 그대로 보존된 것도 있었다. 정인은 그것들을 발로 치워내며 조민의 흔적으로 보이는 것들을 찾기 시작했다.

옷 더미와 불에 탄 신문지, 필기도구 사이로 절반쯤 불에 탄 자그마한 수첩 하나가 눈에 들어왔다. 수첩을 들추자 휘갈겨 쓴 것 같은 개성이 고스란히 묻어 있는 글씨체가 보였다. 왠지 모르게 익숙한 글씨체였다. 옷 더미 주변으로 목탄 연필 몇 자루와 촛농처럼 녹아내린 연필깎이가 보였고, 불에 탄 책들에 묻혀 있는 데스크톱 컴퓨터 한 대가 보였다. 재가 된 책 더미를 헤친 정인이 컴퓨터 본체를 살폈다. 부속 대부분이 검게 그슬리고 불에 녹은 상태였다. 정인은 조심스럽게 본체에서 CPU를 떼어낸 뒤 검은 녹을 닦아냈다.

발화점을 찾아내는 건 어려운 일이 아니었다. 도시가스 호스에 흠집을 낸 것이 결정적이었다. 사선으로 잘려나간 호스의 단면은 언뜻 보기에는 불길에 녹은 것처럼 보이지만 누군가 미세하게 칼로 금을 그어놓은 게 분명했다.

화재는 가스폭발로 볼 수밖에 없었다. 또한 폭발은 우연이 아닌 의도된 것, 그러니까 방화였다. 누군가 의도적으로 1002호에 불을 지른 것이다.

그 결론이 정인을 괴롭혔다. 아들을 두들겨 팰 때의 조강윤의 눈빛을 정인은 잊지 못했다. 폭행은 생에 대한 집착과 환멸의 다른 표현이다. 굳이 이런 식으로 죽으려 했다면 조민에게 그런 식의 집착은 보이지 않았을 것이다. 그런 석연찮음이 정인을 힘들게 했다. 거실 구석 자리에 주저앉은 정인이 잠시 고개를 벽에 기댔다. 벽에는 아직도 전날의 화마가 휩쓸고 간 뜨거움이 남아 있었다.

정인은 바닥을 뒹구는 소주병을 잡아 뚜껑을 땄다. 소주를 한 모금 삼킨 정인의 눈에 싱크대 밑에 있는 책 한 권이 들어왔다. 비교적 깨끗이 보존된 책이었다. 정인은 무릎걸음으로 가 책을 꺼내 펼쳤다. 하드 케이스와 대비되는 얇은 모조지에 상형문자들이 깨알같이 박혀 있었다. 커다란 상형문자 밑에 영문으로 'Old Testament'라고 적혀 있었다. 그리고 그 밑에 조민의 글씨체로 보이는 한 문장 '보이는 것 너머'란 글귀도 눈에 띄었다.

한 번 더 책을 살핀 정인은 소주를 병째 마시기 시작했다.

3.

— 그래, 그렇다고. 아, 씨발, 내가 지금 놀러 나왔니? 일하러 나왔잖아!

욕을 섞은 목소리가 1002호로 다가왔다.

— 나 이렇게 일하는 거 몰랐어? 새벽이고 밤이고 미친개처럼 뛰어다니는 게 니 남편 일이잖아. 야, 지금 일하러 나왔다고! 그래, 스트레스 좀 풀려고 단란주점 몇 번 가긴 했다. 그렇다고 이렇게 사람을 쥐 잡듯 하냐?

현관문이 열렸다. 휴대전화를 든 남자는 소리를 지르느라 미처 정인을 발견하지 못했다.

— 우리 신혼인 걸 내가 왜 몰라. 그래, 나도 사랑해. 안다고, 사랑한다니까. 그러니까 일 좀…….

정인을 발견한 남자가 순간 말을 멈췄다. 휴대전화 너머로 여자의 앙칼진 목소리가 이어졌다. 남자는 나중에 걸겠다며 통화를 마쳤다.

— 누구세요?

남자의 구두가 정인의 눈에 거슬렸다. 얼마나 비비고 닦아댔는지 표면이 유리처럼 반들거렸다.

새벽 1시에 폴리스 라인을 뚫고 거실에 웅크리고 앉은 정인은 그 상태로 잠이 들었다. 인기척에 눈을 떴을 때는 어느새 새벽 4시가 지나고 있었다. 그 시각에 누군가 폴리스 라인을 무시하고 1002호 화재 현장에 들어온 것이다. 정인은 남자의 차림새를 훑어봤다. 한 손에 서류철을 들고 양복 차림인 것으로 미루어 경찰은 아닐 거라 생각했다.

— 당신은 누군데?

정인의 목소리에서 뭔가 위협을 느꼈는지 남자는 고분고분 자신의 신분을 밝혔다.

— 생명보험 조사원이에요.

정인이 천천히 자리에서 일어섰다. 그러고는 NYPD 모자를 눌러썼다. 어둑한 기운에 휩싸인 실내인 데다 모자까지 깊게 눌러쓴 정인을 보자 조사원은 주춤하며 한 걸음 물러섰다.

— 이 집 가족이에요?

정인은 고개를 저었다.

— 그럼 뭔데요? 화재 현장에 함부로 들어오면 안 되는 거 몰라요? 이렇게 멋대로 들어오면 현장 보전을 어떻게 합니까. 누군지 빨리 말해요!

조사원이 휴대전화를 집어 들었다.

— 아무래도 경찰을 불러야겠습니다. 폴리스 라인을 폼으로 쳐둔 줄 아는 모양인데……

순간, 섬광처럼 파고든 무언가가 조사원의 목을 움켜쥐었다. 처음 잡힐 때는 더없이 부드러운 촉감이었다. 하지만 부드러운 느낌과는 별개로 조사원은 자신도 모르게 벽에 붙어 서야 했다. 곧이어 들고 있던 서류철이 바닥에 떨어졌다. 깊게 눌러쓴 모자 너머로 정인의 날카로운 눈빛이 조사원의 얼굴에 할퀴듯 파고들었다. 정인의 손에 목이 잡힌 조사원은 저항할 엄두조차 내지 못하고 마른침만 삼켰다.

— 내가 누군지는 알 필요 없고 묻는 말에만 대답해. 그럼 아무 일 없을 거야.

— 아. 알았어요.

복도에서 발소리가 들렸다. 지팡이에 의지한 듯 질질 끄는 소리였다. 3분의 1쯤 열려 있는 현관문 너머로 이른 새벽의 빛살이 스며들었다. 정인도, 조사원도 일제히 침묵했다. 조사원은 살려달라고 소리치고 싶었지만 그랬다가는 정인의 부드러운 손길이 전갈의 독침으로 돌변할 것 같아 잠자코 있을 수밖에 없었다.

발소리가 완전히 사라지자 정인이 더 낮은 목소리로 물었다.

— 보험 조사원이 왜 나온 거야?

— 그야 보험을 들었으니까…….

— 보험에 들었다고?

정인의 눈매가 날카로워졌다. 위기감을 느꼈는지 조사원이 서둘러 말했다.

— 들었죠. 들었으니까 내가 나왔죠. 그런데 수상한 게 있다고 해서…….

— 뭐가 수상해?

— 액수가 너무 커서…….

정인은 잡고 있던 목을 더 세게 잡았다.

— 수익자가 누구야?

— 그런 건 비밀이라…….

— 목뼈 나가고 싶지 않으면 빨리 대답해. 나 출근해야 하니까.

조사원은 공포로 눈을 홉떴다가 얼른 말했다.

— 박태식.

— 그게 누구야?

— 이 집 주인이요.

— 여긴 임대 아파트야. 집주인이 따로 있다고?

— 전매가 불법이긴 해도 공공연히 다 하고 있어요.

정인이 손을 놓았다. 비로소 제대로 숨을 쉬게 된 조사원이 몇 번
캑캑거렸다.

— 수령 예상액이 얼마야?

— 우리도 그게 의심되어 경찰 뜨기 전에 온 건데.

— 액수만 말해. 얼마야?

— 제대로 받으면 6억? 그 정도예요.

— 6억?

기가 막힌 액수였다.

— 조강윤이 보험에 다섯 개나 가입했어요. 그래서 조사해보려고.

— 경찰이 조사하잖아.

— 경찰을 어떻게 믿어요. 초동수사 엉망진창인 거 대한민국 국
민 열에 아홉은 알잖아요. 지금도 그렇지, 폴리스 라인 해놓으면 뭐
해. 이렇게 아무나 들어오는데.

정인은 얻을 수 있는 건 모두 얻었다고 생각했다. 조민의 유품 몇
개와 CPU, 불에 탄 수첩과 상형문자가 적힌 책을 손에 집었다.

— 그런 거 가져가면 안 돼요. 나도 조사해야 한다고요.

정인은 조사원의 명령 따윈 듣지 않고 1002호를 나갔다.

4.

사당역 5번 출구 부근에 운집된 PC방에는 언제나 그랬던 것처럼
습한 기운이 떠나지 않고 맴돌았다. 정인은 차고지에서 택시를 몰
고 나온 뒤 퇴근 시간대에 승객 몇 사람을 태운 다음 택시를 PC방
골목에 처박아놓고는 가장 먼저 눈에 띄는 PC방으로 들어갔다.

오후 9시의 지하 PC방은 습한 기운만큼이나 쓸쓸했다. 손님이 적
은 건 아니었다. 10대에서 4, 50대까지의 남자들이 모니터를 점령
하고 있었지만, 피곤에 찌든 그들은 인간이라기보다 오래전 생명을
잃은 좀비처럼 보였다.

구석 자리에 앉은 정인은 불과 1시간 30분 만에 '박태식'이란 이
름을 가진 집주인의 신상을 파악했다. 굳이 해킹하거나 정보기관의
힘을 빌리지 않아도 미국발 검색엔진 구글을 통해서라면 대한민국
국민의 신상 털기는 1시간이면 충분했다.

정인은 비밀, 보안 등의 용어와 그런 종류의 업무가 가진 은밀한
영향력을 의식해야 하는 것에 만성피로를 느꼈다. 세상은 본능적으
로 폭로를 욕망하지만 그러면 그럴수록 자신을 필사적으로 감춰야
하는 사람들은 늘어만 간다. 감추려는 자와 밝히려는 자. 정인은 의
자에 깊게 앉아 담배 연기를 길게 내뱉었다.

박태식. 수많은 동명이인 중 정인이 원하는 박태식을 찾는 건 비
교적 간단했다. 입찰 정보, 간단한 사건 사고, 지역신문 기사, 거기
에 등기소 홈페이지에 임대 아파트 주소를 입력한 것을 조합하니
1002호의 진짜 주인 박태식이 정체를 드러냈다. 연락처까지는 아니

어도 나이와 무슨 일을 하는지, 주요 활동 무대가 어딘지 정도는 쉽게 알아냈다.

정인은 40대 후반의 안산에 거주하는 것으로 파악된 박태식이 최근에 공을 들이는 장소를 휴대전화 메모장에 입력해 넣었다. 안산시 원곡동에 위치한 '강동빌딩'. 정인은 그곳을 박태식이 경매 입찰에 참여해 손에 넣었다는 사실과 5층짜리 건물의 4~5층을 '화이트 캐슬 나이트클럽'이라는 이름으로 공사 발주해 구청으로부터 다중이용 시설 영업허가를 기다리는 것까지 알 수 있었다.

강동빌딩과 화이트 캐슬 나이트클럽, 거기에 보너스로 추가된 '해운신용금고'란 대부업 등록번호까지. 그 등록번호가 여신금융협회에 등록되지 않은 구색만 맞춘 불법 사채업이란 사실을 알았을 때, 정인의 머릿속에서 보험과 사채, 조강윤과의 관계에 대한 대략의 밑그림이 그려졌다.

테이블에 올려놓은 휴대전화가 한 번 울렸다. 의자에 등을 기대고 있던 정인은 휴대전화를 들어 문자메시지를 확인했다.

〔금일 보고 요망〕

문자메시지를 보는 정인의 마음은 복잡해졌다. 조민, 그 아이의 얼굴은 여전히 지워지지 않고 오히려 시간이 갈수록 더 생생해져만 갔다. 불에 타버린 1002호의 폐허와 함께 술에 취한 아버지에게 마구잡이로 구타당할 때의 모습, 결정적으로 조민의 고통을 외면한 것에 대한 끝 모를 죄책감이 가슴을 옥줬다. 그것은 쉽게 이해하기 힘든 죄책감이었다.

수도권에만 1000만 명 넘는 인간들이 살고 있다. 그들 중 상식으로 받아들이기 어려운 해괴한 돌연변이들이 끔찍한 사건 사고를 분초마다 일으킨다. 그 모든 일들에 신경 쓸 만큼 한가로웠던가. 하지만 죄책감은 시간이 갈수록 단순하지 않은 모습으로 정인의 마음 깊이 강렬하게 파고들었다. 과거의 악몽을 헤집고 들어온 조민이란 특별한 존재를 지켜주지 못한 것에 대한 안타까움이 실제 자신을 지키지 못한 감정으로 동일시되고 있었다.

조민의 눈빛이 기억 속에서 쉬 지워지지 않았다. 자신조차 정확히 알 수 없었던 조각나고 분절된 과거, 그 악몽의 중심을 꿰뚫는 아이의 눈동자를 정인은 좀처럼 잊을 수 없었던 것이다. 그래서일까. 한참 동안 휴대전화 액정에서 눈을 떼지 않은 채 메시지를 보고 있던 정인은 단단히 작심한 듯 의자를 밀치고 일어섰다.

5.

— 당신은 관대해요.

— 관대하다…… 내가?

문자메시지 발신자는 대형 패널을 조작하며 말했다. 패널 내 디지털 액정에서 '고수위'란 표시가 나오자 재빠르게 버튼을 눌러 펌프를 작동시켰다. 곧 커다란 굉음과 함께 배수펌프가 움직이기 시작했다.

― 그런 편이죠.

정인이 찾은 곳은 14단지 지하 보일러실이었다. 설비 시설이 한곳에 모인 보일러실에는 없는 게 없었다. 텔레비전, 전기밥솥, 휴대용 가스레인지, 컴퓨터, 접이식 간이침대 '라꾸라꾸'까지. 휴대용 가스레인지 위에서 작은 양은 냄비가 끓고 있었다.

패널 조작을 마친 수호가 가스 불을 끄고는 정인 앞에 밥과 냄비를 나란히 올려놓았다. 식탁 대용으로 대충 구색을 맞춘 커다란 나무판자 위에 밥상이 차려졌다. 정인의 밥그릇 옆에 나무젓가락과 일회용 숟가락을 올려놓으며 수호가 말했다.

― 하긴 밥도 차려주고, 이 정도면 관대하긴 하네. 몇 년이나 얼굴 보고 살았는데 굳이 빡빡할 이유가 없잖아?

― 당신 전임은 이렇지 않았어요.

― 어떻게 했는데?

― 스토커 같았죠. 하루에 세 번씩 전화를 걸어 동태를 확인했어요.

― 의욕이 넘치는 친구였군. 공명심이 대단했던가. 먹어.

― 김치찌개?

― 있는 게 김치밖에 없으니 별수 있나. 그래도 참치 통조림도 깠으니까 맛은 괜찮을 거야.

수호가 빠른 속도로 밥을 먹었다. 그사이 전화벨이 울렸지만 수호는 전화를 받지 않았다.

― 안 받아요?

― 이깟 아파트에 급할 게 뭐 있어. 제대로 된 당직 수당이 있는 것도 아닌데 뭐가 신난다고.

— 전부터 궁금한 게 있어요.

— 뭐?

— 여기서 받는 월급도 윗선이 관리하나요?

— 미쳤어? 이건 내 노동의 대가야.

— 하지만 당신 본 임무는 아니잖아요.

— 본 임무 아니라고 설렁설렁할 수 있는 줄 알아? 세대마다 들어가 전기 검침하고 막힌 변기 뚫어주고 부녀회장에게 갖은 모욕 다 당하고. 윗선이 이 월급 관리하겠다고 하면 배 째라고 할 거야.

수호가 입 안에 밥알을 가득 담은 채로 말했다.

정인은 매달 꼬박꼬박 이곳 14단지 지하 보일러실을 찾았지만, 수호에 관해 제대로 아는 것은 거의 없었다.

수호는 나이를 가늠하기 어려운 외모였다. 쉰이 넘은 것 같아 보일 때도 있고, 30대로 보일 때도 있었다. 눈빛은 칼처럼 날카로운 반면, 미소는 어린아이처럼 순진무구했다. 그가 밝힌 '수호'라는 이름도 본명은 아닐 것이다.

— 부탁할 게 있어요.

— 해봐.

— 택시 운전 말이에요.

— 왜. 한일택시가 맘에 안 들어?

— 아니. 그게 아니고요.

— 회사 바꾸는 거 아니면 무슨 부탁이지?

— 그냥……. 조금 바빠질 것 같은데……. 눈감아줄 수 있어요?

할 말을 직설적으로 하는 정인이 이렇게 조심스럽게 말하는 것은 처음이었다. 수호는 숟가락을 내려놓고 물었다.

— 택시 일을 말하는 거야? 아니면······.

— 다른 일이 좀 있어서요.

잠시 침묵이 이어졌다. 수호는 오랫동안 닦지 않은 텀블러에 담긴 식은 믹스 커피를 단숨에 들이켰다. 커피로 입가심을 마친 수호가 담배를 피워 물었다. 정인은 몸을 숙인 채로 밥을 먹기 시작했다.

— 어떤 일인지 물어봐도 돼?

— 대답하기 곤란한 일은 아니에요. 나도 내가 왜 그 일에 접근하는지 모르겠지만.

— 그런 일을 왜 하는 건데.

— 그저······ 그래야 할 것 같아서요.

— 어렵군.

— 오래 걸리지 않을 거예요.

— 보고서 올리는 건 그다지 어렵지 않아. 이젠 상부에서도 별 신경도 안 써. 벌써 몇 년째야.

— 여기서만 3년.

— 그동안 조용했으니 앞으로도 조용할 거라고 생각하겠지. 하지만······.

— 네.

— 그 다른 일 말이야. 될수록 조용히 처리했으면 해.

— ······.

— 보고서에 특이 사항 기재하는 일 없도록 해달란 말이야.

— 노력할게요.

어디선가 약한 진동이 느껴졌다. 수호는 정인을 바라보며 작업복 뒷주머니에서 낡은 가죽 지갑과 휴대전화를 꺼냈다.

— 내가 보여줬던가?

수호는 지갑 속 사진을 보이며, 다른 손으로 휴대전화 폴더를 열었다. 정인은 전화를 받는 수호와 지갑 속 사진을 번갈아 살폈다. 사진에는 수호와 그의 부인, 그리고 어린 딸이 보였다. 수호의 결혼 여부와 자녀에 대해 3년 만에 처음으로 알게 된 순간이었다. 수호가 통화 상대에게 말했다.

— 아빠? 아빤 지금 일하고 있지. 아주 중요한 일이야. 그럼. 응? 포켓몬 게임팩 사달라고? 그건 엄마한테 허락받아야 하는데. 알았어. 끊자.

휴대전화 폴더를 닫던 수호가 정인을 향해 말했다.

— 넌 우리 가족의 밥줄이야. 요즘 애 하나 키우는 게 얼마나 힘든지 알지?

— 사고 치지 말라 이 말이군요.

— 알아들었으면 가봐.

자리에서 일어선 정인은 주섬주섬 빈 그릇을 챙기는 수호에게 물었다.

— 당신한테 가족은 어떤 의미죠?

— 뭐?

— 당신한테도 부모가 있었겠죠.

— 당연한 걸 왜 물어.

— 그들은 당신을 어떻게 생각했어요?

설거지통에 그릇을 담으며 수호가 고개를 돌렸다.

— 잠깐. 뭐라고? 못 들었어.

대답이 필요한 질문은 아니었다. 정인은 두 번 말하지 않고 보일러실을 나와 바로 앞에 주차해놓은 구형 소나타 택시에 올라탔다.

6.

검시대 위로 시커먼 그 무엇이 떠오르듯 나타났다. 국립과학수사연구원 감식반 인턴이 냉동 보관고에서 꺼낸 두 구의 사체는 형체를 알아볼 수 없을 정도로 상태가 좋지 않았다. 얼마 전까지 숨 쉬고 살던 인간이라기보다 손만 대면 바스라질 것 같은 타다 남은 나무토막 같았다.

재우는 무심한 얼굴로 숯덩이가 되어버린 사체 두 구와 간략하게 설명된 사건 경위가 적힌 서류를 번갈아 살폈다.

— 이런 방화 사고나 맡으라고 광역수사대가 있는 줄 아나.

직속 후배인 철규가 재우 눈치를 보며 투덜거렸다. 재우가 내사를 받았다는 사실은 광역수사대 지능2팀만이 아닌 서울지방경찰청 전부가 알고 있었다. 모두들 재우의 눈치를 보는 상황이었다.

— 임대 아파트 14단지 1002호에 살고 있던 부자지간이라고?

재우는 이어지려는 철규의 푸념을 끊으며 물었다.

— 예? 예.

— 아버지는 조강윤…… 아들 이름은 없네?

철규가 어깨를 으쓱했다.

— 원래 이름이 없어요.

— 무슨 소리야?

— 출생신고가 안 되어 있어요.

— 몇 살인데?

— 열 살? 열두 살? 동네 이웃들이 그러더라고요. 학교도 안 가고. 완전 콩가루 집안이에요.

— 화재 원인이 뭐야?

— 정확한 건 나와봐야 아는데……. 조강윤이 쓰던 라이터가 폭발했나 봐요. 외부인 침입 흔적도 없고 그럼 뭐 답 나온 거 아닌가요?

— 동반 자살?

— 죽으려면 혼자나 죽지, 아들까지 이게 뭐야.

— 조강윤…… 꽤 특이하네.

서류에 나온 조강윤의 프로필을 살피던 재우의 눈썹이 씰룩였다. 사안의 심상찮음을 직감할 때 자신도 모르게 표출되는 자동 반사와 같은 반응. 재우는 부러 자신의 본능을 억제하고 싶었다. 지금은 자신의 신변에 닥쳐든 불운의 먹구름을 걷어내는 게 우선이었다. 관할구역에 할당된 방화 사건에 골몰할 만한 여유도, 여력도 없다고 재우는 스스로에게 주입시켰다. 하지만 조강윤의 프로필은 천생 형사인 재우의 촉을 계속 건드렸다.

— 서울대 중퇴네. 것도 철학과.

— 책도 냈던데요. 《혁명의 실패》라고.

— 사회과학 서적인가?

— 그런 것 같아요. 뭐 그쪽 친구들 내는 책은 다 그렇고 그렇잖아요. 그런데 무슨 제목이 그래요. 실패가 뭐야. 실패가.

— 학생운동을 한 건 분명한데 별다른 활동 이력이 없네.

— 직접 가담자는 아니었나 봐요. 전과도 없고 하다못해 동아리 활동도 없어요.

— 그런데 왜 이 모양이야?

재우가 지적한 건 조강윤의 병원 기록이었다. 알코올중독과 각종 합병증으로 엉망이 된 상태였다.

— 왜겠어요. 책 제목이 말해주잖아요.

철규는 손뼉을 한 번 마주쳤다.

— 더 조사할 것도 없겠어요. 신병 비관으로 인한 부자 동반 자살. 그렇게 끝내죠.

철규는 재우를 돕고 싶었다. 후배로서 자신이 해줄 수 있는 건 시시껄렁한 사건을 신속히 종결짓도록 하는 거라고 생각했다. 자신들의 허물까지 대속(代贖)하는 팀장 재우에 대한 최소한의 예의였다.

인턴이 길게 하품을 하며 기지개를 켰다. 재우가 두 구의 사체를 손으로 가리키며 물었다.

— 일치 여부는 확인한 겁니까?

인턴이 답했다.

— 과장님 말로는 지문이고 뭐고 식별 가능한 게 아무것도 없다는데요.

— 그런데 어떻게 사체가 두 구인지 확신합니까?

― 뼈의 크기로요.

인턴이 손으로 두 개의 뼛조각을 가리켰다. 육안으로만 봐선 구분이 어려웠다. 불길에 그슬린 유리 조각 같았다.

― 두개골인데, 두 조각이 달라요. 하나는 성인, 다른 하나는 어린아이 거죠. 물론 두 경우 모두 추정이에요.

철규가 인턴의 말을 받아 재우에게 비닐 파우치에 담긴 증거품을 보여주었다. 하나는 반지였고, 다른 하나는 불에 탄 양말이었다. 철규가 말했다.

― 반지엔 조강윤으로 추정되는 이니셜 제이, 케이, 와이가 있고, 양말은 아이 건데, 사고 현장에서 멀쩡한 다른 한 짝이 발견됐어요. 아이 거예요.

재우가 조심스럽게 고개를 끄덕이며 인턴에게 물었다.

― 지문 감식이나 사체 검별은 따로 안 한 겁니까?

― 아마도 그런 것 같아요. 이 건 말고도 처리해야 될 게 이번 주에만 30건이 넘으니까.

인턴은 사체를 다시 냉동 보관고로 밀어 넣었다. 재우가 증거품을 철규에게 건넸다. 밖으로 나가는 재우의 뒤에 대고 철규가 말했다.

― 이 사건은 저희가 알아서 처리할게요. 나중에 결재만 해주세요. 그동안 다른 생각 말고 편히 쉬시고요.

7.

다음 날, 정인은 안산의 한 공사 현장을 찾았다.

억수처럼 비가 내렸다. 때늦은 겨울 장맛비라고도 하고 기상이변으로 인한 폭우라는 말도 있었다. 정인은 이른 새벽 인력시장 앞에서 대기하고 있다가 미장공 노인을 따라 봉고차에 탔다.

구식 라디오를 작업장 창틀 난간에 올려놓은 미장공 노인은 작업 시간 내내 KBS FM을 들었다. FM 방송에서는 뉴스와 클래식, 그도 지치면 가곡과 국악만 흘러나왔다.

다섯 명이 넘는 일용 노무자들은 미장공 노인의 클래식 감상에 딴죽을 걸지 않았다. 아예 그럴 의욕이 없어 보였다. 새벽 인력시장에서 처음 만나 봉고차에 오른 이들은 서로에게 아무 관심도 표하지 않았다. 아침에 현장 관리자의 간단한 업무 지시에 몇 마디 대꾸한 것을 제외하고는 하루 종일 침묵 속에서 주어진 일만 하고 있었다.

비 오는 날에도 안산 원곡동 초입에 위치한 공사 현장은 꽤 많은 일손을 필요로 했다. 정인은 쓰고 남은 자재 쓰레기를 처분하는 작업에 투입됐고 그 현장이 화이트 캐슬 나이트클럽 내부였다.

정인이 한일택시 김 부장을 찾아가 며칠만 택시 운전을 쉬겠다고 말했을 때, 김 부장은 정인에게 이미 처리가 끝났다고 말했다. 정인은 수호가 자신보다 먼저 회사 측에 사정을 말했다는 걸 확인했다. 택시 운전은 쉬어도 차는 필요했다. 그 대목에선 김 부장의 표정이 어두워졌다. 결국 김 부장은 교대일까지 사납금 차감하고 월급을 지급하겠다는 말과 개인 용도로 사용하는 연료비는 개인이 충당하라는 말을 힘주어 덧붙였다.

정인은 인력시장에서 6억대 보험의 수익자인 임대 아파트 1002호의 실소유주, 박태식이 자신의 소유인 안산 원곡동 소재 나이트클럽 마무리 공사 점검을 위해 매일 현장을 찾는다는 정보를 접했다. 정인은 미장공 보조로 현장에 들어가는 게 최선이라고 생각했다. 박태식이 오길 기다리며 정인은 그렇게 만 하루를 온전히 미장공 노인의 보조로 일했다.

정인이 보낸 시간은 헛되지 않았다. 오후 4시. 현장 관리자가 빵과 막걸리 네댓 병을 손에 쥐고 나타났고 노무자들은 기다렸다는 듯 나이트클럽 입구에 모여 앉아 막걸리 한 병씩을 손에 쥐었다.

정인은 아직 유리를 끼워 넣기 전인 창틀에 걸터앉아 봉지 뜯은 빵을 입 안에 밀어 넣으며 밑을 내려다봤다. 5층 나이트클럽 현장에서 내려다본 지상 주차장에 어젯밤 미리 주차해놓은 구형 소나타 택시가 보였다. 잠시 후 검은 세단 한 대가 택시 옆으로 들어섰다.

운전석에서 넓은 어깨의 남자가 내려 뒷문을 열자 백발에 캐주얼한 차림새의 남자가 내렸고 곧 앞뒤에서 두 명의 남자가 따라 내렸다.

정인은 남은 빵 조각을 마저 삼키며 백발 남자가 건물 입구로 들어서는 모습을 지켜봤다. 현장 관리자가 노무자들을 부르더니 건물 주인이 오니까 일하는 척이라도 하라고 말했다.

미장공 노인이 정인을 불렀다. 둘은 목재 실내장식을 제작 중이었다. 미장공 노인의 빼어난 솜씨가 돋보였다. 하지만 곧 정인은 목재를 절단하고 있는 미장공 노인으로부터 멀어졌다. 엘리베이터 문

열리는 소리가 들리고 남자들의 왁자한 목소리가 들려오자 정인은
나이트클럽 입구 쪽으로 걸음을 옮겼다.

　현장 관리자에게 도면을 건네받은 백발 남자가 현장을 둘러보며
짜증 섞인 말을 쏟아냈다. 주로 작업 속도에 관한 불만과 구청과 연
관된 말이었다. 백발 남자의 수행원들은 현장과 어울리지 않는 검
은 양복 차림으로 백발 남자 주위를 서성거렸다.

　정인이 백발 남자 앞을 가로막고 섰다. 백발 남자가 인상을 찌푸
리며 말했다.

　— 뭐냐? 일 안 해?

　정인은 백발 남자를 쏘아보며 물었다.

　— 당신이 박태식이야?

　— 뭐야? 계집이야?

　박태식은 정인이 자신의 이름을 아는 것보다 눈앞에 선 자가 여
자라는 사실에 놀라워했다.

　— 야, 일 어떻게 하는 거야. 현장에 왜 계집년이 있어!

　당황한 현장 관리자가 손에 쥔 현장 수첩을 펼쳤다.

　— 당신 남자 아니었어? 분명히 현장 올 때 주민번호 적으라고
했잖……아.

　현장 관리자가 말을 흐렸다. 20으로 시작하는 번호가 눈에 들어
왔기 때문이다.

　— 완전히 개판이구만. 그렇게 일할 사람이 없어? 엉!

　정인은 여전히 박태식을 쏘아보며 말했다.

— 묻는 말에 대답해. 당신이 박태식이냐고.

— 요것 봐라. 내가 박태식이면 어쩔 건데?

— 한양아파트 14단지 1002호, 알지?

비웃음이 담겼던 눈빛이 돌변했다. 박태식은 일순간 긴장하나 싶더니 누가 또 있는지 보려는 듯 주변을 둘러봤다. 검은 양복들이 정인에게 다가와 주위를 에워쌌다.

— 너 짭새야?

— 박태식 맞지?

— 혼자 왔어?

— 조강윤 알지? 그 아들도.

— 짭새는 아닌 거 같은데. 뭐 하는 년이야? 조강윤 가족이야?

— 당신이 그랬어?

— …….

— 당신이 불 질렀어?

— 이년이 미쳤나.

박태식이 검은 양복들에게 눈짓했다. 신호를 받은 검은 양복들의 손에는 어느새 쇠못 박힌 각목이 들려 있었다. 박태식은 정인을 노려보며 현장 관리자에게 소리쳤다.

— 이년 대가리 터지면 일하다 다친 걸로 처리해. 무슨 말인지 알지?

정인이 한 걸음 다가섰다. 정면에 서 있던 검은 양복이 정인의 머리를 향해 각목을 휘둘렀다.

10초도 안 되는 짧은 시간, 상황은 끝났다. 정면의 검은 양복이 각목을 휘두르는 순간, 정인은 몸을 한 바퀴 뒤틀어 왼발로 검은 양복의 관자놀이를 가격한 후 자신의 우측을 파고드는 다른 검은 양복의 명치를 옆차기로 가격했다. 그러고는 비틀거리는 검은 양복의 가슴을 발판 삼아 한 번 더 하체를 비틀어 자신의 뒤에서 달려오는 검은 양복의 정수리를 오버헤드킥으로 강타했다. 발차기 세 번으로 검은 양복들은 그 자리에 주저앉은 채 숨을 쉬지 못하고 헉헉거렸다. 의식은 있으나 몸이 뜻대로 움직여주질 않았다.

박태식은 혼비백산해서 엘리베이터를 향해 뛰어갔다. 정인이 몸을 돌렸을 때는 이미 엘리베이터 문이 닫힌 후였다. 정인은 지체하지 않고 비상계단으로 뛰어 내려갔다.

8.

반월공단으로 향하는 8차선 도로는 퇴근 시간을 앞두고 있는데도 놀라울 만큼 한산했다. 가끔 대형 탱크로리가 마지막 차선을 달리는 모습이 전부인 도로 위를 검은 에쿠스와 구형 소나타 택시 한 대가 빠른 속도로 질주했다.

쫓고 쫓기는 질주였다. 박태식이 모는 검은 에쿠스는 도망자였고, 정인이 모는 구형 소나타 택시는 추격자였다.

총알택시 운전이 일상이 된 정인에게 박태식의 에쿠스를 따라붙는 건 어려운 일이 아니었다. 하지만 정인은 에쿠스를 가로막기에는 위험 부담이 크다고 판단했다. 박태식의 막무가내 운전을 볼 때,

급하게 가로막으면 대형 충돌을 피하기 어려워 보였다. 엔진 마력만 믿고 액셀을 밟아대는 박태식의 에쿠스를 보며 막다른 곳으로 몰아붙여야 할 필요성을 느꼈다. 정인은 부러 차의 속도를 조절하며 에쿠스 뒤에 바싹 붙어 추격했다. 에쿠스는 닥치는 대로 차선을 변경했지만 정인의 집요한 추격을 뿌리칠 수는 없었다.

10여 분간 이어진 추격전은 원곡동 외국인 타운 입구에서 끝났다. 박태식은 차 밖으로 도망치듯 뛰어나와 무법 구역으로 알려진 공원으로 내달렸다. 그를 따라 공원에 들어선 정인은 박태식이 이곳으로 도망친 이유를 곧 알게 됐다. 철저한 슬럼 정서로 가득한 공원에는 낡은 작업복 차림의 동남아인과 조선족 들이 모여 있었다. 화장실 앞에 멈춰 선 박태식은 사람들 사이에서 한 남자를 찾아내고는 지갑 속에 있는 현금을 죄다 꺼내 쥐어주며 외쳤다.

— 내가 약속 꼭 지키는 거 알지? 저년 없애면 100만 원 더 얹어줄게!

국적을 알 수 없는 이들에게 이런 식의 거래는 어떤 의미일까. 문득 정인은 생각했다.

넷, 다섯, 여섯…… 정인 근처를 어슬렁거리던 남자들이 모여들었다. 정인은 박태식의 돈을 받은 남자를 유심히 봤다. 남자는 허름한 작업 점퍼 차림으로 야구 모자를 깊이 눌러쓰고 있었다. 정인은 남자가 지금 모여든 이들의 관리자라는 사실을 직감했다.

박태식이 숨을 가라앉히며 말했다.

— 씨발, 너 오늘 잘못 걸렸어.

— 그래?

— 얘네들 돈만 주면 사람도 죽이는 애들이야.

정인은 박태식이 건넨 지폐를 태연히 나누고 있는 남자들을 살폈다. 오래전 익숙하게 보아온 풍경이었다. 지폐 한두 장에 사람을 죽이거나 스스로 죽는 일.

정인은 남자들 뒤에 숨은 박태식에게 말했다.

— 묻는 말에 대답이나 해.

— 얌전히 꺼져. 그러면 살려줄 테니까.

— 대답해.

— 도대체 조강윤 그 새끼하고 무슨 사이야? 이제 와서 뭘 어쩌겠다고…….

일은 순식간에 벌어졌다. 정인은 돈 나누기를 끝내고 자신을 향해 다가오는 두 명의 남자를 밀쳐내고 화장실 쪽으로 달려갔다. 박태식은 새하얗게 질린 얼굴로 비명을 질렀다. 박태식의 코앞으로 다가간 정인은 그대로 그의 목을 붙잡았다. 박태식은 찰나의 순간 목 깊이 스며드는 정인의 부드러운 손길을 느꼈다. 하지만 부드러움은 여지없는 공포로 바뀌었다. 정인의 손가락에 힘이 가해지자 박태식은 눈앞이 캄캄해졌다.

남자 중 한 명이 정인을 향해 망치를 꺼내 들었다. 정인은 모여든 남자들을 향해 시퍼렇게 질린 박태식의 얼굴을 돌렸다. 남자들이 일제히 걸음을 멈췄다. 정인은 박태식과 눈을 마주하며 말했다.

— 두 번 안 물어. 두 번째 물을 땐 당신은 이미 저세상 사람이야.

— 뭐, 뭐 하는 짓이야.

박태식은 말을 할수록 천천히 조여드는 질식감에 미칠 것만 같았다. 이 죽음의 위협에서 벗어날 수만 있다면 어떤 비밀이라도 고백할 수 있을 것 같았다.

— 당신이 1002호에 불을 질렀어? 가스 호스 자르고 조강윤이 쓰던 라이터로 불을 붙였냐고.

— 아니야.

— 두 번 안 묻는다고 했어.

박태식의 부릅뜬 눈동자와 정인의 눈이 다시 마주쳤다.

— 정말 아니야.

— …….

— 난 조강윤이 시키는 대로 한 것뿐이야. 그 인간이 하자는 대로 한 거라고.

정인은 박태식의 눈에서 진실을 봤다. 비록 강제된 진실이긴 해도 박태식은 목숨을 걸고 거짓을 말할 만큼 강한 인간은 아니었다.

— 난 사채업자일 뿐이야. 조강윤, 그 새끼가 나한테 돈을 빌렸단 말이야.

— 얼마?

— 6억.

— 이자 빼고 원금만 말해.

— 2억.

— 조강윤이 무슨 돈을 그렇게 많이 빌려?

— 차용증 있어. 확인해봐.

정인은 남자들을 경계하며 박태식을 서서히 공원 입구로 끌고 나가기 시작했다. 그사이 갑절로 늘어난 남자들도 정인을 따라 움직였다. 하지만 섣불리 달려들지는 않았다. 관리자 남자가 다른 남자들의 행동을 막았다.

정인에게 끌려가는 박태식이 힘겹게 말을 이었다.

— 갚으라고 재촉했어. 안 그러면 죽인다고.

— 진짜 죽일 생각이었어?

— 그 새끼 어디에서 6억이 나오겠어. 장기라도 꺼내 팔아야 손해가 줄지. 그런데 조강윤이 먼저 제안한 거야.

— 뭘?

— 보험에 중복 가입한 후 정확히 3개월 후 자신이 직접 집에 불을 지르겠다고.

— 그럼 빚 때문에 자살했다는 거야?

새파랗게 질린 꼴로 박태식이 피식 웃었다.

— 죽긴 누가 죽어?

— 무슨 말이야?

— 그 새끼 살아 있어.

— 시신이 발견됐다고 들었는데.

— 내가 이 근처 노숙자 한 명 물어다 줬어. 완전범죄 해야 하잖아.

— 지금 그 말 정말이야?

— 정말이야. 조강윤, 그 새끼가 먼저 제안한 거야. 난 그 새끼 제안 받아들인 죄밖에 없다고.

— 아이는? 아이도 살아 있어?

혹시나 하는 기대에 정인의 목소리가 한층 낮아졌다.

— 걔는 죽었지. 그 새끼가 나한테 그랬어. 아들을 죽이겠다고.

아들 숨통 끊어놓아야 한다고.

기대는 허무하게 무너졌다. 정인은 박태식을 택시 앞까지 끌고
와 문을 열었다.

— 한 가지만 더.

— 이거나 풀어주고 얘기해.

— 그 임대 아파트 당신 거잖아. 왜 조강윤에게 빌려줬어?

— 그런 것까지 알려줘야 해?

박태식이 그 말을 하는 순간 백미러가 산산조각 났다. 동시에 박
태식의 목을 조여오던 악력도 함께 풀렸다. 박태식이 정인으로부터
벗어났다. 오른손에 칼을 쥔 남자가 외마디 고함을 지르며 달려들
자 정인은 손날을 이용해 사선으로 칼을 내리쳤다. 놀랍게도 단도
는 두 동강 나버렸다. 남자들이 아연실색하는 동안 정인은 운전석
에 올라 시동을 걸었다.

— 저년 잡아! 죽여버려!

박태식이 바닥에 주저앉아 소리쳤지만 남자들은 꿈쩍도 하지 않
았다. 관리자 남자의 지시가 없으면 움직이지 않는 불문율이 존재
하는 것 같았다. 관리자 남자는 야구 모자를 꾹 눌러쓰며 공원을 빠
져나가는 구형 소나타 택시를 내내 지켜봤다.

9.

1002호로 돌아온 정인은 엉성하게 걸쳐진 폴리스 라인의 무심함

만큼이나 더한 비감에 사로잡혔다.

불에 타버린 조민의 옷이 정인의 시야에 밟히듯 들어왔다. 많지 않았다. 오래된 야구 점퍼와 속옷 몇 벌이 고작이었다. 지상 어디에도 존재하지 않는 조민의 흔적은 초라하기만 했다.

자신의 아버지가 집을 불태우려 했을 때, 가스 호스를 잘라내고 라이터로 불을 지르려 했을 때 조민의 기분은 어땠을까.

정인은 열 살 남짓한 조민이 느꼈을 원초적 공포를 떠올렸다. 결코 반갑지 않은 회상이었다. 조민의 공포를 떠올리자 곧 자신의 유년시절이 떠올랐기 때문이다. 그녀의 유년은 공포와 두려움, 그 자체였다. 아무것도 모른 채, 오직 살기 위해 누군가를 죽이는 일부터 배워야 했던 유년.

정인은 자신을 낳아준 이가 누구인지, 자신이 어째서 이곳에 있어야 하는지 알지 못했다. 궁금증을 느끼기에는 죽음이 너무 가까이 있었다. 조민도 그랬을 것이다. 이 세상에 이름조차 등록되지 않은 조민 역시 패배자 아버지의 그늘에서 죽음의 위협에 내내 시달렸을 것이다.

새벽 1시가 넘어서는 시각. 정인은 고열에 휩싸여 앙상하게 골격만 남은 소파에 기대 앉아 소주병을 비웠다. 새로 딴 병인데도 재맛이 났다. 깨진 베란다 유리 너머로 차가운 밤바람이 파고들었다. 바람의 기세에 먼지처럼 켜켜이 쌓인 재가 허공으로 떠올랐다가 가라앉았다.

바람이 더욱 거세게 불었다. 빗방울도 한두 방울씩 흩뿌렸다. 거친 바람에 거실 벽 전체가 흔들리는 느낌이었다. 벽면의 재도 벽에서 떨어져 나왔다.

물끄러미 벽을 바라보고 있던 정인이 자리에서 일어났다. 재가 바람에 휘날리며 벽면에 글씨 같은 것이 보인 것이다. 손으로 검은 재를 닦아냈다. 영문과 한글이 섞인, 비스듬히 새겨 넣은 그 누군가의 글씨. 정인은 그 표식이 누군가 벽에 적어놓은 최후의 흔적일 거란 확신이 들었다. 불길에 휩싸이기 전 급한 속도로 써 내려간 단 하나의 표식이 정인의 눈앞에 속살을 드러냈다.

XP바Q

시간과 자본

1.

서울 한복판 용산. 하지만 전자상가가 모여 있는 용산은 사람이 사라진 폐허처럼 황량하기만 했다. 그중에서도 외곽의 5층짜리 전자상가 건물은 활력이라고는 찾아볼 수 없었다.

정인은 오래된 건물 특유의 악취로 가득한 전자상가의 4층 한 귀퉁이에 자리 잡은 이철의 가게에 들어섰다. 정인은 인사를 생략하고 불에 그슬린 CPU를 건넸다. 반년 만에 만났지만, 둘 사이에는 오랜 기간 쌓여온 익숙함이 있었다. 정인은 CPU를 눈짓으로 가리키며 말했다.

— 그 안의 자료 좀 살려봐.

CPU를 만지작거리며 이철이 볼멘소리로 대꾸했다.

— 불에 탄 걸 무슨 수로…….

— 할 수 있는 데까지 살려봐.

정인은 이철의 자리 옆 앵글 선반에 걸터앉아 일회용 종이컵에 담긴 커피를 마셨다.

— 사적인 말 좀 나누고 그럽시다.

— 뭐, 어떻게 지냈느냐 그런 거?

— 이를테면.

— 이렇게 둘 다 살아 있잖아. 그럼 된 거지.

— 눈만 껌뻑껌뻑 뜨고 산송장처럼 사는 것도 사는 겁니까?

— 뭘 더 기대해.

— 적어도 난 어떤 설명이라도 해줄 줄 알았습니다.

— 무슨 설명?

— 몰라서 묻는 겁니까? 우리가 여기까지 어떻게 올 수 있었으며, 우리가 거기서 훈련했던 이유가 무엇인지, 왜 그런 걸 배웠는지 말입니다.

제 감정에 복받친 이철의 얼굴이 붉게 상기되었다. 하지만 그는 빠르게 흥분을 가라앉혔다. 일종의 자기 검열 같은 습관이었다. 말을 멈춘 이철이 빠르게 주위를 살폈다. 여전히 인기척은 들려오지 않았다.

— 예전 버릇 여전하네.

— 무슨 버릇이요?

— 쓸데없이 감상적인 거 말이야.

— ······.

— 집어치우고 거기 자료나 캐봐.

고개 숙인 이철이 정인의 다리를 응시했다. 스키니진 속에 감춰진 그녀의 두 다리는 여전히 단단해 보였다. 변하지 않은 몸이었다.

이철은 자신보다 나이가 다섯 살이나 어린 정인에게 한 번도 반말을 쓰지 않았다. 그건 정인을 향한 일종의 경외감 같은 것이었다.

2.

2시간이 걸렸다. 정인이 보기에 손실된 자료 복원만큼은 이철을 능가하는 전문가가 없을 것 같았다.

솔직히 엄청난 화재로 형체가 일그러진 CPU에서 내부 정보나 기록을 추출해 복원할 수 있을 거란 기대는 그렇게 크지 않았다. 그래도 이철이라면 하는 생각으로 이곳을 찾았던 건데 결과는 기대 이상이었다.

오후 5시 30분. 쉬지 않고 계속되던 이철의 키보드 조작이 갑자기 멈췄고, 그와 함께 레이저 프린터가 가동되었다.

— 다른 프로그램에 있는 건 못 살렸습니다. 역부족이네요.

— 이건?

정인이 A4 용지 세 장을 들어 보이며 물었다.

— 워드패드와 메모장에 담긴 기록이 전붑니다. 그것도 겨우 짜집기해서 맞췄어요.

출력된 기록의 결과물을 살피는 정인에게 이철이 변명하듯 말했다.

— 한번 뒤틀린 텍스트를 바로잡아 그런지 결과물이 매끄럽진 않을 겁니다. 그 점 감안하십시오.

작업을 끝낸 이철이 담배를 입에 물고 상가 여닫이문을 절반쯤 열었다. 이곳은 사람 목소리 한번 듣기 어려웠다. 담배 연기를 길게 내뿜은 이철이 혼잣말처럼 중얼거렸다.

— 더럽게 조용하네.

푸른 물속에 ■■■ 차라리 마음이 편하다. 이대로 죽을 수 있으니까. 죽는다는 거, ■■ 살아 있는 것보다 그리울 ■■ 있다. 푸른 물길 위에서 몇 시간이고 떠 ■■■ 아니면 떠오르거나 ■■■■ 죽거나. 죽음은 ■■■ 사치다. 그들, 그들이 나를 ■■ 올린다. 잡았다 풀어주고 잡았다 풀어주는 ■■■■ 사냥꾼들처럼 ■■■ 죽음의 문 앞까지 돌진한 나를 다시 삶 속으로 내던진다.

눈의 언덕을 걷고 또 걸으며 얻는 ■■ 큰 사치는 함께 ■■■ 오르는 동지를 돌아보는 것이다. 어디에 있을까. 낙오하진 않았을까. 허벅지 높이까지 쌓이는 눈길을 ■■■■ 생각나는 것 ■■■■■■ 구원. 그것뿐이다. 눈의 언덕 위를 올랐을 때, 그때 나는 나만 보였다. ■■■ 누가 함께하든, 누가 살아남든 최소한의 관심조차 소멸된 완벽한 이기다.

멧돼지 목에 ■■■■ 돌조각을 밀어 넣는다. 가죽을 뚫고 숨통을 끊어놓을 정도의 충격을 ■■■■ 보통의 주의력으론 불가능하다. 자칫 그르치면 흥분한 멧돼지 떼에게 공격당해 사지가 찢길 ■■ 있다. 하지만 돌조각이 제대로 박히면, 그래서 피가 돌조각을 움켜쥔 내 얼굴로 폭포처럼 ■■ ■■■ 녀석은 비명조차 ■■■ 못하고 숨을 거둘 것이다.

숨통을 끊은 녀석의 ■■■ 벗겨내고 ■■■■ 차가워진 내 몸을 보호한다. ■■■ ■■■■ 나무 꼬챙이에 꿰어 불에 굽거나 그럴 여건이 안 된다면 그대로 입 안에 ■■ 넣는다. 그렇게 ■■■■ 숨이 끊어져 피를 흘리고 또 누군가는 그들의 피로 질기게 살아간다.

나는 내가 기억하는 ■■, 내가 들은 것들을 하나의 기호 ■■ 묶어 넣을 거야. 그 기호가 무슨 뜻인지조차 잊을 ■■. ■■ 적은 단어들, 대부분의 뜻도 ■■ 못해. 내 기억은 완벽하게 기호 속에 묻혀서 잊혀버릴지도 몰라. 하지만 난 누나가 내 기억 속에서 ■■■■ 같아. 왜 그렇게 생각하느냐고? 몰라. ■■■■. 내 몸과 기억에 ■■■■■. 이해하지 않아도 ■■. 그냥 그런 거니까.

누나의 꿈, 누나의 과거는 ■■■ 특별했어. 난 누나가 나와 같은 사람일 거라는 ■■■ 들어. 그 느낌 너무 ■■■■ 생생해. 누나도 그래?

정인이 기록물을 살피는 데는 채 1분도 걸리지 않았다. 이철이 퉁명스럽게 물었다.

— 그따위 기록은 왜 보관했으며, 지금 그걸 복원하는 이유는 또 뭡니까?

— 무슨 소리야?

— 훈련받을 때 일을 왜 기록했냔 말입니다.

— 이건 내가 쓴 게 아니야.

— 그럼 누가…….

— …….

— 대체 누굽니까? 그곳에서 살아남은 건 우리 둘, 그리고 그분 뿐이잖습니까. 우리 셋 말고 또 누가 있습니까?

이철이 다시 정인을 바라봤다. 정인은 묵묵히 입을 다물고 있었다.

정인은 자신의 과거를 기억 속에서 모조리 불태워 없애고 싶었다. 지금도 그 생각은 유효했기에 부러 이런 기록을 남길 이유가 없었다. 그런데 조민이든, 조강윤이든 상관없이 그들 부자의 흔적 속에 누구도 알지 못하고, 누구도 상상하기 어려운 자신의 끔찍한 유년이 복원되어 있는 이 상황을 무슨 수로 이해한단 말인가.

정인은 다시 한번 마지막 기록을 살폈다. 누나라는 호칭을 쓰는 것과 전날 1002호 거실 벽에 새겨 넣은 알 수 없는 기호로 봐선 조민이 쓴 글이 분명해 보였다. 조민은 자신의 앞날을 미리 예측이라도 한 것 같았다. 자신의 컴퓨터 기록을 찾아낼 것까지 미리 알고 적은 것처럼 보이는 기록은 정인에게 섬뜩한 느낌으로 다가왔다.

혼란스러워하는 정인을 보며 이철이 담배 두 개비를 꺼내 한 개비는 자신의 입에, 다른 한 개비는 정인의 입에 물려주고는 말했다.

— 비슷한 사람이 또 있다는 말입니까?

— 나한테 설명 듣기를 기대하지 마.

— 왠지 좋은 느낌은 아니네요.

— 이철.

— 말하십시오.

— 우리한텐 좋다 나쁘다는 없어. 그걸 잊었나?

— 그럼 대체 우리에게 남는 건 뭡니까?

이철이 따지듯 물었다. 하지만 정인은 이철의 질문에 답하지 않았다. 이철은 정인의 침묵을 확인하고 중얼거렸다.

— 언제나 그랬듯 당신, 참 이기적입니다.

3.

재우의 책상에 철규가 작성해놓은 조서가 놓여 있었다. 조서는 일목요연했다. 현장 사진과 감식반 검토 자료, 육하원칙에 입각한 조서는 오탈자 하나 찾아보기 힘들었는데 그런 식의 정갈함이 재우를 오히려 짜증스럽게 했다.

2평 남짓한 자신만의 공간. 비경찰대 출신인 재우가 강력계 말단 형사에서부터 시작해 광역수사대 지능2팀 팀장에 오르기까지, 그래서 수사과 사무실에 자신만의 방을 갖게 되기까지는 긴 시간이 필요했다. 그렇게 얻은 이 지위가 이제는 재우에게 원망스러운 짐이 되었다.

이젠 사흘도 채 남지 않았다. 윤은 일주일 안에 깔끔하게 사표를 던지라고 했다. 다른 길이 없으니 그 말은 곧 명령이었다. 철규가 정리해놓은 한양아파트 1002호 방화 사건은 재우가 처리하게 될 마지막 사건이 될지도 몰랐다. 그렇지만 마지막 사건에 대한 감회 따위는 없었다. 시간이 갈수록 억울해지면서 차라리 이럴 바에는 다 같이 죽는 편이 덜 억울하지 않겠냐는 뒤틀린 심사가 일었다. 모두들 초조하게 자신의 결단만 기다리고 있었다. 한솥밥을 먹어오던 팀원들이 지금처럼 혐오스럽게 느껴진 적은 없었다.

노크도 없이 사무실 문이 벌컥 열렸다. 조서를 보며 멍하니 생각에 잠겨 있던 재우가 고개를 들었다. 여자였다. NYPD 마크가 새겨진 야구 모자를 눌러쓰고 한일택시란 상호가 박음질된 남색 점퍼를 입은, 어린 것도 나이배기도 아닌 여자가 문고리를 잡고 서 있었다.

— 뭐예요? 교통과는 1층이에요.

여자 뒤에서 철규가 신경질적으로 말했다. 여자는 철규에게 눈길조차 주지 않고 재우의 책상 앞으로 걸어가 명패를 들여다봤다.

광역수사대 지능2팀 팀장 김재우

— 아저씨가 방화 사건 총 책임잡니까?

— 뭐요?

— 아저씨가 한양아파트 14단지 1002호 방화 사건 담당자냐고 물었어요.

— 그건 어떻게 알았어요?

— 인터넷에 나오던데요. 서울지방경찰청 광역수사대 지능2팀에서 한양아파트 방화 사건 담당한다면서요.

철규가 정인의 어깨에 손을 올리고서 다그치듯 말했다.

— 이봐. 여기가 무슨 주민센터인 줄 알아!

철규의 채근에도 여자는 동요하지 않았다. 이번에는 재우가 물었다.

— 당신 누군데 이래? 이 사건과 관계있어요?

— 옆집에 살아요.

— 뭐요?

— 옆집 사는 정인이라고 합니다.

— 정인 씨, 좋아요. 왜 찾아온 겁니까?

— 이 사건, 아버지 조강윤의 신병 비관으로 인한 동반 자살로 마무리 짓는다고 들었는데 사실인가요?

— 요즘 인터넷은 정보가 빠르기도 하지…….

— 재조사하세요.

— 뭐요?

재우는 황당한 기분으로 정인을 봤다. 그녀의 표정은 더할 수 없이 진지했다.

— 처음부터 다시 조사하라고요.

— 왜 그래야 하는데요?

— 조강윤, 살아 있어요!

정인이 단호하게 잘라 말한 뒤 한 걸음 성큼 내딛었다. 철규뿐만 아니라 다른 지능2팀 팀원들이 다가왔지만 정인은 아랑곳 않고 재우가 앉은 자리 앞까지 다가섰다. 재우는 그런 정인을 묵묵히 바라보다가 손짓으로 철규에게 나가라고 지시했다.

철규가 나가자마자 정인은 책상에 보이스 레코더를 올려놓았다.

— 들어봐요. 직접 딴 거니까.

4.

— 확실하죠?

— 글쎄.

재우의 입에서 '글쎄'란 말이 나오자 정인의 눈동자가 흔들렸다. 재우는 보이스 레코더의 되감기, 재생 버튼만 되풀이했다.

정인이 들려준 녹취는 박태식과 정인 사이에 오간 대화였다. 긴박했던 공원에서의 대치 상황, 목이 붙잡힌 박태식이 거친 숨을 내쉬며 들려준 말들이었다. 재우가 정인에게 물었다.

— 지금 대화 속 남자가 진짜 집주인이란 말이죠?

— 맞아요.

— 조강윤은 임대 아파트에 전매해 들어온 유령 입주자고.

— 이걸 보세요.

정인은 설명 대신 공문서 복사본들을 보여주었다. 등기부 등본, 한양아파트 입주 허가서, 거기에 박태식이 운영하는 불법 사채 사무실 위치에다 보험 가입 관련 서류까지. 서류들을 살피던 재우가 의심스럽게 물었다.

— 이 서류들, 어떻게 구했어요?

— 그게 중요한가요?

— 나한텐 중요해요.

— 왜 중요한데요?

— 이런 개인 문서들, 보험회사 기밀자료 입수 경위도 함께 소명해야죠. 그리고 그보다 중요한 게 남았어요.

— 뭔데요?

— 아가씨가 1002호 부자와 어떤 관계인지.

— 말했잖아요. 옆집 산다고.

— 죽은 조강윤과 남매 관계예요?

— 아니요.

— 그 열 살 난 아이하고는?

— 그냥 옆집 누나예요.

— 그래요…….

— 방금 전 박태식과의 대화 내용 듣지 않았어요?

— 어떤……? 아.

두 번 넘게 반복해 들은 대화 중 재우의 신경을 거슬리게 한 건 조강윤의 생존 사실이었다. 사건만 만나면 해결 의지에 사로잡히던 이전의 재우라면 이건 분명 흥미로운 재수사 이야깃거리가 틀림없었다. 하지만 모든 의욕이 시들어버린 지금은 느닷없이 증거 운운하며 재수사를 촉구하는 정인이 부담스럽기만 할 뿐이었다.

재우가 말을 흐리자 정인이 재촉하듯 말했다.

— 당연히 재수사해야 되는 거 아닌가요. 사건 수사 다시 하세요.

— 전직이 형사라도 되는가 보네요. 아니면 어지간히 형사 놀이가 하고 싶거나.

— 형사 놀이? 내가 지금 그렇게 한가해 보여요?

— 이봐 아가씨.

재우가 아가씨란 말을 꺼내며 빈정거렸다.

— 당신이 딴 녹취는 진술만이라 혐의를 입증할 가능성이 없어

요. 불법 녹취니까 증거 효력도 없고. 또 어떤 형식의 대화인가도 중요하지. 듣자 하니 상대를 협박한 상태에서 얻어낸 진술 같은데 그게 신빙성이 있겠냐고. 안 그래요?

정인의 얼굴이 서서히 굳어갔다. 재우가 보험회사 서류들을 보여주며 말을 이었다.

— 보험 몇 개 들어놓은 걸 갖고 자살로 위장해 불 지른다는 것도 납득하기 어려워요.

— 사채 빚만 이자까지 합쳐 6억이에요. 그건 흘려들었어요?

— 그건 녹음기 속 남자의 일방적 주장이지. 그리고 결정적으로 조강윤은 죽었어. 아들과 함께.

— 사체 지문 감식은 했나요?

— 다 타버려 뼈만 남은 사체에 무슨 지문 감식이야?

— 머리카락 수거해 DNA 검사는 했어요?

그 순간 재우가 움찔했다. DNA 검사는 명백히 누락된 항목이었다. 정인이 한심하다는 표정으로 말했다.

— 현장은 그대로 보존된 상태예요. 타버린 주검에서 머리카락을 발견할 가능성도 있잖아요.

— 그래야 할 필요가 있나.

— 뭐라고요?

재우가 그녀에게 도리어 따져 물었다.

— 옆집 누나라면서 왜 그렇게 사건에 관심이 많아.

— 살아 있는 사람이 불에 타 죽었어요. 아들을 태워 죽인 인간은 버젓이 살아 있고요.

— 이미 현장 감식 끝나고 사체 양도도 완료되었어. 방화로 인한 동반 자살. 그게 답이야.

— 정말 엉망이네요.

— 아가씨. 세상 물정 모르는 소리 좀 하지 마. 하루만 손 놔도 사건 사고가 산더미처럼 쌓이는 거 보면 할 말이 없을 거야. 그러니 조서까지 다 작성된 사건에 더 이상 관심 갖지 말라고.

정인의 손에 재우가 보이스 레코더를 쥐어주며 말을 이었다.

— 보아하니 스릴러 시나리오라도 쓰고 싶은 모양인데 그런 건 영화사에나 가서 알아봐요. 옆집 누나? 지금 장난해?

— ……

— 형사 놀이 더 하고 싶으면 조강윤이든, 그 아이든 직계 가족 찾아서 재수사 요청서나 받아 와. 그럼 또 모르지만.

— ……

— 참고로 말해줄까? 조강윤은 일찌감치 부모 모두 죽었어요. 가족이라고는 아무도 없다고.

존대와 반말을 뒤섞어 한바탕 퍼부은 재우는 의자를 돌려 뒤돌아 앉았다. 한동안 그 자리 그대로 서 있던 정인이 다소 가라앉은 목소리로 말했다.

— 당신도 처음부터 이러진 않았겠죠.

— 뭐?

— 뭐든 시작은 순수해. 시간이 타락의 재료일 뿐이지. 그 지겨운 시간과 자본이 당신들 모두를 쓰레기로 만들고 있는 거야.

들고 온 보이스 레코더와 서류를 빠르게 챙겨 든 정인은 그대로 팀장실을 빠져나갔다. 광역수사대 지능2팀 팀원들 모두 퇴장하는 정인과 팀장실 안에 있는 재우를 번갈아 살폈다. 재우는 블라인드 너머로 사무실을 빠져나가는 정인을 바라보며 혼잣말을 중얼거렸다.

— 뭐라는 거야.

5.

경찰청 건물을 빠져나오는 구형 소나타 택시를 향해 허름한 양복 차림의 남자가 다급하게 손을 흔들었다.

광역수사대 지능2팀 팀장 재우의 무책임한 태도에 분개하면서도 정인은 다시 일상으로 돌아와 핸들을 잡아야 했다.

— 서초 사거리요.

뒷자리에 앉자마자 남자는 숨까지 헐떡이며 말했다.

— 너무 급해서 그러는데요. 남산 2호 터널로 가는 게 제일 빠르죠? 그쪽으로 가주세요.

정인은 묵묵히 미터기를 꺾고 출발했다.

오후 2시, 차는 터널 중간에서부터 급작스럽게 속도가 줄었다. 지체가 아니라 아예 정체 수준이었다. 2차선 전체에 걸쳐 차들이 그대로 멈춰 서 있었다.

'사고라도 난 건가.'

정인이 짜증스러운 얼굴로 막힌 차량 너머를 살폈다. 그때였다. 뒷자리 남자가 미터기를 보고 요금을 확인하더니 1만 원짜리 지폐

한 장을 조수석에 내려놓았다. 정인이 룸미러로 바라보자 남자는 불안한 낯빛으로 시선을 피했다. 지폐를 손에 쥔 정인이 물었다.

— 이게 뭡니까?

남자는 답하지 않았다. 대신 뒷좌석 문을 열고 밖으로 나가더니 터널 반대편으로 전력을 다해 달려갔다.

동시에 요란한 굉음이 들려왔다. 오토바이였다. 차선을 막아선 차량들을 뚫고 몇 대의 오토바이가 택시를 향해 덮치듯 달려오나 싶더니 '퍽' 하는 소리와 함께 택시 앞유리를 정면에서 들이받았다. 그러자 택시 앞유리 전체에 금이 갔다. 정인이 두 손을 들어 얼굴을 가리는 사이, 이번에는 뒤에서 달려든 오토바이가 뒷유리를 둔기로 내리쳐 박살 냈다. 산산이 부서진 유리 파편이 차 안으로 쏟아졌다. 오토바이의 습격은 예고편에 불과했다. 갑작스럽게 터널 중간을 가로막고 섰던 차량들이 빠르게 빠져나가기 시작하더니 같은 차선 앞쪽에 멈춰 서 있던 대형 탱크로리 한 대가 갑자기 유턴하며 상향 전조등을 켰다.

정인은 지체하지 않고 후진 기어로 변속했다. 탱크로리가 택시를 향해 돌진했다. 뒤에서 따라붙던 차량들이 모두 놀라 멈춰 섰지만 구형 소나타 택시만큼은 멈추지 않았다. 택시는 1차선 옆으로 최대한 밀착한 채 후진을 감행했다. 아예 밀어붙일 요량인지 탱크로리도 빠른 속도로 달려들었다. 달려오던 경차 한 대가 탱크로리 옆을 들이받아 전복되었고, 그러자 차량들이 일제히 급정거하며 추돌 사고를 일으켰다. 탱크로리는 그에 아랑곳하지 않았다. 표적은 단 하나. 정인의 택시였다.

후진으로 달리던 택시가 터널 내 비상 대피 공간으로 파고들 찰나였다. 뒤에서 '쿵' 하는 소리가 들렸다. 순간, 택시의 차체가 강하게 요동쳤다. 택시를 뒤에서 들이받은 대형 트럭은 멈춰 서지 않고 계속 밀어붙였다. 바로 앞에선 역주행한 탱크로리가 돌진해왔다.

충돌 직전 정인은 운전석 문을 열고 튀어나갔다. 정인의 몸이 대피 공간 바닥을 나뒹구는 순간 거대한 굉음이 터져 나왔다. 탱크로리와 정면으로 충돌한 택시는 형체를 알아보기 힘들 정도로 짜부라졌다. 그런데도 대형 트럭은 계속해서 액셀을 밟다가 후진으로 터널을 빠져나갔다. 택시가 폭발음을 일으켰다. 보닛에서 검붉은 화염이 치솟았다. 폭파 소리와 함께 정인은 그 자리에 주저앉고 말았다.

치솟는 불길 속에서도 정인은 탱크로리 운전석을 빠른 속도로 빠져나오는 운전사를 찾아냈지만, 야구 모자를 깊이 눌러쓰고 있어 얼굴을 확인할 수는 없었다.

운전사는 민첩했다. 운전사는 재빨리 탱크로리 위로 올라서더니 바로 위에 설치된 대형 송풍기 앵글을 손으로 내리쳤다. 푸른 불꽃과 함께 송풍기 가동이 정지되었다. 정인도 자리에서 일어섰다. 갑작스럽게 자행된 공격의 이유를 밝히려면 운전사를 잡아야 했다.

정인이 불길에 휩싸이는 탱크로리를 향해 한 걸음 내딛을 때였다. 대형 송풍기 앵글을 떼어낸 운전사가 재킷 안주머니에서 검은 물체를 꺼냈다. 정인의 눈이 커졌다. 분명 총이었다. 멈칫하는 순간, 누군가 정인의 어깨를 붙들고 벽으로 밀쳤다. 동시에 총격이 이어졌고, 총알이 시멘트에 박히며 잔해가 날렸다.

— 젠장!

정인의 어깨를 잡고 있는 누군가가 중얼거렸다. 수호였다. 작업복 차림의 수호를 확인한 정인이 서둘러 고개를 돌려 탱크로리를 바라봤다. 운전사는 덮개가 열린 송풍기 속으로 들어가 이미 자취를 감춘 뒤였다. 그때 다시 한번 거대한 폭발이 일어났다. 수호가 정인의 손을 붙잡고 단숨에 반대편 차선으로 이끌었다. 거대한 불꽃이 탱크로리를 휘감았다. 벽에 몸을 밀착시킨 둘은 그 광경을 숨죽여 지켜봤다. 잠시 뒤, 숨을 고른 정인이 수호에게 물었다.

— 이게 어떻게 된 거죠?

하지만 정인의 질문은 곧 되물음으로 돌아왔다.

— 그건 내가 묻고 싶은 말이야. 도대체 어떻게 된 일이야? 무슨 일을 벌인 거야?

6.

— 간단한 찰과상이야. 진통제 몇 알이면 되겠어.

— 의사라도 되는 것처럼 말하네요.

— 아이알코돈 성분 섞인 걸로 달라고 했는데 약사가 못 알아듣더라. 뭐, 이 정도면 반의사 해도 되는 거 아닌가.

이웃 철물점 아저씨처럼 넉살 좋게 말을 이었지만 수호의 표정만큼은 심각했다. 정인은 그의 표정 속에서 깊이 배인 근심을 느꼈다. 자신은 사건의 당사자이지만 수호는 사건의 보고자다. 수호는 정인과 관련된 사건이 발생했다는 사실 자체만으로 문책성 징계를 받을 지도 모른다. 시말서를 쓰거나 하는 성가신 문제들이 산더미처럼 쌓일 것이다. 정인은 수호에게 미안한 마음이었다.

둘은 종합병원 앞 오래된 건물의 2층 커피숍에 나란히 앉았다. 80년대 다방 분위기 그대로인 그곳에는 연령대가 최소 쉰은 넘어 보이는 사람들이 모여 있었다.

커피숍 카운터에 설치된 텔레비전에서 뉴스 속보가 나오고 있었다.

이번 폭발 사고의 피해자를 말씀드리겠습니다. 택시 운전사 강윤식. 42세. 폭발 직전 택시 밖으로 빠져나와 현재 서울대병원 응급실에서 치료를 받는 중이지만 다행히 생명에는 지장이 없다는 소식입니다.

정인이 무심한 표정으로 수호에게 말했다.

— 수법이 거의 똑같아요.

— 뭐가?

— 90년대 중반의 재경부 차관 교통사고와 패턴이 동일해요.

수호는 진작부터 이번 사건의 패턴을 이전 사건과 비교하고 있었다. 정인의 말은 틀리지 않았다. 요직에 있는 이들의 변절이나 산업 스파이, 또는 남파 간첩 들을 제거할 때 국정원에서 즐겨 사용하던 방법이다. 수호는 정인에게 못 박듯 말했다.

— 우리 쪽은 아니야.

— 어떻게 장담하죠?

— 명분 없는 큰 싸움이 될 테니까.

— 명분이 없다……?

— 대한민국은 뼛속까지 천민자본주의야. 자본주의의 핵심이 뭔지 잊은 건 아니겠지. 득보다 실이 많은 일은 결코 시작하지 않아. 그런 게 이념의 차이겠지.

— 그럼 누구 짓이죠?

— 지금 내가 그걸 묻는 거야. 이번에 택시 운전 이틀을 비번 처리한 건 말이야.

수호는 정인이 안산을 찾아간 그날의 행적을 묻고 있었다. 정인도 짐작하지 못한 바는 아니었다.

'나이트클럽이나 사채놀이 하는 박태식이 일을 벌였다?'

정인은 그자가 대낮의 남산 터널에서 폭발 사고를 일으킬 만큼 대범하지는 못할 거라 판단했다. 수호가 말했다.

— 박태식이란 인간은 그럴 위인이 못 돼.

수호의 말에 정인이 약간 놀란 듯 반응했다.

— 벌써 조사했어요?

— 당신이 알아본 건 1002호 방화 사건에 대한 게 전부잖아. 왜 알아본 거야?

— 개인적인 일이에요.

— 당신 배경과는 아무 상관도 없단 말이야?

— 솔직하게 말해도 돼요?

— 물론.

— 이건……. 나를 찾는 일이란 생각이 들어요.

— 무슨 소린지 모르겠군.

— 미안해요. 아무것도 정확한 건 없어요. 하지만 방금 전에 한

말은 진심이에요.

보고서 작성을 위해 노트북 자판을 두드리던 수호가 행동을 멈췄다. 고개를 숙인 정인을 물끄러미 바라보던 수호는 작성하던 보고서의 절반을 지워버렸다.

— 알았어. 더 묻지 않지. 이건 보고할 이유가 없겠군.

— 믿어줘서 고마워요.

— 뭘?

— 개인적인 문제라는 말. 그대로 믿어줘서.

뭔가 말을 하려던 수호가 이내 입을 다물었다. 둘은 묵묵히 계속되는 텔레비전 뉴스 속보를 봤다. 정인은 자신의 이름이 누락된 것을 보고 다행이다 싶으면서도 한편으로는 씁쓸한 기분이 들었다. 객쩍은 비감이지만 정인은 자신이 이끼같이 느껴졌다. 습기가 사라지지 않는 한 언제까지라도 바위에 들러붙어 생존하지만 바위와는 어떤 동화작용도 일으키지 못하는 이끼.

정인을 향해 고개를 돌리며 수호가 말했다.

— 이번 건은 일단 보고하지 않겠어.

— 가능할까요?

— 윗선은 42세 강윤식이 실제 피해자인 걸로 알고 있어. 김 부장한테 입조심시켰으니 내일 나가면 다른 택시 배정해줄 거야.

— 고마워요.

— 좋은 차 기대하지 마. 구형 소나타, 스틱 그대로야. 아님 더 안좋거나.

— 상관없어요.

— 몸조심해야겠어. 보통 솜씨가 아니야.

수호 쪽도 아니고, 박태식도 아니라면 누굴까. 수호 말대로 자신을 그림자처럼 미행하는 국가 정보기관이 특이 동향 없이 테러를 시도한다는 건 상상하기 어렵다. 정인이 한 것이라고는 조강윤과 조민의 죽음을 조사한 것뿐이다. 그렇다면 단순히 빚을 갚기 위한 보험 사기 이상의 무언가가 있는 걸까. 조강윤 뒤에 어떤 배후가……. 모든 것이 안개 속에 숨은 강물처럼 모호하게만 흘러갔다.

수호가 말했다.

— 1002호 방화 사건 말이야. 아들을 죽인 아버지 본인은 살아 있다고 확신하는 거야?

— 확실해요.

— 한 가지만 더 물을게. 대답해도 되고 안 해도 돼.

— 네.

— 범인 만나면 어쩔 셈이야?

— 죽여야죠.

차분한 정인의 말에 수호는 마른침을 삼켰다.

— 오랜 전통이 있어요.

— 무슨?

— 자식을 죽인 부모를 어떻게 죽이는지 알아요? 두 팔과 두 다리를 절단한 다음 과다 출혈로 죽기 직전에 목을 잘라내죠. 그렇게 참수한 머리를 사람들로 붐비는 광장 한복판에 내걸어요.

— 그러니까 그 말은……

— 그대로 해줄 생각이에요.

— 어디 전통이야?

— 내가 살아온 세계의 전통이에요.

— 알겠어. 알겠는데.

— 뭘 걱정하는지 알아요. 큰 문제로 번지게 하진 않을게요.

— 내가 우리 애 이야기를 했던가?

— 네.

— 이건 부탁이야. 명령이나 권고가 아닌.

— 그 부탁. 새겨들을게요.

7.

재우는 예정된 날보다 하루 일찍 비리수사팀 조사실을 찾았다. 사직서 제출은 아직도 유보 중이었다. 사직서를 품에 갖고 다녔지만 제출하지는 못했다. 특수 치료가 필요한 딸 소미에게는 금전적 지원이 절실했다. 그마저 하지 못한다면 재우에게는 살아갈 이유가 없었다.

오늘이 어쩌면 마지막일지도 모른다. 재우는 절박했다.

윤은 재우의 부탁한다는 말, 다른 길이 있다면 가르쳐달라는 말에도 묵묵부답으로 일관할 뿐이었다. 윤은 조사실에 들어가 있으라고 말하고는 시선을 비켰다. 하지만 재우가 조사실에 들어온 지 30분이 지나도록 윤은 들어오지 않았다.

시간이 지날수록 재우는 자신의 모습이 더없이 한심하게 느껴졌다. 갈수록 분노와 두려움, 치욕감에 뒤엉킨 번민이 증폭했다. 내가 어쩌다 이런 꼴이 됐을까. 왜 내가 모든 죄를 뒤집어써야 하지? 어째서, 왜?

참다못한 재우가 자리를 박차고 일어섰을 때, 조사실 문이 열렸다. 윤과 함께 투피스 정장 차림의 여자가 들어왔다. 40대로 보이는 여자는 딱 떨어지는 검정색 투피스와 검정색 스타킹으로 자신을 감추고 있었다. 윤은 조심스러운 표정으로 문을 잠그며 말했다.

— 구세주가 왔어요. 선배.

8.

여자가 재우에게 명함을 건넸다.

A 컨소시엄, 정현수

연락처, 주소, 이메일조차 적혀 있지 않았다. 명함만으로는 여자가 무슨 일을 하는지, 어떤 자격으로 비리수사팀 조사실에 들어올 수 있었는지 알 수 없었다.

조사실에 들어서자마자 윤은 입을 다물었고 여자가 말을 주도했다. 몽블랑 만년필을 손에 쥔 여자는 재우에게 일종의 거래를 제안하고 있었다. 여자가 말을 마치고 팔짱을 끼자 재우는 유난히 마른 체형의 여자에게서 시선을 떼고 윤에게 물었다.

— 이 여자가 지금 뭐라는 거야? 그런 제안을 할 만한 힘이 있긴 해?

재우는 마치 여자가 이곳에 없는 것처럼 윤에게 물었다.

— 힘이 없다면 제안하지도 않았어요. 김 팀장의 비리를 깨끗이 무마해주겠다는데 내키지 않나요?

재우는 입가에 열은 미소를 머금고 있는 여자에게 시선을 돌렸다.

— 당신이 뭔데?

— 내가 어떤 위치에 있는지 따질 상황이 아니라고 보는데요.

— 무슨 뜻이요?

— 시간이 없는 걸로 아는데, 아닙니까?

윤이 여자의 말을 거들었다.

— 선배, 조금 전에 다른 길이 있다면 알려달라고 했잖아요. 기껏 돕겠다는데 뭘 재고 그래요. 오늘만 지나면 선배는 바로 구속이에요. 모두 대기 중인 거 몰라요?

물론 너무나 잘 알고 있었다. 그런데도 의심을 지울 수가 없었다.

— 당신이 무슨 수로 무마해주겠다는 거요?

— 일종의 거래죠. 우리의 필요를 충족시켜주는 대가로 김 팀장의 난처한 상황을 해결해주겠다는 겁니다. 일단 제안에 응하면 김 팀장에 대한 조사 일체가 스톱될 겁니다.

— 그 거래라는 게 뭡니까? 한번 들어나 봅시다.

여자가 서류 가방에서 종이 한 장을 꺼내 테이블에 올려놓았다. 종이에는 내사 종결된 한양아파트 14단지 1002호 방화 사건에 대한 기사가 인쇄돼 있었다.

— 아이를 찾아요.

여자가 차분하게 말했다.

— 아이가 어디 있는지 몰라요? 냉동 보관고에서 빳빳하게 얼어 있잖습니까.

재우는 계속 퉁명스럽게 말했다.

— 이 사건은 종결됐어요. 아이도, 아빠도 죽었단 말입니다. 그런데 뭘 찾고 말고 합니까?

여자의 눈빛이 예사롭지 않게 날카로워졌다.

— 안 죽었어요.

— 무슨 근거로?

여자가 다른 서류 한 장을 더 꺼냈다. 국립과학수사연구원 감식반 결과 자료였는데, 보고서 하단부에 '폐기 요망'이란 스탬프가 찍혀 있었다. 이면 보고서였다. 그 보고서에는 1002호에서 발견된 사체 두 구에 대한 DNA 검사 결과가 나와 있었다.

A: 1002호 거주자 조강윤과 일치하지 않음.

B: 조강윤과 일치하지 않음.

여자는 놀란 눈으로 보고서를 살피는 재우에게 못 박듯 말했다.

— 아이의 이름은 조민입니다. 추정 나이 열두 살.

— 이 아이를 찾아내는 게 내 비리를 덮어주는 조건이란 말이요?

— 그렇습니다.

— 한 가지만 물을게요.

— 얼마든지.

— 직접 나서지 않는 이유가 뭡니까?

— 저희 말입니까?

— 경찰청을 제 집 드나들듯 출입하는 양반이 이까짓 아이 하나 찾는 거 일도 아닐 텐데요.

— 두 가지 이유가 있는데 한 가지는 저희 컨소시엄의 특성과 관련되어 있어 말씀드릴 수가 없습니다.

— 그럼 나머지 다른 이유는 뭡니까? 그거라도 말해봐요.

— 출생신고도 안 된 아이를 찾아낸다는 게 생각보다 어려운 일이라는 거 잘 알고 있습니다. 김 팀장이 그 방면에 전문가란 말을 들었기에 이렇게 부탁하는 겁니다. 이 정도면 납득하겠어요?

경찰대 출신이 아닌 재우가 광역수사대 지능2팀 팀장 직위까지 오를 수 있었던 배경에는 실종자, 특히 실종 아동의 행적을 추적해 배후의 납치범을 검거한 몇 건의 사건이 큰 역할을 했다. 하지만 그건 이미 오래전 일이었다. 지금은 모든 것이 달라졌다. 게다가 여자의 제안이 순수하게 느껴지지 않았다. 아이만 찾아주면 끝이라니, 이건 너무 단순했다. 함정이 아닐까? 한 발 내딛는 순간 모래 늪으로 빨려 들어가는…….

여자의 제안을 딱 잘라 거절할 수는 없었다. 그랬다가는 내일 아침, 한때는 동료였던 이들이 자신의 손목에 수갑을 채울 것이다.

— 생각할 시간을 주십시오.

— 선배…….

여자가 한 손을 들어 올려 끼어들려는 윤을 막았다.

— 오늘 오후 4시. 그때까지 결정하세요.

여자가 윤에게 눈짓하자, 윤은 곧 휴대전화 통화 버튼을 눌렀다.

— 강원건설 비리 조사 잠시 중단해. 김재우 팀장 건 유보시키라고.

묵묵히 윤의 통화를 듣던 재우가 번쩍 고개를 들었다.

— 만일 아이가 죽었으면요? 아이가 죽었어도 이 제안 유효한 겁니까?

여자의 얼굴이 딱딱하게 굳었다.

— 그 아이는 죽지 않았어요. 죽어서도 안 되고요.

칼로 자르는 것처럼 매섭고 차가운 말이었다.

중독자들

1.

대예배실 안은 어두웠다. 드높은 천장에 조명 몇 개가 켜져 있는 게 전부였다. 그곳에 여덟 명의 남녀가 원형으로 둘러앉아 있었다. 천장이 일반 상가보다 두 배 이상 높은 탓에 진행자가 말을 할 때마다 마치 목욕탕 울림처럼 메아리가 뒤따랐다.

진행자까지 포함해 모두 여덟 명이 사용하기에는 이들에게 할당된 공간은 필요 이상 넓었다. 소위 매머드 급으로 알려진 대형 교회에서 교회 내 각종 비리를 무마하는 조건으로 진행되는 사회봉사 이벤트였다.

정인은 프로그램 참가자들의 얼굴을 살폈다. 대예배실의 어둠만큼 그들의 표정도 어두웠다.

진행자는 자신이 이 프로그램의 수혜자임을 거듭 밝히며 상투적인 갱생 의지를 늘어놓았다. 진행자는 떨리는 손으로 설문 조사 용지를 한 묶음 움켜쥐고 웅변하듯 말했다.

— 여러분. 우린 정말 거듭나야 합니다. 거듭난다는 말 잘 아시죠? 제가 괜히 교회 용어를 쓰는 게 아닙니다. 정말이지 여기 모인 우리만큼은 이 지긋지긋한 알코올중독이란 마귀로부터 벗어나지 않으면 안 됩니다. 이건 생사가 걸린 일이에요. 사실 저 말입니다. 국가와 교회가 우리 같은 인간들에게 기회를 주었을 때 말입니다. 정말이지 눈물이 핑 돌았습니다. 그리고 결심했죠. 아, 이번엔 정말 술을 끊을 거다. 인간의 의지가 얼마나 강한지, 이 술이란 마귀에게 여보란 듯 보여주겠다고 말입니다.

진행자는 말쑥하게 양복을 차려입은 전형적인 40대였지만, 말끝마다 자신은 돌이킬 수 없는 도태 인종이 되었다는 말을 반복했다.

정인까지 포함해 여자 넷과 남자 넷으로 구성된 모임. 보건복지부가 주관하고 교회가 장소를 제공하는 복지 프로그램의 일종인 단주 모임에 모인 이들은 직장인 같은 차림새였지만, 그들의 사정을 들어보면 사회 활동은 불가능해 보였다.

진행자가 새로운 멤버라며 정인을 소개했다. 모인 이들이 일제히 환영의 박수를 치는 동안, 정인은 맞은편에 앉아 있는 K라는 남자를 보고 있었다.

곧 한 주 동안의 단주 성과를 발표하는 시간이 이어졌다.

K는 끊어질 듯 끊어질 듯 아슬아슬한 목소리로 자기 고백을 이어갔다.

— 2월 달에 제가 데리고 온 J라고 있지 않습니까? 그 친구 여기

까지 소주병을 들고 와서 지적당했었죠.

　정인이 처음 조강윤의 신원 조사를 시도했을 때만 해도 그에 관
련된 이력 정도는 손쉽게 얻을 것으로 예상했다. 국립중앙도서관에
납본된 책의 작가 정도면 신상 털기가 수월할 것으로 봤지만 그 예
상은 보기 좋게 무너졌다.
　정보 집합소인 구글에서도 조강윤의 신원 파악은 쉽지 않았다.
《혁명의 실패》따위의 비주류 사회과학 서적을 펴낸 조강윤은 수많
은 동명이인의 난립 속에서 좀처럼 정체를 드러내지 않았다.
　책을 펴낸 출판사로 연결해봤지만 출판사는 폐사한 지 오래였다.
그뿐이 아니었다. 조강윤이란 이름으로 사용된 활동 내역, 아파트
관리비 입금 내역, 인터넷 게시판, 공인 인증서, 통장이나 카드 사
용 내역, 세세한 공과금 연체 기록까지 살펴도 방화범 조강윤의 흔
적은 나오지 않았다.
　그러던 중 발견된 검색 결과가 바로 알코올중독 프로그램 참가
사실이었다. 조강윤은 기초생활보장 수급자에게 의무적으로 부과
되는 갱생 프로그램에 금년 2월부터 참여했지만 3월 이후부터 불출
석이 이어져 프로그램 이수에 실패한 것으로 나타났다. 중증 알코
올중독 대상자 치료 프로그램인 '다시 한번 더'에서 조강윤의 닉네
임은 J였다.
　그리고 곧, 시에서 주관하는 재활 공공근로 명단에서도 조강윤의
이름을 찾아냈다. 명단에는 강준민, 지금 자기 고백을 하고 있는 K도
함께 있었다.

정인은 눈을 가늘게 뜨고 K의 말에 집중했다.

─ 술을 참기 힘든 밤이면 말입니다. 새삼 그 친구가 생각나네요. 이런 말 하면 안 되는데, 술을 끊으려고 결심하고 정말 마지막으로 딱 한 잔만 했을 때 말입니다. J가 했던 말이 떠오릅디다. 진정 끔찍한 불안을 잊기 위해선 죽거나, 그게 안 되면 불안을 일으킨 원흉과 대차게 부딪히면 해결된다고 했죠. 하지만 그 말은 뱀의 유혹이었습니다. 왜냐고요? 불안의 원인인 이 빌어먹을 알코올 충동을 이겨내기 위해 어젯밤도 죽을 만큼 부어라 마셔라 했거든요. 젠장, 죄송합니다. 여러분. 제가 지금 무슨 헛소리를 하는 거죠? 절 좀 꾸짖어주세요. 전 인간쓰레기입니다. 쓰레기예요!

2.

10분의 휴식 시간. 정인은 휴식 시간 동안 교회 1층에 있는 남자 화장실에 있었다. K와 함께였다.

대예배실의 거대함만큼이나 화장실 역시 텅 빈 고래 배 속 같았다. 화장실 소변기에 K를 밀어붙인 정인은 시간을 낭비하고 싶지 않았다. K는 자신의 멱살을 잡은 정인과 눈조차 마주하지 못한 채, 흔들리는 퀭한 눈으로 바닥을 바라보며 웅얼거렸다.

─ 아가씨. 이, 이럴수록 마음을 굳게 먹어야 돼요. 이런다고 해결되는 게 아니라 상담과 약물치료를 통해서…….

─ 입 닥치고 묻는 말에 대답이나 해.

정인이 화장실 입구를 한번 돌아본 뒤 윽박질렀다.

— J 알지?

— J?

— 작년 공공근로 때부터 함께 일했던 남자 말이야. 네가 J를 데려왔잖아.

K는 오래 생각해야 J가 떠오르기라도 하는 것처럼 눈만 껌뻑거렸다. 정인은 에둘러 묻지 않고 핵심을 추궁했다.

— J가 알코올중독자가 된 게 공공 근로를 한 이후지?

— 글…… 글쎄요.

정인은 손가락에 힘을 줬다. 숨이 막힐 정도는 아닌데도 K의 퀭한 눈에 두려움이 들어찼다.

— 알고 있는 건 바로바로 답하는 게 신상에 좋을 거야.

— 당, 당연하죠. 내가 숨길 게 뭐 있겠어요. 이것 좀 놓고…….

— J가 빚더미에 앉은 것도 알고 있었지?

정인의 질문에 K는 고개를 끄덕였다.

— 빚이 그렇게 많은 이유가 뭐야? 아는 대로 말해.

— 도박.

— 도박?

— 네, 도박이요. 그 친구 도박에 빠졌어요. 뭐 그 친구만 그런 건 아니지만…….

— 너도?

— 시작은 내가 먼저였어요.

— 그럼 너 때문에 조강윤이 도박 중독에 알코올중독이 된 건가?

— 그건 아니죠. 이거 하나만은 분명히 해두자고요.

— 뭔데?

— 도박 중독과 알코올중독은 함께 찾아오는 게 아니에요. 도박으로 있는 돈 없는 돈 다 갖다 부은 후에 허탈함에 빠져 술을 마시게 되는 거지. 그건 순전히 연쇄반응 같은 거예요.

— J 지금 어디 있는지 알아?

— 반년 동안 연락 한번 못했어요. 난 그 친구 어디 사는지도 몰라요.

— 친하다면서 그런 것도 몰라?

— 도박하고 술 마실 때나 친하죠. 우린 개인적인 얘기는 묻지도 않고 하지도 않았어요.

대예배실에서 소리가 들렸다. 단주 결심 강화를 위한 합창이 시작된 것이다. 찬송가는 전투를 앞둔 군인들의 출정가처럼 과도한 박력으로 넘쳐났다. K가 초조한 듯 말했다.

— 아가씨. 나 찬송가 부르게 해줘요. 저거 안 부르면 꼰대가 출석 도장 안 찍어준단 말이에요.

— J와 제일 자주 간 곳이 어디였어?

— 술집이요?

— 술집 말고, 하우스.

— 글쎄 그게.

K는 처음으로 주저하는 표정이었다.

— 어딘데?

— 거긴 함부로…….

그 순간 K의 눈빛이 달라졌다. 생기가 돌면서 반짝이는 눈빛 때문에 순식간에 다른 사람이 된 것 같았다. 너무도 솔직한 욕망이었다.

— 아가씨 혼자는 못 들어가요. 내가 같이 가줘요?

— ……

— 초면에 화장실에서 이런 말 하는 게 정말 실례지만 말이에요. 돈 있으면 나한테 딱 30만 투자할래요? 그럼 내가 J와 자주 갔던 곳으로 안내할 수 있는데…….

정인은 K의 멱살을 풀어주었다. 찬송가 따위는 까맣게 잊은 K가 기대에 찬 얼굴로 정인을 바라보고 있었다.

3.

재우가 오래된 동료이자 경찰청 정보과에서 정보 검색을 전담하는 호정만의 비밀 집무실을 찾은 지 벌써 1시간이 지났다.

말이 거창해 비밀 집무실이지, 호정만이 있는 곳은 서울지방경찰청 건물이 마주 보이는 오피스텔 13층에 위치한 원룸이었다. 호정만처럼 극비리에 정보를 공유하는 소수 멤버들에게 이곳은 돼지우리란 이름으로 통했다. 돼지 떼를 한곳으로 몰듯 정보를 이리저리 몰아놓는다는 뜻에서 돼지우리로 부르게 되었다.

재우는 흔한 농담 한마디 하지 않고 호정만에게 조사실에서 만났던 여자의 명함을 건넸다. 재우가 비리 혐의로 곤란을 겪고 있다는 사실을 잘 알고 있는 호정만 역시 별다른 말 없이 A 컨소시엄에 대한 정보 검색을 시작했다. 호정만 나름의 위로였다.

하지만 호정만의 의욕과는 다르게 1시간이 지나도록 찾아낸 것이 없었다. 정보력을 총동원해 얻은 정보는 초라한 수준 정도가 아니라 아예 바닥이었다.

기다림에 지친 재우가 결국 한마디 했다.

— 아무것도 안 나와?

호정만은 민망해하며 명함과 모니터를 번갈아 살피며 볼멘소리로 물었다.

— 김 팀장 오기 전에 들은 정본데…… 정이 찾아왔다고?

— 정?

— 이 명함 혹시 정 부장이 준 거야?

— 뭐 하는 사람이야?

— 자세한 건 모르지만, 청장 핫라인에 다이렉트로 연결된 인물이라는 건 들었어.

— 경찰청장?

— 그래. 이번 내사 건 청장 지시가 있다고 하던데…… 뭐 그 이상은 모르겠어.

— 정현수…… 정 부장…… A는 정말 모르겠어? 뭐 하는 회사야? 증권? 아님 자원 개발 쪽?

— 정보 자체가 없어.

— 페이퍼 컴퍼니?

— 아니. 그런 것도 아니야. 페이퍼 컴퍼니라면 어떤 식으로든

몸통하고 걸려 있어야 하는데 이건 계좌 추적 찔러봐도 걸리는 게 없어.

― 그래?

― 보다시피.

호정만이 두 손을 들어 보이며 난처한 표정을 지었다. 모니터에는 A와 각 은행 간 계좌 추적 현황이 계속해서 업데이트되는 엑셀 데이터만 빠른 속도로 가동되고 있었다.

재우는 명함을 만지작거리다 호정만의 어깨에 슬쩍 손을 얹었다.

― 수고했어.

― 뭔가 좀 찜찜해. 조심하라고.

재우는 호정만의 걱정스러운 말을 뒤로한 채 오피스텔을 빠져나왔다.

4.

오피스텔 엘리베이터에 오를 때, 재우의 휴대전화가 울렸다.

― 윤입니다.

― 알고 있어.

― 결정은 하셨습니까?

― 벌써 4시인가?

― 그렇습니다.

13층에서 1층으로 내려가는 엘리베이터는 한 층이 멀다 하고 운행과 멈춤을 반복하더니 5층에서 만원이 되었다.

만원 엘리베이터 안에서 재우는 인생을 건 선택을 해야 했다. 길이 없었다. 그런데도 재우는 여전히 망설였다. 자신의 비리 혐의를 털어주겠다는 영화에서나 나올 법한 거래를 제안한 정체불명의 단체 A. 호정만이 A에 관한 정보를 조금이라도 찾아냈다면 이렇게 불안하지는 않았을 것이다. 엘리베이터가 2층을 지나 1층으로 향하고 있을 때, 윤이 물었다.

— 마지막 기회인데, 망설이는 이유가 뭡니까?

엘리베이터 문이 열렸다. 재우는 우르르 빠져나가는 사람들에 밀려 1층 로비로 나왔다.

— 그 여자, 어떻게 아는 사람이야?

— 돌려 말하지 않을게요. 저도 모릅니다.

— 몰라?

— 뭐 하는 사람인지, 어디 소속인지, 아무것도 아는 바 없습니다.

— 그런데 어떻게?

— 청장님 오더가 있었습니다.

호정만의 정보는 역시 정확했다. 정현수라는 여자, 아니 정 부장에게는 청장을 움직일 수 있는 힘이 있었다. 자신의 비리 사건 정도 무마하는 건 어렵지 않을 것이다. 그 사실에 안도해야 하는데도 재우는 오히려 가슴이 턱 막히는 기분이었다.

— 마지막으로 묻겠습니다. 받아들일 겁니까, 아닙니까?

낮은 한숨을 한번 내쉬고 재우가 답했다.

— 해봐야지 어쩌겠어.

— 잘 생각하셨습니다.

— 그거야 두고 봐야 알겠지.

— 지금 이 순간부로 선배를 둘러싼 모든 추적 조사는 중단됩니다.

— 정말인가?

— 미심쩍으면 직접 확인하셔도 무방합니다.

— 너무 간단해서 허탈할 정도야.

— 아무튼 건투를 빕니다. 선배.

통화를 끝낸 재우는 잠시 멍한 기분이 들었다. 무언가에 떠밀리듯 허공에 붕 떠오른 느낌이었다.

갑자기 잊고 있던 여자의 얼굴이 떠올랐다. 며칠 전 사무실로 찾아와 1002호 방화 사건의 재조사를 요구하던 한 여자. 모자를 깊이 눌러쓴 여자의 무표정한 얼굴과 토막 내듯 잘라 말하던 건조한 말투가 또렷하게 떠올랐다.

5.

K를 따라 들어간 곳은 청담동 원룸촌에 위치한 반지하 하우스였다. 알코올중독 치료 프로그램을 마치고 이곳 청담동 하우스에 들어서자마자 K는 안면 가득 환한 미소를 지었다. 그러고는 정인의 존재조차 잊은 채 포커 판에 뛰어들었다. 표정을 보니 평소 알고 지내던 멤버인 듯했다.

하지만 기쁜 마음은 잠시였다. K가 정인에게 빌린 현금 30만 원을 잃어버리는 데는 5분도 걸리지 않았다. 딱 두 번 패가 돌아가자 K의 눈앞에서 30만 원이 신기루처럼 사라졌다.

도박과 술이 병립될 수 없다는, 도박 다음에 술, 술 다음에 도박. 이런 식으로 원인과 결과 관계를 밝힌 K의 주장이 이곳 청담동 하우스에서는 통하지 않았다. 미니 당구대 크기의 여섯 개 테이블에서는 포커가 한창이었고, 테이블마다 양주가 놓여 있었다.

하우스는 도서관을 방불케 했다. 모두들 숨죽여 포커에만 열중했다. 담뱃불 붙이는 소리, 술 마시는 목 넘김 소리. 패 섞는 소리만 들릴 뿐, 모두들 말하는 법을 잊은 것 같았다. 왼쪽 눈의 동공이 보이지 않는, 이곳에서 애꾸로 통하는 하우스 관리자가 테이블을 돌아다니며 비워진 양주를 새것으로 바꿔주거나 그 자리에서 즉석으로 고리 사채 빚을 조달했다.

순식간에 30만 원을 잃은 K에게 검은 양복에 검은 넥타이 차림의 애꾸가 뒷짐 진 자세로 걸어와 침을 뱉듯 말했다.

— 돈도 없으면서 왜 기어들어와서 물을 흐려?

— 미안해, 애꾸. 나 돈 좀 빌려주라.

— 지랄하네.

— 애꾸.

— 너하고 조 씨가 끌어다 쓴 돈이 얼마인데, 돈 빌려달란 말이 나와!

애꾸가 조 씨란 말을 꺼냈을 때였다. K 옆에 서 있던 정인이 애꾸에게 다가서며 물었다.

― 조 씨라면 조강윤을 말하는 겁니까?

― 이년은 또 뭐야?

애꾸가 정인을 노려보며 입에 문 담배 연기를 정인의 얼굴에 쏟아냈다. 정인은 눈빛 한번 흐리지 않고 애꾸를 노려봤다. 애꾸의 부하들도 처음 본 낯선 불청객인 정인을 주의 깊게 살폈다. 애꾸가 정인에게서 눈을 떼지 않은 채 K에게 말을 건넸다.

― 이 쌍년은 뭔데 달고 왔어?

K가 말했다.

― 조 씨 꽁지야. 내 돈도 대준다고 해서…….

말을 흐린 K가 슬금슬금 몸을 움직였다. 정인의 나가라는 손짓을 확인한 순간부터였다. 애꾸의 눈치를 살피던 K는 입구가 가까워지자 뒤도 돌아보지 않고 반지하 하우스를 빠져나갔다.

동시에 하우스의 정적을 찢는 비명 소리가 울렸다. 피도 눈물도 없을 것 같은 냉혈동물 애꾸가 비명을 지르고 있었다. 정인의 공격은 누구도 예상하지 못한 사이 벌어졌다. 애꾸의 코앞으로 다가선 정인이 담배를 쥔 애꾸의 오른손 중지를 붙잡아 꺾어버린 것이다. 우두둑, 뼈마디 부러지는 소리가 애꾸의 비명과 함께 터져 나왔다. 오른손 중지는 여전히 정인에게 붙잡힌 채였다. 갑작스러운 공격에 당황한 애꾸가 비명과 함께 욕설을 내뱉었고, 애꾸의 비명을 공격 신호로 받아들인 애꾸의 부하들이 정인을 향해 달려들었다.

― 이 미친년!

부하 한 명의 몸이 허공에 떠올랐다. 애꾸의 오른손 중지를 잡은 정인이 그 상태에서 다리를 비틀어 자신을 향해 달려든 부하의 머리통을 내리찍었다. 활처럼 휜 정인의 두 발은 곡예를 부리듯 벽을 짚고 도약해 부하들의 얼굴과 어깨, 옆구리를 쉴 새 없이 난타했다. 비좁은 공간에서 애꾸의 부하들은 끊어 치듯 이어가는 정인의 발차기에 급소를 가격당하며 주저앉았다.

한숨도 쉬지 않고 숨 가쁘게 진행되던 포커 판이 멈췄다. 난데없이 벌어진 상황을 지켜본 도박꾼들은 테이블에 놓인 돈과 담배를 챙겨 들고 서둘러 하우스를 빠져나갔다. 그들은 정인과 애꾸 일행의 싸움에는 전혀 관심이 없었다. 그저 이 소란에서 벗어나 포커에만 몰두할 수 있는 다른 하우스를 찾는 일이 더 급해 보였다.

애꾸가 자신의 허리춤에서 칼을 꺼내 들었다. 정인은 잡고 있던 오른손 중지를 놓고는 순식간에 칼을 쥔 손을 품에 안듯 움켜쥐었다. 그 뒤 순간의 악력을 이용해 칼을 쥔 왼손 검지와 엄지를 자신의 손가락으로 짓눌렀다. 애꾸는 새로운 비명을 지르며 칼을 바닥에 떨어뜨렸다. 정인이 다시 애꾸의 손가락을 비틀어 꺾었다. 이번에는 오른손이 아닌 왼손이었다. 상상하기 힘든 끔찍한 고통이 애꾸로 하여금 눈물, 콧물마저 죄다 쏟아내도록 만들었다. 끝 모를 고통에 빠진 애꾸에게 정인이 물었다.

— 대답해. 당신이 애꾸야?

애꾸가 대답 대신 고개를 끄덕였다.

— 조강윤 알지?

이번에도 고개를 끄덕였다. 정인이 거듭 물었다.

— 방금 전 튀어나간 사람과 단골이었다며.

— 아니야.

— 다 알고 왔어.

— 씨발, 정말 아니라고!

애꾸는 고통에서 벗어날 수만 있다면 뭐든 말하겠다는 얼굴이었다. 애꾸는 정인이 알고 싶은 것이 무엇인지 간파하고는 빠르게 말했다.

— 조 씨 빚 때문에 온 거야? 그거라면 번지수 잘못 짚었어.

— 조강윤이 여기서 빚졌잖아.

— 아니야. 그 새끼 완전히 털린 다음에 여기 온 거야.

— 어디서 털렸어?

— 정선.

— 정선이라면…… 정선 카지노?

— 맞아. 우린 그냥 조 씨 관리하란 지시를 받은 것뿐이야. 그 새끼가 이곳에선 기술자로 통했거든.

— 기술자라면…… 타짜란 말이야?

— 당신 꽁지라면서 그 새끼 실력도 모르고 빌려준 거야? 타짜까지는 아니어도 초짜 벗겨먹는 기술은 써먹을 만하잖아.

— 그냥 일하지는 않았을 거 아냐.

— 정선에서 진 빚만 억이 넘어. 몸으로라도 때우라고 정선에서 파견 보낸 거지.

— 누가 보냈어?

— 강폴. 조 씨 상대로 작업해서 개털 만든 놈이야.

— 그자도 기술자야?

— 강폴은 관리자야. 기술자, 타짜 들 데리고 순진한 인간들 전

문으로 털어먹는 일종의 사업가지. 조 씨 그 새끼는 제대로 털렸어. 빚더미에 앉아 어떻게 할 수 없으니까 이곳에서 기술자 노릇이나 하게 된 거지. 당신도 빚 받기는 애저녁에 글렀으니까 포기해.

— ······.

— 알아들었으면 이제 좀 풀어줘! 씨발! 죽을 것 같아! 장난 아니야!

애꾸가 절박하게 소리쳤다. 하지만 정인은 일말의 자비심도 베풀지 않았다. 정인은 그대로 애꾸의 손가락을 아예 90도로 꺾어버렸다.

우두둑, 소리와 함께 애꾸는 비로소 정인의 손아귀에서 벗어났다. 바닥에 주저앉은 애꾸가 비틀린 손가락을 붙잡고 오열했다. 애꾸의 부하들은 겁에 질린 얼굴로 꼼짝도 못하고 있었다. 정인이 하우스를 빠져나갈 때까지 섣불리 움직이는 자는 없었다.

6.

한양아파트 14단지 1002호. 열린 현관문을 가볍게 밀고 들어선 재우의 눈에 거실 벽면의 글씨가 들어왔다.

XP바Q

재우는 소리 내어 네 음절을 따라 읽었다. 저 글씨가 원래 있었던가. 아닌 것 같았지만, 확신할 수는 없었다. 이곳을 처음 찾았을 때는 비리 혐의로 궁지에 몰려 있던 터라 형식적으로 둘러본 게 다였다. 하지만 지금은 상황이 달랐다. 정체불명의 윗선과 맺은 거래로 1002호 방화 사건은 재우에게 완전히 다른 의미가 됐다.

재우를 따라 들어선 남자도 벽면의 글씨를 미심쩍은 눈길로 바라봤다.

— 어? 일주일 전만 해도 저런 거 없었는데.

재우는 벽으로 다가가 손으로 글씨를 만져보고 반박했다.

— 바로 쓴 게 아니에요. 목탄이나 크레용으로 눌러쓴 것 같은데 제법 시간이 지난 것으로 보여요.

— 어느 정도요?

— 최소한 불이 나기 전인 건 확실해요.

— 이게 무슨 뜻이죠?

재우는 어깨를 한번 으쓱하고는 화제를 돌렸다.

— 지금은 이 뜻이 중요한 게 아닙니다.

재우가 고개를 돌려 남자를 바라봤다. 남자는 부러 재우로부터 시선을 피한 채 준비해온 서류들을 들췄다.

현장에 오기 전 재우는 이곳 사고 현장을 찾았던 이들과의 면담을 요구했다. 형사들을 제외하고 폴리스 라인 안에 들어왔던 사람은 보험 가입으로 인한 보험금 지급 여부를 조사하는 눈앞의 보험 조사원이 유일했다. 하지만 조사원은 의외의 인물이 한 명 더 이곳에 들어왔다고 말했다.

— 옆집 여자가 이곳에 찾아왔었다고 했죠. 확실합니까?

— 아뇨, 이른 새벽에 찾아왔더니 저기 저 거실 소파에 한 여자가

기대앉아 있었다고만 했는데요. 그 여자가 옆집 살아요?

— 그 여자가 1002호의 실소유주와 보험 가입 여부에 대해 물었다고 했죠?

— 맞아요. 그랬어요.

조사원이 손으로 목을 감싸 쥐는 흉내를 내며 말을 이었다.

— 목을 조르는데 정신을 차릴 수가 없었어요. 처음엔 그냥 부드러운 느낌이었는데, 조금 지나니까 미치겠더라고요.

— 예?

— 왜 그런 거 있잖아요. 급소를 눌린 기분? 아차 하다가는 죽겠구나, 싶더라고요.

— 그래서 고객의 정보를 그대로 말해줬다 이거군요.

— 어쩔 수 없었어요. 살고 봐야죠.

— 하나만 더 물읍시다. 보험 수익자를 아파트 실소유주 앞으로 하는 경우도 있는 거요?

— 아니, 없죠. 그래서 더 이상해요. 조강윤은 최근 4개월 동안 보험을 다섯 개나 가입했고 수익자를 모두 박태식 앞으로 했어요.

— 아무리 봐도 보험 사기가 의심되는데…….

재우는 조사원의 말을 자르고 그만 가봐도 좋다고 했지만, 조사원은 계속 서서 말했다.

— 형사님, 이런 건 법적으로 처벌해야 하는 거 아닙니까?

— 법적?

— 네. 법적으로요.

— 그런 건 우리가 알아서 해결할 문제요.

조사원은 자신이 듣고 싶어 한 답을 들을 수 없자 이내 실망스러운 낯빛이 됐다.

현장에 오기 전 재우는 이곳의 실소유주 박태식의 신상에 대해 지루할 만큼 자세히 알게 되었다. 그가 무허가 사채업체로 벌어들인 돈으로 안산 일대에 나이트클럽 여러 개를 소유하게 됐다는 사실과 생사조차 불분명한 금치산자인 여동생의 보호자 명목으로 임대 아파트를 얻었다는 것. 그리고 그 아파트를 2년 전에 조강윤에게 전매했다는 사실까지. 그것이 박태식이란 변두리 인생의 대략이었다.

조강윤과의 연결 고리는 여전히 낯설었다. 사채업자 박태식의 금융 거래를 조사해도 조강윤과 직접적으로 채무나 채권 관계를 맺은 흔적은 찾기 어려웠다. 또한 다수의 나이트클럽을 소유한 박태식의 재력으로 미루어볼 때 몇 푼이라도 더 벌겠다고 조강윤에게 임대 아파트를 빌려줬다는 것도 이해하기 어려웠다.

— 형사님, 이 사건은 언제쯤 종결이⋯⋯,

재우는 제대로 된 보험금 지급을 망설이며 수사 결과를 기다리던 조사원에게 오늘부로 사건은 종결되었다고 잘라내듯 말했다.

정 부장의 거래를 받아들인 재우는 팀원들이 작성한 수사 보고서에 서명 날인했다. 조강윤과 출생 미신고자의 동반 자살로 사건은 종결됐다.

조사원이 나가고 난 뒤, 재우는 초겨울 매서운 바람이 몰아치는 베란다 난간에 서서 담배에 불을 붙이며 휴대전화를 꺼내 연락처를 검색했다. '호정만'이란 이름에서 동작을 멈춘 재우가 망설임 없이 통화 버튼을 눌렀다.

7.

　호정만의 연락을 기다리는 동안 재우는 1002호의 거실 소파에 기대고 앉아 눈을 감았다. 창문을 열어둬도 빠지지 않는 탄내 때문인지 감은 눈 속에 한 가족을 휘감은 화마가 보였다. 하지만 불에 휩싸인 아이는 한 번도 보지 못한 조민이 아니라 자신의 딸, 소미였다. 길게 기른 생머리에 또래답지 않은 순진한 눈망울을 깜빡이는 소미. 딸 소미가 이곳 1002호에서 온몸이 불에 휩싸인 채 비명을 지르고 있었다. 문밖에는 사람들이 검은 그림자로 서 있었지만, 그 누구도 소미를 돕지 않았다. 수많은 검은 그림자에는 소미의 하나뿐인 아빠, 재우 자신도 포함되어 있었다. 딸의 고통과 함께하지 못하는 죄책감이 그의 마음을 거칠게 짓눌렀다.

　견디기 힘든 고통에 재우는 번쩍 눈을 떴다. 불에 녹아 유리창이 없어진 베란다 너머로 거친 바람이 불어와 식은땀에 젖은 그의 몸을 차갑게 훑고 지나갔다.

　자리에서 일어서는데 휴대전화가 진동했다. 발신자는 호정만이었다. 재우는 지체하지 않고 재빨리 1002호를 벗어났다.

　— 응.

　— 너 요즘 왜 이래.

　호정만이 다짜고짜 말했다.

　— 갑자기 무슨 소리야?

　— 내 정보력 테스트라도 하는 거야?

　30분 전 재우는 호정만에게 옆집 1003호 여자에 대한 신상 정보를 의뢰했다. 서른은 넘지 않는, 흔한 얼굴이지만 한번 보면 좀처럼 잊기 힘든 강렬한 첫인상을 가진 젊은 여자. 여자에 대한 재우의 궁금증은 호기심 차원이 아니었다. 정체불명의 배후 A보다 한 박자 앞서 찾아와 방화 사건 재조사를 요구한 이유를 재우는 알고 싶었다. 하지만 호정만의 답은 재우를 더한 미궁 속으로 밀어 넣었다.

— 1003호 세입자 이름은 정인이야. 나이는 스물아홉.

— 계속해봐.

— 계속할 게 없어. 그게 전부야.

— 무슨 소리야?

— 그게 전부라고.

— 출신 학교, 결혼 유무, 직장, 1002호와의 관계, 은행 계좌, 휴대전화번호, 메일링 뭐 그런 게 있을 거 아니야?

— 조회 자체가 불가능해.

— 조회가 불가능한 인간이 어디 있어?

— 이 경우는 그래.

— 납득할 수 있게 설명 좀 해봐.

— 납득 못해도 할 수 없어. 이 인간 말이야. 나 참.

— 뭔데. 빨리 말해봐.

— 록이 걸려 있어.

— 어디서 록을 걸어?

— NIS.

— 뭐?

NIS. 국정원이란 말을 듣는 순간 재우는 걸음을 멈췄다. 그는 고개를 돌려 1002호를 바라봤다. 순간 인기척이 들렸다. 10층 마지막 호수인 1010호에서 노파 한 명이 현관문을 열고 밖으로 나왔다. 호정만이 말을 이었다.

— 록도 그냥 록이 아니야. 국회의원이 조회 요청해도 접근 불허된 최고 레벨이야.

— 보고 대상이 어디야?

— BH.

— 청와대?

— 그렇지.

— 간첩이야? 아니면…… 산업스파이?

— 아니야. 이건 뭐랄까. 성분이 달라.

— 성분이 다르다고?

— 그렇다고 봐야지.

— …….·

— 주제넘지만 충고 한마디 해도 될까?

— 새삼스럽게.

— 이 건 웬만하면 건드리지 않는 게 좋을 것 같다.

— 건드리지 않으면?

— 이번 기회에 전직하는 것도 나쁘지 않을 것 같은데……. 뭐 그런 거 있잖아. 흥신소나 방범업체. 내가 전폭적으로 밀어줄게.

별다른 인사말 없이 전화를 끊은 재우는 1002호 현관 앞에 한참 동안 서 있었다.

8.

오전 9시. 비슷한 차림새, 비슷한 연령대의 사람들이 버스에 올랐다. 그들은 누가 시키지 않아도 나름의 질서를 따라 가장 먼저 탑승한 이가 좌측 맨 뒷좌석부터 앉았다.

정인은 터미널 공영 주차장에 택시를 주차하고 강원랜드로 들어서는 셔틀버스를 기다렸다. 버스 대기 줄 중간 정도에 서 있던 정인은 앞에서 네 번째 좌측 창가 열에 앉았다. 탑승객 대부분은 남자였다. 여자는 두 명 정도 있었지만 젊은 여자는 정인이 유일했다. 하지만 아무도 정인을 눈여겨보지 않았다. 그들은 약속이라도 한 것처럼 수첩이나 휴대전화, 아이패드를 꺼내 뭔가를 진지하게 살폈다. 정인은 카지노 객장으로 향하는 남루한 차림의 탑승객들이 보여주는 일관된 진지함이 흥미로웠다. 오늘 하루에 목숨을 거는 필사의 각오로 무장한 진지함이었다.

정인은 고개를 의자 뒤로 기댄 채 눈을 감았다.

9.

객장의 규모를 막론하고 통상 도박판에 모여든 사람은 크게 두 그룹으로 분류된다. 작업하는 자와 작업당하는 자. 중간은 없다.

작업하는 자들은 오랫동안 도박에 연루되어 이제 그 방면에 이골이 날 정도의 노하우를 가졌거나 한 걸음 더 나아가 자신이 의도한

대로 판을 끌고 가는, 소위 기술자로 꾸려진다. 하지만 모든 도박판 참여자들이 기술자가 될 순 없다. 기술자의 존재 의미는 작업당하는 자가 있으므로 유효해진다. 애석하게도 기술자가 소수라면 작업당하는 자는 절대다수다. 절대다수는 자신에게 주어진 판이 아무리 부당해도 언젠가는 잭팟을 터트릴 거란 믿음을 버리지 않는다. 자신도 잭팟의 주인공이 될 거란 거짓 믿음, 그 믿음이 그들을 미치게 만든다.

정인은 두 그룹의 범주 어디에도 적용되지 않았다. 오전에 강원랜드 카지노에서 세 손가락 안에 꼽히는 2구역 객장에 들어선 이후로 오후 시간이 될 때까지 정인은 객장에 있었다. 참여자로 남아 있으면서도 특별히 돈을 잃거나, 그렇다고 많은 돈을 따는 것도 아닌 방관자로 존재했다. 그녀는 원하든 원하지 않든 도박판에서 버티는 기술을 배워왔다. 판이 진행되는 동안 한 걸음 내딛었다가 한 걸음 빠지는 상태를 반복하는 인내심. 이렇게 버티는 특수한 그룹의 목적은 단 하나, 자신이 뛰어든 판의 분위기 파악이다.

분위기 파악의 핵심은 기술자와 작업당하는 자의 구분이다. 기술자가 몇인지, 그들에게 당하는 이른바 호구가 누군지, 호구들 중 기술자가 특별히 공들이는 작업 목표가 누군지, 끝으로 기술자와 판을 벌여놓은 주최 측의 관계가 어떤지 등.

정인은 온종일 NYPD 모자를 깊게 눌러쓰고 객장 이곳저곳을 티나지 않게 이동하면서 애꾸가 말한 강폴의 존재를 찾아다녔다. 강폴에 대한 정보라고는 애꾸가 말한 단서 몇 가지가 전부였다.

오후 2시가 지나자 기술자들이 서서히 윤곽을 드러냈다. 하나는 허름한 공장 점퍼 차림의 노동자였고, 다른 하나는 출장 중 잠시 들른 것처럼 위장한 카키색 슈트 차림의 남자였다. 그들은 작업을 진행하는 내내 정인의 존재를 눈치채지 못했다. 그들 눈에 정인은 객장을 어슬렁거리며 푼돈이나 따면서 간을 보는 그렇고 그런 뜨내기 이상으로는 비치지 않았다.

정인은 둘의 동선을 주목했다. 2구역 객장은 지하 1층이었다. 그 위로 호텔 룸이 있었다. 바닐라스카이 호텔을 이용하는 이들은 주로 엘리베이터를 이용했고, 셔틀버스를 타고 오는 이른바 카지노 노숙자들은 정문으로 드나들었다. 둘의 동선은 특이할 것이 없었다. 하지만 단 한 번 예외가 있었다.

처음에는 작업복이 후문 비상문을 열고 나갔다. 1시간 뒤 카키색 슈트가 비상문을 이용해 객장을 빠져나가자 먼저 나갔던 작업복이 다시 들어왔다. 그리고 다시 1시간 뒤 카키색 슈트가 나타났는데 그때는 비상문을 이용하지 않고 정문으로 들어왔다. 그렇게 몇 번을 둘은 나갔다 들어왔다.

둘의 동선을 확인한 정인은 오전 6시 폐장을 기다렸다. 폐장 시간을 30여 분 정도 남겼을 때, 규칙성을 엄수하는 문자메시지가 도착했다.

〔보고 요망〕

메시지를 확인한 정인은 객장 전체를 둘러봤다. 그림자처럼 빠져나가는 한 남자의 뒷모습이 그녀의 눈에 잡혔다. 정인은 서둘지 않으면서도 빠르게 걸어가는 남자의 뒷모습을 놓치지 않고 붙잡았다.

10.

정인은 일말의 망설임도 없이 돌진했다.

카운터를 뚫고 자줏빛 커튼도 걷어치우자 팬티 차림의 남자가 반사적으로 대걸레를 손에 집었다. 남자는 그나마 팬티는 걸쳐 입었기에 정인의 등장에 크게 당황하지 않았지만 다른 남자들의 사정은 달랐다. 로커 룸에 서서 옷을 벗거나, 거울 앞에서 머리를 말리거나, 휴게실 소파에 두 다리를 벌리고 누워 있던 알몸의 남자들은 정인의 등장에 대경실색했다.

정인은 '보고 요망'이란 메시지를 받았다. 그와 동시에 객장을 빠져나가는 한 남자의 뒤를 추적했고 그 추적의 끝은 대중목욕탕이었다.

욕탕 문을 부수듯 열고 들어선 정인은 신발을 신은 그대로 탕을 향해 걸어갔다. 그녀의 시선은 내내 탕 속, 사자 모양 출수대 옆에 앉아 있는 한 남자를 향했다.

수호였다. 안경을 벗고 있던 수호는 자신을 향해 다가오는 시커먼 그 무엇이 누구인지 알아보지 못했다. 검정색 가죽 재킷에 검정색 후드 티, 검정색 스키니진 차림의 정인을 알아본 것은 안경을 쓴 뒤였다. 다른 남자들은 자리를 피하는데 급급했다. 수호 역시 당황스러워했다. 처음으로 공개하는 알몸이기 때문이었다. 헛웃음을 터 뜨린 수호에게 정인이 말했다.

— 보고하러 왔어요.

— 꼭 이런 식으로 해야 해? 난 늘 하던 대로 보고하라고 한 것뿐 이야.

— 굳이 여기까지 따라왔어야 했어요?

— 그건 말이야.

— 오늘은 비번이에요. 핸들 잡는 날도 아닌데 가고 싶은 곳도 못 가나요?

수호는 도박을 하고 싶어서 이곳에 왔다고 말할 수도 있었다. 하 지만 너무 뻔한 거짓말이라는 것을 피차 잘 알고 있었다. 수호는 결 국 답 대신 겸연쩍은 웃음을 지었다. 때맞춰 욕탕 문이 열렸고 목욕 탕 주인이 들어섰다.

— 사실 나 말이야. 요즘 31호 보고가 신경 쓰여.

수호가 빠르게 말했다. 숨을 고른 정인이 가라앉은 목소리로 답 했다.

— 걱정 말아요. 큰일 안 내요. 보고하는 데 지장 없게 할게요.

— 언제 돌아갈 건데?

— 하루. 하루면 끝나요.

정인이 목욕탕 주인을 돌아보자 씩씩대며 들어오던 주인이 걸음 을 멈췄다. 그녀의 눈빛을 보고 두려움을 느낀 것이다.

수호는 오래전부터 주체할 수 없는 그녀의 살의를 느껴왔다. 그 래서 그녀의 일탈이 더욱 신경 쓰이는지도 모른다.

정인이 한 번 더 반복해 말했다.

— 하루면 끝나요.

— 원한다면 이틀 정도 더 써도 돼.

— 그럴 필요 없어요.

— 그런데 말이야, 한 가지만 물어보자.

— 뭔데요?

— 왜 이렇게 집착하는 거야? 3년 동안 한 번도 이런 적 없었잖아.

— 글쎄요.

— 네 자신을 찾는다는 말⋯⋯. 그냥 한 말은 아닌 것 같은데. 사실 그 말이 마음에 걸려.

수호를 납득시킬 말은 할 수 없었다. 정인 자신도 알 수 없었기 때문이다.

'강폴이란 작자를 만나 어떻게 하지? 강폴을 통해 조강윤을 찾겠지. 조강윤을 찾은 다음 뭘 어떻게 해야 하지? 죽이는 거? 사지를 토막 내 광장에 전시하는 거? 단지 그뿐인가? 나를 찾는다는 게 겨우 내 과거를 되풀이하는 게 전부일까. 그게 아니라면 나는 왜 여기 있지. 왜?'

정인은 등을 돌렸다.

어차피 답은 없었다. 생각은 해야 할 일을 마친 다음에 하기로 했다. 우선 강폴부터 찾은 다음에⋯⋯.

11.

— 요즘 나한테 왜들 이러는 거예요?

K가 우는소리로 말했다.

재우는 사실 이런 식의 접근을 좋아하지 않았다. 말단 형사시절
에야 범죄의 냄새만 풍겨도 일단 두들겨 패고 봤지만, 팀장이 된 이
후에는 신중하게 접근해왔다. 다시 예전으로 되돌아온 기분이 썩
좋지는 않았다.

재우는 이전보다 더 과격하게 K를 다뤘다. K만이 아니었다. 재우
는 애꾸의 청담동 하우스를 쑥대밭으로 만들어버렸다. 기동타격대
까지 요청한 광역수사대 지능2팀 팀원들은 애꾸의 검거를 시작으
로 사기도박 패거리들 일망타진에 열중했다. 느닷없는 습격에 하우
스가 다시 엉망이 되어버렸다. 애꾸는 두 손에 수갑이 채워진 채 투
덜거리며 자신의 관할구역 경찰 이름을 욕을 섞어가며 외쳐댔다.

— 윤 반장. 이 씨발 새끼. 해마다 달마다 꼬박꼬박 챙겨줬는데
이런 식으로 뒤통수를 쳐? 내가 가만있나 봐라. 다 같이 죽는 거야.
씨발.

재우는 애꾸 따위는 상대하고 싶지 않았다. 그의 관심사는 오직
K였다. 조강윤과 최근까지 관계를 맺은 유일한 인맥 K.

재우가 조강윤의 이름을 말하자 그때서야 K가 울먹였다. 처음에
는 자신이 얻어맞은 이유가 중독 치료를 빼먹고 도박판에서 포커 패
를 잡았기 때문으로 알았는데, 진짜 목적은 조강윤이었던 것이다.

— 최근에 젊은 여자가 찾아온 적 있을 거야.

— 나한테 왜들 이러냐고요.

— 조강윤이 어디 있냐고 물었겠지. 그렇지?

재우의 짐작은 틀리지 않았다. K가 고개를 끄덕였다. 재우가 알고 있는 젊은 여자. 신원 조회 자체에 록이 걸려 있는 정인이란 정체불명의 여자가 자신보다 한 걸음 먼저 움직인다는 직감이 틀리지 않은 것이다.

— 조강윤은 어디 있어? 여자한테 말한 그대로 대답해.

K에게 물었는데, 그 답은 끌려가는 애꾸에게서 나왔다. 애꾸가 억울하다는 듯 압박붕대로 동여맨 자신의 양손을 보여주며 울분을 쏟아냈다.

— 씨발. 그년한테 당한 걸 생각하면 지금도 피가 거꾸로 솟아.

— 묻는 말에 대답이나 해.

— 그년, 강원랜드로 갔을 거요.

— 강원랜드는 왜?

— 조강윤에 대해 묻기에 그 새끼 턴 놈이 강원랜드 카지노 죽돌이라고 말해줬지.

애꾸는 푸념처럼 쏟아낸 말을 끝으로 경찰 봉고차에 강제로 태워졌다. 애꾸의 말이 어느 정도 신빙성이 있는지 재우는 그 사실을 K에게 확인하려 했다.

— 확실해?

— 확실해요. 그게 전부예요.

12.

오전 5시 50분. 다시 2구역 객장으로 돌아온 정인에게 기술자가 다시 모습을 드러냈다. 폐장을 10분 남긴 시각, 위층으로 올라갈 투숙객을 맞으려는 호텔리어, 카지노 딜러 들이 폐장 10분 전을 알리는 신호를 보냈다.

정인은 이 10분에 가장 많은 액수의 베팅이 걸린다는 사실을 알고 있었다. 수많은 도박광들의 희비가 10분 안에 결정난다. 액수에 상관없이 작업당하는 자들은 남은 10분에 인생을 베팅하고 기술자들은 그들의 절박한 불놀이에 맞춰 대미를 장식하는 한탕을 준비한다.

오전 6시. 폐장을 알리는 차임벨이 울리고 딜러들이 패 돌리기를 중단했다. 작업당하는 자들의 탄식이 여기저기서 터져 나왔다. 누구 한 명 자리에 앉아 있지 못하는 기묘한 흥분이 장을 휘덮는 그때, 정인의 시선이 기술자 둘에게 집중됐다. 작업복은 정문으로 유유히 빠져나갔고, 카키색 슈트는 후문 비상문을 향해 움직였다. 정인은 카키색 슈트의 뒤를 따랐다.

비상문을 열고 카키색 슈트가 빠져나갈 때, 정인의 손이 닫히는 비상문 사이를 매섭게 파고들었다. 놀란 표정의 카키색 슈트가 뒤돌아 봤을 때, 이미 정인은 내려가는 계단참 앞에서 카키색 슈트를 끌어안았다. 카키색 슈트가 돌아서려 했지만 정인은 얼굴을 카키색 슈트의 등 깊이 파묻고 끌어안았던 두 손으로 순식간에 카키색 슈트를 결박했다.

카키색 슈트의 바지 벨트를 잘라낸 정인의 오른손에 작지만 날이 선 칼이 쥐어져 있었다. 그녀의 오른손이 카키색 슈트의 바지 틈으로 단숨에 파고들었다. 섬뜩한 이물감을 느낀 카키색 슈트의 몸 전체에 전율이 일었다. 팬티 속으로 손을 넣은 정인은 사정 없이 낭심을 움켜쥐었다. 차가운 칼끝이 낭심과 아슬아슬하게 맞닿는 순간 카키색 슈트의 몸도 함께 굳어버렸다.

정인이 속삭이듯 말했다.

— 뒤돌아보지 마.

검정색 가죽 재킷, 검정색 스키니진 차림의 정인이 살짝 고개를 들어 천장 모서리에 설치된 감시 카메라를 올려다봤다. 180센티미터가 넘는 남자의 등에 달라붙은 그녀의 몸은 감시 카메라에 잡히지 않았다.

— 너 뭐야? 경찰이야?

— 닥치고 아지트로 안내해.

— 뭐?

— 어서!

잠시 망설이는 기색을 보인 카키색 슈트에게 정인은 보다 확실한 위협을 가했다. 칼의 단면이 낭심에 스치자 카키색 슈트는 자신도 모르게 짧은 비명을 질렀다. 공포에 사로잡힌 카키색 슈트의 몸이 부들부들 떨렸다. 정인이 재차 경고했다.

— 남자 구실 못하게 해줄까.

— 알았어. 알았다고.

카키색 슈트는 더는 주저하지 않고 비상구 센서등을 따라 계단을 내려가기 시작했다. 정인은 뒤에 바싹 달라붙어 보폭을 같이했다. 카키색 슈트가 지하 4층 입구에서 멈춰 서자 정인도 함께 멈췄다. 카키색 슈트가 슬쩍 뒤를 돌아보며 말했다.

— 여기야.

— 들어가.

카키색 슈트가 비상문 문고리를 잡았다.

13.

액셀을 밟는 재우의 오른발은 쉴 틈이 없었다. 그의 차는 아예 브레이크가 없는 것처럼 강원으로 향하는 왕복 8차선 영동 고속도로를 질주했다.

그 와중에 재우는 몇 통의 전화를 걸었다. 광역수사대 지능2팀 팀장 재량으로 심어놓은 정보원과 정선경찰서, 그중에서도 강원랜드 관련 범죄만 담당하는 강력계 반장이었다.

재우는 오늘 밤, 강원랜드에 위치한 바닐라스카이 호텔 지하에서 심상치 않은 기별을 느끼지 못했냐고 물었다. 그의 질문에 정보원과 강원랜드 전담 강력계 반장의 답이 일치했다. 정보원은 자신과 접선하는 카지노 타짜들로부터 직접 들은 정보를 알려줬다.

— 오야가 그랬대요. 오늘 서울에서 예쁜 손님이 올 거라고.

— 예쁜 손님?

— 계집애가 보통이 아니라서 제대로 대접해야 한다고, 어깨 죄

다 끌어모으고 청부사까지 불렀대요.

— 여자 하나 상대하자고 청부사를 불러?

재우는 청부사란 은어가 어떤 뜻인지 잘 알고 있었다. 하루에도 억대가 넘는 현금을 벌어들이는 기업형 타짜들에게는 위협으로부터의 신변 보호가 영순위다. 타짜들은 신분이 노출된 조직폭력배들을 선호하지 않았다. 조직폭력배야 위협용으로나 사용 가능하지 실제 숨통을 끊는 일에는 몸을 사리기 때문이다. 그런 타짜들이 선택한 보호 카드가 바로 청부사였다.

정보원이 재우의 말을 거들었다.

— 내 말이요. 떼로 오는 것도 아니고 계집애 하나 때문에 생난리를 피우니 강폴도 다 됐나 봐요.

정보원과의 통화 후 이어진 강력계 반장과의 통화에서 재우는 정인이라는 여자에게 닥친 위기가 얼마나 심각한지 알아차렸다.

— 오야 녀석이 오후에 전화했어. 저녁에 송장 치울 일이 있는데 백차 부르는 일 없게 해달라고 말이야.

— 선배.

— 그런데 김 팀장. 대체 그런 건 왜 물어보는 거야?

— 그 오야란 인간한테 월 얼마씩 받아요?

— 뻔한 걸 뭘…….

— 아무리 그래도 송장 치우는 일인데, 그걸 미리 알고도 민중의 지팡이가 나 몰라라 하는 건 좀 그렇지 않나?

— 허참. 왜 이래, 새삼스럽게.

강력계 반장의 목소리는 전화기 너머로도 서늘하게 느껴졌다. 양심에 호소하는 것 따위로는 절대 그를 움직일 수 없을 것이다. 재우는 강하게 나가기로 결심했다.

— 기동타격대 준비시켜요. 당장!

— 이봐, 김 팀장.

— 그 송장 말이야. 잘못 건드리면 우리 다 죽어요. 모가지 달아난다고.

— 뭐 하는 놈인데?

— 놈이 아니라 년이고, 그리고…….

— 여자였어?

— 록이 걸려 있어.

— 록?

— 국정원이 걸었고 최고 레벨이에요.

— 뭐?

— 이제 감이 잡혀요?

— 우라질. 어쩌다 그런 것과 얽혔대?

— 알아들었으면 지금 당장 현장 따요. 나도 곧 따라붙을 테니까.

— 알았어. 자세한 건 만나서 얘기해.

14.

정인은 지하 4층 비상문이 열리자마자 카키색 슈트를 밀치고 안으로 뛰어들었다. 적들이 반격하기 전에 상황을 끝낼 생각이었다. 하지만 한 걸음 들어서기도 전에 묵직한 살기를 느꼈다.

클래식한 인테리어로 장식된 지하 4층에 모인 일군의 무리들은 이미 불청객의 등장을 알고 있었던 듯 만반의 준비를 갖춘 뒤였다.

턱수염을 기른 한 남자가 초대형 유리 테이블 앞 소파에 앉아 느긋하게 회를 먹고 있었다. 정인은 그자가 강폴임을 알아차렸다.

강폴 주변으로 열다섯 명의 남자가 연장을 하나씩 들고 서 있었다. 왜소한 체구의 정인을 확인한 순간, 남자들은 허탈한 표정으로 혀를 찼다. 강폴 역시 마찬가지였다. 그는 고개를 설레설레 흔들며 낮은 목소리로 말했다.

— 이해를 못하겠네.

젓가락을 내려놓은 강폴이 술을 한 모금 들이키고는 다시 정인을 바라봤다.

— 박 사장이 노망이 들었나. 그냥 동네에서 노는 계집 같은데, 뭐가 급이 다르다고 설레발을 친 거야.

— 박태식?

강폴은 대답 대신 길고 기름진 머리를 쓸어 올렸다.

— 암캐 하나 상대하자고 이렇게 다 긁어모았으니, 쪽팔려서, 씨발.

정인은 무리들의 면면을 세밀하게 훑었다. 양복 차림 남자들은 전형적인 조직폭력배 분위기였다. 하지만 단 한 명, 작업복은 달랐다. 서늘할 정도로 표정이 없고 어두운 낯빛이었다. 뒷짐을 쥐고 있어 손에 무엇을 들고 있는지 알 수 없었다.

정인은 작업복에게 동질감, 심지어 동지 의식을 느꼈다. 할 수만 있다면 지워내고 싶은 동지 의식이었다. 말 한번 섞지 않아도 느낄 수 있는 살의의 공통분모, 그 어쩔 수 없는 피비린내가 서로를 강하게 밀어냈다.

— 박 사장 그 새끼가 강폴을 물로 봤나. 야, 이번 한 번만 봐줄 테니 조용히 꺼져라.

정인은 강폴의 마지막 자비심을 짓밟기라도 하듯 비상구 문을 잠가버리고 말했다.

— 본론으로 들어가지.

강폴의 얼굴이 굳었다.

— 조강윤, 어디 있어?

정인은 돌려 말하는 법을 배우지 않았다. 그럴 이유도, 필요도 없었다. 직설적인 말투는 그녀의 일부가 돼버린 지 오래였다.

강폴은 눈을 가늘게 뜨고 새삼스럽게 정인을 봤다.

— 그림이 안 그려지네. 조 씨하고 무슨 관계야?

— …….

— 얼마나 대단한 사이라서 조 씨 행방 알겠다고 겁도 없이 호랑이 굴로 들어와?

— 대답이나 해. 조강윤, 지금 어디 있어?

— 내가 왜 말해야 하지?

강폴은 재미있다는 표정으로 턱수염을 쓰다듬었다. 그 동작이 신호였는지, 양복 차림 남자들이 연장을 고쳐 잡으며 정인을 향해 다가왔다. 정인은 성가실 정도로 환한 샹들리에를 힐끗 올려다보며 인상을 찡그렸다.

— 살려준다고 했을 때, 갔어야지. 뭐, 사실 뻥이긴 했지만.

강폴은 무척 즐겁다는 듯 소리 내어 웃었다.

— 예쁜이, 안됐지만 곱게 죽을 생각은 아예 하지도 마.

— …….

— 난 말이야. 자비심이 많아. 인내심도 강하고. 제대로 따먹히는 맛 먼저 보여주고 그다음에 죽여줄게.

— 조강윤 왜 턴 거야?

— 오호, 이거 이거 대단한데.

— 조강윤이 원래부터 도박광이어서 그런 거야, 아니면 다른 목적이 있었던 거야?

— 지나치게 딱딱하네. 너무 이러니까 재미없잖아.

강폴이 작업복 남자에게 눈짓했다. 순간 무언가가 정인의 머리를 향해 날아왔다. 피할 사이도 없이 찰나에 벌어진 공격이었다. 하지만 정인은 피투성이가 되지 않았다. 동물적 감각으로 손을 들어 자신을 공격한 물건을 걷어낸 것이다. 투명한 대리석 바닥에 떨어진 물건의 카랑카랑한 철성이 공간 전체에 메아리쳤다. 부메랑이었다.

정인과 작업복 남자의 눈이 마주쳤다. 작업복 남자는 그 자리에 꼼짝도 하지 않고 선 채 히죽 웃었다. 순간 정인의 온몸 구석구석에 심한 오한이 밀려들었다.

강폴은 회를 씹으면서 부메랑을 던진 작업복 남자를 손으로 가리켰다.

— 이 녀석이 지금까지 딴 계집이 모두 다섯인데 말이야. 다섯 모두 구멍이란 구멍에서 죄다 피를 뽑아내고 죽었지. 피가 모두 나오기 전까지는 아슬아슬하게 정신이 남아 있는데 말이야. 그게 맛이 진짜 끝내줘. 죽기 직전 팔딱거리는 광어를 닮았거든. 그 싱싱함을 또 맛보고 싶어. 너도 꽤 싱싱할 것 같아. 아주 좋을 거야. 구멍이란 구멍에서 검은 피 콸콸 쏟아내며 따먹히는 기분 말이야.

　— 미친 새끼.

　— 뭐? 미. 친. 새. 끼?

　— 어서 대답이나 해.

　— 너 돌았냐?

　— 대답이나 하라고.

　— 이년 제대로 놀 줄 아네.

　— ······.

　— 시작해.

15.

　탕에서 나온 수호는 상황의 긴박성을 인지하고 빠르게 움직였다. 그는 감청용 GPS를 통해 정인이 현재 바닐라스카이 호텔 지하 4층에 위치하고 있다는 것을 알아냈다. 수호는 경찰청 정보과를 통해 강폴에 대한 정보를 보고받았다. 정인의 활동 지역 이탈을 보고하지 않은 게 발각될 것을 우려해서 국정원을 통할 수는 없었다.

수호는 정인이 내려간 구역의 관리자가 강폴이란 인물임을 확인하고 긴장했다. 이대로 지켜볼 수만은 없었다. 강폴의 잔인함은 웬만한 범죄 행각과는 비교가 불가능했기 때문이다.

수호는 한 걸음에 바닐라스카이 호텔 로비로 들어섰다. 지하로 향하는 객장 입구는 봉쇄돼 있었다. 후문을 따거나 비상 엘리베이터를 이용할 생각으로 움직이던 수호가 순간 멈춰 서며 입구 쪽을 돌아봤다. 경찰차 두 대가 들어섰고, 뒤이어 사이렌을 장착한 SUV와 오래된 연식의 소나타가 도착했다.

차에서 내린 이들은 대부분 사복 차림의 형사들이었다. 정복 차림의 경찰과 무장한 기동타격대 요원 들도 눈에 띄었다. 소나타에서 내리던 재우도 수호의 시야에 함께 들어왔다.

재우와 형사 일행이 호텔 카운터에 몰려가자 수호는 투숙객처럼 자연스럽게 객장 입구 쪽으로 걸어갔다. 지나치는 수호의 귀에 자신의 신분을 알리며 지하 4층을 수색해야겠다는 강력계 반장의 말이 똑똑히 들렸다.

호텔리어들의 난처해하는 모습이 눈에 띄었다. 강력계 반장이 카운터에서 실랑이를 벌이는 동안 재우는 직원 한 명을 붙잡고 전원이 꺼진 비상용 엘리베이터의 재가동을 요구했다.

수호는 호텔 입구를 빠져나왔다.

16.

  정인은 가장 원초적이고 야만적인 격투가 벌어질 때마다 오히려
정적인 상념에 빠져들곤 했다.

  코 안으로 파고드는 피비린내, 살벌한 살육의 순간. 공격하거나
공격당하거나, 정인은 언제나 그랬듯 눈을 감지 않았다. 그녀의 눈
동자는 마치 느린 필름을 보듯 자신의 앞과 옆, 뒤에서 뛰어들거나
소리치는 열 명의 고함, 일그러지는 얼굴과 무너져 내리는 몸의 비
극을 또렷이 목도했다.

  하지만 그녀의 적들은 달랐다. 아무리 표독스럽고 잔인한 상대도
정인의 손끝에 눈이 찔리고 목을 공격당하고 옆구리를 난타당하면
도리 없이 눈을 감아야 했다. 고통을 느끼는 순간만큼은 눈을 감을
수밖에 없다. 하지만 정인은 절대 눈을 감지 않았다. 그 어떤 순간
에도.

  열넷의 조직폭력배들은 5분도 지나지 않아 벽에 기대거나 바닥
에 머리를 박은 채 혼절해버렸다. 강폴은 자리에서 일어나 부메랑
을 손에 쥔 작업복 남자 뒤로 숨었다. 그때 기계음이 들리면서 비상
용 엘리베이터에 불이 켜졌다.

  ─ 씨발, 짭새 뜬 거야?

  강폴은 몸을 틀어 비상구 쪽으로 달려갔다. 기회를 노리던 정인
이 달려가 단번에 강폴의 목덜미를 움켜잡았다. 그 순간 피가 튀어
올랐다. 그녀의 손목에 부메랑이 파고든 것이다. 정인은 작은 신음
조차 내지 않았다. 어떤 순간조차 소리를 지르지도, 아파해서도 안

된다. 그건 오랫동안 정인이 익혀온 불문율 같은 훈련 수칙이었다. 하지만 손힘은 현저히 떨어졌다. 목덜미를 쥔 손에서 힘이 빠지자 강폴이 정인을 뿌리친 뒤, 서둘러 비상문을 열고 밖으로 도망쳤다.

강폴을 잡을 여유는 없었다. 여섯 개의 비수가 정인을 향해 날아왔다. 그녀의 몸이 기묘하게 비틀렸다. 얼굴과 명치, 양 발목 부위로 파고드는 비수는 거둬냈지만 옆구리와 어깻죽지에 박히는 비수는 피할 수 없었다.

정인은 재차 비수를 던지려는 작업복 남자의 측면을 파고들었다. 두 발로 벽을 차 10여 미터를 곡예하듯 달려간 정인은 두 발로 남자의 목을 휘어 감았다. 작업복 남자는 정인의 다리 사이로 손을 넣으려 했지만 손은 들어가지 못했다. 남자의 목은 그대로 정인의 허벅지 사이에 포박되었다. 공중에서 남자의 목을 휘어 감은 정인은 그대로 바닥을 향해 내리박았다. 작업복 남자는 정인의 다리를 붙잡고 비명을 질렀다.

고통스러워하는 작업복 남자와 눈이 마주쳤다. 남자의 눈은 겁에 질려 마비되어 있었다. 정인이 엄청난 악력을 실어 목을 조이자 남자의 검은 눈동자가 흰자위 속으로 말려들었다.

비상용 엘리베이터 도착 음이 울렸다. 시간이 없었다. 정인은 빠르게 비상문을 빠져나갔다.

그 직후, 비상용 엘리베이터의 문이 열렸고 정선경찰서 형사들이 뛰어들었다. 재우는 빠르게 바깥을 살폈다. 피투성이가 된 덩치들 사이에 정인은 없었다. 조금 열려 있는 비상문을 확인한 재우는 비상용 엘리베이터 문을 닫고 1층 버튼을 눌렀다.

17.

정선의 일반 국도는 밤만 되면 불빛 한 점 찾아보기 힘들게 변해버린다. 강폴은 자신의 뒤를 쫓는 차량이 오래된 구형 소나타 택시임을 확인한 뒤, 고속도로나 2차선 국도로 빠져나가지 않고 강릉 방향 국도를 선택했다. 강폴은 자신의 비엠더블유의 성능을 믿었다. 하지만 구형 소나타 택시는 이미 오랜 시간 난폭한 속도에 길들여져 있었다. 순간 시속에서 비엠더블유가 구형 소나타 택시를 능가할 순 있겠으나 집요한 추격을 따돌리기에는 역부족이었다.

비엠더블유가 오르막 언덕길을 넘어 내리막길로 치달았지만, 속도를 줄일 수밖에 없었다. 느린 속도로 달리는 지프 한 대가 앞을 가로막았고, 반대편 오르막 차선에서는 덤프트럭이 달려오고 있었다. 강폴이 지프를 추월하려고 핸들을 꺾는 순간, 타이밍을 노리던 정인이 그보다 한 박자 먼저 있는 힘껏 액셀을 밟았다. 구형 소나타 택시는 순식간에 반대편 차선으로 뛰어들었고, 동시에 핸들을 꺾은 비엠더블유의 앞 범퍼 측면을 뚫고 나갔다. 비엠더블유가 한 차례 크게 휘청거리자 맞은편에서 오던 덤프트럭이 거칠게 상향등을 깜빡이며 경적을 쏟아냈다.

충돌 직전, 거대한 전조등 불빛이 똬리를 튼 뱀처럼 핸들을 잡은 정인의 시선을 휘감았다. 그 순간조차 정인은 눈을 감지 않았다. 정인은 주춤거리는 비엠더블유를 확인하자마자 다시 원래 차선으로 복귀하기 위해 핸들을 꺾었다. 간발의 차로 구형 소나타 택시가 비엠더블유 앞을 치고 들어왔다. 정인은 그 즉시 기어를 중립으로 변

속하고 브레이크를 밟았다. 순간 비엠더블유는 피할 방법을 찾지
못하고 구형 소나타 택시를 그대로 들이받았다. 구형 소나타 택시
가 밀리는 순간, 정인이 사이드 브레이크를 올렸다. 아스팔트를 찢
는 듯한 굉음이 도로의 정적을 짓뭉갰다.

— 씨발! 개 같은 년!

강폴은 욕설을 쏟아내며 핸들을 이리저리 닥치는 대로 움직였다.
벗어나기 위해 안간힘을 썼지만, 구형 소나타 택시는 차가 움직이
는 방향을 집요하게 가로막았다. 내리막길의 마지막에 이르렀다.
강폴은 있는 힘을 다해 핸들을 좌측으로 꺾으며 액셀을 밟았다. 내
리막길의 마지막 탄력으로 인해 비엠더블유가 구형 소나타 택시를
벗어났다. 하지만 그 순간, 맞은편에서 레미콘이 달려들었다. 끔찍
한 경적 소리가 다시 한번 도로를 울렸다. 갑자기 뛰어든 비엠더블
유를 뒤늦게 발견한 운전사가 브레이크를 밟았지만 레미콘은 그대
로 비엠더블유 우측을 강하게 들이받았다. 레미콘과 충돌한 비엠더
블유는 뒤집혔다 서기를 반복하다가 결국 뒤집힌 채로 멈췄다.

택시에서 내린 정인의 왼쪽 옷소매는 어느새 피범벅이 되어 있
었다. 날카로운 부메랑 날이 파고든 손목에서는 살점이 떨어져나가
뼈가 드러나 보였다. 하지만 정인은 자신의 몸 상태는 신경 쓰지 않
았다. 목적 완수가 우선이고 치료는 언제나 그다음이다. 임무 수행
중 치료를 받지 못해 죽는다면, 처음부터 부적격자일 뿐이다. 그녀
는 그렇게 배워왔다. 정인은 뒤집힌 비엠더블유에서 두 손을 허우
적거리며 구조를 요청하는 강폴을 끌어냈다.

발목이 완전히 꺾인 강폴은 국도 바닥을 뒹굴며 고통을 호소했

다. 정인은 그런 강폴에게 일말의 여유도 주지 않았다. 검붉은 피가 흐르는 손을 뻗어 강폴의 머리채를 붙잡고는 억지로 일으켜 세워 뒤집힌 비엠더블유에 몰아붙였다.

— 대답해. 왜 털었어?

— 쌍, 미친년! 그 새끼 호구라서 털었다, 됐냐?

— 다시 묻는다. 또 그렇게 말하면 여기서 넌 그냥 죽는 거야.

강폴의 목에 정인의 손이 감겼다. 그녀의 눈빛에는 어떤 감정도 없었다. 한 생명의 목을 꺾을 때 느끼는 두려움, 주저함이 전혀 깃들지 않았다. 강폴은 공포에 사로잡혔다. 지금 이 여자는 협박하는 게 아니다. 사실을 알려주는 것이다. 강폴의 목에 솜털처럼 부드럽게 손가락이 파고들었다. 숨통을 완전히 조이지 않았는데도 온몸의 감각이 위축됐다. 정인에게서 피비린내가 났다. 지혈할 생각조차 없는 그녀의 무모함을 확인하자 공포가 약해졌다. 대신 묘한 쾌감을 느꼈다. 강폴은 끈적끈적한 미소를 지으며 말했다.

— 너도 곧 죽을 거야. 그렇지?

— 네가 신경 쓸 일 아니야. 대답하기나 해.

손가락에 힘이 들어갔다. 한순간 숨이 턱 막히는데도 강폴은 미소를 지우지 않았다.

— 아주 좋아. 짜릿해.

마치 오르가슴이라도 느끼는 표정이었다.

— 너 같은 년이랑 한번 해봐야 하는 건데, 아쉽네.

— 시간 끌지 말고 말해. 더는 기다리지 않는다.

— 좋아.

강폴은 마지막으로 히죽 웃고 말했다.

— 유젠이란 회사가 있어.

— 위치는?

— 서울 강동 쪽에 자리 잡은 다단계 회사야.

말하기 힘든지 강폴이 목을 비틀자 정인은 손가락에서 힘을 약간 뺐다.

— 가끔이지만 조 씨 같은 케이스가 있어. 기업이나 개인이 청탁을 해와. 도박판에서 빚 좀 깔아달라는 경우도 있고, 조 씨처럼 아예 망가뜨려 이곳을 벗어날 수 없도록 작업해달라는 경우도 있지.

— 유젠이라는 회사가 너한테 조강윤을 털어달라고 의뢰했단 말이야?

— 오른쪽 주머니에 폰이 있어. 녹음 파일 3번을 확인해봐.

강폴의 말이 끝나자마자 정인의 손에 오래된 구형 휴대전화가 쥐어졌다.

— 비밀번호는?

— 없어. 그냥 들어가.

녹음 파일 3번을 재생하자 발신자와 강폴의 육성이 나왔다. 발신자는 변조된 목소리로 조강윤의 연락처와 통장 계좌번호를 알려줬다. 강폴이 말했다.

— 변조한 건 그쪽에서 처리한 거야. 난 녹음 딴 게 전부고.

— 박태식은 네 라인이야? 아니면 의뢰인이야?

— 내가 물건을 준 거지. 것도 유젠이란 곳에서 지시받은 거고.

— 생각보다 고분고분하게 실토하네.

— 어차피 네 년도 곧 죽을 테니까.

강폴이 정인을 보며 혀를 길게 내밀어 보였다. 정인은 손으로 강
폴의 오른쪽 갈비뼈를 세게 움켜쥐었다. 순간 강폴은 얼굴 전체에
웃음을 머금은 채로 비명을 지르다 그대로 바닥에 쓰러져 의식을
잃었다.

정인은 택시로 돌아가려 했다. 하지만 몸을 돌리는 순간 그 자리
에 무릎을 꿇고 쓰러졌다. 눈앞이 희미해졌다. 시커먼 도로 위로 핏
물이 흘러내렸다. 흐릿한 시야에 검은 그림자가 들어왔다. 정인은
정신을 잃었다.

18.

— 죽고 싶은 것 같아.

어렴풋하게 남자의 목소리가 들렸다. 정인의 눈꺼풀이 파르르 떨
렸다. 곧이어 왼팔의 통증에 정인은 저도 모르게 입을 벌려 고통을
호소했다. 벌 떼의 날갯짓 소리가 귓전을 울렸다. 남자가 말을 이어
갔다.

— 아니면 죽음이 뭔지 모르거나.

눈을 뜬 정인이 가장 먼저 느낀 것은 낯선 이물감이었다. 금속성
의 차가운 껄끄러움. 정인은 자신이 자동차 조수석에 앉아 있으며,
왼손이 콘솔 박스 손잡이와 수갑으로 연결되어 있음을 확인했다.
정인은 운전하는 남자를 봤다. 광역수사대 지능2팀 팀장 김재우.

재우도 정인을 바라봤다.

― 나 알지?

정인은 대꾸 없이 왼손을 살폈다. 응급조치로 지혈을 하고 압박
붕대를 감아둔 상태였다. 열려 있는 콘솔 박스에는 골절이나 찰과
상 치료용 약품과 진통제가 가득했다.

― 피를 많이 흘렸어.

― 날 찾았어요?

― 응.

― 무슨 이유로? 체포라도 하는 건가요?

― 체포? 아, 수갑을 채운 건 유감이야. 하지만 안 그러면 달리는
차에서 뛰어내릴 종자 같아 어쩔 수 없었어.

정인은 속도계를 확인했다. 140킬로미터를 육박했다. 곧 '서울
40km'란 이정표가 보였다.

― 체포가 아니라면, 왜죠?

― 간단해. 지금 조강윤 찾고 있지?

사실 답이 나와 있는 질문이었다. 강폴과 박태식을 폭풍처럼 휩
쓸어버린 행적이 그녀의 목표를 분명하게 보여줬다. 재우는 차창을
열어 꽁초를 버리고 새 담배를 피워 물었다.

― 조강윤을 왜 찾는지는 모르겠지만, 내가 상관할 일은 아니지.
대신.

― …….

― 조민을 찾아줘.

― 장난해요?

― 출생신고도 안 된 애들 찾는 거 결코 쉽지 않아. 그런데 당신이라면 할 수 있을 거 같아서.

정인은 고개를 돌려 재우의 옆모습을 바라보았다.

― 지금 그 말은…….

― 그 아이, 살아 있어.

― 어떻게 확신해요. 무슨 근거로?

― 타버린 시체, 그거 모두 신원 불명이야. 누군가 다른 시체를 바싹 태워놓고 거기에 소지품만 넣어놨어.

정인은 입을 열었지만, 무슨 말을 하려 했는지 생각나지 않았다. 심장이 빠르게 뛰기 시작했다. 조민이 살아 있다, 아이가 살아 있어.

― 조강윤 찾다 보면 아이 행방도 나올 거 아니겠어?

정인은 감상에 빠지려는 생각을 멈추고 재우에게 눈을 고정했다.

― 왜 나한테 그런 부탁을 하는 거죠?

― 당신에 관해 조금은 알고 있거든. 정보 조회에 록이 걸려 있다는 거. 그것도 1급으로.

― 그게 아이를 찾는 것과 무슨 상관이죠?

― 적어도 당신이라면 아이를 찾아도 뒤탈이 없을 것 같아서 말이야.

정인이 차갑게 물었다. 목소리가 위협적이었다.

― 목적이 뭐예요?

― 목적이라니?

― 아이를 찾으려는 목적 말이에요.

재우는 옆 좌석에 앉은 정인을 바라봤다. 재우는 처음으로 정인이라는 여자의 힘을 느꼈다. 박태식과 강폴을 제압한 육체적 힘보다 더 강한 힘이 그녀의 눈에 있었다. 상대의 진실과 거짓을 가려내는 데 익숙한 눈이었다. 재우는 고개를 돌려 정면을 응시했다.

— 1002호 동반 자살 사건, 이미 종결됐어. 하지만 당신이 찾아온 후에 나름 조사를 해봤어. 정말 조강윤이 살아 있는지 말이야. 그러다 조강윤뿐 아니라 아이도 살아 있다는 정보를 알게 된 거야.

— 그럼 재조사하면 되잖아요.

— 그럴 수 있었다면 내가 왜 당신을 찾았겠어. 국과수 검사도 어렵게 알아낸 거야. 조강윤 뒤에 뭐가 있는지 모르겠지만, 내 힘으로 건드릴 수 있는 수준이 아니야.

— 하루만 손 놔도 사건 사고가 산더미처럼 쌓여서 바쁜 분 아니었어요? 이미 종결된 사건의 뒤를 캔다는 게 이해가 안 가네요.

정인은 전에 재우가 했던 말로 비꼬고 있었다. 재우는 살짝 인상을 찌푸린 채 말했다.

— 타락한 건 맞지만, 나도 경찰이야. 잘못된 게 분명한데 가만있을 수는 없잖아. 그렇다고 팀원을 움직일 상황도 아니고. 그러니 어쩌겠어. 당신처럼 조강윤 잡으려고 목숨 건 사람하고 연대해야지. 그게 전부야.

진실과 거짓이 뒤섞인 재우의 말을 정인은 듣고만 있었다. 재우는 여전히 정면을 응시한 채 말했다.

— 난 지금 부탁하는 게 아니야. 당신은 1급 록이 걸려 있어. 그런데 내가 만약 목뼈가 부러진 강폴의 살인 용의자로 당신을 조사한다고 설레발치면 어떻게 될까? 보안이 생명인데 당신의 배후가 그걸 용납하겠어?

재우의 말에 정인은 바로 대꾸하지 못했다. 재우는 목적을 위해 예사로 흙탕물을 일으킬 수 있는 인간으로 보였다.

　— 난 당신에 대해 관심 없어. 그냥 이 사건에만 관심이 있을 뿐이야. 그러니 당신은 하던 대로 하면 돼. 난 뒤에서 따라붙기만 할 테니. 그게 싫다면 별수 없지. 이대로 수갑 채운 채 서울지방경찰청으로 직행하는 수밖에.

　— 타락한 경찰 맞네요.

　그 말에 재우는 칭찬이라도 받은 것처럼 씩 웃었다.

　— 눈 좀 더 붙였다가 서울로 들어가면 결정해. 어떤 선택이든 존중해줄 테니까.

　— 그런데.

　— 응?

　— 왜 계속 반말이에요?

　재우는 정인을 힐끗 보고는 어깨를 한번 으쓱했다.

　— 당신도 말 놔. 그럼 되잖아.

인간 사냥

1.

백여 명 넘게 모인 사람들의 시선은 모두 같은 곳을 향하고 있었다. 연령대, 성별 다 제각각이었지만 그들에게는 놀라울 만큼 집요한 공통점이 있었다. 그들 모두 하나의 목표만 바라보는 배우들이었고, 연출가는 단순한 구호를 반복하는 것으로 자신의 역할을 다했다고 생각했다. 백여 명 앞에는 다이아몬드 브로치를 정장 가슴에 훈장처럼 붙인 30대 여자가 있었다. 일사불란하게 진두지휘하며 여자가 주먹을 불끈 쥐고 선창했다.

— 우린 할 수 있다!

모인 이들은 단합된 힘을 과시라도 하듯 여자의 우렁찬 선창을 따라 외쳤다.

— 우린 할 수 있다!

— 우린 반드시 로열 다이아몬드가 될 수 있다!
— 우린 반드시 로열 다이아몬드가 될 수 있다!
— 파이팅!
— 파이팅!

자신을 다이아몬드로 소개한 30대 여자가 신고식에 준하는 정례 모임을 끝낸 뒤 곧바로 정인을 상담실로 데리고 갔다. 여자의 설명은 장황했지만 결론은 허무할 정도로 단순했다. 회사에서 야심차게 내놓은 회원권을 구매하면 포인트가 올라가고 일정 포인트 이상 적립되면 계급이 올라가는 전형적인 다단계 사업 설명이었다.

조강윤이 이런 곳에 몸담았을지도 모른다는 생각이 들자 정인은 조금 울적해졌다. 혁명, 이상, 평등 등의 단어는 경우에 따라선 신성하기까지 하다. 그런데 순수의 가치를 옹호하던 이들이 이처럼 물욕의 노예가 되어 있음을 확인하는 건 씁쓸한 일이었다.

망설임 없이 가입 신청서를 작성하던 정인이 재산 목록을 기입하자 30대 여자의 눈빛이 기대에서 실망으로 돌변했다. 여자가 퉁명스럽게 물었다.

— 신용카드 없어요?

정인이 고개를 가로젓자 곧바로 다음 질문이 이어졌다.

— 대출받을 순 있죠? 은행 쪽은 기대하지도 않아요. 신용 불량만 아니면 돼.

정인이 짧게 답했다.

— 한 번도 받아본 적 없어요.

— 돈 거래 안 해봤으면 신용도는 괜찮겠네. 지저분하진 않을 테니까.

정인이 가입 신청서에 사인하자마자 여자가 가로채듯 신청서를 집어 들었다. 여자는 급격히 피로해진 얼굴이었다. 여자는 정인을 오래 붙잡고 싶지 않은 하찮은 인종 취급하며 말했다.

— 사실 나, 아가씨가 제 발로 우리 유젠에 찾아왔기에 투자 회원이라고 생각했어요. 그런데 뭐 이건…… 그래요. 발로 뛰어서 아주 간혹 로열 다이아몬드가 되는 케이스가 있긴 있으니 아직 실망하긴 이르겠죠?

— 질문해도 돼요?

— 간단히 물어봐요. 나 다음 일정이 잡혀 있어 바빠요. 몸이 열 개라도 모자라.

— 제일 윗대가리가 로열 다이아몬드인가요?

'윗대가리'란 말을 듣는 순간 여자의 표정이 일그러졌다. 여자뿐 아니라 상담실에 모인 후줄근한 정장 차림의 젊은이들이 일제히 민감한 반응을 보였다. 가까스로 진정한 여자가 정인에게 말했다.

— 윗대가리…… 그런 상스러운 표현은 삼갔으면 좋겠네요.

— 대답해주세요.

— 로열 다이아몬드가 유젠 최고 레벨인 건 맞아요.

— 그 로열 다이아몬드라는 게 총 몇 명이나 되죠?

— 열 손가락 안에 들죠. 탁월한 경영 능력과 노하우를 가진 사업 천재들이라고 해야죠.

— 당신은 다이아몬드이고, 그 밑으로 로열 사파이어, 사파이어.

그런 식인가요?

— 설명회 때 다 들었을 거 아니에요.

여자는 정인과 더 이상 말을 섞고 싶지 않은지 짜증스럽게 말했다. 상담실로 젊은 남자가 막 들어오고 있었다. 남자는 손에 쥔 서류와 정인을 한 번씩 번갈아 살피고는 말했다.

— 따라와요.

정인은 남자 뒤를 따라 유젠 건물을 나섰다.

2.

남자의 이름은 명우였다. 명우는 정인이 묻지 않았는데도 자신의 이름과 나이, 출신 학교와 성격, 미래 비전을 밝히는 데 열심이었다. 자기가 이렇게 시시콜콜한 것까지 말하는 이유는 뭐든 진실하게 가망 고객에게 다가가야 한다는 유젠의 철칙 때문이라는 말도 덧붙였다.

명우는 군대를 제대하고 대학 복학을 준비 중이던 평범한 청년이었다. 수도권 4년제 대학에서 경영학을 전공하는 명우에게 가장 친한 친구가 유젠을 소개시켜줬고 그 친구의 하위 라인으로 등록해 최하위 계급인 루비로 있다가 최근에야 간신히 한 단계 위인 로열루비에 올라섰다. 노력에 대한 자부심 때문이었을까. 명우는 로열루비 브로치가 꽂힌 슈트 상의를 입은 채 유젠을 찬양했다.

명우와 하루 종일 함께 다녔지만, 정인은 도대체 지금 무슨 일을 하는지 감을 잡을 수 없었다. 사람들을 만나 밥을 사주고, 때론 욕을 먹거나 빈축을 사면서 유젠에서 특별 판매하는 회원권을 강매하는 일로 명우는 하루를 소비했다. 그 후 다시 마천동 사무실로 돌아와 구호를 외치며 하루를 반성하고 내일의 목표를 다이아몬드 여자에게 보고하는 것으로 일과는 마무리되었다.

명우는 합숙을 원한다는 정인을 사무실에서 10분 거리에 있는 반지하 원룸으로 데리고 갔다. 10평 남짓한 원룸에는 정인까지 포함한 여섯이 남녀 구분 없이 옹기종기 모여 앉았다. 영락없는 사이비 종교 집단 같아 보였다.

명우는 반지하 원룸의 리더가 아니었다. 리더는 50대 후반으로 보이는 남자였다. 얼굴 전체가 검버섯으로 도배된 거친 피부의 남자는 비장한 목소리로 계속 떠들었다. 마침표 없이 계속되는 연설의 골자는, 죽을 각오로 회원권을 팔거나 능력 없으면 간, 쓸개라도 내다 팔아 목표 실적을 달성해 다이아몬드로 승격해야 한다, 였다.

남자에게 다이아몬드는 일종의 행복한 종말로 보였다. 남자뿐 아니었다. 명우와 그 또래로 보이는 젊은 여자, 평범한 직장인으로 보이는 남자, 40대 여자, 모두에게 공통된 목표로 보였다. 명우는 그들에게 정인을 자신의 하위 라인으로 소개했다. 하위 라인이란 소리를 듣자마자 질문이 쏟아졌다. 그들의 궁금증은 오직 하나였다. 유젠 회원권을 살 능력이 있느냐, 살 수 있다면 어느 정도 살 수 있느냐, 대출 여력은 어느 정도인가. 지루한 질문이 다양한 목소리로 되풀이되었다.

3.

— 자요?

— 아니요.

명우와 정인은 천장을 바라본 채 누워 있었다. 혼숙은 두 사람만의 사정이 아니라 여섯 명 모두에게 해당되었다. 그들은 혼숙에 이미 익숙해진 듯 보였다. 머릿속이 오직 다이아몬드로만 가득 차 있어 성별과 연령 차에도 불구하고 서로에게 관심을 갖지 않았다. 원룸에 들어서자마자 가훈처럼 걸려 있던 문구 '닥치고 다이아몬드'가 그들의 머릿속에 깊이 새겨진 지 오래였다.

명우는 잠들지 않고 뭔가를 꼼꼼히 적고 있었다.

— 뭐 하는 거예요?

— 가망 고객 명단 체크해요.

— 꽤나 열심이네요.

— 다른 사람들은 인맥이 좋아서 한꺼번에 오십 장도 팔아치워요. 나같이 줄도 빽도 없는 어린놈은 이렇게라도 안 하면 정말 안돼요. 쓰레기 되는 거 시간문제예요.

— 회원권은 뭐에다 쓰는 거예요?

— 설명회에서 제대로 안 들었어요? 회원권은 미래 가치예요. 회원권 판매할 때 가장 힘주어 강조할 포인트가 미래 가치라고 했잖

아요.

— 주식도 펀드도 아닌 회사 회원권을 장당 100만 원에 판매하는 게 가능하다고 생각해요?

— 유젠은 단순한 회사가 아니에요. 한국의 에너지 자원 개발을 선도할 미래 기업이라고요. 코스닥 상장도 준비 중이구요. 우린 이런 유망한 회사 지분을 선점하는 리더가 될 절호의 기회를 얻은 거예요.

정인은 묵묵히 명우의 옆모습을 보다가 말했다.

— 다이아몬드가 되는 가장 빠른 길이 뭐예요?

— 그야 회원권 열심히 팔면 되죠.

— 그런 거 말고요. 아까 들어보니까 단번에 다이아몬드로 승격되는 방법도 있는 것 같은데요?

— 그건…….

설명회에서 다이아몬드 여자가 열심히 떠들다가 슬쩍 말끝을 흐린 부분이 있었다. 정인은 거기에 단기간에 다이아몬드에 오르는 단서가 숨어 있다는 사실을 눈치챘다.

'이런저런 고민할 필요 없이 정신 나간 스폰서 만나 확 당겨버리면 게임 끝인데. 그럼 이따위 고민할 필요도 없잖아.'

정인이 40대 여자의 말을 상기시키자 명우는 달팽이처럼 몸을 말고 잠든 40대 여자를 바라보며 한심하다는 투로 답했다.

— 나 참, 저 아줌마는 맨날 스폰서 타령이야. 폭삭 삭아가지고 누가 따먹어주기나 한대나.

— 스폰서가 있으면 가능해요?

— 당연하죠. 유젠은 실적 위주로 등급을 매겨요. 하루 회원권 실적 판매가 5,000만 원이 넘으면 다이아몬드로 직행이에요.

— 회원권 오십 장?

— 전에 그런 식으로 단박에 다이아몬드가 된 술집 마담이 있긴 했어요. 나 같은 놈한텐 그림의 떡이죠.

— 다이아몬드가 되면 로열 다이아몬드와 만남도 가능한 건가요?

— 한 달에 한 번씩 상위 등급끼리 1박 2일 파티를 열어요. 그곳에서 위너들 만찬이 벌어진다고 하더라고요.

— 가고 싶겠네요.

— 당근이죠. 그러니 말 시키지 말아요.

— 왜요?

— 저 집중해야 돼요. 스피치 연습해야 되거든요. 내일은 어떻게든 하나는 팔아야 하는데…….

명우는 마음을 다잡듯 침낭을 자신의 가슴팍으로 잡아당겼다. 곧이어 "저를 만난 건 행운이에요. 우리 유젠 회원권이 뭔지 궁금하시죠?"라고 중얼거리는 목소리가 이어졌다.

4.

매일 새벽 명우는 교회를 찾았다. 모태 신앙인 명우에게 신앙은 자신의 꿈을 이뤄줄 유일한 탈출구였다. 냉기 가득한 교회 장의자에 앉아 "오늘도, 아니 오늘만큼은 제발 회원권을 팔게 해주세요"라는 단순하지만 절박한 기도를 외치다 보면 자신감이 샘솟았다. 물론 반나절만 지나면 모래성처럼 사라질 자신감에 불과했지만, 그래도 명우는 포기하지 않았다.

새벽 기도에서 돌아와보니 정인이 보이지 않았다. 대신 정인이 누웠던 자리에 한 장의 봉투가 놓여 있었다. 명우는 다른 회원들 몰래 봉투를 들고 화장실로 갔다. 봉투 겉면에 '명우, 너만 읽어'라는 문구가 적혀 있었기 때문이다.

명우는 문을 잠근 뒤 변기 위에 걸터앉아 봉투를 뜯었다.

명우의 손에 잡힌 건 100만 원권 수표 두 장이었다. 그 순간 '이게 웬 횡재야?' 하는 생각밖에 들지 않았다. 그러나 수표와 함께 들어 있던 메모를 확인한 순간 명우의 표정이 차갑게 가라앉았다.

이 돈 갖고 당장 거기서 나가. 계속 어슬렁거리다 걸리면 넌 죽어.

5.

― 연락을 하고 와야지.

― 전화번호를 모르잖아요.

그 말을 듣자 재우는 '아차!' 하는 생각이 들었다. 재우는 팀원들의 눈치를 살폈다. 팀원들은 여전히 멀쩡하게 팀장실에 남아 있는 재우를 신기하게, 또는 불안하게 지켜봤다. 비리수사팀에서 작심하고 재우를 턴 지 벌써 일주일이 지났다. 하지만 비리수사팀은 고요하고 재우의 직위 또한 아무런 변동이 없었다. 상황이 그쯤 되자 자연히 팀원들은 혹여 사건의 불씨가 자신들에게까지 번지진 않을까 불안해하고 있었다. 이럴 때 팀장실로 정인이 찾아온 것이다.

검정색 후드 티에 검정색 가죽 재킷과 검정색 가죽 바지, 거기에 검정색 선글라스까지 쓴 정인의 모습은 언뜻 봐도 기억에 남을 만한 인상이었다. 정인은 팀장실로 들어오자마자 문을 잠갔고, 재우는 팀원들의 눈길을 피하기 위해 블라인드를 내렸다.

— 아침부터 무슨 일이야?

오전 8시 40분. 재우가 출근한 지 5분도 지나지 않은 시각이었다.

— 컴퓨터 좀 쓸게요.

말을 끝내기가 무섭게 정인은 재우의 자리에 앉아 데스크톱 컴퓨터의 전원을 켰다. 재우는 한숨을 내쉰 뒤 타이르듯 말했다.

— 이렇게 불쑥 찾아오면 곤란해.

정인이 팀장실을 한 차례 둘러보며 물었다.

— 여기 도청 따요?

— 아니.

그렇게 말하면서도 재우도 뭔가 찜찜한 듯 팀장실을 둘러봤다. 정인은 간결한 동작으로 책상 밑, 천장 점검구, 전등을 확인했다.

— 아저씨 제안을 받아들이려는 것뿐이에요. 지금은 그 일을 하는 거구요. 됐어요?

— 무슨 일인데?

모니터에는 어느새 제2금융권 저축은행 홈페이지 창이 떠 있었다.

— 경찰청에서 사용하는 아이피를 알아내는 일.

― 뭐 하려는 거야?

재우가 미심쩍은 얼굴로 물었다. 명령어 코드가 적힌 창 하나가 저축은행 계좌 거래 내역과 겹쳐서 모니터에 나타났다. 정인이 명령어를 입력하자 공인 인증서 없이도 계좌 거래 화면에서 바로 계좌 이체 확인 창으로 넘어갔다. 예금주는 저축은행 상호였고, 이체 금액은 5,000만 원이었다.

'거래 이체 하시겠습니까?'란 문구 밑에 '확인'과 '취소' 창이 나란히 올라왔다. 정인은 마우스 커서를 '확인' 위에 올려둔 다음, 선글라스를 벗고는 옆에 있는 재우의 눈을 바라봤다. 상대의 눈을 보며 보고하는 건 정인 나름의 예의를 지킨 보고 방식이었다.

― 조강윤을 따라고 청부한 이가 유젠이란 다단계 회사 윗선에 있어요.

― 그래서?

― 그 인물을 만나려면 그들만의 판이 벌어지는 파티에 참석하는 게 가장 확실해요. 시간도 절약되고.

― 그런데 왜 해킹 따서 남의 계좌 돈을 인출하는 건데?

― 계속 들어봐요. 핵심은 아직 말 안 했으니까.

― 알았어. 계속해봐.

― 파티에 들어가려면 5,000만 원이 필요해요. 이틀 정도만 썼다 다시 원상 복구해놓을게요.

― 그 일을 여기서 하는 이유가 뭐야? 이건 광역수사대에서 사용하는 아이피야.

― 그러니까 빌리는 거죠.

— 뭐?

— 사이버수사대에서 아이피를 추적할 경우 만약 그 아이피가 경찰청과 관련되어 있으면 별도 요청 공문이 필요한 걸로 알고 있어요. 절차가 복잡하면 조회 기간이 지연되잖아요. 그러다 다시 재입금되면 흐지부지될 거고. 게다가 여기 저축은행 돈은 휴면계좌 적립액이에요. 디테일한 잔액 확인은 3일에 한 번씩 하는 걸로 알고 있어요.

— 그런 건 어떻게 알았어? 그것도 1급 록 걸린 당신 신분과 관련된 건가?

— 일에 대한 얘기만 하도록 하죠.

— 잠깐. 난 하라고 말한 적 없는데.

재우가 자신도 모르게 손을 들었지만, 정인은 재빠르게 클릭했다.

— 제기랄. 빠르기도 하지.

— 아저씨 동의 구하려고 말한 게 아니라 상황 보고한 거예요.

— 조강윤이 다단계 회사와 어울릴 만한 인물인가?

— 일단은 그래요.

— 보아하니 학생운동 꽤나 했던 인물 같은데. 별을 달지 못해 그런가. 정계 언저리도 진출 못했고, 이후로 환경운동 1년 정도 하다 아예 잠적해버렸어. 더 이상의 정보는 없어. 그게 내가 알아낸 전부야.

재우가 눈짓으로 책상 위를 가리켰다. 정인은 뒤섞인 서류 중에서 한 장을 꺼냈다. 조강윤과 관련된 서류였다.

— 사회운동 때려치우고 잠적 후, 다단계 회사에 들어갔다. 그런데 그 조직에서 이권 문제가 불거졌고, 그래서 윗물들 중 누군가 조

강윤을 털기로 했다. 대충 이런 시나리오인가?

— 하나만 물을게요.

정인이 재우의 말을 자르고선 성큼 그의 얼굴 앞까지 다가왔다.

— 조민을 찾는 게 목적이에요? 아니면 조강윤을 잡아넣는 게 목적이에요?

— 둘 다야.

— 조민이 살아 있다는 거. 사실이죠? 거짓말이라면 아저씨도 무사하지 못해요.

— 사실이야. 그런데.

— ……?

— 여전히 말을 안 놓네.

— 그게 어때서요?

— 예의를 지키는 건가?

— 착각하지 말아요.

정인은 선글라스를 끼고는 자리에서 일어났다. 후드 티 조임 끈을 더 힘껏 비끄러매고 문 손잡이를 잡으며 정인이 통보하듯 말했다.

— 아저씨는 아저씨 원칙, 난 내 원칙에 충실하기로 해요.

— 알았어. 그 원칙, 맘에 들어.

— 갈게요.

— 잠깐만.

밖으로 나가려던 정인이 힐끗 고개를 돌려 재우를 봤다. 재우가 명함을 건넸다.

— 전화해. 혼자 움직이지 말고.

6.

〔안면도에 있는 이유를 밝힐 것.〕

문자메시지를 확인한 정인은 와인 잔을 내려놓으며 주위를 둘러
봤다. 한 남자를 제외하고는 저마다의 관심사에 열심이었다.

고도비만이라 미련해 보이는 첫인상과는 다르게 달변으로 모임
을 주도하던 남자가 노골적으로 정인을 보고 있었다. 남자는 막강
재력을 자랑하는 유젠의 로열 다이아몬드이자 몇 안 되는 사장 중
한 명인 오상철이었다. 남자가 젊은 여자를 보는 이유에는 두 가지
밖에 없다. 인간을 대하는 시선이거나 정욕의 대상으로 바라보는
시선. 정인은 남자의 눈길을 알아차렸지만 지나치게 경계하지는 않
았다.

정인은 평이한 걸음으로 여자 화장실로 들어가 빠른 속도로 문
자를 전송했다.

〔개인 용무.〕

곧바로 답문이 도착했다.

〔내일 정상적으로 택시 운전할 예정인가?〕
〔물론.〕

그것을 끝으로 수호는 문자메시지를 보내지 않았다.

정인은 거울 앞에 멈춰 섰다. 거울 속에는 낯선 여자가 있었다. 난생 처음 메이크업을 한 자신의 모습이 보면 볼수록 낯설게 느껴졌다. 이목구비가 확연히 노출되는 메이크업과 타이트한 검은색 원피스. 근육질 몸매가 그대로 노출되는 옷차림이 정인을 어색하게 했다.

물끄러미 거울을 들여다보는 그녀의 귀에 구두 소리가 들려왔다. 하이힐과는 다른 소리였다. 그림자의 실루엣이 이어졌다. 주인공은 술에 취한 비만의 남자, 오상철이었다.

술병을 들고 여자 화장실로 들어온 오상철은 음흉한 눈으로 정인을 훑어봤다.

— 이봐, 신입. 다이아몬드가 된 거 축하해.

오상철이 한 발 앞으로 다가왔다. 이곳이 여자 화장실이건 어디건 그는 신경 쓰지 않았다. 로열 다이아몬드인 그에게 감히 토를 달거나 저항하는 자는 있을 수 없었다. 게다가 이제 갓 다이아몬드가 된 여자 따위야 더 말해 무엇할까.

— 능력이 꽤 좋은 것 같으니 긴 말은 필요 없겠지? 줄 한번 제대로 잡아보라고.

정인은 화장실 입구를 살피고는 칸막이가 있는 곳으로 뒷걸음질 쳤다. 그녀가 움직일 때마다 오상철의 몸도 따라 움직였다. 그에게 정인은 하룻밤의 싱싱한 먹잇감 그 이상도 이하도 아니었다.

— 내가 누군지 알지? 다이아몬드에서 끝나고 싶지 않으면 오늘 어때?

정인은 화장실 칸막이 안으로 들어갔다.

— 이런, 아주 적극적인데. 마음에 들어.

오상철이 육중한 몸을 안으로 밀어 넣었다. 그때 정인이 술병을 빼앗아 오상철의 머리를 내리찍었다. 외마디 비명이 터졌다. 정인은 오상철의 머리채를 붙잡아 변기에 억지로 앉혔다.

방금 전까지 나른한 정욕에 꿈틀거리던 오상철은 돌연 사색이 되었다. 정인은 강폴에게서 빼앗은 휴대전화를 꺼내 녹음 파일 3번을 재생했다. 그러고는 깨진 술병 조각을 오상철의 목에 갖다 댔다. 녹음된 목소리를 듣는 오상철이 몸을 와들와들 떨었다. 정인은 깨진 술병 조각을 더 바짝 갖다 댔다. 오상철의 입에서 흐느끼는 소리가 새어 나왔다.

— 너야?

— 으…… 으흐.

잔뜩 겁에 질린 오상철은 그저 평범한 사람에 불과해 보였다.

— 네가 따라고 시킨 거야?

— 아니야. 난 진짜 몰라.

— 당신 로열 다이아몬드잖아. 정말 몰라?

— 난 그냥 바지야. 집행부는 백영광이고.

백영광이라는 이름은 낯설지 않았다. 파티가 벌어지기 전 로열 다이아몬드 명단 공개 때마다 제일 처음 호명된 인물이 백영광이었기 때문이다.

— 조강윤을 모른다고?

— 이름만 알아. 로열 다이아몬드 명단 중에 있어.

— 죽고 싶어? 같은 급이면서 이름만 안다고?

— 조강윤은 백영광 라인이야. 자기 라인 아니면 절대로 몰라. 이렇게 파티에 나오지 않는 이상은 정말 몰라. 아니, 아니지. 파티에 나와도 누가 누군지 밝히지 않으면 몰라. 정말이야.

정인은 오상철의 눈동자를 쏘아봤다. 극에 달한 긴장감 탓에 혼절 직전에 다다른 상태였다. 오상철의 머리에서 흐른 피가 볼을 타고 턱 끝까지 흘러내렸다. 정인은 화장지 여러 장을 닥치는 대로 뽑아 흐르는 피를 막았다.

— 백영광은 지금 어디 있어?

— 수렵장.

— 거기가 어디야?

— 해안가.

오상철은 긴장의 끈을 풀어버렸다. 정인은 절제력을 잃고 오줌을 싸버린 오상철을 변기에 앉힌 채 밖으로 나왔다. 여자 화장실을 나서며 정인은 입술에 바른 붉은색 립스틱을 벅벅 문질러 지웠다.

7.

깊은 밤, 백사장을 달리는 명우의 몸이 덜덜 떨렸다. 가을 양복으로는 늦가을 추위를 감당하기에는 역부족이었다.

명우는 유젠 입사 전부터 줄곧 남색 줄무늬 양복만을 입어왔다. 취업 좀 해보겠다는 아들을 위해 하루 벌어 하루 먹고사는 홀어머니가 돈을 모아 마련한 양복이었다. 그런데 지금 어머니가 사준 그 양복을 입고 깊은 밤, 연고도 없는 백사장 이곳저곳을 미친개처럼 뛰어다니고 있었다.

처음에는 말 그대로 이벤트로만 알았다. 유젠 최고 레벨인 로열 다이아몬드 백영광이 수렵광인 것은 회원들 사이에 공공연히 알려져 있었다. 로열 다이아몬드 백영광의 수렵 이벤트 참가자에게는 회원권 두 장을 무상 구매해준다는 소식은 로열 루비 단계에서 허덕거리는 명우에게는 그야말로 복음이었다.

명우는 자신의 인생에서 이번 주만큼 행운이 따른 주가 없다고 생각하며 기뻐했다. 찝찝한 뒷맛이 남는 메모를 남기긴 했어도 처음 본 누나가 100만 원권 두 장을 남겨준 것도 그랬고, 수렵 이벤트에 덜컥 당첨된 것도 그랬다. 명우는 모든 게 만족스러웠다. 이른 저녁, 안면도에 위치한 유젠 컨벤션센터에 와서도 신나고 기쁘기만 했다. 3시간 전만 해도 그랬다.

하지만 방독면을 쓴 백영광이 산악용 오토바이에 올라타 엽총을 난사하기 시작하면서부터 모든 게 달라졌다.

설마 했다. 사람을 잡기 위해 사냥개를 풀고 엽총을 쏠 줄은 꿈에도 생각지 못했다. '이벤트에서 벌어진 일은 절대 외부에 발설하지 않는다. 이벤트 중 생기는 불상사에 대한 책임은 전적으로 본인에게 있다'는 각서를 의례히 받는 요식행위로만 생각했던 명우에게 백영광의 수렵 이벤트는 그야말로 비현실적인 현실이었다.

백사장을 벗어나자 여기저기 돌무덤들이 쌓여 있는 야산이 보였다. 명우는 일단 그곳으로 들어가 몸을 숨겨야겠다는 생각으로 달리고 또 달렸다. 시커먼 어둠 속에서 컹, 컹, 집채만 한 체구의 사냥개들이 명우를 먹잇감 삼아 내달렸다. 멀리서 희미하게 미등을 켜 놓은 백영광의 오토바이가 눈에 들어왔다.

명우가 이벤트를 현실로 실감하게 된 결정적 계기는 자신과 함께 참여한 50대 남자의 옆구리에 총알이 박히는 걸 본 직후부터였다.

장난처럼 사냥개를 향해 짖어대며 유젠 측에서 제공한 술을 마시며 흥청거리던 남자를 향해, 방독면을 쓴 백영광은 엽총을 난사했다. 옆구리에서 핏물이 콸콸 쏟아지는데도 남자는 현실을 제대로 인지하지 못했다. 한동안 멍한 표정으로 백영광을 올려다볼 뿐이었다.

명우는 죽을힘을 다해 도망쳤다.

코끝으로 시큼한 피비린내가 피어올랐다. 백사장 일대는 마구잡이로 풀어놓은 사냥개들이 도살당한 흔적으로 가득했다. 자신과 비슷한 연령대의 젊은 남자가 눈을 뜬 채 백사장 한복판에 죽어 있었다. 명우는 살려달라고 소리쳤다. 명우의 외침에 귀 기울이는 이는 아무도 없었다. 계속해서 들려오는 총성과 사냥개의 으르렁거림만이 백사장에 가득했다.

야산으로 뛰어가던 명우는 돌부리에 발이 걸리며 곤두박질치듯 쓰러졌다. 명우가 가쁜 숨을 내쉬었다. 사냥개 대여섯 마리가 으르렁거리며 다가왔다.

일어나 간신히 한 발을 뗐지만 곧 생살을 찢는 고통이 접질린 발목을 파고들었다. 비명을 지른 명우는 그대로 주저앉았다. 희미한 달빛 속에서 살의 가득한 사냥개들의 눈동자가 무정하게 번들거렸다. 순간 명우의 눈에서 눈물이 흘러내렸다. 신호탄처럼 총성이 들려오자 사냥개 두 마리가 일제히 달려들었다. 명우는 눈을 감았다.

'이젠 죽었구나.'

그때였다. 사냥개 두 마리가 그대로 쓰러졌다. 한 마리는 가슴을, 또 한 마리는 좌측 머리를 강타당했다. 순식간에 두 마리가 목숨을 잃자 남은 세 마리가 주춤거렸다.

사냥개를 가격한 누군가가 명우의 머리채를 붙잡았다. 명우는 자신을 내려다보는 이를 보며 헛것을 본 것처럼 중얼거렸다.

— 누나?

— 이곳에 계속 있으면 죽을 거라고 했을 텐데.

정인이 이를 갈듯 말했다.

— 미안해요. 약속 못 지켰어.

— 여기 꼼짝 말고 있어. 움직이지 마.

— 어쩌려고요?

— 사냥개, 사냥광 들은 저항하는 것들에게만 관심 있어. 그러니 죽은 듯 가만있어.

— 알았어요.

— 동틀 때까지 넌 죽은 사람이야. 명심해.

— 아. 알았어요.

말을 마친 정인이 명우를 억지로 눕히곤 들고 있던 하이힐을 던졌다. 명우는 그제야 정인이 상당히 달라졌다는 사실을 알아차렸다. 야구 모자에 청바지 차림이던 며칠 전과는 완전히 다른 모습이었다. 허벅지를 완전히 노출시키는 타이트한 검은색 원피스에 검은색 하이힐, 거기에 스모키 화장까지.

정인은 숨이 끊어진 사냥개의 목을 붙잡아 들어 올렸다. 정인은 어린아이만 한 덩치의 개를 들고 명우를 등지고 걸어갔다. 명우는 정인을 그저 바라보기만 했다. 이번만큼은 그녀의 말을 듣기로 했다. 이제 다시는 유젠에 미련 두지 않기로 다짐하고 또 다짐했다.

8.

개와 사람을 함께 달리게 한다. 풀어놓은 개들은 식인 본능이 들끓는 특수한 종이다. 개는 인간을 쫓고, 인간은 개를 피해 달린다. 그렇게 목숨을 걸고 달리다 보면 어느 순간 개는 사람이 되고 사람은 개가 되는 변이가 일어난다. 이따금 터져 나오는 총성은 이곳에서 벗어나야 한다는 강박으로 작용하지만 어느 시점을 벗어나면 총성은 도주나 위협의 수단이 아닌 일종의 신호가 된다. 단거리 달리기를 위해 출발선에 선 선수처럼.

총성을 출발신호로 받아들이는 경지에 이른 사람은 더 이상 식육 본능에 길들여진 개를 피해 도망 다니지 않는다. 오히려 개가 사람을 피하게 된다. 식육 본능이 전달되는 순간, 사육당한 개들은 비로소 자신이 잡아먹힐 운명이라는 걸 깨닫는다. 도망 다니던 사람은 개보다 훨씬 더 잔인한 개가 된다. 결국 남는 건 사람뿐이다. 사람에 의해 개가 된 식인 인간. 그런 종의 인간을 만드는 데 가장 주효한 방법은 사냥 놀이다.

정인은 치가 떨렸다. 마스터 백영광이 즐기는 게임의 본성을 간파했기 때문이다.

정인의 유년기와 청소년기는 오직 생존을 위해 아무것도 없는 들판과 바위뿐인 산, 계곡 등 무자비한 자연 속에서 죽지 못해 버텨온 시간이었다. 끔찍한 기억 중 하나가 바로 개와 사람의 사냥 놀이였다.

게임의 목적은 단 하나다. 쫓아오는 개들을 잡아 죽이는 잔혹함을 몸에 익혀, 어떤 상황에서도 감정의 기복 없이 사람을 죽일 수 있는 살인 병기를 만드는 것. 그런데 철저히 베일 속에서 수행해온 살인술이 지금 백영광의 수렵 이벤트에서 고스란히 재연되고 있었다.

몇 마리나 죽였을까. 칠흑 같은 어둠 속, 얕은 경사의 야산 정상에 오른 정인은 더 이상 사냥개의 울음소리를 들을 수 없었다. 이제 들리는 거라고는 점점 가까워지는 산악용 오토바이의 요란한 엔진 소리와 총성뿐이었다.

정인은 총성을 듣고도 전혀 놀라지 않았다. 이곳은 이미 현실 세상이 아니었다. 과거, 잊고 싶지만 잊을 수 없는 세상에서 총성은 익숙한 자연의 소리에 지나지 않았다.

한 마리, 한 마리. 자신을 향해 달려드는 사냥개의 아가리를 찢어 숨통을 끊을 때마다 정인은 분노로 들끓었다.

꿈에서도 생각하기 싫던 과거의 기억과 생존을 위해 끊임없이 반복했던 살인의 감각이 되살아나버린 자신이 끔찍하게 싫었다. 정인은 알고 싶었다. 이 악몽을 되풀이해서 재생하는 인간의 정체를 미치도록 알고 싶었다. 알아야 했다.

정인은 마지막으로 죽인 사냥개의 발을 붙잡아 고목의 굵은 나뭇

가지에 매달았다. 이제 막 숨통이 끊어진 사냥개의 입과 항문에서 채 식지 않은 핏물이 쉬지 않고 흘러내렸다.

그때 야산 아래에서 백영광과 수렵광들이 약속이라도 한 듯 정인을 표적으로 엽총을 난사했다. 몸을 웅크린 정인은 가장 요란한 소음을 쏟아내며 산길을 올라오는 오토바이를 주목했다. 백영광이 분명했다. 다른 이들의 총은 최루액을 넣은 최루탄이었지만 그가 쏜 것은 살상력을 가진 실탄이었다.

최루탄이 정인의 몸 곳곳을 스쳤다. 그녀의 목덜미와 허벅지를 파고든 최루탄에서 강한 반동력과 함께 최루액이 번져 올랐다. 정인은 동요하지 않았다. 백영광이 탄 오토바이를 향해 숨을 참으며 몸을 숙여 빠르게 전진했다. 표적을 놓친 수렵광들의 총성이 잦아들었다. 오직 백영광만이 계속해서 총을 쐈다. 백영광이 탄창을 가는 순간, 바닥에 엎드려 있던 정인이 용수철처럼 백영광 앞에 뛰어 올랐다. 정인의 발차기가 백영광의 턱을 정통으로 강타했다.

백영광은 소리 한번 지르지 못하고 오토바이에서 굴러떨어졌다. 그 모습을 목격한 수렵광들이 최루탄을 난사했다. 정인의 등과 머리에 수십 발의 최루탄이 쏟아졌다. 하지만 어떤 충격도 정인을 막지 못했다. 정인은 혼절한 백영광의 멱살을 잡고 방독면을 벗겨 자신이 쓴 다음 뺨을 힘껏 후려쳤다. 두 번, 세 번, 연달아 뺨을 얻어맞은 백영광이 눈을 떴지만, 여기저기서 터진 최루액 때문에 눈물, 콧물을 쏟아내기에 바빴다. 정인은 백영광의 명치를 주먹으로 내리쳤다. 억, 소리와 함께 백영광이 몸을 구부렸다. 그사이 수렵광들은 정인의 바로 앞까지 다가왔다.

정인은 백영광의 엽총을 집어 발사했다. 하나, 둘, 셋……. 수렵광들의 발목에 총알이 박혔다. 수렵광들은 주저앉아 비명을 질렀다. 수렵광 한 명이 젖 먹던 힘을 다해 도망쳤다. 남은 실탄은 한 발. 정인이 도망치는 수렵광의 발을 정조준했다. 역동적으로 꿈틀거리는 시커먼 윤곽이 시야에 들어오자 정인은 망설임 없이 방아쇠를 당겼다. 총성과 동시에 도망치던 수렵광마저 고꾸라졌다.

정인이 백영광의 머리채를 휘어잡고 일으켜 세우자, 백영광의 눈이 공포로 크게 벌어졌다. 눈앞에 진짜 살인 기계가 있었다. 더 이상 놀이가 아닌 실제 상황이었다.

— 너, 그리고 조강윤. 뭐 하는 종자들이야?

— 으……으.

— 너희들 정체가 뭐야? 대체 뭐냐고!

좀처럼 흥분하지 않던 정인의 목소리가 가파르게 높아졌다. 백영광은 두려움 속에서 정인의 말을 받아쳤다.

— 너야말로…… 나한테 왜 이래?

— 이따위 방법 어디서 배운 거야?

— ……뭐?

— 실체도 없는 희망을 팔어먹는 회원권 판매, 한 달에 한 번씩 위로 차원으로 조직원들 영웅 대접하며 주색에 빠뜨리는 파티, 개와 인간을 같이 풀어놓는 빌어먹을 생존 훈련. 이런 거 다 어디서 배워먹은 거냐고!

정인이 백영광을 거칠게 몰아붙였다.

정인은 함부로 백영광의 목을 조를 수 없었다. 만약 백영광이 자신과 같은 성질의 훈련을 받았다면 곧 혀를 깨물고 자결하는 것으로 조직의 비밀을 지킬 것이다. 목이 조여오는 순간, 질식의 절정에 다다르면 자신의 모든 걸 토해내고 마는 게 인간의 속성이다. 그렇기에 죽기를 각오하고 비밀을 지키려 하는 자라면 백이면 백, 혀를 깨물고 스스로 죽음을 택했다. 하지만 백영광은 정인과 달랐다. 혀를 깨물기는커녕 살기 위해 두 손 들어 발버둥 치기에 정신없었다.

— 당신과 조강윤. 무슨 관계야? 실토해.

— 조강윤한테 물어봐.

— 조강윤 지금 어디 있어?

— 나도 지겨워.

— 지겹다고?

— 사업체를 이만큼 일군 거 그 미치광이의 덕 좀 봤다고 쳐.

— 뭐?

— 그래도 씨발 이건 아니잖아. 자기 좀 망쳐달라고, 빚더미에 앉게 해달라고, 그래서 이 오염된 세계에 발을 담근 자길 심판해달라고 지랄 염병하는 그런 새끼, 나도 이젠 필요 없어. 더는 엮이고 싶지 않다고!

— 심판? 무슨 심판?

— 그 많은 연놈들이 어린애 하나한테 매달려서는 순수니, 이상이니 헛소리만 지껄이면서 아무것도 하지 않았어.

— 어린……애?

— 씨발, 난 잘살고 싶다고. 이것 좀 봐. 조금만 머리 굴리면 이렇

게 잘살 수 있잖아. 난 배신한 게 아니라고!

백영광이 발악했다. 정인은 백영광이란 인간이 품어온 삶의 모든 것이 지금 내뱉은 독설 속에 있음을 확인했다. 백영광은 자신의 이익을 위해서라면 무엇이든 팔아넘기는, 자본의 힘을 맹신하는 다단계 사업체의 주인이었다. 하지만 백영광에게는 또 다른 모습이 있었다. 타락한 배교자 같은 모습이.

정인은 백영광의 멱살을 쥔 손에서 힘을 뺐다.

— 말해.

— 뭘?

— 조강윤 아들.

— 아, 나, 씨발.

— 조민이 그렇게 특별한 존재였어? 방금 전 네가 말한 것처럼.

— 특별하지, 특별해. 난 이제 진짜 지겨워. 그 특별함이 지긋지긋하다고!

— 도대체 뭐가 특별하다는 거야?

— 아무리 설명해도 이해 못해.

— 지금 조민 어디 있어?

— 몰라. 조강윤이 알아서 처리했을 거야.

— 말해. 죽여버리기 전에.

— 조강윤 그 새끼, 입버릇처럼 물 위에서 죽겠다고 했어.

— 물 위?

— 바다 위. 아마 그 인간 고향이겠지.

— 고향이 어딘데?

— 남해, 거제도. 내가 아는 건 거기까지야. 더 이상 알 수도 없고, 알고 싶지도 않아. 난 사업가야, 사업가란 말야!

백영광이 거짓을 말한다는 생각은 들지 않았다. 백영광의 표정은 방금 전과는 확연히 달라져 있었다. 조강윤, 아니 무엇보다 조민을 향한 이해하기 힘든 갈망이 묻어 있었다. 이어지는 백영광의 말이 정인의 그런 심증에 확신을 갖게 했다.

— 그 아이……. 만나면 대신 좀 물어봐줘.

— 뭘?

— 우리의 꿈……. 꿈을 정말 믿느냐고.

— 꿈?

— 정말 그런 게 있긴 한 거냐고. 만나면 물어봐줘. 제발.

— 당신 꿈이 뭔데?

— 차라리 그랬다면, 그 아이가 그렇게 말해줬다면 마음이 편했을 텐데. 모두가 편했을 텐데…….

한순간 백영광의 눈이 크게 벌어졌다. 정인은 반사적으로 손가락을 백영광의 입에 밀어 넣었다. 이미 혀를 깨문 뒤였다. 백영광은 어떤 진실을 알고 싶었던 걸까. 정인은 백영광의 마지막 질문이 지워지지 않았다.

혁명

1.

벌써 2시간째, 시속 200킬로미터에 가까운 속도로 질주하는 택시에는 침묵이 내려앉아 있었다. 재우는 답답하기만 했다.

그는 지금 광역수사대 지능2팀 팀장인 자신조차 신원 파악을 하지 못하는 여자 옆에 앉아 있었고, 정확한 목적지도 알지 못했다.

새벽 2시경, 아파트 앞 주차장에서 기다리고 있다는 정인의 전화를 받았다. 재우는 세수도 생략하고 부랴부랴 구형 소나타 택시에 오르며 물었다.

— 무슨 일이야? 어디 가는데?

액셀을 밟는 것이 정인의 대답이었다.

짜증과 의문은 정인과 눈이 마주친 순간 그대로 사라져버렸다.

정인의 눈빛은 한 가지 집념에만 저당 잡혀 있었다. 재우에게는 익숙한 집념이었다. 강력계 형사시절, 범인을 잡아야겠다는 일념 외에는 아무런 생각도 하지 않았다. 그 당시 그의 삶의 목표는 오직 그것 하나였다. 어느 날 문득 거울 속에서 자신의 눈빛과 마주했을 때, 재우는 무언가에 압도당한 기분이었다. 영혼은 없고 목적만 남은 눈빛. 지금 정인의 눈빛처럼.

─ 안전벨트나 하세요.

2.

서울에서 출발한 택시는 동이 틀 무렵 전남 광양 이정표가 보이는 지역에 다다랐다. 시속 200킬로미터 밑으로 떨어지지 않는 속도만큼이나 그녀의 표정에도 변화가 없었다. 정인의 입에 물린 담배를 재우가 뽑아내듯 가로챘다. 정인이 조수석에 앉은 재우를 바라봤다. 재우는 정인에게서 뺏은 담배를 입에 물고 불을 붙인 뒤, 차창을 내렸다.

─ 그만 피워. 벌써 몇 개째야?

재우는 오른손으로 텅 빈 담뱃갑을 구겼다.

─ 도대체 어디 가는 거야?

─ 형사 아저씨.

─ 김 팀장이라 불러. 아저씨가 뭐야 아저씨가.

─ 부탁 좀 할게요.

― 이게 과연 부탁하는 사람의 태도인지 모르겠네.

― 우린 거래 관계 아니었나요.

― 알았어. 알았다고.

재우는 목소리 톤을 한층 부드럽게 가라앉혔다.

― 아무튼 들어나 보지. 말해봐.

― 첫 번째는…….

― 첫 번째? 뭐야, 부탁이 여러 개야?

정인이 운전석에 걸쳐놓은 재킷을 재우에게 건네려고 핸들에서 잠시 한쪽 손을 떼자 1차선을 달리던 택시가 한 차례 심하게 요동 쳤다.

― 휴대전화 꺼내봐요.

재우가 휴대전화를 꺼내 건넸다. 정인이 손가락을 움직여 화면을 켜는 사이 택시는 중앙선 분리대를 들이받고 전복될 것처럼 위태롭 게 흔들렸다.

― 그냥 말로 해. 운전이나 똑바로 하고!

정인은 휴대전화 화면에서 GPS를 확대하고 재우에게 건넸다.

― 현재 위치 나왔어요?

― 아니 아직. 위치 잡고 있어.

― 잘됐네요. 거기에 아저씨 코드번호 입력해요.

― 내 코드번호?

― 경찰들이 가진 위치 추적 아이피 있잖아요.

― 그건 왜?

― 일단 시키는 대로 해요. 어서.

기분이 나쁘거나 감정 상할 겨를도 없이 재우는 서둘러 자신의 코드번호가 스캔되어 있는 휴대전화를 꺼내 QR코드 공유를 설정했다. 정인이 말했다.

— 내 위치가 경기도를 벗어나면 곤란해서 그래요.

— 내 코드라고 예외일 수 있나.

— 충돌 때문에 혼선은 생기잖아요. 그럼 보고하기 쉬워요. 위치 추적이 혼선이면 확인하는 데만 족히 하루 넘게 걸리니까.

— 비밀이 한두 가지가 아닌 친구네. 국정원 1급 록에, 감시, 사찰까지. 이건 아예 종합 선물 세트야.

재우의 입에서 가볍게 하품이 흘러나왔다. 안개 자욱한 도로 끝에 톨게이트가 보였다.

— 하루면 돼요. 하루면.

톨게이트를 빠져나올 때 재우가 물었다.

— 그렇게 급할 필요가 있나.

— 시간 끌어 좋을 거 없죠.

재우가 조수석 차창을 완전히 내리는 동안 정인은 손을 뻗어 콘솔 박스를 열었다. 그 안에서 새로운 담뱃갑을 잡자 재우가 다시 그것을 가로챘다. 재우는 무심한 표정으로 포장을 벗겨내고 담배 한 개비를 꺼내 정인의 입가로 가져갔다. 정인이 입을 벌려 담배를 받아 물었다.

동이 터오를 무렵, 차는 어느새 해안 국도로 진입했다.

— 도대체 남해까지 왜 내려온 거야?

— 정확한 목적지는 거제도예요.

― 조민이 섬에 팔려 가기라도 한 거야?

― 조민 말고, 조강윤.

― 확실해?

― 이제부터 확인해야죠.

― 어떻게? 그 인간이 전입신고 했을 리도 없고.

― 두 번째 부탁할게요. 수배자 찾는다고 연막 뿌리고 거제도 일대 새우잡이 배들 위치 파악해줘요.

― 내가? 무슨 수로?

― 해양경찰한테 자료 받으면 쉬울 거예요. 중국 쪽 의심 어선도 괜찮고. 여하튼 허가받지 않은 어선으로만 찾아줘요.

― 조강윤이 통통배를 탔다……?

― 최근 한 달 내에 출항한 배만 잡아줘요.

― 허가받지도 않은 배 출항 일자를 어떻게 알아?

― 항만 쪽이면 정보원 끼고 조업할 거예요.

― 나 참.

재우는 기가 막혀서 헛웃음을 흘렸다. 아무 연고도 없는 곳에 정보원 동원해 불법 새우잡이 어선들 출항 일자를 조사하라니.

― 조민을 찾고 싶으면 내 부탁 들어줘야 할 거예요.

재우는 정인의 옆모습을 응시했다.

― 실패하면?

― 더 이상 거래는 없어요.

― 없다고?

― 끝이라고요.

3.

오전이지만 시커먼 안개가 섬 전체를 무겁게 짓눌렀다. 정인은 담배를 문 채 방파제 앞에 서 있었다. 새벽녘 질척이는 늪지 속을 파헤치는 기분이었다.

정인은 자꾸 조급해지려는 마음을 애써 누르고 있었다. 정인은 자신에게 하루의 시간을 줬다. 자기 스스로 정한 기준은 타인의 강요보다 언제나 더 중요했다. 그녀는 조강윤의 상태를 염려하고 있었다. 시간이 길어진다면 조강윤은 어떤 위험에든 노출될 것이다.

— 이게 전부예요?

정인의 반응에 재우는 기분이 상했다. 서울지방경찰청 광역수사대 지능2팀 팀장이 반도의 끝, 연고도 없는 지역에서 불법 새우잡이 어선 현황 자료를 요청하는 게 쉬운 줄 아는 모양이었다. 이 바닥 생리에 비춰볼 때 무척이나 예의 없는 짓을 하고 어렵게 확보한 자료인데 정인은 시큰둥하기만 했다.

자료를 건네받은 정인은 단숨에 일주일 내 출항한 어선 다섯 척의 리스트를 체크했다.

— 이제 어떻게 하려고?

— 접근해야죠.

— 무슨 수로?

— 통통배 하나 빌려야 돼요. 하루면 돼요.

— 내가 빌려?

— 난 돈 없어요. 그 정도는 해줄 수 있잖아요.

— 완전히 갑을 관계군.

— 해줄 거예요, 말 거예요?

— 이거 너무 막무가내잖아.

4.

배를 빌리면서 재우는 운전을 걱정했다. 뱃사람들끼리는 알게 모르게 서로 안면이 있을 터, 쉽게 배를 몰아줄 토박이를 찾기 어려울 거라고 생각한 것이다. 하지만 걱정은 기우가 됐다.

정인의 운전 실력은 기계처럼 정교하고 능숙했다. 시동을 걸고 조타수를 잡고 정박된 배를 출항시키는 행동에 막힘이 없었다. 거칠게 흔들리는 갑판 위에서 재우가 혼잣말로 중얼거렸다.

— 배는 또 언제 몰아본 거야?

제법 높은 파도가 출렁이는 거제도 앞바다. 조업선들이 모여 있던 곳에서 떨어진 곳이었다. 재우의 눈에 시동을 꺼놓은 채 멈춰 있는 배 한 척이 들어왔다. 선박명도 없고 선체번호도 흐릿하게 지워놓은 배였다. 재우가 의심 선박을 가리키자 정인은 수신호도 없이 곧장 불법 조업선을 향해 돌진했다. 정인의 배가 물살을 가르며 들어오자 불법 조업선이 한두 번 크게 흔들렸고 갑판 위에 누워 있던 어부 두 명이 몸을 일으켰다. 어부들은 무슨 일인지 어리둥절했지만, 정인의 배가 코앞까지 밀고 들어오자 허겁지겁 반대편으로 내달렸다. 정인의 배가 불법 조업선 우측부를 들이받았다. 뒤늦게 사태를 파악한 불법 조업선의 선장이 조종실로 뛰어들어가 시동을 걸었다. 하지만 불법 조업선은 정인의 배가 이미 우측부를 깊이 내리누른 통에 암초에 걸린 것처럼 꼼짝하지 않았다. 불법 조업선의 스크루가 계속해서 헛동작을 반복하자 크고 작은 기포가 주위 해수면을 한가득 에워쌌다.

정인은 불법 조업선의 갑판 위로 뛰어들었다. 정인은 오직 조강윤을 찾는 것에만 집중했다. 배 구석구석을 돌아다니며 아들을 두들겨 패던 알코올중독자의 행방을 찾았다.

선장이 조종실에서 뛰어나와 정인을 향해 다짜고짜 쇠갈고리를 휘둘렀다. 정인이 살짝 몸을 비틀자 쇠갈고리는 선체에 박혀버렸다. 선장의 앞가슴에 정인의 발이 날아들었다. 주저앉은 선장이 갖은 욕설을 쏟아냈지만 정인은 신경 쓰지 않았다. 조종석 옆에 임시로 마련한 좁은 담요 위에서 외국인 노동자 둘이 서로 끌어안은 채 정인을 올려다봤다. 피골이 상접한 노동자들을 본 정인은 선장을 한번 노려보고는 선장의 손목을 발로 짓이겼다. 선장은 비명을 지르며 갑판 위에서 몸부림쳤지만, 도와주는 사람은 없었다.

첫 번째 배부터 정인은 그런 식이었다. 그녀의 머릿속에는 조강윤을 찾아야 한다는 생각만 들어차 있었다.

재우는 전혀 예상하지 못한 정인의 돌발 행동을 보며 뭘 어떻게 해야 할지 판단이 서지 않았다. 파손된 불법 조업선을 보며 그저 한숨만 내쉴 뿐이었다. 신고를 걱정하는 것은 아니었다. 어떤 피해를 당하더라도 항만청이나 해양경찰에 신고할 수 없는 배들이었다.

5.

석양이 지평선을 짙게 물들일 무렵부터 재우는 수색이고 뭐고 신경 쓰지 않고 아예 조종석으로 들어가 누워버렸다. 요람처럼 배가 흔들렸다. 정인이 밖에서 고군분투하는 동안 재우는 단잠에 빠져들었다. 눈을 떴을 때는 어느새 밤이었다. 이따금 운항하는 순찰선 불빛을 제외하곤 거제도의 밤바다는 온통 어둠 속으로 가라앉았다.

재우는 정인에게 포장을 뜯은 햄버거를 건넸다. 배에 오르기 전 시내에서 사둔 것이었다.

— 이제 마지막이야.

— 수색할 배가 마지막인 거예요? 식량이 마지막이란 말이에요?

— 둘 다야. 게다가 기름도 다 떨어졌어.

재우는 주머니에서 불법 조업선 현황 리스트가 적힌 종이를 꺼내 톡톡 쳤다.

— 아저씨 먹어요.

— 까불지 말고 이거라도 먹어둬. 종일 아무것도 안 먹었잖아.

정인이 재우를 물끄러미 쳐다보다 햄버거를 손에 쥐었다. 정인은 햄버거를 두 토막 낸 다음 단숨에 입 안에 밀어 넣었다.

— 물도 줄까?

고개를 가로저은 정인은 다시 바다로 눈을 돌렸다. 멀리 희미한 불빛이 어른거렸다. 순찰선으로 보이지는 않았다. 순찰선 불빛은 저렇게 한곳에 오랫동안 머물지 않는다.

'우리가 마지막으로 봐야 할 배의 불빛인가.'

재우가 그 불빛을 바라보고 있을 때, 정인이 뭔가를 건넸다. 담배였다.

— 웬일이야? 담배 인심을 다 쓰고.

— 햄버거 줬잖아요. 그에 대한 보답이에요.

— 그럴 리가. 전에도 말했지. 당신이 복잡할수록 난 유리하다고.

정인이 배의 속도를 높였다. 불빛이 점점 더 선명하게 다가왔다.

— 궁금해.

— 뭐가요?

— 격투 훈련을 살인술로 받았을 정도면 당신의 어린시절은 어땠을까.

— …….

— 너무 감상적인가?

재우는 단정적으로 '살인술'이라고 말했다. 정인이 상대를 제압할 때 사용하는 기술은 위협하거나 단순 제압을 위한 것과는 차원이 달랐다. 치명적 급소를 공격해 숨을 끊는 법을 익힌 정인은 공격의 돌발성을 몸의 일부처럼 체득해냈다. 정인 역시 자신이 살인 기계란 사실을 부정하지 않았다. 하지만…….

— 그걸 알고 싶어서 찾는 거예요.

— 뭘 말이야?

— 내가 왜 살인 기계가 되었는지. 그걸 묻고 싶어서.

— 그게 임대 아파트 방화범에게서 찾을 수 있는 답인가?

— 육감이란 게 있어요.

— 육감?

— 훈련을 끝까지 마칠 때까지 한 번도 묻지 않았어요. 왜도 없었고, 어떻게도 없었어요. 그럴 때 발달하는 게 육감이었어요.

그동안 봐온 정인과 뭔가 달라 보였다. 언제나 무모할 만큼 단호하던 그녀가 처음으로 나약하게 보였다. 그녀가 무엇을 찾으려 하는지, 알 수 없었다. 하지만 자신만큼이나 절박하다는 사실을 재우는 알아차릴 수 있었다.

조강윤. 그자가 자신과 정인의 해답을 쥐고 있을까.

그들을 태운 배가 마지막 불빛을 향해 나아가고 있었다.

6.

조타실의 오래된 백열전구가 불규칙적으로 켜지고 꺼지기를 반복했다. 갑판 위에 올라선 재우는 반사적으로 허리춤의 콜트 권총을 잡았다. 조타실 안 남자의 근육이 검은 폐유를 뒤집어쓴 물고기마냥 예사롭지 않게 꿈틀거렸다. 하지만 백열등 불빛에 드러난 남자의 모습을 확인하고 나자 긴장했던 자신이 우스워 실소가 나왔다. 남자는 머리가 하얗게 세고 턱수염이 더부룩한 노인이었다. 노인은 저항할 마음이 전혀 없는 듯 재우와 정인을 보고도 밖으로 나와 엉킨 그물을 손에 들었다.

— 조강윤, 이 배에 있지?

정인이 물었다. 노인은 엉킨 그물을 풀면서 중얼거렸다.

— 이름은 몰라. 화상 하나가 있긴 있어.

노인은 턱 끝으로 조타실을 가리켰다. 곧바로 조타실로 들어가려던 정인은 이어지는 노인의 말에 걸음을 멈췄다.

— 송장 치워야 하나 했는데 잘됐네.

— 뭐?

— 아주 안 좋아. 가끔 배 타러 오던 화상인데, 이번에는 배 탈 몸이 아니었지.

— 그런 사람을 배에 태웠다고?

— 어쩌겠어. 고집불통인걸. 아주 가끔 저런 미친것들이 찾아와. 죽을 자리로 바다가 그럴듯해 보이는지…….

조타실로 들어간 정인이 얼굴을 찌푸렸다. 1평 남짓한 공간에 날벌레들이 날아다니고 있었고 비린내와는 다른 역한 냄새가 진동했다.

모포도 깔지 않은 나무 바닥에 조강윤이 누워 있었다. 조강윤의 얼굴은 열꽃이 핀 것처럼 검붉은 반점으로 가득했고, 부패가 시작된 것처럼 부어 있었다.

— 이게 무슨 냄새야?

뒤따라 들어선 재우가 손으로 입과 코를 틀어막았다. 그러고는 조강윤에게 가까이 다가가는 정인에게 소리쳤다.

— 가까이 가지 마! 전염병일 수 있어.

하지만 정인의 귀에는 재우의 만류가 들리지 않았다.

정인은 조강윤의 코끝에 손가락을 갖다 댄 다음, 맥박을 확인했다. 심하게 불규칙했다. 조강윤이 어렵게 눈을 떴다. 생명력이 거의 빠져나간 퀭한 눈이었다.

— 당신 아들 지금 어디 있어? 조민 어딨냐고!

— 허어.

조민이란 이름을 듣는 순간 조강윤이 신음 같은 소리를 흘렸다. 조강윤의 머리가 우측으로 미끄러졌다. 정인은 조강윤의 턱을 붙잡아 눈동자가 자신을 향하도록 고정시켰다.

— 어서 말해.

조강윤의 눈동자에 희미한 빛이 돌아왔다. 정인을 기억해낸 것 같았다.

— 어디 있냐고. 당신 아들!

7.

이른 아침, 조강윤은 텅 빈 보건소 병실 침대에 버려지듯 누워 있었다. 보건소 전체가 조강윤의 몸에서 나는 악취로 진동했다.

보건소장은 탈수증이 있는 것 같으니 일단 수액 투약부터 하겠다며, 간호사에게 포도 수액 링거를 맞히라고 말했다.

— 간성혼수 아닙니까?

정인의 말에 보건소장은 건성으로 대꾸했다.

— 그럴 수도 있겠네요.

― 동공이 풀리고 코마 직전인 것 같은데 모르핀이라도 써서 의식을 살려내는 게 우선 아닌가요?

보건소장은 의학 지식을 내세우는 정인에게 짜증을 감추지 않고 말했다.

― 항정신성 의약품은 함부로 처방할 수 없는 거 몰라요?

― 여기서는 처방할 수 없다는 말입니까?

― 이 환자에게 최선은 이 섬에서 벗어나는 거 그거 딱 하나요.

보건소장의 말을 듣자마자 재우가 물었다.

― 뭍으로 가는 배가 언제 들어오죠?

― 배는 2시간마다 와요. 세상 좋아졌지. 조금 전에 막 출발했으니까…….

― 2시간, 2시간.

보건소장은 역한 냄새를 더는 참을 수 없었던지 간호사와 함께 병실을 빠져나갔다. 보건소 문 열려면 1시간도 더 남았다며 투덜거리는 말도 빼놓지 않았다. 재우는 이곳이 병실인 것도 잊은 채 담배 한 개비를 입에 물고 불을 붙였다.

정인이 조강윤에게 다가가 그의 뺨을 힘껏 때렸다.

― 정신 차려!

― 흐……흑.

― 정신 차리라고. 조강윤!

조강윤은 퀭한 눈을 흡뜨며 입을 열었다.

― 너…… 아……ㄹ 아…… 기어……ㄱ 나…….

조강윤이 입을 벌렸다. 하지만 의지와 다르게 입 밖으로 나온 말은 알아들을 수 없는 웅얼거림이었다. 그의 눈에 힘이 들어갔다. 정인은 조강윤이 자신에게 할 말이 있다는 걸 알아차렸다. 조강윤의 눈빛 속에는 자신의 죽음을 직감한 절박함이 담겨 있었다.

죽음의 기운은 당사자만이 느낄 수 있는 고유의 감각이었다. 정인도 죽음의 기운을 실제로 느꼈던 적이 있었다. 절벽 아래로 떨어져 척추 신경이 끊어질지도 모를 절체절명의 순간, 모르핀 주사를 자신의 허벅지에 꽂아 넣으며 동료가 정인에게 말했었다.

'곧 죽음이 올 거야. 하지만 죽음을 인정해선 안 돼. 인정하면 지는 거야. 죽는 거라고.'

정인은 재차 시간을 확인했다. 2시간이라고 했다. 거제도행 배에 오르고도 종합병원 응급실까지 가려면 몇 시간이 더 소요될 것이다. 조강윤이 그때까지 버티는 것은 불가능해 보였다. 피골이 상접한 팔과 다리가 제멋대로 비틀렸고 허공을 향해 들어 올린 손가락 마디들이 아무렇게나 뒤틀렸다. 조강윤의 몸은 균형을 상실한 구체관절 인형처럼 제각기 우연처럼 비틀어졌다.

재우가 물었다.

— 보건소장 불러올까?

— 소용없어요. 그래 봐야 포도당 주사가 전부일 거예요.

— 조강윤 왜 이러는 거야?

— 신경계 교란이 왔어요. 곧 있으면 죽게 될 거예요.

— 곧이라면 언제?

— 몰라요.

정인은 몹시 괴로워하는 조강윤을 물끄러미 바라보며 뭔가를 생각했다. 그러더니 결심이 선 듯 순식간에 조강윤의 웃옷을 벗겼다. 앙상한 뼈가 그대로 드러난 몸뚱이가 필사적으로 버둥거렸다. 정인은 조강윤의 바지를 내리고는 두 손으로 거칠게 성기를 주물렀다. 정인이 혼잣말하듯 중얼거렸다.

— 꼭 알아야겠어. 알아야 돼.

재우의 눈이 커졌다. 보고 있으면서도 믿을 수 없는 상황이 눈앞에서 벌어지고 있었다.

정인은 성기가 미세한 반응을 보이자 몸을 구부려 성기를 입 안 깊이 밀어 넣었다. 그 모습을 본 재우가 한 걸음 다가섰다. 성기에서 입을 뗀 정인이 재우를 노려보며 소리쳤다.

— 움직이지 마! 가만있어요.

— 뭐 하는 거야? 미쳤어?

— 그 자리에 가만있어요! 한 발자국도 떼지 마.

— 이봐.

— 그대로 있어요. 그대로.

정인의 눈에 담긴 절박함은 두려울 정도였다. 도대체 이 여자는 뭘 알고 싶어서 이런 짓까지 하는 걸까. 재우는 결국 그대로 멈춰 섰다.

간성혼수의 극한에 다다른 조강윤의 신경계에 남아 있는 자극은 성욕뿐이었다. 최후의 보루로 남은 말초신경 자극. 그래서일까. 금방이라도 숨이 멎을 것 같던 그의 성기가 믿을 수 없는 활력으로 팽창했다. 정인은 단숨에 자신의 바지와 팬티를 벗어 내리고 손가락으로 질을 자극하며 그대로 조강윤의 몸 위에 올라탔다.

조강윤이 힘겹게 숨을 내쉬었다. 온통 말초신경 자극에 모든 신경이 몰린 탓에 두서없는 발작과 무의미한 중얼거림이 가라앉았다.

남은 건 단 하나다. 조강윤은 아주 잠시, 자신의 죽음이 유예되는 기회를 얻었다고 직감한 듯 보였다. 그래서일까. 정인을 보며 거친 호흡 속에서도 조곤조곤 징검다리 위를 건너듯 말을 이어나갔다. 정인은 성기가 몸 밖으로 미끄러지는 걸 막기 위해 필사적으로 꿈틀거리면서 조강윤의 말을 한 낱말도 빼놓지 않고 들으려 애썼다.

— 혁명을 꿈꿨어…… 민중이 해방되는 꿈을 꾸었지. 모두가 평등한 세상을 만들고 싶었어. 그랬는데…… 그게 허상이라고 말해준 건 경찰…… 정치인…… 재벌도 아닌 우리들 자신이었어. 절망했지. 절망했는데…… 우린 또 다른 세계를 찾아다녔어……. 찾은 것 같았지……. 지배하지도 지배당하지도 않는…… 모든 걸 다 가진 자처럼 풍요로운…… 그런 곳에서…… 한 여자를 만났고…… 아이도 낳았어. 조민…….

조강윤의 호흡이 빠르게 가라앉았다. 곧이어 조강윤의 다리에 기운이 풀리면서 성기가 정인의 질 밖으로 빠져나갔다. 정인은 조강윤의 입술과 목을 애무하며 가라앉는 성기를 붙잡고 문질렀다. 정인은 조강윤의 까무룩 가라앉는 정신의 연기에 함께 뒤엉키길 원했다.

— 조민한테 무슨 일이 있었던 거야? 그 아이가 알고 있는 게 뭐냐고?

— 우리의 세계는…… 이 싸구려 세계와는 어울리지 않아……. 변질되고 부패했지…… 그 아이에게조차…… 기회를 주지 않았어.

이 세계를 벗어날 생각은 않고…… 집어삼킬 악몽만 배설하는 그 악마들이…… 우리 조민을…… 우리 꿈을…… 약탈해갔어…….

— 그 아이, 지금 어디 있어?

— 악마들은…… 조민을 기계로 취급했어. 무엇이든…… 원하는 것을 차지할 수 있는…… 황금 기계…… 우린 그들과 달라. 달라야 해. ……그래야만 해.

— 지금 어디 있냐고!

— 당신도 꿈을 좇고 있어? 그래서…… 그래서 조민을 찾는 거야? 우리의 꿈은 여기에 없어……. 이 빌어먹을 지옥에……. 희망은 없어…….

— 난 꿈 따위 없어. 단지 그 아이한테 묻고 싶은 말이 있어.

— 당신도…… 그걸 찾는 거야?

— 무슨 말 하는지 모르겠어. 난 찾는 거 없어. 아무 이유도 없어. 이건 그냥, 절대적인 나에 관한 거야. 그 아이는 나에 대해 알고 있어. 내가 어디서 왔으며 내가 누구인지 조민은 알고 있다고!

— 당신…… 누구야?

— 닥치고 그 아이 어디에 넘겼는지만 말해!

— 미안해……. 다 끝났어. 그들이 데려가든 말든…….

— 그들이 누군데? 당신이 조민을 데리고 나온 거 아니야?

— 난 지나치게…… 허약해…….

— 개소리 집어치우고 지금 어디 있는지 말하라고!

— 이 모든 게 나한텐…… 너무…… 무거워……. 미안해…….

누구를 향한 미안함일까. 조강윤이 눈물을 흘렸다. 마지막으로

보인 몸의 반응이 눈물이라니. 눈물과 함께 조강윤은 더 이상 숨을
쉬지 않았다.

정인은 죽은 조강윤의 얼굴에 손을 갖다 댔다. 조강윤의 얼굴은
정인에게 불타버린 1002호 벽면에 쓰여 있던 기호처럼 검지만 희미
하지는 않은 명징한 차가움, 그 정도의 촉감으로 기억될 것이었다.

8.

— 이제 어떡하지?

바람이 온몸을 할퀴고 지나치는 섬 부두에 서서 재우가 물었다.
보건소장의 신고를 받고 온 119 구조대는 주검이 된 조강윤을 행불
자로 처리했다.

정인에게 남은 건 허탈뿐이었다. 다시 불타버린 시커먼 임대 아
파트의 잿더미로 되돌아간 기분이었다.

정인은 재우를 바라보며 물었다.

— 포기할 거예요?

— 아니.

— 포기하지 않겠다면, 이틀 후에 다시 만나요.

— 어디로 가는데?

— 알 필요 없어요. 따라와도 상관없지만.

— 조민을 찾는 일과 관계된 일이야?

— 아마도.

— 무슨 대답이 그래?

재우는 정인이 조강윤과 벌였던 행위에 대해 묻고 싶었지만 끝내 묻지 못했다. 아무 일도 없었다는 듯 무심함으로 무장한 정인에게 왈가왈부하는 게 우습다는 생각이 들었다. 하지만 확인해야 할 것이 있었다.

— 당신이 찾는 사람, 조강윤이 아니라 조민이었던 거야?

정인은 대답하지 않았다. 그녀의 침묵이 불길하게 느껴졌다. 그녀의 목표는 조강윤이 아니라 조민이었다. 그들은 같은 사람을 찾고 있는 것이다.

과연 이 일은 어떻게 끝날까. 재우는 조민이라는 아이를 포기할 수 없었다. 그렇다면 정인은? 어쩌면 가장 큰 적과 손잡고 있는지도 모른다는 생각이 재우를 불안하게 했다.

| 2부 |

죽음의 문

폐족

1.

— 도대체 요즘 뭐 하고 다녀? 소문은 들은 거야?

서울지방경찰청 앞 오피스텔. 늦은 오후, 재우가 본청 정보과 소속인 호정만을 찾아가자마자 들은 소리였다.

경찰청 안에서는 재우와 관련된 소문이 파다하게 번진 상태였다. 여론 몰이 사건 하나를 위장 수습하는 조건으로 고위층과 모종의 밀약을 맺었다는 소문이었다. 재우는 호정만의 질문에 두루뭉술하게 대답하고는 정보 검색을 부탁했다.

결과를 기다리는 동안 재우는 오피스텔 창문을 열고 담배를 피웠다. 건너편에 고압적인 분위기의 경찰청 건물이 버티고 있었고 밑으로는 행인들이 오가고 있었다. 담뱃재를 터는 재우의 눈에 공중전화 부스 앞에 서 있는 한 남자가 들어왔다. 평범한 옷차림에 특별할 것 없는 움직임이었지만, 재우는 유심히 남자를 지켜봤다.

　일반인에 대한 호정만의 신상 파악은 30분을 넘기는 법이 없었다. 주민등록말소자, 노숙자, 행려병자라 해도 어딘가에는 반드시 흔적을 남겼다. 가족 관계 역시 성씨에 족보까지 연결해 파고들면 알고자 하는 이의 주변 정보 대부분은 추출되기 마련이었다. 30분 뒤, 재우가 호정만의 컴퓨터 쪽으로 다가갔다. 모니터를 살핀 재우는 허탈한 한숨을 내쉬었다.
　― 이게 전부야?
　재우가 원한 건 조강윤의 가족 관계였다. 아들의 출생신고가 되지 않았으니 당연히 자녀 관계에 대한 흔적은 찾아볼 수 없었다.
　― 부모도 일찍 죽었고, 외할머니가 이 친구를 양육한 걸로 추정돼. 그것도 전입 세대주 정보니까 확실한 건 아니고.
　소득이 아예 없는 것은 아니었다. 조강윤의 아내에 대한 정보는 남아 있었다.
　― 혼인신고는 했네. 강원도 평창군이라…… 황인혜?
　― 나이 차이가 제법 있어. 이 친구가 서른일곱에 결혼했는데 당시 부인 나이가 스물한 살이야.
　― 외국인인가? 동남아?
　― 그건 아니고. 그런데 이 여자도 신기해.
　― 뭐가?
　조강윤의 아내 황인혜의 신상 기록이 담긴 엑셀 파일을 열었다.
　― 어? 혼인신고하자마자 주민등록이 말소됐네.

— 처음부터 거주지가 불분명해. 혼인신고한 주소지가 충청북도 영동군 뭐뭐로 돼 있는데, 여기가 어딘 줄 알아?

호정만은 곧바로 구글 맵을 띄우고 둘이 살던 곳으로 등록된 주소를 가리켰다. 자잘한 등고선만 가득한 지역이었다.

— 산지야. 지번이 산인 곳을 거주지로 등록했어.

— 이 여자 뭐야? 주민등록 말소 후 행적이 아예 없네?

— 맞아.

— 가족 관계는?

— 없어. 서류상으로는 고아야.

— 출산 기록은 있어?

— 글쎄. 그것도 불분명해. 집에서 낳았을 리는 없을 텐데 산부인과 기록에 이 여자 주민번호로 기록된 건 아무것도 없어. 다른 사람 걸 빌릴 수도 있었겠지만 그럴 가능성은 희박하고.

재우는 손으로 얼굴을 벅벅 문지르며 말했다.

— 찾을 방법 없을까?

— 조강윤?

— 아니. 이 여자. 황인혜.

재우가 모니터에 나타난 황인혜를 손으로 가리켰다. 신상 미상의 여자. 긴 생머리에 모난 곳을 찾아보기 힘든 순하고 착하고 평범한 얼굴이었다. 호정만이 말했다.

— 정확한 건 아니지만, 당진에 있는 제철 공장에서 이 여자 이름으로 기록된 흔적이 있어.

— 동명이인일 수도 있잖아.

— 그렇지. 하지만 정황이 일치해. 같은 이름에 같은 나이. 사진 하나 찾았는데 보여줄까?

호정만이 해상도가 최저에 가까운 사진 한 장을 확대했다. 외국인 노동자들과 뒤섞여 찍은 단체 사진이었다. 수십 명이 일렬로 모여 찍은 사진 속 인물들을 살피던 재우는 오른쪽 끝에 서 있는 여자에게 시선을 고정했다. 주민등록 사진 속의 황인혜와 유사했다. 군청색 노동복 차림인 여자는 몸집이 작고 약해 보였다.

— 외국인 노동자나 불법체류자를 쓰는 경우, 나중에 면책받으려고 증명사진처럼 일하는 공장에서 사진을 찍는 경우가 종종 있어. 어때? 맞는 거 같아?

— 언제 사진이지?

— 6개월 전이야.

호정만은 포스트잇에 공장 주소를 적어 재우에게 건넸다.

2.

호정만의 오피스텔에서 나와 엘리베이터 앞에 멈춰 섰을 때, 한 남자가 다가왔다. 오피스텔 아래 공중전화 부스 앞에 서 있던 남자였다. 가까이에서 보니 점퍼에 후줄근한 바지 차림이 일용직 노동자로 보였다.

재우는 몸을 돌려 나란히 선 남자에게 먼저 말을 걸었다.

— 나한테 무슨 볼일 있소?

— 김재우 팀장님이죠?

남자는 점퍼 안주머니에서 아이패드를 꺼내 화면을 보여주었다. 재우는 의심스러운 눈으로 남자와 아이패드 화면을 번갈아 봤다.

— 31호와 함께 어제 남해 쪽으로 이동하셨더군요.

— 뭐?

— 아, 31호는 제 감시 대상에 대한 약칭이고. 정인, 그 친구를 말하는 겁니다.

— 당신 누구야?

재우는 경계하듯 물었지만, 이미 짐작하고 있었다. 신상 정보에 1급 록이 걸린 인물에게 맨투맨 감시를 붙이는 기관은 대한민국에 한 곳밖에 없을 것이다. 남자는 자신의 신분은 밝히지 않고, '수호'라는 이름만 말했다.

— 몇 가지 물어볼 게 있습니다.

수호가 사무용 수첩과 펜을 꺼냈다.

— 보고를 해야 하거든요. 어찌됐든 어제 같은 경우는 예외에 해당하니까요.

— 나도 한 가지만 물읍시다.

— 네. 말씀하시죠.

— 정인이란 그 친구, 대체 정체가 뭐요?

평범한 아저씨 같던 수호의 눈빛이 대번 날카롭게 변했다. 재우는 순간, 또 한 명의 정인과 마주한 기분이었다.

3.

정인은 지문 감식기 앞에 멈춰 섰다. 정인은 그제야 자신의 앞을 가로막고 선 건물의 위용을 새삼 확인했다. 높은 천장에 투명한 대리석으로 마감된 벽면이 빛을 반사해 차갑게 번쩍였다.

정인이 서 있는 곳은 '미래연구재단' 입구였다. 미래연구재단은 하는 일이나 소속된 사람들의 정보가 불분명했다. 그런데도 정인이 국회 홈페이지에서 국정감사 결과에 나타난 예산 내역을 확인한 결과, 이곳 재단 운영을 위해 출연된 예산은 국가와 민간사업자의 협의하에 이뤄지고 있었다.

입구를 지키고 선 정복 차림의 남자들이 정인을 지켜봤다. 그들 중 한 명이 귀에 꽂은 송신기를 통해 속삭이듯 상황을 보고하는 것이 보였다.

잠시 동안 정인은 그 자리에 그대로 서서 기다렸다. 그사이 경호원의 수가 두 배 이상 증가했다. 뒤늦게 합류한 경호원들이 그녀에게 다가가려 했지만 입구를 지키던 책임자 급으로 보이는 남자가 저지했다.

입구의 문이 열리고, 두 차례 요란한 신호음이 이어졌다. 정인은 주저 없이 열린 문 안으로 들어섰다.

정인은 지문 감식으로만 열리는 문을 세 번 더 통과한 뒤에야 남자를 만날 수 있었다.

체크무늬 셔츠에 면바지 차림의 남자는 소파에 앉아 있었다. 보안에 신경 쓴 외부와 다르게 내부는 허술할 만큼 단출했다.

남자는 정인을 힐끗 보고는 이내 하던 일을 계속했다. 일이라고 해봐야 신문 보는 게 고작이었지만 남자는 꽤 열심이었다. 정인은 그대로 서 있었고, 남자는 계속 신문을 봤다. 시간은 예외 없이 흘러갔다.

마지막 일간신문을 덮고서야 고개를 든 남자가 말문을 열었다.

— 어쩐 일이냐? 연락도 없이.

4.

— 정인은 폐족 출신입니다.

— 폐족?

재우가 되물었다. 장소를 오피스텔 1층 커피 전문점으로 옮긴 재우와 수호는 탁자를 사이에 두고 마주보고 앉았다. 재우는 적잖은 당혹감을 느꼈다. 전혀 예상하지 못한 단어가 튀어나온 것이다.

— 폐족이라면 정권 창출에 실패한 정치세력을 말하는 겁니까?

— 국내가 아닙니다.

— 국내가 아니면?

수호가 손가락으로 위쪽을 가리켰다.

— 알려지지 않았지만 김일성 전 주석에겐 숨겨진 자녀가 여럿 있습니다. 초기 혁명시절 동지적 관계를 가졌던 여성들의 자녀죠.

— 정인이 그 출신이란 말입니까?

— 굳이 따지면 증손녀쯤 되죠.

— 이해가 안 돼요. 그 친구가 싸우는 장면을 봤어요. 살인술에 가까웠습니다. 아니, 살인술이었어요. 폐족이 어떻게 그런 훈련을…….

— 정인은 유년기부터 평안북도 정치범수용소 관리 지역에서 특수 훈련을 받았어요. 국내로 말하면 특수부대 출신인데, 젖을 떼면서부터 훈련받았다고 보면 되겠죠.

— 김일성의 피가 흐르는 로열패밀리가 살인술을 익혔다는 게 이해가 안 되네요.

— 저도 자세히는 모르지만.

수호가 덮어놓았던 수첩을 펼쳐 무언가를 적기 시작했다. 두서없이 흩어지는 펜 놀림은 수호의 오랜 습관 중 일부로 보였다. 수호가 말을 이었다.

— 김일성에서 김정은으로 권력이 넘어오는 과정에서 김일성의 적통과 서자 간 피비린내 나는 내부투쟁이 있던 걸로 알려져 있어요. 그 과정에서 정인의 혈통이 정리당한 것으로 추정됩니다.

— 무슨 뜻입니까?

— 권력 다툼에서 밀려난 김일성 혈통은 스스로를 폐족으로 불렀어요. 그들은 평양을 떠나 평북이나 중국 상해 등지에 은신하며 특수 훈련을 받았죠. 북한 내에서도 승인하지 않은 훈련이라고 들었어요.

— 승인하지 않은 훈련?

— 어린아이들을 데려다가 살인 기계로 육성하는 거죠. 31호, 정인도 그중 한 명이고요.

— 김일성 가문의 보호나 공화국 체제 유지가 목적이 아니라면

무슨 이유로 살인 훈련을 받게 한 거죠?

— 그들만의 단체가 있던 걸로 알고 있어요.

— 반대세력인가요?

— 그보다는 성격이 좀 다른…… 종교적 목적을 띤 집단이 있던 걸로 추정하고 있어요.

— 종교?

— 좀 더 거슬러 올라가면 김일성과 혁명 동지였던 인물 중 한 명이 김일성과는 성격이 다른 주체사상 신봉자로 알려져 있어요. 출간 즉시 금서 처분을 받았지만 북한 내에서 그의 사상을 담은 서적이 꽤 오랫동안 돌았던 것으로 알려져 있고요. 폐족들이 그 인물을 중심으로 그들만의 또 다른 무언가를 준비했던 것 같아요.

— 그들이 어떻게 남한에 와 있습니까? 망명이라도 한 겁니까?

— 그게 의문이에요.

수호의 얼굴에서 긴장이 느껴졌다.

— 정인의 작은아버지가 극비리에 망명을 신청했어요. 김씨에서 정씨로 성까지 바꾸면서 자기네 신분을 철저히 세탁한 채 망명했지만, 얼마 안 가 국가기관 일부만 공유하는 특수 정보로 알려지고 말았죠.

— 작은아버지라는 거…… 확실한 겁니까?

— 뭐. 그것도 입수된 정보로 알려진 거예요. 정인의 아버지와 이복형제라는 설이 확실한 것도 같고. 하지만 실제로 어떤 관계인지는 그들만이 알겠죠.

— 그렇다면 정인의 아버지는 누구죠?

— 거기까지는 모르겠어요.

— 당신만 모르는 건가요?

수호는 어깨를 으쓱했다.

— 이 망명 거래를 진행한 핵심은 알고 있겠죠. 하지만 제 라인에
선 아무도 몰라요.

— 로열패밀리 망명 건인데 어떻게 이 정도로 보안이 유지됐는
지…….

— 북의 요청이 있었어요. 김일성 혈통이 남한으로 망명하는 일
은 처음이라서. 예우 차원은 아니고, 북한도 그렇고 여기도 그들의
진짜 속내를 알아야 할 필요가 있었죠.

— 그게 언제입니까?

— 벌써 9년 전 일이에요. 제가 31호를 맡은 건 3년 전부터구요.

— 그런데.

재우가 말끝을 흐리며 수호를 바라봤다. 작업복 점퍼 차림에 수
염이 거뭇거뭇하게 올라온 수호는 영락없는 동네 철물점 아저씨 느
낌이었지만, 덤덤하게 정인의 신변을 이야기할 때의 모습에서는 심
상치 않은 날카로움이 숨어 있었다.

— 제가 이런 기밀을 알아야 하는 이유라도 있는 겁니까?

— 당신이 물어봤잖아요.

수호가 재미있는 농담이라도 한 양 크게 웃으며 담배를 입에 물
었다.

— 젠장, 담뱃값도 장난 아니고, 이젠 흡연자들이 살 길이 없어졌
어요. 그렇지 않습니까?

— 절 이렇게 찾아오신 목적이 말씀하신 것만은 아닌 것 같은데…… 제가 잘못 짚은 건가요?

— 눈치가 빠르시네요. 부탁할 게 하나 있습니다.

— 뭐죠?

— 아시겠지만 정인, 그 친구가 움직이기 시작했어요. 이번 건만 해도 그렇고. 처음으로 이탈된 행동을 보이고 있어요.

재우가 반박하려 하자 수호가 정중하게 손을 들어 재우를 가로막고는 말을 이었다.

— 우리로선 예의 주시할 수밖에 없습니다.

— 제게 부탁할 건 뭐죠?

— 아직까지 정식 보고는 유보해놓은 상태입니다. 이유는 정인의 행동이 그녀에게 훈련을 지시했던 집단과 연관되어 있는지 아닌지를 판단할 시간이 필요해서요. 그때까지 그 친구 신변에 문제가 생길 경우 바로 제게 연락해주셨으면 합니다.

말을 끝낸 수호가 수첩에서 명함을 꺼내 탁자에 놓았다. 명함에는 '정수개발'이란 회사명과 대표 직함, 휴대전화번호가 적혀 있었다. 명함을 내려다보는 재우에게 수호가 말했다.

— 추적당할 염려가 없는 번호입니다.

수호가 수첩을 덮었다. 재우는 수호가 자신을 통한 감시를 하려는 게 아닌지 의심스러웠다. 재우의 혼란을 읽었는지, 수호는 씁쓸한 표정으로 한마디 남긴 뒤 먼저 커피 전문점을 나갔다.

— 정인을 걱정하는 유일한 사람은 아마 저일 겁니다. 안심하고 연락하세요.

5.

— 다리가 가벼워졌구나.

한참의 침묵이 흐른 뒤, 남자가 입을 열었다. 정인은 남자가 신문을 덮은 뒤 자신의 다리를 보고 있었음을 뒤늦게 의식했다.

훈련이 절정에 이를 때, 몸의 근육 중 가장 먼저 위축되는 건 바로 발목, 더 정확히 말해 종아리 근육이다. 남성에 비해 파괴력 면에서 상대적 열세를 보이는 여성의 강점은 역설이지만 가벼움에 있다. 하체가 깃털처럼 가벼워질 때, 적으로부터 자신을 보호할 수 있고 동시에 적의 중심을 파괴할 수 있는 힘의 집중이 쉬워진다.

남자가 다리 이야기를 꺼낸 이유가 최근 자신의 행적을 알고 있다는 의미로 들렸다. 정인이 받아들이기에는 그랬다.

한창민 대장. 남자는 정인이 계속 봐온 유일한 인물이었다. 부모는커녕 자신이 누구인지도 모른 채 자라난 정인이 올려다본 유일한 존재. 한창민은 열 살의 정인에게 처음으로 한 인간의 목숨을 끊게 한 살인 교관이었고, 주체사상과 관련한 역사의식과 각종 지식을 전수해준 선생이기도 했다. 하지만 정인에게 한창민은 그 이상도 그 이하도 아니었다. 그저 정인의 세계를 절대적으로 결정해온 하나의 자연이라고 해야 할 것이다. 남으로 망명하게 된 이유도 한창민은 말해주지 않았다.

다리에서 눈을 뗀 한창민이 정인을 바라봤다. 정인은 문득 감상적인 생각에 젖어들었다. 몇 년 만인가. 남한에 정착한 후 한창민을 다시 만난 게 얼마 만인가.

정인의 생각을 엿보기라도 한 것처럼 한창민이 차갑게 말했다.

— 할 말이 있어 온 것 같은데 최대한 빨리하고 가라.

— 바쁘세요?

— 바쁜 것과 상관없지. 너와 나눌 대화는 없을 것 같은데?

울컥한 정인이 비꼬듯 말했다.

— 감청 때문에 그래요?

— 그건 일상이야. 특별할 것도 없어.

한창민의 시선이 정인을 벗어나 서가로 향했다. 그녀의 눈이 한창민의 눈길을 따라 움직였다. 서가에는 양장본 책들이 질서 있게 꽂혀 있었다. 강박에 가깝게 정리된 책의 높이와 열의 일치를 보며 정인이 말했다.

— 여전하시네요.

— 뭐가?

— 전체주의 기질.

— 농담으로 듣겠다.

— 농담으로 듣지 마세요.

'전체주의'란 말이 나오자 한창민의 표정이 급격히 어두워졌다. 집무실에는 둘 외에 아무도 없었지만 정인은 무겁게 쌓인 먼지처럼 보이지 않는 수많은 눈이 이곳을 에워싸고 있다는 걸 실감하고 있었다.

— 5년 만에 만난 상관에게 농을 던지는 부하는 없어요.

— 넌 더 이상 내 부하도 뭣도 아니야.

— 그건 대장 생각이구요.

— 왜 찾아온 거냐?

한창민은 이어질 수도 있는 대화를 끊고 용건을 물었다.

'직속상관', '전체주의'. 한창민에게 있어서 가급적 듣고 싶지 않은 단어들이었다. 남한 사회 정착 후 한창민은 숨만 쉬며 사는 잉여 인간 처지가 되었다. 책을 쓰고 이따금 대북 강연 하는 것으로 소일했지만 누구도 한창민이 무엇을 하는지, 어떤 생각을 하는지 관심을 두지 않았다. 유령처럼, 누구의 관심도 받지 않는 큰 바윗돌에 스며든 이끼처럼 자본주의 사회 한구석에 마련된 재단 집무실에 틀어박혀 시간을 보내는 게 한창민의 일상이었다.

정인 역시 9년이란 시간을 유령처럼 살아왔지만 무명의 택시 운전사로 살아가는 게 싫지 않았다. 배정받은 임대 아파트에 처박혀 하루하루를 지워내는 적멸의 삶을 기꺼이 받아들일 용의도 있었다. 하지만 터무니없게도 옆집 아이를 만나면서 그 의지가 허물어져버렸다.

정인은 한창민에게 무슨 답을 기대하고 이곳에 온 것은 아니었다. 북에서 받았던 특수 훈련의 실체와 목적에 대해 자신이 아무것도 모르듯 한창민 역시 그럴 거라 생각했다. 정인은 9년 전 남으로의 망명 후 한창민에게 처음이자 마지막으로 자신의 아버지가 누구인지 물었다. 한창민은 아는 것이 없다고 대답했다. 정인은 그 말을 믿을 수밖에 없었다. 한창민 또한 그저 윗선이 시키는 대로 살아가는 기계, 그 이상도 그 이하도 아닌, 자신과 다름없는 존재일 뿐이라는 생각에 씁쓸했다.

하지만 이제는 달랐다. 정인은 과거를 찾아야겠다는 열망에 사로잡혀 있었다. 더는 유령으로 살고 싶지 않았고, 살 수도 없었다. 더는 한창민의 말을 믿을 수 없었다. 정말 모를지도 모르지만, 적어도 자신보다는 많이 알 것이다. 정인이 한창민을 찾은 이유가 바로 그것이었다. 덮어둔 기억을 이제는 피할 수 없다. 아니, 피하고 싶지 않다. 판도라의 상자는 열렸다. 봉인이 풀린 정인의 의식은 진실을 요구하고 있었다.

정인의 눈을 흔들림 없이 응시하며 한창민이 물었다.

— 묻고 싶은 말이라도 있나?

— 대답해주시겠어요?

— 잘 알 텐데. 우리한테 답은 없어.

— 난 답이 필요해요.

— 답 따윈 없어. 우리에겐 행동만 있을 뿐이야. 그냥 받아들여.

순간 정인의 몸에서 분노의 불꽃이 타올랐다. 하루 만에 피었다 하루 만에 시드는 꽃처럼 몸속에서 오랜 시간 분노의 포자로 자리잡은 감각들이 개화된 것이었다.

— 내 다리가 지금보다 정확히 두 배는 더 말라 비틀어졌을 때, 그때 난 이미 죽음을 경험했어요.

— ……

— 날카로운 면도칼로 생살을 벗겨내던 그때의 고통을 지금도 잊을 수 없어요. 그런 훈련을 하루도 쉬지 않고 받으며 버텼어요. 그런데 내가 왜 훈련을 받아야 했는지, 죽을지도 모를 생존법을 왜 익혀야 했는지 대장은 한마디 설명도 없이 날 이곳까지 끌고 왔어요.

그런데 그냥 받아들이라고요? 그게 태어나면서부터 날 가르쳐온 대장이 할 말이에요?

한창민은 처음으로 불안해 보였다. 아마도 감청을 우려한 것 같았다. 하지만 정인의 말이 이어지자 체념한 표정이었다. 흥분한 정인이 목소리를 높였지만 한창민은 입을 열지 않았다. 정인은 답이 없는 게 정답일지도 모른다고 생각했다. 그 생각은 새삼스럽게도 상실감으로 다가왔다.

흥분을 가라앉힌 정인이 물끄러미 한창민을 응시했다. 그래도 5년 만이다. 신뢰, 증오, 의심, 의존. 어쩌면 자신의 감정은 한창민을 중심으로 만들어졌을지도 모른다.

지금 눈앞에 과거가 있었다. 자신은 아무것도 아니라고 하는, 아무것도 모른다고 하는 나약하고 쓰레기 같은 인간이 과거의 모습으로 정인의 눈앞에 있었다.

— 돌아가라.

한창민이 말했다.

— 대장.

— 그리고 행동하지 마.

정인은 한창민을 노려보며 말했다.

— 그럴 수 없어요.

정인과 한창민의 눈이 마주쳤다. 지금 헤어지면 언제 다시 볼 수 있을까. 과연 볼 수나 있을까. 지금이 아니면 안 된다는 절박함으로 정인은 자신의 뜻을 밝히고 싶었다.

— 난 행동해야 해요.

— 행동에는 때가 있는 거다.

— 지금이 그때예요. 난 알아야 해요. 내가 누군지, 왜 살아왔는지, 어떻게 살아가야 하는지!

정인을 바라보는 한창민의 눈빛이 흔들렸다. 좀처럼 본 적 없는 감정의 동요였다.

— 난 내게 주어진 것을 받아들이고 있을 뿐이에요.

정인은 한창민의 눈빛에서 미약한 슬픔을 읽었다. 마치 오랫동안 지켜봐온 딸을 걱정하는 것처럼 한창민은 그렇게 자신을 보고 있었다.

— 죄송해요 대장. 전 행동할 수밖에 없어요. 대장이 답을 알려주지 않을 거란 거 알고 있었어요. 하지만 제가 행동할 거라는 걸 말하고 싶었어요. 적어도 대장은…… 누가 말해주기 전에 저에 대해 알고는 있어야 할 거라고 생각했어요.

한창민은 무겁게 눈을 감았다가 떴다. 슬픔은 어느새 사라졌다. 냉혹하고 차가운 대장의 눈으로 한창민이 말했다.

— 여기는 남조선이야. 난 분명히 충고했다. 행동하지 마라.

정인은 몸을 돌렸다. 한때 생사여탈권을 쥐고 있었던 절대자, 한창민은 이미 자신의 상관이 아니었다. 늙고 비루한 인간일 뿐이었다.

— 난…….

등 뒤에서 소리가 났지만 정인은 돌아보지 않았다. 뒷말은 이어지지 않았다.

6.

　재우는 단체 사진을 든 작업반장의 손가락을 바라봤다. 굵은 손
가락 마디마디에 스며든 검푸른 기름과 손톱에 낀 이물이 지난한
하루를 대변하고 있었다.

　재우는 당진제철소의 제철 처리 공정을 담당하는 하청업체 현장
을 둘러봤다. 조선족으로 보이는 외국인 노동자들은 대부분 남성이
었지만, 적잖은 수의 여성도 한데 모여 수거한 폐철을 옮기고 있었
다. 까무잡잡한 피부의 동남아인이 많았다. 소음으로 가득 채워진
밀폐된 공간의 특성 때문인지, 오랜 시간 단순 작업에 길들여진 탓
인지 그들은 무표정했다.

　작업반장이 사진을 더 가까이 보더니 말했다.

　— 황인혜 같은데.

　— 확실합니까?

　작업반장은 사진을 한 번 더 보더니 고개를 끄덕이고 의심스럽다
는 듯 물었다.

　— 황인혜를 왜 찾아요?

　— 여기서 일할 때 황인혜 혼자 왔습니까?

　— 그게 무슨 말인지…….

　작업반장의 불안한 머뭇거림을 감지한 재우는 그의 팔뚝을 잡아
컨테이너로 끌고 들어가 문을 잠갔다. 재우는 반항하는 작업반장에
게 경찰 신분증을 보여줬다.

　— 불법체류 적발하려고 온 거 아닙니다.

— 그럼 왜 왔어요?

작업반장은 여전히 의심을 지우지 못했다. 재우는 사진 속의 황인혜를 가리켰다.

— 이 여자, 황인혜에 관해 아는 거 다 말해요.

작업반장은 잠시 주저했지만, 결국 입을 열었다.

— 그 여자. 단체로 들어왔어요.

— 단체?

— 다섯인가 여섯인가, 아무튼 떼로 들어왔지 아마. 월급은 100정도만 맞춰줘도 좋으니 석 달만 일하게 해달라고 했어요.

— 그중에 남은 사람 있습니까? 황인혜 포함해서요.

— 아니요. 지금은 다 그만두고 나갔죠.

재우는 짧게 한숨을 내쉬었다. 작업반장은 그런 재우를 보다가 생각났다는 듯 컨테이너 창을 가리켰다. 창밖으로 박스를 정리하는 남자가 보였다.

— 황인혜에 관해서라면 저놈한테 물어봐요. 엄청 집착했거든요.

— 집착?

— 황인혜, 그 여자 꽤 예뻤거든요. 보다시피 여기서 제대로 된 계집 구경하기가 어디 쉽나요. 술집 돌던 늙다리나 동남아 년들이 대부분이지. 황인혜같이 예쁘고 젊은 한국 여자애가 들어오니 사내놈들이 가만있었겠어요. 그중에서 저 조선족이 제일 치근덕거렸죠. 다른 놈이 접근이라도 하면 아주 사생결단 낼 판이었다니까. 워낙 잔인한 걸로 유명한 새끼라 군침만 흘려야지 어쩌겠어요.

조선족 남자를 바라보던 재우의 눈이 가늘어졌다. 옆에 있던 정인이 어느새 조선족 남자에게 다가가고 있었다.

조선족 남자는 옮기던 박스를 내려놓고 정인을 바라보았다. 눈이 마주치는 순간, 곧바로 정인의 행동이 이어졌다. 조선족 남자의 팔목을 잡고 소매를 걷어 올린 것이다. 당황한 조선족 남자가 한 걸음 물러섰다. 그런 조선족 남자의 손목에 팔찌가 걸려 있었다. 중앙에 하나의 마크가 새겨진 팔찌였다.

7.

— 이거…… 어디서 났어?

정인이 조선족 남자의 팔찌를 움켜쥐며 물었다. 팔찌 가운데에 마크가 있었고, 마크 안에 '현(顯)'이란 한자가 새겨져 있었다.

— 빨리 말해. 시간 없으니까.

— 여, 여자가 줬어.

— 황인혜를 말하는 거야?

조선족 남자는 고개를 끄덕였다.

— 황인혜가 왜 이걸 너한테 준 거야?

— 그건…….

— 준 게 아니지. 뺏은 거야. 그렇지?

— 씨발. 네깟 년이 뭔데 지랄이야.

조선족 남자는 주먹을 날리려 했지만, 정인이 더 빨랐다. 정인이 정강이를 발끝으로 내리찍듯 가격하자 끔찍한 고통에 조선족 남자

230

는 비명을 내지르며 그 자리에 주저앉았다.

정인은 조선족 남자를 끌고 공장 뒤로 갔다. 도열된 컨테이너 몇 개 너머로는 주물 작업이 벌어지는 초대형 제철 화로가 가동 중이었다.

― 묻는 말에나 대답해. 제대로 대답만 하면 다치는 일은 없을 거야.

― 알았어. 알았다고.

― 황인혜 그 여자. 어디서 왔어?

― 자세히는 몰라.

― 이 팔찌, 갖고 있는 걸 보면, 황인혜한테 관심 있었지? 그런데 어디서 왔는지도 모른다고? 어디야, 대전이야?

― 강원도. 강원도 오대산 어디라고 했어.

재우가 다가와 정인의 어깨에 손을 올렸다. 그러나 정인은 조선족 남자에게 집중된 신경을 분산시키지 않았다. 재우가 조선족 남자에게 물었다.

― 황인혜, 여럿이 함께 들어왔다고 들었어.

― 맞아.

― 그들 모두 오대산에서 온 거야?

― 그렇다고 했어.

― 누가?

― 황인혜, 황인혜가.

황인혜란 이름을 중얼거리던 조선족 남자의 두 눈이 충혈되나 싶더니 눈가가 촉촉해졌다. 조선족 남자는 감정을 게워내듯 중얼거렸다.

— 그 여자. 참 이뻤어. 맑게 웃는 게 진짜 꽃 같았지. 그래서 잘 해줬는데, 성질 한번 부리지 않고 잘해줬는데…… 말 한마디 없이 사라져버렸어. 작별 인사도 없이. 나중에 알고 보니 애 엄마였다네. 씨발. 속았어. 속았다고.

정인은 조선족 남자의 손목을 바라보며 오래된 기억 속에서 팔찌를 떠올렸다. 한창민 대장과의 오랜 악연 동안 정인을 사로잡던 기억들은 붉은 빛을 띤 다섯 개의 별이 지닌 하나의 기억으로 집중되었다.

8.

정인이 운전석, 재우가 조수석에 올라탔을 때 한 차례 짧은 괴성 같은 클랙슨이 터져 나왔다. 구형 소나타 택시 앞을 대형 덤프트럭 한 대가 앞 범퍼를 스치듯 지나갈 정도의 거리만 두고 가로막았다.

— 위험해!

반사적으로 소리친 재우가 정인의 몸을 감싸 안았다. 왼쪽 차창 너머로 막무가내로 돌진해오는 다른 덤프트럭을 목격했기 때문이다. 그리고 또 다른 덤프트럭이 재우가 앉은 조수석으로 달려들었다.

고막을 찢을 정도의 강한 굉음이 이어졌다. 난데없는 소리의 폭거 속에서 브레이크 페달 밟는 소리가 들려온 건 덤프트럭의 헤드라이트가 재우의 몸을 찍어 누르듯 비추기 직전이었다.

간발의 차이로 세 대의 덤프트럭이 택시 앞에 멈췄다. 가까스로 눈을 뜬 재우가 비명을 질렀다. 룸미러로 뒤에서 돌진하는 네 번째 덤프트럭을 발견한 탓이었다.

재우와 달리 정인은 비교적 태연했다. 오랜 훈련으로 실제 위험과 위협의 차이를 본능처럼 캐치할 수 있었기 때문이다. 재우의 눈에는 이런 상황에서도 동요하지 않는 정인이 인간이 아닌 로봇처럼 보였다.

엄청난 양의 흙먼지가 택시의 사면을 희뿌옇게 덮었다. 정신을 차린 재우가 자신들을 공격한 덤프트럭들을 살폈다. 짙은 차양을 내린 운전석 차창으로 보이는 건 반사되어 비치는 제철 공장의 풍경뿐이었고, 덤프트럭들 모두 번호판에 흙먼지가 쌓인 탓에 차 번호 식별이 불가능했다.

대치 상황이 짧게 지속되었다. 멈춰 선 덤프트럭들은 꼼짝하지 않았다. 정인 역시 시동을 걸지 않았다. 재우는 지금까지 살아온 어떤 순간보다 지금 이 시간이 가장 길고 아득하게 느껴졌다.

잠시 뒤, 덤프트럭들이 일제히 시동을 걸었다. 곧이어 액셀 밟는 소리, 흙바닥에서 바퀴 구르는 소리가 연이어 터져 나왔다. 네 대의 덤프트럭이 택시를 풀어주고는 일사불란하게 공장 밖으로 빠져나갔다. 흙먼지 속에서 둘은 아득한 공장 외경과 허공을 향해 치솟는 제철 화로의 검붉은 불꽃만 바라봤다.

— 경고하는 거예요.

— 무슨 경고?

— 더 이상 캐지 말라는 경고.

— 조민, 그 아이 말이야?

정인이 고개를 끄덕였다.

— 누가 경고하는 거지? 당신을 감시하는 사람들인가?

재우는 그 실체를 명확히 알 수 없었다. 정인을 감시하는 이들은 누구일까? 수호와 같은 국정원 요원인가? 아니면 또 다른 누구?

모호함 속에서 한 가지 사실만큼은 명확했다. 정인이 알아내고자 하는 일, 조민을 찾는 일이 그다지 깔끔하거나 합리적인 일이 될 수 없다는 사실. 그 사실이 재우의 마음을 무겁게 짓눌렀다.

비리 사건을 무마하는 조건으로 조민을 찾으라고 했을 때, 재우는 불안하긴 했다. 솔직히 거래 조건이 너무 유리해서 오히려 주저했었다. 그런데…… 아무래도 착각한 것 같았다. 이제 보니 결코 자신에게 유리한 조건이 아니었다. 어쩌면 목숨을 내걸어야 할지도 몰랐다.

정인은 재우의 표정 속에 담긴 복잡한 심리를 알고 싶지 않았다. 단지 듣고 싶은 답을 위해 질문할 뿐이었다.

— 어떻게 할 거예요?

— 뭘?

제철 화로를 바라보던 재우가 정인에게 시선을 돌렸다. 늦은 오후의 석양이 정인의 상반신을 휘감았다. 정인도 재우를 바라봤다. 이렇게 가까운 거리에서, 서로를 바라본 적은 처음이었다. 정인의 눈빛은 생각보다 차갑지 않았다.

— 이쯤에서 따로 행동하는 게 낫지 않겠어요?

— 당신은 계속할 건가?

정인이 물끄러미 재우를 바라봤다.

— 아이를 찾는 일 말이야.

— 중단은 없어요.

정인의 답은 즉각적이었다. 선택에는 망설임이 따르기 마련이다. 물론 본능적인 위기가 닥쳤을 때는 망설임이 끼어들지 않는다. 사랑하는 가족이 위험에 빠졌다든가 하는 상황. 정인에게 불에 탄 임대 아파트에서 실종된 아이, 조민을 찾는 일은 분명 본능이었다.

— 그렇다면 나 역시 중단할 수 없어.

— 내가 한 말의 요지를 잘못 이해한 것 같아요.

— 뭐가?

— 나와 계속 함께할 수 있겠냐고 물은 거예요.

— 당신과 같이하면 위험하다는 말을 하려는 거야?

— 아무래도 그럴 거예요.

— 당신이 폐족이라서?

정인의 눈빛이 흔들렸다.

— 당신에게 이 일이 중요하듯 나한테도 역시 중요해.

— 경찰로서?

재우가 정인의 시선을 피한 채 말했다.

— 그래, 경찰로서.

재우는 담배를 꺼내 물며 목소리에 힘을 줬다.

— 경고 메시지를 보낸 걸 보면, 이 일에서 완전히 손 떼기 전에는 어차피 위험한 거 아닌가? 함께하는 게 차라리 낫지 않겠어?

— 알았어요.

정인의 무심한 목소리에 재우는 억울하다는 듯 말했다.

— 이거 너무한 거 아니야?

— 뭐가요?

— 나 지금 죽을 위험을 무릅쓰고 당신과 한 팀이 되겠다고 결심한 거라고. 그런데 이렇게 간단하게 넘어가도 되는 거야?

— 고맙다고 할까요?

— 나 참, 누가 그러래?

재우는 그 순간 정인의 얼굴을 견고하게 감싸고 있는 무정의 기운이 아주 조금 약화되는 걸 직감했다. 비록 찰나이긴 했지만 그 모습을 본 재우가 혼잣말처럼 중얼거렸다.

— 사람…… 맞네.

정인은 그 말을 무시한 채 구형 소나타 택시의 시동을 건 뒤 빠른 속도로 공장을 빠져나갔다.

이단자들

1.

재우와 정인은 청량리 외곽, 재개발을 코앞에 둔 상가 건물에 위치한 2평 남짓한 사무실에 있었다. 재우는 '오랜 친구'가 도움이 될 거라고 말했다. 하지만 페인트가 벗겨진 문 앞에 서자 정인은 별다른 기대는 갖지 않는 편이 낫겠다고 생각했다.

문에는 '한국 기독교 이단 및 신흥 종교 연구소'라는 명칭이 적힌 종이가 붙어 있었다. 거창한 명칭과 누렇게 변색된 종이의 부조화가 신뢰를 떨어뜨렸다.

문을 열고 들어가자 출입문보다 더 허름하고 낡은 사무실이 나왔다. 사무실 주인은 재우를 덥석 끌어안으며 반가워했다.

— 넌 꼭 일이 생겨야만 연락하냐?

— 미안하다, 미안해. 정인 씨 인사해. 불알친구 최현이야.

최현과 정인은 형식적으로 인사했다. 최현은 선한 아저씨 같은 인상이었지만, 그 눈에는 예상외로 단호한 고집이 엿보였다.

— 너 새장가라도 가냐?

— 자식, 신소리 말고 전화로 부탁한 거 있지?

그들이 대화를 나누는 동안 정인은 빠르게 실내를 휘둘러봤다. 오래된 고서와 무질서하게 쌓인 사무 집기들이 눈에 띄었다. 〈현대 종교〉, 〈이단 종교 문제〉, 〈한국 종교단체 실태 개요〉, 〈최현 박사의 한국 기독교 이단 연구〉 등. 논문이나 책 앞면에 적힌 잡지 표제로 미루어보아 최현이 오랜 시간 신흥 종교 연구를 하고 있음을 알 수 있었다.

종교 연구의 연원 역시 대충은 가능할 수 있었다. 다양한 주제의 논문과 일일이 수집한 걸로 보이는 고서의 제목들은 일제강점기 한반도에 유입된 신흥 종교 관련 자료로 가득했다. 또한 〈근대사나 군사독재 시대〉, 심지어 〈북한 체제와 종교의 상관성〉 등의 자료 역시 손때 묻은 연구와 열람의 흔적이 새겨져 있었다.

— 이젠 종교까지 건드리냐? 종교 건드렸다가는 제명에 못 죽는 거 몰라?

최현은 그렇게 말하면서도 앵글로 끼워 맞춘 책꽂이에서 자신이 찾고자 하는 책을 한 권, 두 권, 빠르게 뽑아냈다. 그다음 허리를 숙이고 맨 아랫칸을 계속 뒤적였다.

— 이놈은 왜 안 보이나. 아, 여기 있네.

최현이 책 한 권을 꺼내 들고 흔들었다.

— 그게 뭔데?

— 연합 결혼식.

비뚤어진 안경을 똑바로 한 최현이 옆에 놓은 책의 한 페이지를 펼쳐 재우에게 보여주었다.

— 정인 씨도 이리 와요. 놀러 온 건 아니죠?

2.

— 경북이나 강원 근처에서 활동 중인 신흥 종교단체는 대략 스무 개가 넘어.

최현이 말을 이었다. 정인은 최현의 앉은 모습이 최대한 잘 보이는 곳에 팔짱을 끼고 서서 설명을 들었다. 최현은 담백하지만 핵심을 짚는 설명을 이어나갔다.

— 그중에서 재우, 네 말대로 네다섯 명이 그룹으로 움직이면서 공장 같은 곳에 단기 취업해 돈을 벌어오는 종교 앵벌이는 두 곳으로 압축돼.

— 종교 앵벌이?

— 그냥 앵벌이하고는 달라. 그들은 제법 특별한 게 있어.

— 어떤 점이?

— 자발적이고 매우 적극적이야. 지하철 앵벌이들은 협박과 폭력에 의존하지만 이들은 달라. 교주가 시키지 않았는데도 교주의 만족을 위해 이 악물고 돈을 벌어 한 푼도 쓰지 않고 자기네 교단에 헌납하지.

— 지독하군.

— 이런 앵벌이 관습이 아예 전통으로 굳어진 두 군데 중 한 곳은 강원도 강릉에 있고, 다른 한 곳은 오대산에 있어. 내가 볼 땐 강릉 쪽보다는 오대산 쪽이 네가 말한 그 종교 집단일 가능성이 높아.

— 근거 있는 말이야?

— 연합 결혼식, 그게 근거야.

재우와 정인은 최현이 손으로 가리킨 책 속 흑백사진에 주목했다. 예복을 입은 많은 남녀의 결혼식 장면이었다. 어딘가 조악한 구석이 있어서 국가나 자치단체에서 주관하는 합동 결혼식과는 달라 보였다. 교회로 짐작되는 장소에서 열 쌍 이상의 남녀가 결혼식을 벌이는 사진 옆 단에 '기적도화회, 연합 결혼식을 통해 자기들만의 왕국 꾸려'라는 글이 적혀 있었다.

정인이 물었다.

— 조강윤과 황인혜가 연합 결혼식을 했을 수도 있단 말인가요? 그 둘이 기적도화회란 종교단체의 신도이고?

최현이 고개를 돌려 정인을 보며 말했다.

— 그럴 수 있어요. 하지만 조강윤 행적을 보면 탈퇴했을 가능성이 높다고 봐요. 여자는 최근까지 단체로 취업한 걸로 봐서 남아 있을 테고요.

— 조강윤에 대해 아는 것처럼 말하네?

최현은 다시 재우를 향해 말했다.

— 만난 적은 없지만 조금은 알아. 나는 조강윤이 스스로 기적도화회를 찾았을 거라고 봐.

― 무슨 근거로?

― 자식, 근거 되게 좋아하네.

최현은 한번 싱겁게 웃고 말했다.

― 기적도화회란 종교단체는 유사 기독교 분파 사이비와는 성질이 달라.

― 어떤 점에서?

― 이 연합 결혼식 말이야. 교주 맘대로 정하는 식의 권력 남용이 아니라 교단 구성원들이 만장일치될 때까지 수행을 통해 결혼할 짝을 결정해. 그런 의사 결정 과정은 과거 북한에서 활동하던 순공산주의 집단들 행태와 매우 유사해.

― 순공산주의?

공산주의란 말과 함께 최현은 또 하나의 책을 펼쳤다. 세로쓰기로 출판된 빛바랜 책은 금방이라도 바스러질 것 같았다. 최현은 책에서 눈을 떼지 않은 채 말했다.

― 초기 김일성이 그랬어.

― 김일성이 순수했다고?

― 히틀러도 마찬가지야. 이승만은 안 그랬나.

― 무슨 소리야?

― 뭐든 시작은 순수해. 마르크시스트들의 행동 강령은 순수의 결정체야. 마찬가지로 김일성을 중심으로 구성된 순공산주의 연구회 집단들도 이상 세계 건설을 목표로 했어. 실제로 실천으로 옮겼다는 기록도 있지.

― 실천? 무엇을?

— 당시 발표된 글이나 자료, 개최된 대회들을 보면, 평북이나 평남, 중국 인접 지역 오지에 들어가 자급자족하며 완벽한 계급투쟁을 추구했던 흔적들이 보여. 그들 중 초기 평양에 발흥했던 기독교 신비주의와 결합한 집단도 있었지만, 김일성과 뜻을 같이했던 이들이 내세운 교리는 철저히 비종교적이었어. 그들의 생활은 퀘이커 교도보다도 훨씬 더 엄격한 무결점주의를 추구했지.

— 너도 동경하는 것처럼 보인다.

— 이상 세계에 대한 꿈은 언제 꾸어도 아름다우니까.

— 그런가.

— 여하튼 기적도화회의 지금 교주는 송정구로 알려져 있어.

— 송정구라.

— 송정구 아버지는 6·25 때 월북했는데 그가 순공산당 이념을 실천하고자 했던 단체의 1급 간부로 알려져 있어.

— 과연 그들이 계속 유토피아를 추구할 수 있었을까? 북한은 완전 일당독재로 전환됐잖아.

— 맞아. 월북한 송정구의 아버지는 김일성의 순수성을 믿어 의심치 않았어. 하지만 김일성이든 이승만이든 제국의 논리로 봤을 때 순수성은 청산할 잔재에 불과했던 거지. 북한에서 활동하던 순공산주의단체들은 6·25 이후 거의 씨가 말랐어. 그 단체가 마지막까지 버틴 유일한 순공산주의단체였어.

정인이 최현이 보고 있던 책을 자신의 쪽으로 돌려놓고 내용을 살폈다. 순공산주의단체의 유토피아 성향을 연구한 일본 책이었다. 정인은 빠른 속도로 책의 내용을 훑어 내려갔다.

최현은 그런 정인을 힐끗 보고는 하던 말을 계속했다.

— 송정구 아버지가 활동한 단체의 비공식 기록이 특이해. 제거 당한 게 아니라 끝까지 저항하다 집단 자살한 것으로 알려져 있어.

— 집단 자살?

— 확실한 팩트인지 아닌지는 불분명해. 하지만 그들의 최고 이념을 보면 가능성이 없지 않지.

최현이 정인이 보고 있는 책의 지면을 손가락으로 가리키며 소리 내어 읽었다.

— 목표 좌절 시 최후 행동 강령. 최후 행동 강령은 죽음으로 순수를 지키는 거야. 안팎의 협박을 견디지 못한 이들이 집단 자살을 선택한다는 건 충분히 가능한 일이지.

정인의 눈빛이 떨렸다.

— 기적도화회가 그 단체의 정신을 수혈받았다고 확신하세요?

최현은 망설임 없이 정인의 물음에 답했다.

— 그렇다고 봐요. 연합 결혼식, 종교 앵벌이, 산속 깊은 곳에서 자급자족하는 행태, 극한까지 밀어붙이는 자아비판. 이 모든 정황들이 말해주고 있어요.

— …….

— 조강윤의 책도 읽은 적 있어요.

—《혁명의 실패》?

정인의 말에 최현이 고개를 끄덕이곤 말을 이었다.

— 조강윤, 그 친구도 순수 이념을 추구했을 거예요. 그러다 현실 정치에서 끔찍한 좌절을 맞본 뒤 기적도화회를 찾았겠죠. 그곳에서

이념 추구를 완수하고자 했을 테고. 그러다 자신의 뜻을 펼칠 수 없다는 판단에 탈퇴하지 않았을까 생각해요.

— 하나만 더 물을게요. 그 단체요.

— 기적도화회요?

— 아뇨, 집단 자살로 알려진 북한의 순공산주의단체.

— 아, 네.

— 단체명도 알아요?

정인은 최현을 보고 있었지만 머릿속에선 이미 피난덕산맥의 산길 속 끝 모를 어둠을 헤집고 있었다.

정인은 그 순간 한창민을 떠올렸다. 유년시절 자신의 모든 것을 지배한 살인 훈련 교관 한창민. 무표정과 침묵으로 일관하던 한창민이 남긴 짧은 말이 불현듯 의식의 수면 위로 떠올랐다.

'살아남는 게 중요한 게 아니다. 지켜내는 게 중요해.'

정인의 머릿속이 아득해지는 순간 최현이 말했다.

— 모르겠어요.

— 모른다고요?

— 그것까지는 모르겠어요.

그 말을 끝으로 최현은 책을 덮었다. 최현의 시선은 내내 정인을 향해 있었다.

3.

　오대산. 국립공원 구역을 벗어나 우회로를 통과한 구형 소나타 택시는 더 깊은 곳으로 들어섰다.

　휴양림 구역을 넘어서자 가로등도 표지판도 보이지 않았다. 교란 시스템을 장착한 내비게이션의 주소는 여전히 서울 압구정동 일대에 머물러 있었다.

　재우는 정인의 감시자, 수호가 이미 그녀의 행적을 알고 있으리라 추측했다. 묵인하는 이유는 자신이 있기 때문 아닐까. 그렇다면 큰 실수를 하는 건지도 모른다. 만일 수호가 당진제철소 하청업체에서의 재우를 봤다면 이대로 정인을 방임하지는 않았을 것이다.

　네 대의 대형트럭이 구형 소나타 택시를 사방에서 틀어막고 있었던 그 짧은 시간 동안, 재우가 느낀 공포는 상상을 초월했다. 당진에서의 상황은 대응 자체가 불가능했다. 죽음을 담보로 한 위협 그 자체였다. 재우는 누군가가 어째서 위협을 했는지 여러 번 생각했다. 정인은 조민을 찾지 말라는 경고라고 말했지만, 어쩌면 단순히 정인을 향한 위협일 수도 있었다. 어쨌거나 재우는 정인과 함께하기로 했다. 조민을 찾을 때까지는.

　'나는 그 아이 행방만 찾으면 돼. 다른 문제는 내가 관여할 바 아니야.'

　어둠 한복판에 택시가 멈춰 섰다. 전조등 불빛이 3미터가 훌쩍 넘는 대형 펜스와 철조망으로 둘러싸인 입구를 비추었다.

　재우는 철조망 너머 오르막 산길을 바라봤다. 시커먼 녹음에 둘러싸인 나무 틈새로 성인 남자 한 명이 간신히 통과할 좁은 길이 보였다.

정인이 시동과 전조등을 차례로 껐다. 재우가 시선을 운전석으로 돌렸다. 보이는 거라곤 달빛에 비친 희미한 정인의 실루엣이 고작이었다.

— 이제 어쩔 생각이죠?

— 종교 집단 특성상 협박이나 강압으로는 통하지 않을 거야. 이럴 땐 함정수사밖에 답이 없지.

— 어떤 식으로요?

— 조폭 대가리 잡는 식으로…… 밑밥은 깔아놨어.

— 기적도화회 신자가 되겠다는 말인가요?

재우는 고개를 끄덕였다. 어두워서 고갯짓을 봤는지 모르지만, 정인은 더 묻지 않고 차에서 내렸다. 재우도 따라 내리며 재킷의 팔을 문질렀다. 차가운 산바람이 낮아진 밤 기온과 뒤섞여 재우의 몸속 깊이 파고들었다.

저 멀리 오르막 외길에서 발소리가 들리더니 검은 형체가 나타났다. 정인과 재우는 입구 쪽으로 걸어갔다. 철문을 사이에 두고 검은 형체가 입을 열었다.

— 당신이 김재우요?

4.

— 김라영과는 어떤 사이요?

남자는 자신의 아내 이름을 그렇게 불렀다. 낯선 지명을 부르는 느낌이었다.

재우가 최현으로부터 연락처를 얻어낸 유일한 기적도화회 신도는 바로 자신 앞에 음울한 어둠으로 서 있는 남자 윤철우였다. 최현은 윤철우와 신학대학원 동기라고 했다. 최현 말로는 세속에 찌든 기성 종교와 차별화된 기적도화회 교리에 매료된 윤철우가 모든 사회적 지위를 내려놓고 집단생활을 한 지 10년이 넘었다고 했다. 같은 신학대학원생이기도 했던 아내 김라영은 윤철우의 선택을 따르지 않았고 그로 인한 별거 상태로 있다고 했다.

재우가 침묵하자 윤철우의 말이 거칠어졌다.

— 빨리 대답해. 김라영과 어떻게 아는 사이냐고?

— 같은 교회 소속이요.

— 당신도?

정인을 보며 윤철우가 물었다. 정인은 미동도 않고서 어둠 속 윤철우의 눈을 바라보기만 했다. 재우가 대신 답했다.

— 내 여동생이요. 같은 교회를 다니죠.

— 그래서요?

최현은 김라영이 현재 기성 교회에서 부교역자로 활동 중이라고 했다. 재우는 윤철우의 공격적인 질문에 뜸들이지 않고 바로 답했다.

— 김라영 전도사.

— 전도사?

— 그렇소. 지금은 전도사로 활동하죠. 김 전도사가 나에게 이곳을 찾아가보라고 했어요.

― 왜? 이단 괴수들이 무슨 일이라도 벌일까 봐?

― 그 반대요.

― 반대라고?

― 김 전도사는 당신을 더 이상 사이비 광신자로 보지 않아요. 순수한 신앙의 길을 찾는 사람으로 알고 있지. 나와 동생이 뭐랄까…….

재우는 일부러 말끝을 끌면서 자신의 갈등과 고뇌를 슬쩍 흘렸다.

― 우리는 썩어빠진 교회의 모습에 심각한 회의에 빠진 상태였소. 그런데 김라영 전도사가 어떻게 눈치챘는지, 우리에게 이곳을 소개시켜준 거요.

― 정말이요?

― 신원 확인을 원한다면 해줄 수도 있어요. 하지만 등본 같은 건 미리 준비하지 않았소.

― 왜?

― 기성 관습과 동일한 방법을 쓰겠다는 수법처럼 보이니까. 우린 있는 그대로의 기적도화회를 보고 싶어 왔을 뿐이오. 이곳도 다를 게 없다면 그냥 돌아갈 생각이오.

이 대목에서 재우는 모험을 했다. 최현은 기적도화회에 대해 설명한 뒤, 자신의 정보를 모두 믿어서는 안 될 거라고 말했다.

기적도화회는 다른 사이비 종교와 달리 외부에서 찾아오는 이들에 대해 호의적이라는 게 최현이 준 정보였다. 하지만 기적도화회는 대외적으로 알려진 바가 거의 없는 점조직 형태인 관계로 실제 그곳을 아는 이들도 극소수일뿐더러 찾아갔다 하더라도 알 수 없는 두려움에 며칠 견디지 못하고 도망친다는 것 역시 최현이 말해 준 또 다른 정보였다. 재우는 이 순간, 최현의 말을 믿기로 했다. 최현의 말대로 외부인에게 호의적이라면, 윤철우는 굳게 닫힌 철문을 열어줄 것이다. 만일 그게 아니라면, 재우는 정인이 생각하던 방법, 막힌 곳을 강제로 뚫고 저들만의 세계로 들어서는 방법을 쓸 수밖에 없었다.

윤철우는 답을 망설였다. 윤철우의 시선이 철조망을 지지하는 담기둥에 고정되었다. 정인의 눈이 윤철우의 시선을 따라갔다. 3미터 높이의 기둥 위에 설치된 한 대의 감시 카메라가 붉은 점을 깜빡이고 있었다.

망설이던 윤철우는 결국 철제문의 자물쇠를 열어주었다.

— 믿어줘서 고맙소.

— 내 뜻이 아니요. 난 처음부터 결정 권한이 없었어요.

— 그럼?

열린 문 앞에서 재우는 들어서기를 망설였다. 하지만 정인은 달랐다. 정인은 문이 열리자마자 성큼 기적도화회의 구역 안으로 발걸음을 내딛었다. 윤철우가 재우를 바라보며 말했다.

— 들어와보면 알 거요.

5.

기적도화회 건물은 옛 고등학교 수련회장으로 쓰이던 곳이었다.

강당과 숙소로 구성된 건물은 곳곳에 거미줄이 걸려 있었고, 형광등의 대부분은 수명을 다해 어두웠다.

1층 강당에 들어섰을 때, 한 남자가 거대한 강당 중심에 앉아 있었다. 평범한 50대로 보이는 마른 체형의 남자가 재우를 보며 물었다.

— 경찰이신가?

— 아니요.

— 그럼 방송국?

— 아닙니다.

남자는 소탈한 미소를 지었다. 하지만 재우는 남자가 자신의 말을 믿지 않는다고 생각했다. 남자는 재우가 거짓말을 하든 아니든 상관없다는 듯, 환영한다고 말했다. 남자는 바닥에서 일어나며 노인이나 낼 법한 신음을 흘렸다.

— 관절이 안 좋아서요.

남자는 여전히 웃는 낯으로 말하고는 윤철우에게 손짓했다.

— 손님들 방으로 모셔요. 아무쪼록 편하게 둘러보기 바랍니다.

뒷짐 지고 돌아서는 남자에게 정인이 다짜고짜 물었다.

— 당신이 주인인가요?

질문을 받은 남자가 지그시 웃으며 가만히 정인을 바라봤다.

— 글쎄요.

남자는 어른이 아이를 가르치듯 따뜻하게 말했다.

— 여긴 주인이 없어요. 내가 주인일 수도, 오늘 온 두 분이 주인일 수도 있지요. 우리는 누가 오든 가든, 참여하든 않든, 막지도 붙잡지도 떠밀지도 않아요.

— 그런 곳이 있을 수 있나요?

정인의 말에 남자가 미묘한 반응을 보였다. 여전히 웃는 낯이었지만, 눈빛 어딘가에 서늘함이 스며들었다.

6.

정인과 재우가 이곳에 온 지 3일이 지났다.

스무 명 남짓한 기적도화회 신도들의 일상은 지극히 평범했다.

부부로 보이는 이들도 있었고 여자아이도 눈에 띄었는데 학교는 다니지 않았다. 학교가 다 뭔가. 재우의 눈에 비친 이들의 행동반경은 철망 너머의 세계와는 아무 상관도 없어 보였다. 그들의 활동 무대는 옛 고등학교 수련회장 건물과 그 주위에 조성된 텃밭으로 제한되어 있었다.

강당 옆에 마련된 식당에서 아침 7시에 보리죽으로 끼니를 때우고 방에 틀어박혀 있다가 점심을 먹고 밭이나 산으로 올라가 약초를 캐거나 직접 먹을거리를 재배하는 일로 소일한 뒤 저녁이 되면 점심과 동일한 식단으로 식사를 끝낸 다음 방으로 돌아가는 일과였다.

지극히 단조로운 일과는 사흘 내내 계속되었다. 교주로 보이는 남자 역시 이들과 하등 다를 바 없었다. 교주의 위치에 있다 해서 지시를 내리거나 특별히 좋은 음식을 먹거나 노동에서 제외되는 일은 없었다. 보이는 그대로만 보면 그는 기적도화회 신도 중 한 명에 불과했다.

　부부는 한방을 사용했으며, 부부가 아닌 이들은 각자 방 하나씩을 사용했다. 재우는 그들이 지내는 방의 형태를 배정받은 자신의 방을 통해 미루어 짐작했다. 콘크리트 바닥, 계절 변화와 상관없이 오직 차양의 용도로만 사용되는 검은색 커튼이 내려진 창, 이동식 침대와 녹슨 철제 캐비닛, 책상 한 개가 전부였다. 흔한 벽걸이 시계조차 걸려 있지 않은 방은 습기로 눅눅했고 제때 환기가 되지 않아 눅진한 기운에 절어 있는 느낌이었다. 자신이 사흘 동안 지낸 방과 기적도화회 신도들의 방이 특별히 다를 것 같지는 않았다. 손님 방이 그나마 더 낫지 않을까 싶자 어쩐지 섬뜩한 기분이 들었다. 이런 곳에서 몇 날 며칠이고 단조로운 일상을 견딘다니 생각만 해도 숨이 막혔다.

　신도들은 행복해 보이지도, 그렇다고 불행해 보이지도 않았다. 고행을 짊어진 수행승처럼 생의 고뇌를 꾸역꾸역 인내하고 있었다. 재우가 보기에는 분명 그랬다.

　재우는 황인혜를 주목했다. 자그마한 체구에 연약해 보이는 얼굴. 황인혜가 당진에 있는 제철 공장에서 일했다는 것을 뻔히 아는데도, 이곳에 녹아든 그녀를 보고 있자면 단 한 번도 세상에 나가본 적이 없는 사람처럼 느껴졌다. 그런 황인혜가 결혼을 하고 아이를 낳았다는 사실이 믿기지 않을 지경이었다. 그녀는 황인혜라는 개인이 아니라 이곳의 신도 중 하나였고, 그 사실에 만족하는 듯했다. 황인혜의 평정심이 흐트러질 기미는 보이지 않았다.

　사흘이 지나자 황인혜를 관찰하는 것만으로는 아무런 소득도 낼 수 없다는 결론을 내리게 됐다.

재우는 점심을 먹고 강당 청소를 하는 황인혜에게 다가갔다.

— 연합 결혼식에 흥미가 있어서 그러는데요, 여기서 결혼하신 건가요?

황인혜는 걸레를 든 채 재우를 힐끗 보고는 짧게 고개를 끄덕이는 것으로 대답을 끝냈다. 재우는 황인혜의 왼쪽 손목을 감은 붕대를 봤다. 한 번도 갈지 않았는지 무척 지저분했다.

— 아이도 있겠죠? 여기 있나요?

황인혜는 고개를 들지도 않고 중얼거렸다.

— 금요 집회 준비해야 해요. 바쁘니까 말 걸지 않았으면 좋겠어요.

— 금요 집회?

황인혜는 대꾸 없이 빠르게 걸레질을 했다.

재우는 주변을 둘러봤다. 강당의 열린 유리창 너머로 밭이 보였고, 그곳에 모여 있던 윤철우를 비롯한 기적도화회 신도들이 재우를 노려보고 있었다. 경계와 두려움, 분노가 뒤섞인 눈빛이었다. 재우는 갑자기 화가 치밀었다. 재우의 마음속에서 대상이 불분명한 분노가 일었다. 자신을 마치 악마의 씨를 전파하러 온 파괴자, 불결한 해충 정도로 취급하는 그들의 눈빛이 재우를 분노케 했다.

재우는 강당 밖으로 나가려는 황인혜의 팔을 붙잡았다.

— 당신 아들 이름이 조민이란 거 알고 있어?

멈춰 선 황인혜의 눈이 처음으로 재우의 눈과 마주쳤다. 황인혜가 잠자코 있자 재우의 독설이 이어졌다.

— 당신 아들이 지금 어떻게 되었는지 알고는 있어? 죽었어, 죽

었다고.

— …….

— 이 정신 나간 여자야. 안 들려? 지금 당신 아들이 죽었다고 말하는 거야.

— …….

— 그것도 산 채로 불에 타 죽었어. 무슨 일이 있었는지 궁금하지도 않아?

황인혜의 표정에 미세한 동요가 일어난 걸 확인한 재우가 한 걸음 더 다가갔다.

— 당신 남편. 그 혁명의 실패자가 알코올중독과 사채 빚에 시달리다 못해 집에 불을 질렀어. 제 피붙이가 멀쩡히 살아 있는 집에 가스 호스를 자르고 불을 붙여 폭파시킨 거야. 아들이 미치광이에게 죽어가는데 엄마란 당신은 있지도 않은 낙원에서 이렇게 사는 거야? 이게 말이 돼?

황인혜의 입술이 떨렸다. 뭔가 말을 하려고 입을 열었다. 그러나 황인혜 앞에는 밭일을 중단하고 에워싸듯 다가온 집단의 힘이 버티고 있었다.

— 지금 뭐 하는 거요!

윤철우가 눈에 불을 켜고 따지듯 물었다.

재우는 아주 짧은 순간 갈등했다. 차라리 여기서 신분을 밝혀버리고 조민의 행방을 알아내는 편이 나을까, 아니면……. 재우는 후자를 선택했다. 이곳에서 보낸 사흘의 시간을 허무하게 날려버릴 수는 없었다.

— 연합 결혼식 좀 물어보고 있었어요.

— 그건 왜?

— 노총각이다 보니 아무래도…….

재우는 쑥스럽다는 듯 웃었다. 황인혜는 그런 재우를 외면한 채 강당 밖으로 나갔다.

— 황 교우에게는 관심 끄시오. 남편과 아이가 있는 여자니까.

— 그래요? 난 처녀인 줄…… 남편과 아이는 어디 있는데요? 여기서는 못 본 거 같은데.

재우의 말에 윤철우의 미간이 더 좁아졌다.

— 당신은 외부인이오. 기적도화회 교우에 관해서는 관심 끄는 게 좋을 거요. 정 알고 싶다면 입교하든가.

7.

— 전 아홉 살 난 제 딸아이를 수백 번 넘게 강간했습니다.

말문을 연 윤철우가 자신의 열 손가락을 펼쳐 보이며 친딸을 강간했다는 사실을 강조했다.

— 헤아릴 수 없습니다. 하루에 열 번 넘게 범한 적도 있습니다. 어린 딸의 치마를 벗기고 팬티를 벗겼습니다. 그리고…… 또 그리고…….

자신의 말이 더딘 흐름을 보이자 윤철우가 자괴감에 사로잡힌 듯 입을 손으로 틀어막고는 몇 번 헛구역질했다.

스무 명이 넘는 기적도화회 신도들이 모여 있는 강당. 정인과 재우는 강당 구석에 쌓아놓은 책상과 걸상 뒤에 있었다. 정인과 재우는 금요 집회에 초대받지 못했다. 집회가 있다는 사실을 미리 알려준 사람도 없었다. 그들만의 집회. 어쩌면 기적도화회의 모습을 제대로 알아낼 수 있을지도 모른다. 정인과 재우가 몰래 숨어든 지 1시간이 지난 후 신도들이 하나둘 강당으로 들어왔다.

　　교주 송정구까지 모두 참석한 집회는 특별한 순서나 예식이 없었다. 그들은 마치 단체로 심리 치료를 받는 것처럼 자신의 문제를 거침없이 쏟아냈다. 하지만 분명 심리 치료는 아니었다. 그들은 하나같이 자신이 저지른 죄악을 고백하고 있었다.

　　재우는 그들이 자아비판을 한다고 생각했다. 자신을 혹독히 비판함으로서 종교적 위안을 얻으려는 태도로 읽었다.

　　첫 번째 발언자는 젊은 여자로 자신이 전직 고등학교 선생이라고 말했다. 여자는 자신을 따르던 제자를 비품창고에 가둬 굶어 죽게 만들었다는 충격적인 고백을 쏟아냈다.

　　다음 고백자는 60대 남자로 자신을 육군 장교 출신으로 밝혔는데, 남자가 쏟아낸 죄악은 상상을 초월했다. 남자는 다년간 북파 공작원을 육성하는 특수부대에 복무하면서 자신이 만들어낸 살인 기계들을 볼 때마다 희열을 느꼈다고 했다. 듣기도 괴로운 잔인한 묘사로 점철된 고백이었다.

　　세 번째가 윤철우였다. 윤철우의 고백을 들으면서 재우는 뭔가 이상하다는 생각이 들었다. 고등학교 여선생이 제자를 굶겨 죽인 범죄, 북파 공작원을 양성하던 장교 출신 남자가 저지른 비인간적 훈련 방식, 거기에 이어지는 친딸을 강간했다고 주장하는 윤철우. 평범한 죄 고백이라고 볼 수 없을 정도로 그들의 한마디 한마디는 너무도 구체적이어서 오히려 현실감이 떨어졌다. 재우는 그들이 실제 일어나지도 않은 일을 고백하고 있는 건 아닌지 의심스러웠다.

헛구역질을 하며 말을 잇지 못하는 윤철우를 보자 의구심은 증폭되었다. 윤철우는 헛구역질을 하면서도 눈치를 보듯 신도들의 자아비판을 경청하던 송정구를 힐끔거리고 있었다. 송정구는 지그시 눈을 감고 신도들의 죄악과 참상을 듣고 있었다. 마치 신도들이 쏟아낸 고백의 현장에 들어가 있는 듯, 그 속에서 대신 속죄라도 하고 있는 듯 경건한 표정이었다. 그런 송정구가 눈을 뜨더니 윤철우를 바라봤다.

윤철우는 다급한 목소리로 자신의 말에 살을 붙이기 시작했다.

— 딸아이의 성기를 물고 핥는 게 너무 좋았습니다. 솜털이 돋은 딸아이의 구멍 속에 단단한 혓바닥을 밀어 넣을 때마다 상상하곤 했습니다. 크면 더 예쁘겠구나. 그래, 더 예쁘겠구나.

윤철우의 얼굴 전체가 붉게 달아올랐고, 이마와 목에는 식은땀이 흥건했다. 엄청난 고통이라도 당하는 듯 일그러진 얼굴이 당장 혼절할 듯 위험해 보였다. 하지만 윤철우는 말을 멈출 수 없었다.

첫 번째, 두 번째 고백을 멈추게 한 건 송정구의 지시에 의해서였다. 하지만 송정구는 윤철우에게는 그만해도 좋다는 말을 하지 않았다. 붉어졌던 윤철우의 낯빛이 점점 창백해졌다. 재우는 송정구가 듣고자 하는 죄가 아직 나오지 않은 모양이라고 짐작했는데, 그 짐작이 곧 들어맞았다. 송정구의 눈길이 윤철우로부터 옆에 앉은 황인혜에게로 옮겨갈 때였다. 윤철우는 곧 그 뜻을 알아차렸는지 떨리는 목소리로 말을 이었다.

— 전 사실 여기 모인 여자들을 보면 딸을 강간할 때와 같은 충동을 갖습니다. 이젠 벗어나고 싶습니다. 정말이지 벗어나고 싶어요.

— 내가 도와주지.

그렇게 말한 송정구가 갑자기 벌떡 일어나 윤철우에게 다가갔다. 무릎 꿇고 있던 윤철우는 자신에게 다가오는 송정구를 향해 비명을 지르듯 외쳤다.

— 내면의 죄를 씻겠습니다. 그러니 제발 용서해주세요.

— 어떻게 씻을 수 있는데?

— 씨, 씻을 수 있습니다.

— 네 죄는 1억만 년이 지나도 씻을 수 없는 주홍 글씨야. 피붙이를 범한 너는 악마야. 너라는 인간은 그 자체로 악마야.

— 맞습니다. 전 악마입니다.

— 너는 희생할 수 없지만 난 할 수 있지. 지금 이 순간, 이 자리에서 말이야.

그 말이 끝나자마자 강당에 퍽, 하는 소리가 울렸다.

8.

송정구의 발길질이 느닷없이 황인혜의 머리를 향해 날아들었다. 머리를 얻어맞은 황인혜가 그 자리에 고꾸라졌다. 송정구는 쓰러진

황인혜의 얼굴에 침을 뱉고는 몸을 발로 짓밟았다. 황인혜의 비명
이 강당 전체에 울려 퍼졌다.

　가쁜 숨을 몰아쉬면서도 송정구는 발길질을 멈추지 않았다. 송정
구의 얼굴은 어느새 광기에 사로잡혀 있었다.

　— 넌 지금 이 순간 윤철우, 이 불결한 짐승 깊은 곳에 똬리를 틀
고 앉은 뱀이요, 사탄이다. 알아듣겠어?

　이마를 바닥에 댄 황인혜는 그 자세 그대로 연방 고개를 끄덕이
며 "맞아요, 맞아요"라고 소리쳤다.

　— 난 너희들의 죄악이 낳은 악마야.

　— 맞아요.

　— 나는 또한 너희들을 해방시켜줄 유일한 희생 제물이야.

　— 맞습니다. 유일한 희생 제물이십니다!

　송정구가 황인혜의 상체를 일으켜 세웠다. 황인혜의 눈에서 끊임
없이 눈물이 흐르고 있었다. 송정구의 둔탁한 손이 황인혜의 웃옷
깊이 파고들었다. 브래지어를 밀어올리고는 젖가슴을 거칠게 움켜
쥐었다.

　그때였다. 흐느끼듯 중얼거리던 윤철우가 송정구의 자리로 단숨
에 달려갔다. 그곳에는 집회 시작 전 과일을 나눠 먹을 때 사용했던
과도가 놓여 있었다. 과도를 잡은 윤철우가 오열하며 외쳤다.

　— 내 죄를 씻을 수 있어. 우린 순수해질 수 있어. 내 몸에 숙주처
럼 자라난 불결의 씨앗을 모조리 태워 없앨 수 있어! 죄다 태워버
릴…… 거야. 하나도 남김없이…….

　윤철우의 독백이 점차 힘을 잃어갔다. 손아귀 힘도 함께 빠져나

갔다.

— 말…… 기억…… 순결한 기억을 찾고 싶어……. 그 순수의 기억이 우리 안으로 흘러들어왔으면 좋겠어. 그 기억을 찾고 말겠어…….

일은 순식간에 벌어졌다. 윤철우가 손에 쥔 과도로 자신의 가슴과 아랫배를 찌른 것이다. 하지만 윤철우의 몸이 핏빛으로 변하는 동안 누구도 그를 막지 않았다.

송정구는 미치광이, 발정난 짐승의 몸으로 황인혜의 바지와 팬티를 벗겼다. 황인혜를 욕보여 윤철우 안에 담긴 악마를 부활시키고자 열을 올렸다.

윤철우가 다시 칼을 높이 들었다. 정인의 날카로운 눈이 칼의 각도를 알아차렸다. 그대로 찌른다면 치명상을 입게 될 것이다. 정인은 곧바로 달려나가 윤철우의 손목을 가격했지만, 이미 깊은 상처를 내고 난 다음이었다. 윤철우의 가슴과 아랫배에서 피가 쏟아지고 있었다.

— 미쳤어?

윤철우의 귀에는 누구의 말도 들려오지 않았다. 윤철우의 시선이 강당 천장을 표류했다.

— 절 용서해주세요.

윤철우가 펑펑 울며 외쳤다.

— 우리들을 구원해주세요.

— 구원?

— 그 아이가 떠나고 난 뒤 이곳은 지옥이야.

정인의 뒤를 따라 나온 재우가 물었다.

— 그 아이가 누군데? 조민을 말하는 거야?

— 아무 계시도 들을 수 없고, 한 줌의 희망도 찾을 수 없는 이곳에서 더 이상 할 수 있는 게 아무것도 없어. 절망뿐이야.

재우는 스르르 무너지는 윤철우를 붙잡고 일으켰다. 강당 밖으로 나갈 때 재우가 정인을 봤다. 정인은 황인혜를 범하려는 송정구에게서 눈을 떼지 못했다. 재우가 말했다.

— 가자. 이자들은 조민 행방을 몰라.

재우의 말에 정인이 빠르게 답했다.

— 먼저 가요. 따라갈게요.

9.

황인혜의 비명이 강당 전체에 울려 퍼졌다. 정인은 눈을 감았다. 끔찍한 시간들이 머릿속에 고스란히 복원되었다. 이전보다 더 또렷했다.

피난덕산맥 고원에 위치한 외딴 마을. 인간 병기들은 한 달에 한 번 그곳으로 휴가를 나가곤 했다. 정인을 제외하면 모두 남자였다.

인간 병기들을 기다리는 건 자강도와 평북 일대에서 차출된 여자들이었다. 인간 병기들 주위를 유령처럼 맴도는 윗선은 한 달에 한 번 그런 식으로 그들의 몸을 위로해주었다. 평양 시민이 아니면 접하기 어려운 아사히 맥주가 박스째 쌓였고 방마다 여자들이 있었다. 그중에는 어린 소녀도 있었고, 자식을 둔 중년 여자도 있었다. 여자들 모두 매춘의 대가인 배급표를 손에 쥐고 있었다.

안채, 사랑채 가릴 것 없이 남자들은 무작정 달려들어 여자들을 바닥에 눕혔다. 하지만 오랜 위협과 강도 높은 훈련에 지친 남자들은 교접 행위를 결코 오래 지속하지 못했다. 죽음의 긴장을 배설하는 남자들의 섹스는 채 1분을 넘기지 못했다. 그래서일까. 남자들은 이내 찾아온 극심한 쓸쓸함을 미친 듯 술 마시는 것으로 달랬다.

단 하루의 휴가. 정인도 다른 남자들과 함께 단체 행동을 해야 했기에 마을을 찾았다. 하지만 정인에게는 남자가 필요치 않았다.

정인은 마을 입구에 주저앉아 빠른 속도로 맥주를 마셔 없앴다. 굶주림과 허기마저 알코올로 휘발해버리고 싶은 마음뿐이었다.

황인혜의 비명이 정인의 고막을 찢을 듯한 기세로 파고들었다. 눈을 뜬 정인이 자리에서 일어나 송정구에게 달려들었다. 황인혜의 몸에 올라탄 송정구의 목덜미를 정인의 손이 움켜쥐었다. 곧바로 송정구를 바닥에 내동댕이쳤다. 고꾸라진 송정구가 고개를 들어 정인을 봤다. 송정구의 표정은 기괴했다. 독기 어린 눈빛과는 어울리지 않게 해맑게 웃고 있었다. 정인은 몸을 일으키려는 송정구의 목을 움켜쥐었다. 목 부위의 급소, 그곳에 정인의 손가락 마디가 바이스처럼 맞물렸다. 순간 송정구가 경련했다. 목 부근의 짙푸른 정맥들이 거칠게 고동쳤다. 정인이 가라앉은 목소리로 속삭이듯 말했다.

— 집어치워. 이 쓰레기야.

송정구는 여전히 해맑게 웃고 있었다.

— 저년부터 보고 말하지 그래.

정인이 고개를 돌렸다. 황인혜가 바닥에 떨어진 피에 젖은 과도를 손에 들고 동맥 위에 갖다 댔다.

— 선생님을 내버려둬. 그렇지 않으면 그어버릴 거야!

— 미쳤어? 이 새끼는 당신을 강간한 짐승이야.

— 함부로 말하지 마. 억만 년 동안 내려온 내 영혼의 죄를 씻을 수 있는 기회를 너 때문에 놓치고 있어.

— 이런, 미친······.

— 어서 놔줘. 악마가 된 선생님을 놓아달라고!

정인은 송정구의 목을 풀어주었다. 그리고 그 즉시 송정구의 낭심을 있는 힘껏 걷어찼다. 신도들은 아랫배를 붙잡고 데굴데굴 구르며 비명을 지르는 송정구를 바라봤다.

정인은 황인혜에게 다가가 뒤통수를 잡고 그녀의 얼굴을 자신의 코앞까지 끌어당겼다.

— 그렇게 죄를 씻고 싶어? 그래서 아들을 알코올중독자 미치광이한테 보내버렸나?

'아들'이란 말을 듣자 황인혜의 눈이 흔들렸다. 하지만 황인혜의 결의는 막강했다. 굳게 다문 입술 사이로 결기에 찬 말이 배어 나왔다.

— 조민은 내 아들이기 전에 이 타락한 세계의 마지막 구원자야.

— 구원자를 미치광이에게 보냈다고?

— 당신들은 이해 못 해. 참된 진리는 혼란과 번민을 통해서만 꽃

핀다는 걸.

— 제대로 미쳤군.

정인은 절박했다. 조민에 대한 정보라면 어떤 말이든 듣고 싶었다. 살아 있다면 과연 어디에 있을까.

— 말해. 당신 아들. 지금 어디 있어?

— 몰라. 우린 몰라.

황인혜가 고개를 저었다. 정인이 두 손으로 황인혜의 얼굴을 붙잡았다. 정인은 침묵을 지키며 황인혜를 노려보았다. 황인혜의 눈은 광기로 번들거렸다. 인간의 이성이란 것을 찾을 수 없는 눈이었다. 황인혜가 찢어지는 목소리로 외쳤다.

— 그 아이 찾지 마.

— 아니, 난 꼭 찾아야겠어.

— 너희같이 타락한 인종이 멋대로 차지할 조민이 아니야. 돈만 알고 인정도, 종교심도 없는 것들이 함부로 차지할 수 있는 아이가 아니란 말이야!

— 무슨 말이야?

정인은 순간 말을 멈췄다. 바닥을 뒹굴던 송정구의 웃음소리가 터져 나왔기 때문이다. 허공을 향해 쏟아내는 위악으로 가득한 웃음소리와 함께 갑자기 강당이 소란스러워졌다. 이해받을 수 없는 종교적 황홀을 신도들 스스로가 만들어내기 시작했다. 그들은 머리를 바닥에 짓찧거나 두 손을 높이 들고 알 수 없는 말을 중얼거리며 경중경중 뛰었다.

정인이 다급하게 말했다.

— 도와줘. 난 조민을 이용하려는 게 아니야.

— 거짓말!

— 정말이야. 조민…… 그 아이 기억 속에 내가 있었어.

번들거리던 황인혜의 눈빛이 한순간 가라앉았다.

— 정확히 말하면 내 과거가 있었어. 나도 기억하지 못하는 과거. 내 평생 처음으로 품은 왜라는 질문에 답해줄 유일한 기억 말이야.

— …….

— 그러니 어디 있는지 말해달란 말이야!

— 그이는…… 어떻게 됐어?

— 조강윤은 죽었어.

황인혜는 놀라지도 슬퍼하지도 않았다. 담담하게, 결국, 이라고 말했을 뿐이다.

— 얼마 전 그이가 찾아왔었어.

— 아이는?

— 같이 왔었어.

— 지금 어디 있어?

— 황인혜!

송정구가 크게 그녀의 이름을 불렀다. 황인혜는 흠칫하며 송정구를 보더니 그 자리에 주저앉았다.

— 선생님, 용서해주세요. 저는 아무 말도 안 했어요!

정인은 허리를 숙여 황인혜의 어깨를 잡아 흔들었다.

— 정신 차려. 빨리 말해. 조민 어디 있어!

— 저는 정말 아무 말도 안 했어요. 용서해주세요!

10.

재우는 오대산 인근에 유일한 병원 응급실을 찾았다. 말이 병원
이지 텅 빈 응급 침대에 당직 의사와 간호사 각각 한 명이 전부였
다. 게다가 자해로 피범벅이 된 윤철우를 바라보는 그들의 권태로
운 태도 때문에 응급실의 긴박감은 찾아볼 수 없었다. 재우는 그들
이 시큰둥한 반응을 보이는 이유를 곧 알 수 있었다.

뿔테 안경을 눌러쓴 젊은 의사가 윤철우의 가슴과 아랫배에 소독
용 거즈를 대고 지혈 치료를 반복하며 투덜거렸다.

— 도대체 이게 몇 번째야.

간호사가 낮은 목소리로 답했다.

— 그래도 이번엔 좀…… 상태가.

— 여기가 뭐 자살 미수범 뒤처리하는 데야, 뭐야.

의사는 재우가 신분을 밝힌 뒤에야 윤철우의 병원 기록을 보여줬다.

— 다섯 번짼가 그럴 거예요. 그런데 이번에는 상태가 좀 위중하
긴 합니다.

— 평소에는 가벼웠나요?

— 몇 바늘 꿰매는 정도였으니까 그렇다고 봐야죠. 윤철우 환자
말고 다른 사람들도 비슷한 정도로 자해를…….

재우가 병원 기록에서 눈을 들어 의사를 보며 물었다.

— 자해하는 사람이 또 있습니까?

— 그럼요. 자기 죄를 씻는다나 뭐라나. 오대산 어디서 수행하는

인간들이라는데, 이렇게 자해를 밥 먹듯 해서 응급실 실려 오니, 아주 징글징글합니다. 얼마 전에는 동맥을 끊은 여자도 있었어요.

— 동맥을?

— 심각한 정도는 아니었죠.

불현듯 황인혜의 왼쪽 손목에 감겨 있던 붕대가 생각났다. 의사가 계속 말했다.

— 나 참, 애까지 있는 여자가…….

— 아이?

— 남자아이였죠. 근데 뭔가 좀…… 자기 엄마가 동맥을 끊어 응급으로 접합 수술까지 해야 했는데, 무슨 애가 울지도 않고, 아예 표정이 없더라고요. 남편도 그렇고 남편하고 같이 온 남자도, 어떻게 돼먹은 인간들이…….

— 남자들이요?

— 남편이라고 말한 남자는 그냥 가버렸어요. 이후 보호자라며 한 남자가 남았죠.

— 그 여자 이름이 뭡니까? 혹시 황인혜 아닙니까?

— 글쎄요, 기록이 있으니까 확인해보죠.

의사는 재우가 바짝 흥미를 보이자 간호사에게 수술 동의서를 갖고 오라고 말했다. 세상에 바쁜 일이라고는 없는 듯 꾸물꾸물 움직이는 간호사를 보며 의사가 투덜거렸다.

— 게을러 터져가지고.

의사는 결국 직접 수술 동의서를 가지고 왔다.

— 황인혜 맞네요.

재우는 의사가 내민 수술 동의서를 훑어봤다. 보호자 이름을 확인한 재우가 어리둥절한 표정으로 고개를 들었다.

— 붓다? 본명인가요?

— 그 이름 보고 간호사가 그랬나 봐요. 장난치지 말라고. 그런데 사인까지 붓다 뭐로 적은 다음엔 묵묵부답이더라고요.

— 주민번호도 적지 않았네요.

— 그래서 그랬죠. 신원 확인을 해야 한다고. 그랬더니 겨우 적은 게 거기 적힌 주소예요. 그것도 정확한진 잘 모르겠지만.

재우는 따로 적을 필요를 느끼지 못했다. 외울 필요도 없을 만큼 간단했기 때문이다.

서울 구로구 가리봉동 33-1

재우는 머릿속으로 33의 1만 기억했다. 수술 동의서를 받아 든 의사가 물었다.

— 어떡하실 겁니까?

— 뭘 말입니까?

— 윤철우 환자 말이에요. 자상이 너무 깊어서 여기서는 손대기 어려워요.

— 그럼?

— 일단 강릉에 있는 큰 병원으로 옮겨서 수술해야 돼요. 안 그러면 복강 내출혈로 사망할 수도 있어요.

— 내가 보호자라도 돼야 한단 말입니까?

— 일단 동의하시고 여기서 얼마라도 정산하고 가셔야지 급한 대로 협진 병원과 수술 약속을 잡을 수 있는데…….

의사는 말을 마치지 못했다. 재우가 자리를 벗어났기 때문이다.

재우는 곧바로 윤철우에게 다가갔다. 다행히 윤철우는 눈을 뜨고 있었다. 간신히 버티는 듯 보였지만 눈동자만큼은 살아 있었다. 재우는 상대의 숨소리가 들릴 정도로 가까이 다가갔다.

— 붓다가 누구야?

살려주겠다느니, 수술을 받을 수 있도록 큰 병원으로 옮겨주겠다느니 하는 말은 생략한 질문이었다.

윤철우가 입을 움직였다. 재우는 윤철우의 입에서 산소호흡기를 떼버렸다. 깜짝 놀란 간호사가 뭐 하는 짓이냐고 외쳤지만 재우를 막진 못했다. 재우는 산소호흡기를 손에 쥔 채 윤철우에게 거듭 물었다.

— 말해. 편하게.

— 우리 그만 괴롭혀.

— 뭐?

— 우리는 정결한 마음을 갖고자 노력하는 것뿐이야. 너희들이 원하는 탐욕을 우리에게서 찾으려 하지 말라고.

— 탐욕?

— 당신 조민을 찾고 있지? 제발 부탁이야. 조민, 그 아이만큼은 그대로 내버려둬.

윤철우의 눈빛에서 절박한 진정성이 느껴졌다. 재우는 윤철우가 말한 '너희들'의 정체가 무엇인지 궁금했다. 윤철우에게서 많은 걸 기대하긴 어려웠다. 윤철우의 몸은 촌각을 다툴 정도로 위태로웠기 때문이다.

― 황인혜를 병원에 데리고 온 사람. 붓다도 너희들 패야?

― 으. 흐.

― 말하기 힘들면 응, 아니요로 대답해.

― 괜찮아. 말해.

― 난 형사야. 당신 아내에 대해서 캐고자 하는 건 없었어. 애초부터 없었지.

― 알고 있어.

― 어떻게?

― 내 아낸…… 작년에 죽었거든.

― 그런데 왜?

― 너희들이 그런 방법으로 계속 이곳을 찾아왔으니까.

― 도대체 누굴 말하는 거야? 네가 말하는 그들이 누구냐고?

― 기억 전달자를 원하는 이들.

― 기억 전달자?

― 조민의 또 다른 이름이야.

― 조민이 기억 전달자라니? 그게 무슨 뜻이야?

― 조민은 숨겨진 진실을 보존하는 결정체야. 그 궁극은 언제나 순수하지. 하지만 탐욕에 물든 이들에게 순수는 쓸모없는 장식품에 불과해. 어떻게든 순수를 파괴하고 모든 걸 훼손해 자신들의 욕구를 채우려고 해. 우린 그 포악한 파괴자들로부터 조민을 지킬 의무가 있어.

— 기억을 전달하는 게 순수를 지키는 것과 무슨 상관이야?

— 더 말하지 않겠어. 난 너희들을 믿지 못해. 아니, 아무도 믿지 않아. 우리 말곤 모두 사탄이야. 악마들이라고.

— 알았어. 알았다고.

— 으……흐.

— 알았으니까 한 가지만 대답해줘.

윤철우의 호흡이 더 거칠어졌다. 의사가 달려왔지만 재우가 산소호흡기를 든 손으로 의사와 간호사를 가로막았다.

— 붓다 말이야. 당신 편이야? 아님 다른 편이야?

숨쉬기가 곤란해지자 윤철우의 얼굴이 흙색으로 변했다. 더 하다가는 죽게 할 것 같아 재우는 산소호흡기를 다시 윤철우의 입에 갖다 대었다. 재우가 거듭 말했다.

— 내 말이 맞으면 고개를 끄덕여. 아님 가로젓고.

— …….

— 붓다, 그 인간이 조민을 데려갔어?

윤철우가 힘겹게 고개를 끄덕였다. 재우가 다시 한번 윤철우에게 가까이 다가가 물었다.

— 당신들 편이야? 조민을 지키기 위해 데려간 거야? 맞아?

윤철우가 망설였다. 재우가 소리치듯 말했다.

— 이것만 알아둬. 내게는 그 아이와 비슷한 나이의 딸이 있어. 당신이 뭘 걱정하는지 잘 모르지만 걱정하는 일은 일어나지 않아. 난 아이를 보호하려는 거야. 그러니까 답해. 붓다는 당신들 편이야? 조민을 지키려는 거야? 맞아?

한참 뒤, 눈을 감은 윤철우가 힘겹게 고개를 끄덕였다.

재우가 고개를 끄덕인 윤철우의 머리에 자신도 모르게 손을 올렸다. 그 뒤 더 이상 망설이지 않고 수술 동의서에 사인한 뒤 곧장 원무과로 향했다. 간호사가 계산기를 꺼내 응급실 치료비를 정산했다.

한숨 돌린 재우가 대기실 의자에 앉자마자 휴대전화 벨이 울렸다. 딸 소미가 좋아하던 아이돌의 최신 음악이었다. 발신자를 확인한 순간 재우의 표정이 어두워졌다. 현경이었다. 반사적으로 시간을 확인했다. 새벽 1시였다. 새벽 1시에 걸려온 이혼한 아내의 전화. 재우는 불안했다.

— 이 시간에 웬일이야.

— 소미가.

불안이 증폭되었다. 현경은 이혼 전이나 후에나 항상 "지금 통화 돼?"라고 먼저 물었다. 그런데 지금 현경은 그 질문마저도 생략하고 딸의 이름부터 먼저 불렀다.

— 듣고 있어?

— 듣고 있어. 말해, 어서.

— 병원에 왔어. 세브란스병원 응급실.

— 응급실? 거긴 왜?

— 손목을 그었어.

— 뭐?

— 동맥을 끊었다고.

재우의 눈에 이동 침대에 누워 응급실을 나가는 윤철우가 보였다. 응급실 자동문이 열리자 대기 중인 비상 구급차가 보였다. 통화를

끝낸 재우는 구급차 안으로 들어가는 윤철우를 지켜보다 자리에서
일어났다.

카오스

1.

재우는 강원도 오대산에서 단숨에 서울 신촌에 위치한 세브란스 병원에 도착했다. 병원에서 병원으로. 규모의 차이만 있을 뿐, 재우에게는 두 공간이 같은 공간으로 인식되었다. 어떤 것이 현실이고 어떤 것이 과거인지 구분조차 희미했다.

소독약 냄새, 백색 콘크리트 벽면과 백색 시트가 깔린 침대, 차디찬 메탈 느낌의 형광 불빛, 그리고 피로 얼룩진 압박붕대까지.

응급실로 달려온 재우에게 간호사는 응급조치가 끝나고 지금 막 병실로 이동했다고 말했다. 이동 침대가 나간 자리에 한 벌의 니트와 머리띠가 남아 있었다. 재우는 피 묻은 연두색 니트와 핑크색 머리띠를 보자마자 딸 소미의 것임을 직감했다. 지난 1년 동안 딸아이를 몇 번 보지 못했다. 하지만 단 한 순간도 하나뿐인 딸 소미를 잊은 적이 없었다.

　재우는 서둘러 니트와 머리띠를 손에 들고 간호사가 알려준 병동으로 향했다. 그곳은 일반 병실이 아닌 정신병리학 전문 병동이었다.

　소미는 초등학교 입학 때부터 실어증과 강박장애란 정서질환을 앓고 있었다. 재우는 소미의 치료를 위해 일주일에 두세 번씩 병원을 방문해야 했다. 정신병리학 병동은 신경정신과 병동에 비해 좀 더 종합적 예후를 지켜보는 복합 질병을 다루는 곳이었다. 이곳에 들어설 때마다 재우의 마음은 무겁게 가라앉고는 했다. 지금은 이전보다 더 무거운 중압감이 재우를 짓눌렀다.

　병실로 들어선 재우의 눈에는 소미의 얼굴만 보였다. 현경이 의사와 뭔가 심각하게 얘기를 나누고 있었지만 오직 한 사람, 소미만 눈에 들어올 뿐이었다.

　재우가 소미의 손을 잡기 위해 몸을 숙이자 자연스럽게 소미의 얼굴을 가까이서 보게 되었다. 티 없이 맑은, 평온함이 느껴졌다. 이렇게 편안한 얼굴을 하고서 자살을 시도하다니. 도저히 믿을 수 없었다.

　재우의 어깨에 누군가 손을 얹었다. 몇 년 전부터 소미를 치료해 오던 장 박사였다. 장 박사 뒤에 현경이 서 있었다. 현경은 인상을 찌푸린 채 재우의 눈을 피했다.

　장 박사가 재우를 내려다보며 말했다.

　— 생명에는 지장 없습니다. 응급조치도 무사히 끝냈고요.

— 무슨 이유로? 이 애가 도대체 왜…….

말끝을 흐리는 재우에게 장 박사가 낮은 소리로 말했다.

— 잠시 저하고 이야기 좀 하시죠.

2.

재우는 몇 차례 장 박사의 연구실에 왔었는데, 여타 의사들의 공간과는 확연히 다른 느낌이었다. 같은 계통인 신경정신과나 가정의학과 전문의의 공간과도 또 달랐다. 한쪽 벽면 전체를 차지한 책꽂이에는 대충만 훑어봐도 의학 서적과는 거리가 먼 현대음악, 현대미술, 러시아 신비주의, 명상 관련 책이 대부분이었다.

— 따님의 증세가 기억 강박 증후군이란 건 알고 계시겠죠?

의자에 앉자마자 장 박사가 말했다.

— 기억 강박…… 뭐요? 그게 뭡니까?

— 부인께서 설명 안 하셨나요?

— 전 실어증과 강박장애라고만 들었습니다. 그래서 미술 치료와 최면 치료를 병행해야 한다고 들었고요.

장 박사가 꼬고 앉은 다리의 방향을 바꿨다. 그러고는 짧은 한숨과 함께 설명을 시작했다. 기억 강박 증후군이란 희귀 질환에 대한 설명은 길지도 짧지도 않았다.

— 기억 강박 증후군이란 자신에게 주입된 기억을 머릿속 창고에 저장해두었다가 전달해야 할 대상에게만 정확히 전달하려는 징후

입니다. 일종의 천재병이죠.

— 그게 무슨 소리입니까? 천재병이요?

— 컴퓨터를 예로 들면 일종의 외장 하드 같은 개념입니다. 누군가 소미 양의 머릿속에 백과사전 분량의 정보를 입력해놨다고 가정해보죠. 그러면 소미 양은 수천, 수만 가지의 정보를 자기 머릿속에 빠짐없이 저장해놓게 됩니다. 소미 양은 그렇게 저장한 정보를 평소엔 전혀 기억하지 못해요. 정보가 자신의 머릿속에 저장되었는지조차 모른단 말이죠.

잠시 숨을 고른 장 박사가 말을 이었다.

— 저장된 정보는 전달해야 할 의무를 가진 대상에게만 전달되죠. 누군가 그 정보를 임의로 주입하고 그 주입한 대상이 지정한 대상과 지정한 상황에만 듣기를 원할 때 전달되는 경우도 있고, 수많은 정보를 스스로 머릿속에 저장해놓고선 그것을 전달할 대상을 임의 선정해 자신의 기억을 쏟아내는 경우도 존재하죠. 소미 양의 경우는 후자에 속하는 경우예요.

— 무슨 말인지 통……. 그런데 이게 천재병이란 말입니까?

— 이 증후군의 특성이에요. 천재도 그냥 천재가 아니죠. 한 사람의 두뇌 활동이 무한대로 확장되니까요.

— 이해하기 어려워요.

— 보통 사람들은 정보나 이름, 하다못해 전화번호 외우는 데에도 시간과 노력이 필요하잖아요. 수시로 잊어버리기도 하고요. 하지만 소미 양은 한번 저장된 정보는 결코 잊어버리지 않아요. 순서, 명칭, 토씨 하나 틀리지 않고 죄다 기억하죠.

— 한 가지 더 물을게요.

— 어떤 질문일지 알 것 같습니다. 왜 소미 양이 자살 시도를 했는지 묻고 싶으신 거죠?

— 그래요.

— 카오스 때문이에요.

— 카오스?

— 전달 대상을 찾지 못할 때, 머릿속에선 계속해서 저장된 정보와 기억들이 표류하게 되죠. 그걸 임의로 배출해야 하는데, 머릿속으로 들어가는 것만 계속되고 나오진 못하게 되는 겁니다. 그렇게 되면 기억 누적에 따른 무의식적 스트레스가 무한대로 쌓이게 됩니다. 기억 속에 감정이 배제된 정보만 있지는 않아요. 때론 끔찍하고 기억하고 싶지 않은 것들까지 죄다 머릿속에 쌓이게 되죠. 소미 양의 일상적인 의식 세계에서는 카오스가 일어나진 않을 겁니다. 하지만 의식과 달리 무의식 세계는 카오스를 활발하게 번식시키죠. 결국 소미 양의 자살 시도는 의식 세계에서 볼 땐 전혀 이해가 안 되지만 무의식 세계에 스트레스가 쌓여 일을 저지르고 마는 증상 중 하나가 되는 겁니다. 그러니 예측이 어려울 수밖에요.

— 잠깐만요. 잠깐만.

재우가 장 박사의 말을 가로막았다. 더 듣고 싶지 않았다. 쌓이는 피로만큼이나 해결점 역시 멀어져만 가는 것 같았다. 재우는 짧은 한숨을 내쉰 다음 바로 물었다.

— 앞으로 어떡하면 됩니까? 제가 뭘 어떻게 해야 하냐고요.

장 박사는 대답하지 않았다. 긴 침묵이 불분명한 답의 부재, 또는 유예를 암시했다. 재우가 다그치듯 물었다.

　— 박사님 말대로라면 이런 일이 다시 생길 수 있잖습니까.

　— 그렇다고 봐야죠.

　— 그러니까 앞으로 뭘 어떻게 해야 제 딸이 이런 끔찍한 일을 그만둘 수 있는지 제발 좀 알려주세요.

　— 소미 양 같은 병을 앓는 환자는 세계에서도 극소수에 불과합니다. 기억 강박 증후군이란 병의 명칭도 학회를 통해 제가 처음으로 사용하기 시작했죠.

　— 그래서요?

　— 시간이 필요할 것 같습니다.

　— 그런 말만 하지 말고 최소한의 치료법이나 수술 방법, 그런 걸 말씀해주세요.

　— 없습니다.

　— 이런…….

　— 소미 양에게 외부 자극을 최대한 자제시키고 좋은 것만 기억할 수 있도록 유도하는 일이 지금으로선 최선이에요.

　— 손 놓고 있으란 말과 똑같군요.

　— 받아들이기에 따라서 다릅니다. 이를테면 소미 양과 아버님의 관계 개선도 증상 완화에 도움이 될 수 있겠죠.

　— 관계 개선…….

　— 소미 양은 미술 치료 과정에서 내내 가족의 불완전함에 대해 이야기했습니다. 아버지의 부재가 더 많은 주변 기억들을 머릿속에 무작위로 쓸어 담는 데 일조했을 수도 있었겠죠. 물론 추측입니다만.

3.

다량의 링거를 꽂고 있는 소미는 깊은 잠에 빠져 있었다. 재우는
소미와 함께 한참을 병실 침대에 누워 시간을 보냈다. 소미는 포근
한 안식을 누리는 듯 새근거리는 숨소리를 재우에게 선물했다. 소
미의 숨소리를 들으며 재우 역시 딸과 함께하는 안식 속에 빠져들
었다. 하지만 재우는 소미가 이 잠에서 깨어나면 또 어떤 일을 저지
를지 모른다는 불안감을 외면하지는 못했다.

기억 강박 증후군, 희귀한 병명처럼 낯설기만 한 질환이 구체적
으로 어떤 것인지 재우는 알고 싶지 않았다. 다만 소미가 더 이상
고통받지 않길 기도할 뿐이었다.

소미를 뒤에서 끌어안고 잠든 재우는 언뜻 인기척을 느꼈다. 현
경이 들어왔다고 생각한 재우는 눈을 뜨고 몸을 돌렸다.

검은색 정장 차림의 여자가 재우의 눈에 들어왔다. 병실 안으로
또 한 사람이 들어왔다. 역시 검은색 정장 차림의 남자였다. 남자가
병실 문을 닫을 때, 복도에 서 있는 현경이 보였다. 몹시 불안해 보
였다.

병실 문이 닫히고 불이 켜졌다. 침대에서 내려온 재우의 시선이
정장 차림의 두 남녀에게 고정됐다. 남자는 낯설었지만, 여자는 그
렇지 않았다. 비리수사팀 조사실에서 만났던 여자, 정 부장이었다.

남자가 의자에 앉아 정면에서 재우를 봤다.

— 뭡니까?

― 함문형이라고 합니다.

함문형은 연령대를 쉽게 예측하기 어려운 얼굴이었다. 약간의 흰 머리와 눈가의 주름이 50대는 되어 보였지만, 탄력 있는 피부와 다부진 몸 때문에 30대 후반이나 40대로 보이기도 했다.

― 누가 당신 이름 궁금하다고 했어? 무슨 용건이냐고 묻잖아.

함문형은 거친 재우의 말에 대꾸 없이 미소 지었다. 그 미소가 재우를 화나게 했다.

― 딸과 단둘이 있고 싶으니 나가요.

― 뒤를 봐요.

― 뭐요?

― 뒤돌아 창문 밖을 보라고요.

재우가 고분고분 따르지 않자 함문형은 창가로 걸어가 검은색 블라인드를 걷고 창문을 열었다. 밤바람이 병실 안으로 휘몰아치듯 들어왔다. 재우는 제멋대로 행동하는 함문형에게 경고했다.

― 수틀리게 굴면 아예 수갑 채워 처넣는 수가 있어. 지금 당장 꺼져. 알아들어?

― 저 친구 언제까지 달고 다닐 셈입니까?

― 뭐?

뜬금없는 질문을 던진 함문형이 창밖을 가리켰다. 그제야 재우는 창밖을 봤다. 병동 밑 응급실 주차장에 대기 중인 구형 소나타 택시가 보였다. 정인의 택시였다.

함문형을 향해 재우가 따지듯 물었다.

― 뭐 하는 놈이야?

— 내가 당신을 고용한 의뢰인이오.

— 고용? 그럼 조민을 찾으라는 게…….

— 그렇지.

— 여긴 무슨 용건이오?

— 겸사겸사해서 들렀소. 여긴 우리가 후원하는 곳이오.

— 후원? 병원을?

— 더 정확히 말하면 소아정신병리학을 연구하는 병원이 내 연구소라고 말할 수 있지. 매년 정기 후원을 하고 있소. 소미 양 소식도 들었고.

— 당신.

재우는 더 이상 존대를 섞지 않고 직설적으로 물었다.

— 당신 처음부터 내 딸이 이 병원 환자라는 거 알고 접근한 거야?

함문형 역시 형식적인 존대를 그만뒀다.

— 그게 중요한 게 아니지.

— 그럼 뭐가 중요한데?

— 지금 내가 당신 의뢰인이란 사실, 당신이 맡은 일을 해내지 못할 경우 겪게 될 불이익이 상상을 초월한다는 사실, 그게 중요하지. 당신 딸. 꽤 까다로운 질병을 앓고 있더군. 치료기관도 국내에선 이곳이 유일할 거야. 그렇지?

— 지금 협박하는 거야?

— 협박이라니. 난 그런 저속한 짓은 안 해. 이건 그저 중간 점검일 뿐이야.

282

— 중간 점검?

— 어쩐지 당신이 단지 자리 보전을 위해 조민을 찾는 것 같아서 말이야. 사안의 중요성을 좀 더 일깨워주고 싶었다고 하면 적당한 설명이 될까?

함문형은 턱 끝으로 다시 창밖을 가리켰다. 재우는 함문형을 노려보며 물었다.

— 저 여자와 함께 다니는 게 무슨 문제야?

— 신경 쓰일 수 있는 일이 생길 것 같아서야. 사전 예방 조치로 이해하면 될 것 같은데.

— 당신들, 도대체 조민은 왜 찾는 거야? 목적이 뭐야? 출생신고도 안 된 아이 하나 찾자고 이 난리를 피우는 건 아닐 텐데.

— 이것 봐, 김 팀장.

함문형의 태도가 고압적으로 변했다. 하지만 재우는 위축되지 않았다. 점점 더 분노가 치밀었다. 함문형이 정색한 얼굴로 말했다.

— 주제에 맞게 맡은 일에나 충실해. 어설프게 몸통 밝힌다며 설치지 말고.

— 당신네들 몸통 따윈 관심도 없어. 그런데 말이야.

재우가 함문형의 코앞까지 다가가 말을 이었다.

— 나한테 이래라저래라 간섭하지 마. 특히 내가 저 여자와 함께 다니든 말든 상관하지 말라고.

— 나는 결과만 있으면 돼. 이건 단지 경고야.

— 경고?

그 순간, 재우에게 예기치 못한 둔중한 압력이 가해졌다. 언제 움직였는지 정 부장이 재우의 목을 움켜쥔 것이다. 이상했다. 단지 목을 잡힌 것뿐인데, 재우는 극심한 호흡곤란을 느꼈다. 벗어나려 했지만 몸에서 힘이 죄다 빠져나간 듯 움직일 수 없었다. 일순 몸 전체의 감각이 사라졌다. 재우에게 남은 건 엄청난 압박감뿐이었다.

그런 재우에게 함문형이 다가왔다. 함문형은 다시 어색한 존대의 말씨를 되살려 말했다.

— 김 팀장이 저 친구를 이용하건 말건 그건 김 팀장 마음이겠죠.

— 으. 윽.

— 다만 한 가지만 명심해요. 저 친구에게 조민을 빼앗기지 말라는 것.

말을 잇는 함문형이 잠든 소미의 머리칼을 쓰다듬었다. 재우는 금방이라도 달려들어 함문형의 손을 비틀어버리고 싶었지만, 의지와 반하는 감각의 마비가 가혹하게 재우의 몸을 짓눌렀다.

— 만약 당신이 저 여자에게 조민을 빼앗기면 당신은 아내, 그리고 아이를 다시는 만나지 못할 거요. 알아들어요?

— 닥쳐.

— 잘 알아서 처리할 거라 믿습니다. 그럼 이걸로 일단 중간 점검은 마치도록 하죠.

재우에게 마무리하듯 말한 함문형이 정 부장에게 짧게 명령했다.

— 그쯤 하고 놔주지.

함문형의 말이 떨어지기가 무섭게 정 부장이 손에서 힘을 풀었다. 그러자 재우는 막혀 있던 피가 다시 통하는 느낌과 함께 균형을 잃고 비틀거렸다.

— 딸아이가 왜 손목을 긋게 되었는지 한번 잘 생각해봐요.

함문형은 재우의 어깨를 두어 번 두드린 뒤 병실을 나갔다.

두 사람이 나간 뒤 현경이 들어왔다.

— 저 작자들 왜 들여보냈어?

재우가 버럭 소리 질렀다. 그러나 현경은 당당했다.

— 저 사람들이 소미 아버지인 당신과 면담을 원했어. 방금 나간 저 사람들, 희귀 질환 앓는 아이들에게 무상으로 치료비를 지원하는 재단에 소속된 사람들이라고 했어.

현경이 재우를 똑바로 바라봤다.

— 당신이 뭔가 할 거라고 했어. 그러면 소미가 나을 수 있다고 했어.

재우는 손으로 마른 얼굴을 벅벅 문질렀다.

— 난 우리 소미가 행복해졌으면 좋겠어.

더 이상의 말이 필요하지 않았다. 허탈한 한숨이 입 밖으로 새어 나왔다.

재우의 시선이 소미에게로 옮겨 갔다. 소미를 지켜보던 재우가 자신도 모르게 고개를 가로저었다. 손목을 그어 자살을 기도한 소미의 잠든 모습이 어처구니없이 평안해 보였기 때문이다.

4.

덜컥, 하는 소리와 함께 차 문이 열렸다. 문이 열리기 전부터 정인은 눈을 감은 채 택시를 향해 다가오는 발소리를 듣고 있었다. 랜드로버 구두 바닥이 지면에 닿는 소리. 절제력이 있어 서두르지 않는 소리. 어느덧 정인에게 익숙해진 소리였다.

조수석에 앉으며 재우가 말했다.

— 문 왜 안 잠가. 누가 불쑥 들어오면 어쩌려고 그래?

정인은 눈을 뜨고 약간 고개를 돌려 재우를 바라봤다. 하지만 재우는 조수석에 앉자마자 병원 건물 쪽을 살폈다. 반대편 병원 주차장으로 검은 세단 한 대가 빠져나가는 모습이 보였다. 검은 세단이 시야에서 완전히 사라질 때까지 재우는 눈을 떼지 않았다. 내내 창밖을 보고 있는 재우에게 정인이 말했다.

— 이쯤에서 갈라지죠.

— 무슨 소리야?

재우는 그제야 정인을 봤다.

— 이제 혼자 움직여도 될 것 같아요.

— 갑자기 왜?

정인은 가로등 불빛 아래 세워놓은 택시의 차창 앞을 바라보며 말했다.

— 아저씨는 딸 문제가 더 급한 것 같은데, 아닌가요?

— 글쎄. 해석하기 나름 아닌가?

— 하나만 말해주고 각자 행동해요. 그게 나을 것 같아요.

재우는 부정도 긍정도 하지 않았다. 위축된 자신을 인정하기 싫었지만, 강력계 형사 때도 느껴보지 못한 심인(心因)을 뒤흔드는 저항력이 자신도 모르게 정인을 밀어내려는 반응으로 나타난 게 분명했다.

치욕적이지만 재우는 인정해야 했다. 재우는 부러 고개를 돌려 조수석 차창을 바라봤다.

— 윤철우가 조민 행방을 말했나요?

— 들은 건 한 가지야. 붓다. 그자가 데려갔다고 했어.

— 이름인가요?

— 그런 것 같아.

붓다란 이름을 듣고서도 정인은 무덤덤했다. 독특한 이름 따윈 애초부터 관심도 없는 눈치였다.

— 주소는 서울 구로구 가리봉동 33의 1이야.

— 가리봉동?

— 그것도 정확하진 않아. 붓다가 수술 동의서에 임의로 적어놓은 인적 사항이니까.

정인은 고개를 한번 끄덕였다. 알았다는 의미인지, 어색한 분위기에서 나온 동작인지 알 수 없었다. 정적이 흐른 뒤, 정인이 말했다.

— 조민 찾으면 연락할게요.

— 정말 혼자서 괜찮겠어?

— 혼자가 편해요.

— 그 사람은?

— 누구요?

— 국정원 친구.

— 그 사람에게 필요한 건 특이 동향 없음이란 보고서뿐이에요.

— 그래? 나는 그 친구가 당신을 무척 걱정한다고 느꼈는데. 뭐,

어쨌든 몸조심해.

— 따님 쾌유를 빌게요.

— 고마워.

정인은 더는 할 말이 없다는 듯 운전석 의자에 머리를 기대고 눈을 감았다. 깊은 밤, 시동을 꺼놓은 택시 안은 제법 추웠다. 하지만 정인은 아무렇지도 않은 듯 부동자세를 유지했다.

재우는 정인의 감긴 두 눈을 보며 뭔가 한마디 더 건네고 싶었다. 하지만 어떤 말도 떠오르지 않았다. 재우는 차 문을 열고 밖으로 나왔다.

몇 걸음 걷던 재우가 멈춰 섰다. 뒤돌아 택시를 바라봤다. 그때 재우는 직감했다. 그야말로 근거 없는 직감이었지만 그 직감은 자신을 흥분케 만들었다.

'기억 전달자'라는 말. 조민이 누구인지 설명해주는 그 신기한 말, 그 다섯 낱말 안에 담긴 분명하고도 독특한 역할이 예고하는 의미가 재우의 정신을 강하게 뒤흔들었다.

재우는 정인을 다시 만나게 될 거란 강한 필연성에 사로잡혔다. 어떤 이유에서인지는 모르겠지만 그런 확신이 들었다.

지옥도

1.

지하철 1호선 가산디지털단지역. 한밤중 불야성을 이루는 유흥가 네온사인은 서울 변두리 지역과 크게 다르지 않았다.

성(性)에 굶주려 밤거리를 방황하는 수컷들은 동남아인, 흑인 등 다양했다. 그중에서도 가장 빈번히 눈에 들어오는 건 조선족이었는데, 그들은 삼삼오오 짝을 지어 돌아다니는 동남아인들과 달리 무리 지어 다니지 않았다.

이렇듯 가산디지털단지역을 중심으로 형성된 밤거리는 다문화의 집결지로 보였지만, 중심가를 벗어나면 상황은 급변했다. 중심가 주변은 공동화된 슬럼이었다. 전철역에서 외곽으로 10분만 걸어 벗어나도 빈집들이 폐허로 방치된 공동묘지처럼 펼쳐졌다.

정인은 빈집 중 한 곳으로 들어갔다. 다세대주택 2층이었다.

현관문은 열려 있었고, 창문이란 창문은 모두 깨져 있었으며 외벽과 내벽, 복도는 낙서로 도배되어 있었다. 음담패설이 대부분이었지만 정인의 눈에 가장 확실히 띄인 건 적색 스프레이로 갈겨쓴 '철거 예정, 출입 금지'라는 경고문이었다.

정인이 다세대주택 2층에 들어서면서 누군가로부터 받은 문자메시지를 재차 확인했다. 메시지에는 정인이 들어선 다세대주택의 이름과 호수가 적혀 있었다. 정인은 '도착했음'이란 단문의 답장을 보냈다.

담배를 물고 베란다 난간에 기대어 깨진 창 너머를 바라본 지 얼마 안 되었을 때였다. 반대편 인도에서 전조등 불빛이 가까워졌다. 택시였다. 전조등 불빛은 다세대주택으로 다가오면서 미등으로 변했고, 시동도 끄지 않고 미등마저 꺼졌다. 곧바로 주황빛 중형 택시에서 한 남자가 내렸다.

남자는 담배부터 입에 물었다. 정인이 꽁초를 1층 바닥에 떨어뜨리자 남자는 고개를 들어 2층 베란다 난간에 기대고 선 정인을 봤다. 정인의 존재를 확인한 남자는 망설이지 않고 다세대주택 안으로 들어섰다.

2.

— 붓다, 붓다라…….
— 몰라요?

290

— 글쎄. 이거 참, 모른다고 할 수도 없고, 안다고 하기도 뭐하고…….

남자는 말끝을 흐리면서 슬쩍 웃었다.

— 강 씨 아저씨한테 이미 계산 끝냈는데요.

한일택시에서 강 기사는 '히로뽕'으로 통했다. 단순한 별명이 아니라 말 그대로 강 기사의 음지 생활에 대한 직유였다.

마약, 도박, 여자 장사, 조선족 불법체류 알선까지, 강 기사가 틈날 때마다 늘어놓은 무용담이란 게 늘 그렇고 그런 종류였다. 그런 강 기사에게 정인은 가산디지털단지역 밤거리 정황을 꿰고 있는 사람을 소개해달라고 부탁했다. 강 기사는 선뜻 가산디지털단지역에서 무허가 택시 영업을 하는 남자를 소개시켜주고 돈을 챙겼다.

— 거야 강 씨하고 아가씨 사정이고.

남자는 아예 노골적으로 손가락으로 동그라미를 만들어서 흔들었다.

— 이봐, 아가씨. 내가 말이야, 가리봉, 구로 쪽에서 택시한 지 5년이야. 이 계통 밤거리 사정은 빤하게 꿰뚫고 있다고. 고급 정보 원한다면 좀 더 써야 하지 않겠어?

정인은 웃돈을 요구하는 남자를 응시하며 지갑을 꺼내 5만 원권 지폐를 건넸다.

— 어서 말해요.

— 소문만 들었어.

남자는 5만 원권 지폐를 지갑이 아닌 양말 속에 쑤셔 넣으며 말했다.

— 통나무 장사 하는 애들 중에서도 유명한 꼴통이 있다는데 아마 그 녀석일 거야.

— 통나무?

— 통나무 몰라? 애 어른 안 가리고 장기 빼내 중국에 넘기는 장사치들 말이야.

'장기'란 말을 듣는 순간 정인의 얼굴이 차갑게 굳었다.

— 붓다한테 어떻게 가야 하죠?

— 어림도 없는 소리.

— 접선 고리만 알려줘요.

— 통나무 장사하는 애들 대가리는 노출 안 되는 게 상식이야. 붓다는 그중에서도 가장 철저해. 워낙 점조직 형태로 움직여서 고리고 뭐고 여간해선 알 방법이 없어.

— 난 당신이 알 거라고 생각해요.

— 내가 알긴 뭘 알아?

남자는 손목시계로 시간을 확인하며 베란다 밖을 살폈다. 철거 예정 지역 밤거리의 어둠은 바로 지척에 도열된 네온으로 수놓은 전철역 사거리와는 극단의 대비를 이루었다. 정인은 저 너머 사거리 불빛들을 바라보며 입을 열었다.

— 33의 1. 방금 전 이곳에 들어섰을 때 확인했던 주소예요.

— 그래서 뭐?

— 붓다가 말한 거주지도 33의 1이라고 했어요.

— 뭐여? 그 인간을 알아? 그런데 왜 날 찾아왔어. 난 그냥 연결만 해주는 사람이야. 아는 게 없다고.

— 왜 하필 여기서 날 보자고 했죠?

남자가 정한 장소의 지번이 33의 1임을 확인했을 때, 정인은 이 장소가 갖는 특수성을 감지할 수 있었다.

수십 채의 빈집이 있는데 굳이 33의 1을 지정했다는 건, 남자의 오래된 습관일 거라고 판단했다.

— 여기 뭐 하는 곳이에요? 말해요.

— 씨발.

남자는 느닷없이 정인의 어깨를 밀치고 밖으로 뛰어나갔다. 정인은 그를 저지하지도, 따라가지도 않았다. 베란다에 서서 입구를 빠져나가는 남자를 지켜보기만 했다. 몇 미터 떨어진 곳에 승합차 한 대가 서 있었다. 택시를 뒤따라 도착한 차였다. 승합차 문이 열리며 남자들이 내렸다.

쾅, 소리와 함께 누군가 열려 있던 2층 현관문을 발로 걷어찼다. 정인은 베란다에 등을 기대고 선 자세 그대로 고개만 돌려 현관을 바라봤다. 굳은 인상, 왜소한 체형, 철지난 야구 점퍼 차림의 젊은 남자 네 명이 연달아 들어섰다. 끝으로 검은 선글라스를 눌러쓴 한 남자와 함께 강 기사가 들어섰다.

강 기사는 정인을 향해 징그러운 미소를 지으며 손짓으로 알은체를 했다. 검은 선글라스가 턱짓으로 정인을 가리키며 강 기사에게 물었다.

— 저 물건이야?

— 응.

3.

— 씨발년. 그냥 솔직하게 말하면 한 푼이라도 더 쥐어줬을 거 아니야.

— 뭐요?

강 기사가 정인에게 한 걸음 다가왔다. 네 명의 남자도 정인이 서 있는 베란다 쪽으로 다가왔다. 그중 한 남자는 겁을 주려는지 체인을 꺼내 벽을 몇 번 때렸다.

— 가리봉 잘 아는 사람 알려달라면 말 다한 거 아냐? 룸이나 방석집에 자리 하나 소개해달라는 거 아니었냐고.

강 기사의 눈은 모든 여자를 매매 대상으로 보고 있었다. 검은 선글라스가 강 기사에게 확인하듯 물었다.

— 신원 확실한 거 맞아? 지금 데려가도 뒤탈 없겠냐고.

— 확실해. 이년 등본하고 이력서 보니까 뭐 아무것도 없어. 부모 친척도 없이 혼자 살아. 섬에 데려가 몇 바퀴 돌려도 괜찮을 거야. 딱이야.

— 진작 이런 물건이나 넘길 것이지 어디서 빚 많고 하자 있는 것들만 데려와서 일만 힘들게 만들어.

검은 선글라스는 느글느글하게 웃으며 정인에게 말을 걸었다.

— 이쁜아. 얌전히 오빠 따라가자. 안 그러면 요기 무서운 오빠가 혼낼지도 몰라.

체인을 든 남자가 낄낄 웃으며 요란하게 체인을 휘둘렀다. 하지만 남자의 웃음은 오래 이어지지 못했다. 정인은 기대고 선 자세 그대로 체인을 향해 발을 뻗어 한 바퀴 돌렸다. 정인의 발목에 체인이 휘어 감겼다. 남자의 손에서 체인을 가로챈 정인은 남자의 얼굴에 체인을 채찍처럼 위에서 아래로 강하게 후려쳤다. 체인이 눈, 코, 입을 차례로 때리자 남자의 얼굴에서 검붉은 핏물이 솟구쳤다. 남자 옆에 서 있다가 피를 뒤집어쓴 강 기사는 혼이 빠진 얼굴로 그 자리에 주저앉았다. 정인의 반격을 전혀 예상하지 못했던 다른 남자 셋은 일순간 당황했지만, 서로를 한번 바라본 뒤 칼을 빼 들고 한꺼번에 달려들었다. 하지만 칼을 제대로 휘둘러보기도 전에 남자 둘은 무릎을 꿇어야 했다.

정인은 한 남자의 정강이를 걷어찬 후, 또 한 남자에게는 발끝을 세워 망치로 못을 박듯 발등을 내리찍었다. 두 남자의 비명이 빈집 전체에 메아리를 일으켰다.

두 남자가 쓰러진 틈을 타 잽싸게 정인의 뒤로 돌아선 남자가 정인의 두 팔과 허리를 끌어안았다. 얼마나 힘껏 끌어안았는지 남자의 팔목과 목에서 푸른 정맥이 꿈틀거렸다. 남자가 정인을 붙잡는 사이 검은 선글라스가 점퍼 안주머니에서 구릿빛을 머금은 둔탁한 느낌의 물체 하나를 꺼내 들었다. 장도리였다.

— 뭐야…… 죽일 거야?

강 기사가 벌벌 떨며 말했다.

— 씨발년이 어디서 특공 무술이라도 배웠나. 대가리 맞춰 잡고 숨 끊어지기 전에 심장이라도 꺼내 써야지.

검은 선글라스가 정인의 머리를 향해 장도리를 휘둘렀다. 그 순간, 정인은 자신을 끌어안은 남자의 머리를 뒤통수로 들이받았다.

갑작스럽게 눈을 얻어맞은 남자가 주춤하며 물러서자 정인이 상체를 숙인 뒤 남자의 옷깃을 잡아 검은 선글라스를 향해 넘겨버렸다. 아차 하는 사이 검은 선글라스가 휘두른 장도리는 남자의 머리에 명중해버렸다. 피를 쏟으며 바닥에 쓰러지는 남자를 피하던 검은 선글라스의 몸 위로 무언가 솟구쳤다. 고양이처럼 낮은 포복으로 달려온 정인이 몸을 일으킨 것이다. 검은 선글라스가 흠칫 놀라 뒤로 물러섰을 때는 이미 장도리가 그의 손아귀에서 벗어나 있었다. 장도리는 곧 검은 선글라스를 고문하는 도구가 됐다.

정인은 검은 선글라스의 입에 장도리를 밀어 넣었다. 검은 선글라스는 정인의 담담한 눈을 보자 공포에 휩싸여 뒤로 자빠졌다. 이 여자는 자신의 입이 찢어지든 말든 전혀 신경 쓰지 않을 것이다. 정인은 혼비백산이 되어 빈집을 빠져나가는 강 기사를 힐끗 봤지만, 검은 선글라스의 입에 장도리를 밀어 넣는 걸 멈추지 않았다.

— 고개만 끄덕여.

검은 선글라스가 고개를 끄덕였다. 정인이 무표정한 얼굴로 물었다.

— 붓다 알지?

고개를 끄덕였다. 고개를 끄덕이고 나서야 검은 선글라스는 오늘 제대로 걸렸다는 절망감에 빠졌다. 강 기사 이 새끼.

— 네가 부하야?

고개를 가로저었다.

— 그럼 너는 여자 장사만 해?

검은 선글라스가 멈칫했다. 주저하는 기색에 정인은 장도리를 잡은 손에 힘을 주었다.

— 너 통나무 장사도 하지?

이번에도 순간 주저했지만, 얼른 끄덕였다.

— 좋아. 그럼.

장도리가 검은 선글라스의 입에서 빠져나왔다. 밭은기침을 쏟아
내는 검은 선글라스에게 정인이 말했다.

— 붓다를 만나게 해줘. 아님 넌 죽어.

숨을 고른 검은 선글라스가 정인의 말에 즉시 대꾸했다.

— 그냥은 못 만나.

— 그럼?

— 내 말은 붓다와 거래를 해야 한다는 거야. 물건이 필요해.

정인이 잠시 생각하다가 말했다.

— 네가 데리고 있는 사람들 있지?

— 어? 아니…… 뭐, 애들 몇…….

— 애들 데려오라고 연락해.

검은 선글라스는 질색을 하며 손을 저었다.

— 빌려줄게. 빌려주긴 하는데, 내가 가야 해.

— 지금 부르라고 했어. 당장 불러.

검은 선글라스는 완강했다.

— 씨발, 데리고 나왔다가 짭새나 다른 패거리 눈에 띄게 되면 완
전 좆된단 말이야. 내가 갈게. 가서 물건 몇 개 빌려줄 테니까…….

그런 검은 선글라스를 지켜보며 정인은 담배 한 개비를 입에 물
었다. 검은 선글라스는 자신의 '물건'을 사수하기 위해서라면 죽음

도 불사할 듯 보였다. 참으로 하찮은 목숨이었다.

4.

검은 선글라스를 옆에 태우고 정인은 택시를 몰았다. 신호와 규정 속도 죄다 무시하고 새벽 밤거리를 10분 동안 전력 질주하자 어느새 경기도 시흥에 도착해 있었다. 함석판과 오래된 철문, 컨테이너 가건물이 도열된 시흥 사거리 공장 골목은 입구에 내걸린 입간판에 적힌 '시흥벤처단지'란 명칭이 무색할 정도로 황폐했다. 곳곳에 방치된 폐기물과 자재 쓰레기가 가득했다. 택시를 멈춰 세운 정인은 검은 선글라스의 뒤통수에 장도리를 겨눈 채 밖으로 내렸다.

정인은 공장 골목의 유일한 2층 건물의 창에 켜진 희미한 불빛을 주시했다. 반쯤 열린 건물 2층 창문 틈새로 제법 많은 눈동자가 보였다. 불청객이 사라지길 기다리는 조심성 많은 고양이의 눈빛 같았다. 정인은 눈빛의 주인공이 아이들이란 사실을 알 수 있었다.

공장 골목에 똑같은 차림의 남자들이 모습을 드러냈다. 새마을 마크가 새겨진 모자에 새마을 마크가 박힌 남색 점퍼, 작업복 바지에 안전화 차림의 그들은 족히 열다섯 명은 넘어 보였다. 그들 중 통솔자로 보이는 나이 든 남자가 그들 쪽으로 다가왔다. 검은 선글라스가 정면을 바라보며 말했다.

— 어차피 각오해야 하는 거 알지?

뭘 각오하느냐는 질문은 불필요했다. 새마을 모자들이 일사불란

298

하게 움직이고 있었다.

새마을 모자들 몇 명이 공장 골목 입구와 출구를 드럼통과 함석판으로 막았고 두 명은 구형 소나타 택시 앞을 가로막고 섰다.

정인은 빠르게 새마을 모자들의 움직임을 살폈다. 일사불란한 움직임이 예사롭지 않았다. 그들은 각자 위치를 잡고 망부석처럼 서서 공격 표적인 정인을 노려봤다. 그들의 무기는 시퍼렇게 날이 선 삭도(削刀)였다. 검은 선글라스가 말했다.

— 날 죽이겠다고 협박할 필요 없어. 통하지 않을 테니까.

— 무슨 뜻이야?

— 난 오야가 아니거든.

검은 선글라스의 몸이 심하게 떨렸다. 나이 든 남자가 자신을 향해 다가오면 다가올수록 떨림은 더 심해졌다. 정인이 다시 한번 건물 2층에 모여든 아이들을 올려다봤다. 검은 선글라스가 절규하듯 말했다.

— 여긴 총소리가 나도 상관없어. 씨발. 짭새는 고사하고 경비도 없다고.

— 아이들만 넘겨. 그럼 넌 안 죽어.

— 그걸 결정하는 게 내가 아니라 저 꼰대니깐 문제지.

검은 선글라스가 꼰대라고 부른 남자는 검은 선글라스의 바로 앞까지 다가와 멈춰 섰다. 남자가 모자를 벗었다. 남자는 머리숱이 듬성듬성한 자신의 머리를 무심히 매만지며 정인을 노려봤다. 정인의 상대는 이제 이 대머리 남자였다.

정인은 대머리 남자를 기억했다. 정인이 안산 원곡동 공원에서 박태식을 제압할 때 그 구역을 장악하던 허름한 작업 점퍼 차림의 남자, 바로 그였다.

정인은 일상의 공포를 느꼈다. 남자는 분명 평범했다. 어느 곳에서든 쉽게 볼 수 있는 노동자로 보였다. 그런 일상에 젖어든 공포는 평범함의 공포였다. 어느새 평범할 수 없게 된 자신에 대한 자책과는 차원이 다르다고 정인은 느꼈다. 그 공포는 서글픈 두려움이었다. 모든 것이 하나의 평범함으로 집중되었기 때문이다. 돈을 벌고 돈을 쓰고, 먹고살기 위해 모든 가치가 집중되는 일상이었기 때문이다. 남자가 거칠게 말문을 열었다.

— 지난번도 그러더니 간나. 미친 거 아니네? 예가 어데라고 기어들어와.

— 아이들하고 인질, 맞바꿔.

— 물건들 받아 뭐에 쓰려고?

— 붓다.

— 뭐이?

— 붓다를 만날 거야.

정인은 돌려 말하는 법을 잊은 지 오래였다. 대머리 남자의 표정이 무겁게 가라앉았다. 정인이 말했다.

— 더 이상 피 냄새는 맡기 싫어. 그냥 넘겨줘.

— 니기미 이 간나가.

대머리 남자가 정인에게 다가섰다. 남자 역시 경계심을 모르는 인간이었다. 정인도, 남자도 표정의 변화를 찾아볼 수 없었다. 정인의 코앞까지 다가와 얼굴을 맞댄 남자의 숨소리는 정돈되어 있었다. 일말의 흥분도 찾을 수 없는 고른 숨소리였다.

— 뭐 하는 계집인진 모르지만 붓다는 내버려두는 게 신상에 좋을 기야.

— 당신이 상관할 바 아니야.

— 글쎄. 과연 기럴까?

대머리 남자가 한 걸음 물러섰다. 순간 정인은 뒤돌려차기를 했다. 몰래 접근한 새마을 모자가 일순간 정인의 발에 가슴을 세게 얻어맞았다. 정인은 무릎을 꿇은 채 바닥에 주저앉은 새마을 모자의 어깨를 밟고 뛰어올랐다. 팽팽하게 당긴 용수철이 원상태로 돌아오듯 열 명 남짓한 새마을 모자들이 정인을 표적 삼아 일제히 달려들었기 때문이다.

정인이 허공에서 물구나무서듯 거꾸로 몸을 비틀어 풍차처럼 현란한 발차기를 시도했다. 손목을 얻어맞은 새마을 모자들은 휘두르던 삭도를 손에서 놓치고 말았다. 정인은 뱀처럼 똬리 틀 듯 몸을 웅크려 착지했다가 잽싸게 상체를 펼치며 일어섰다. 정인을 향해 서너 차례 전광석화 같은 삭도 공격이 이어졌다. 조금만 방심해도 얼굴이나 목, 팔이 잘려나갈 기세였다.

얼음장에 금이 가듯 휘몰아치는 삭도 공격을 피한 정인이 장도리를 강하게 휘둘렀다. 방향은 모두 하방, 새마을 모자들의 발목이었다. 빠르고 육중하게 장도리가 새마을 모자들의 발목을 내리찍었다. 느닷없이 발목을 공격당한 새마을 모자들은 그 자리에서 고꾸라져 발목을 움켜쥐며 고통스러워했다.

정인은 자신을 향해 달려드는 새마을 모자의 정수리를 표적 삼아 장도리를 집어 던진 뒤 자리에서 일어났다. 두 발을 딛고 선 채 상체의 움직임만으로 무차별 공격에 맞섰다.

삭도보다 한 발 앞서 움직인 정인은 새마을 모자들의 손목을 잡아 꺾거나 손가락 끝으로 관자놀이나 목을 공격해 치명적인 호흡곤란을 일으켰다.

그 순간 삭도의 예리한 날이 몸을 비틀어 공격을 피하던 정인의 몸으로 파고들었다. 옆구리와 허벅지였다. 옷이 찢어지며 검붉은 핏물이 치솟았지만 정인은 소리를 지르지 않았다. 통증의 순간을 견디면 더 이상 통증에 굴복당하지 않는다. 정인은 지금껏 그런 식으로 통증을 다스려왔다. 통증에 쉽게 굴복하는 건 두려움 때문이란 가르침을 받았기 때문이다.

정인은 이 순간 자신의 몸이 기억하는 모든 기원이 평북 피난덕 산맥에 멈춰버렸음을 실감했다. 지금의 모든 것은 그때 경험했던 지옥 훈련의 시뮬레이션에 불과했다.

그렇게 짧은 시간이 지났을까. 대머리 남자의 일갈이 터졌다. 동시에 새마을 모자들이 일제히 멈췄다. 이른 새벽의 찬 공기와 함께 시흥 사거리 공장 골목은 새마을 모자들의 앓는 소리로 메워졌다. 검은 선글라스는 차마 도망은 가지 못하고 멀찌감치 물러서 있었다.

정인은 서 있는 자리에서 한 발자국도 물러서지 않았다. 옆구리와 허벅지에서 적잖은 양의 피가 흘렀지만 동요하지 않았다.

낮게 가라앉은 침묵 너머로 경찰차의 사이렌 소리가 들려왔다. 대머리 남자가 짜증 어린 얼굴로 건물 2층을 향해 눈짓했다. 그러자 곧 새마을 모자가 소녀 한 명을 끌고 나왔다. 석탄 같은 검은 피부의 곱슬머리 소녀였다. 남자가 말했다.

— 데리고 가라우.

남자의 말이 떨어지자마자 새마을 모자가 소녀를 정인을 향해 떠밀듯 밀쳤다. 소녀는 단숨에 정인 옆으로 다가와 그녀를 올려다봤다. 피부색은 검었지만 크고 동그란 검은 눈동자가 영락없이 동양인, 그것도 한국인을 떠올리게 했다.

경찰차 사이렌 소리가 점점 더 커져갔다. 검은 선글라스와 새마을 모자들은 잽싼 동작으로 발목을 붙잡고 신음하는 동료들을 부축해 공장 안으로 들어가 문을 잠갔다. 곧이어 건물 2층의 불도 꺼졌다.

이제 정인과 우두머리인 대머리 남자, 그리고 검은 피부의 혼혈 소녀만 남았다. 정인과 대머리 남자는 주변 상황의 변화 따위는 상관없다는 듯 서로를 살피기만 했다. 정인이 말했다.

— 붓다는 어디서 만나지?

대머리 남자는 한번 피식 웃더니 정색을 하고 물었다.

— 전부터 묻고 싶었는데, 북 출신이네?

— ······.

— 아니면 남조선 특수부대야?

정인은 부정도 긍정도 않은 채 묵묵히 대머리 남자를 바라보기만 했다. 남자 역시 굳이 답을 기대하지는 않았다.

— 가산디지털단지역 사거리에 제일사우나라고 있어. 거기서 양순구를 찾아.

— 그게 붓다야?

— 내가 아는 건 거기까지야.

정인은 소녀의 손을 붙잡았다. 손끝이 유난히 부드러웠다. 정인은 대머리 남자를 정면으로 응시한 채 두어 걸음 뒷걸음질 치다 이내 뒤돌아서 구형 소나타 택시에 올라탔다.

5.

— 날 얼마에 팔 거예요?

— 어서 먹기나 해.

— 언제 넘길 거예요?

— 면 불어.

여명이 떠오르는 새벽. 편의점 앞 파라솔에는 빈 컵라면 용기 세 개가 겹쳐 있었다. 모두 소녀가 먹어치운 것이다. 며칠 굶은 정도가 아닌 듯했다.

소녀는 어느 정도 허기가 가셨는지, 네 개째 라면의 면발을 나무젓가락으로 뜨다 말고 질문을 했다. 소녀의 검은 눈은 까마득한 불안으로 젖어 있었다. 소녀는 정인을 힐끔거리면서 다시 라면을 먹기 시작했다. 정인은 담배를 피워 물고 그런 소녀를 물끄러미 지켜보다 말했다.

— 널 뭐에 쓰려고 팔아 넘겨.

정인의 말에 소녀가 면발을 삼키지도 않은 채 답했다.

— 어린것들도 쓸데 많다고 했어요. 장기는 덜 여물었지만 눈알이나 피부는 쓸 만하다던데요.

— 남의 일처럼 말하는구나.

— 언니도 브로커죠?

— 브로커라면?

— 그래도 상관없어요. 어차피 죽을 텐데요.

— 무슨 소리야?

— 거기 모여 있던 애들은요, 하루도 빠지지 않고 좆나 열심히 앵벌이 뛰면 나중에 대장 오빠가 돈 모아 독립시켜줄 거라고 생각하거든요. 순진한 거죠.

— 그게 아니면?

— 독립은 무슨 독립이에요. 시간 되면 통나무 애들한테 팔아넘겨 눈깔 파내고 죽일 텐데.

'네 엄마, 아빠는 어디 있어?'

무거운 납덩이가 마음을 짓누르는 기분이었다. 아무렇지도 않게 죽음을 이야기하는 혼혈 소녀에게 정인은 차마 그 한마디를 묻지 못했다.

소녀가 말을 이었다.

— 예전에 봉고차 안에서 봤어요. 바로 옆에 앉아 있던 친구 년 마취시켜놓은 다음 뭐했는지 알아요?

— 그만 말해.

— 눈깔 두 개 파내고 혓바닥 자르고 배 가르는 거 똑똑히 봤어요. 생살을 위에서 아래로 쫙 갈라내곤 안에서 심장을 끄집어냈는데요. 그년 몸에서 심장이 떨어져 나왔는데 얼마 동안 팔딱팔딱 뛰었어요. 신기하죠?

열심히 말을 이어가는 와중에도 소녀는 라면을 배 속에 밀어 넣었다.

정인은 소녀를 외면하고 편의점 맞은편 좁은 골목을 응시했다. 그 골목의 끝에 오래된 3층짜리 벽돌 건물, '제일사우나'가 있었다. 아침이 다가올수록 출근하는 이들은 늘었지만 제일사우나로 들어서는 길은 유령 골목처럼 더없이 한산했다.

소녀가 컵라면을 다 먹고 트림을 했다. 정인은 바로 옆에 정차시켜둔 택시 안에서 영업용 택시 전용 지갑을 꺼내 들곤 다시 편의점 파라솔로 돌아왔다. 정인은 지갑에 담긴 지폐를 모두 꺼내 테이블에 올려놓았다. 소녀는 처음에는 어리둥절한 표정이었지만, 몇 초 지나지 않아 허겁지겁 지폐를 주머니에 찔러 넣었다. 정인은 컵라면 뚜껑을 찢어 은박 표면에 열쇠 끝으로 전화번호를 적은 뒤 소녀 앞에 밀어놓고 말했다.

— 다신 이곳 근처에서 어슬렁거릴 생각하지 마.

— 이게 뭔데요?

소녀는 전화번호가 적힌 컵라면 뚜껑을 보며 물었다.

— 거기에 전화 걸어. 앵벌이 패들에게 붙잡혔다가 도망쳤다고 말해. 그럼 도와줄 거야.

— 그래 봐야 부모 없는 애들 데려와 후원금이나 받아먹고 골프채로 두들겨 패는 보육원이겠죠.

— 그래도 전화 걸어.

— 난 그런 데는 관심 없어요.

자리에서 일어선 정인이 소녀에게 경고했다.

— 똑똑히 들어. 만약 여기서 어슬렁거리는 게 내 눈에 띄면 그땐 네 눈깔을 산 채로 뽑아버릴 거야. 알아들어?

정인의 말에 소녀가 조건반사처럼 고개를 끄덕였다.

— 아무거나 쉽게 받아들이지 마. 특히 죽음은……

소녀는 정인의 마지막 말이 어떤 뜻인지 알아듣지 못했지만 잔뜩 겁에 질려 연방 고개를 끄덕였다. 통나무 아저씨들이 자신을 때리고 협박할 때와는 차원이 다른 두려움이었다.

정인은 전화번호를 적은 컵라면 뚜껑을 겁에 질린 소녀의 손에 힘껏 쥐어주었다.

6.

— 물건은?

카운터 너머로 50대 여자가 말했다. 제일사우나 외관은 낡고 허름해 보였는데 카운터를 지키는 여자는 제법 차려입은 차림새였다. 매직으로 휘갈겨 쓴 '구두 닦음'이란 표지판 아래에는 얼굴에 검은 구두약을 묻힌 남자가 앉아 있었다. 남자는 정인의 등장에는 신경 조차 쓰지 않은 채 구두 닦기에 전념했다. 꽤 많은 구두가 남자가 앉은 자리 주변에 흩어져 있었다.

여자는 잠자코 서 있는 정인을 물끄러미 바라봤다. 정인은 휴대전화를 꺼내 카운터 여자에게 방금 전 찍은 소녀의 사진을 보여줬다.

— 밖에 있어.

— 데리고 들어와.

— 거래부터 먼저.

여자가 손가락으로 좌측 여탕 표지판을 가리켰다.

— 들어가 있어.

— 신원 확인 같은 거 하지 않아?

— 여기 알고 오는 거면 상관없어.

— 무슨 뜻이야?

— 짭새라도 관계없단 소리야.

7.

반투명 유리문을 여는 순간 습하고 희뿌연 수증기가 탕 내부를 가득 메웠다. 두 대의 샤워기에서 물이 쏟아졌으며, 반쯤 열린 습식 사우나 입구 안에서 하얀 연기가 새어 나왔다. 정인의 눈에 가장 먼저 들어온 건 온탕에 몸을 담근 여자였다. 한눈에 봐도 어려 보였다.

긴 생머리가 허리까지 내려오는 또 한 명의 여자는 높은 수압의 샤워기 앞에 서서 몸을 씻고 있었다.

온탕에 몸을 담그고 있던 여자가 새된 소리를 질렀다.

— 어머, 피 좀 봐.

정인의 허벅지 부위는 검은 핏물로 흥건히 젖어 있었다.

— 양순구 어디 있어?

— 목욕탕에 와서 옷도 안 벗고 뭐야?

여자가 짜증스럽게 말하자마자, 욕탕 문이 열리고 동남아인 넷이 안으로 들어섰다. 그들을 본 정인의 눈썹이 꿈틀 움직였다. 네 남자 모두 총 한 자루씩을 들고 있었다.

정인은 총신이 활처럼 휘어 있는 모양새만 보고도 그것이 러시아 밀수품 중 사냥용 총인 칼라시니코프임을 알 수 있었다. 칼라시니코프는 평북, 평남 지역 인민군들에게도 지급된 총이었다. 미사일과 핵 개발 등 대형 살상 무기 제작과 수입에 열을 올리던 인민군은 그들 내부에서도 상당한 계급 차별이 존재했다. 정인은 보총 하나 제대로 구할 수 없는 변방의 인민군들이 스스로를 지키기 위해 러시아나 몽골에서 무기를 직접 밀수입하던 기억을 새삼 떠올렸다.

온탕 속 여자는 더 이상 말하지 않았다. 대신 지그시 고개를 젖히더니 이내 나지막한 신음을 쏟아냈다. 그때 물 위로 누군가 고개를 내밀었다. 내내 여자의 사타구니에 머리를 파묻고 있던 마른 몸의 남자가 미역처럼 젖은 머리를 쓸어올리며 헉헉거렸다. 남자의 상체는 요란한 문양의 문신으로 제 색을 찾을 수 없었다.

— 양순구?

— 탕에 왔으면 옷부터 벗는 게 예의 아니야?

— 붓다는 어디 있어?

— 미친년, 연락받고 설마 했는데 진짜 왔네.

양순구가 재수 없다는 얼굴로 바닥에 침을 뱉었다.

— 이게 양순구를 물로 보나. 여기가 어디라고 기어 들어와서 붓다를 찾아, 씨발년아!

— 말 오래하게 만드네.

— 여기 인도차이나 오빠들이 뭐 하던 애들인지나 아냐? 이 오빠들 반군 출신이야, 반군. 조폭, 건달 같은 거하곤 급이 다르다고.

— 그래서?

— 와. 이년 봐라. 총을 보고서도 분위기 파악 못하네. 짭새인지 뭔지 잘 모르겠지만 그냥 돌아가든지, 옷 벗고 보지를 내주든지 둘 중 하나만 해. 붓단지 브라자인지 더 이상 입에 올리지 말고. 알았어?

— 그렇게는 못하겠는데.

정인의 무심한 말투에 양순구는 벌떡 일어나며 외쳤다.

— 죽여버려!

양순구의 목소리가 탕 전체에 섬뜩한 울림을 일으켰다. 동남아인 한 명이 샤워기를 하나씩 틀기 시작했다.

온탕으로 한 발 다가간 정인이 네 명의 동남아인을 훑었다. 목표가 잡혔다. 샤워기를 틀고 온 남자의 손이 눈에 띄게 어설펐다. 방아쇠에 손가락을 모두 걸고 있어 방아쇠를 당기려면 총을 다시 잡아야 하는 상태였다. 남자는 다른 세 사람과 눈빛부터 달랐다. 남자의 눈은 들어올 때부터 계속 초조하게 흔들렸다. 반군은커녕 총을 잡아본 적이 없는, 잡았다 해도 인간을 쏜 적은 없는 것이 분명했다.

망설일 겨를이 없었다. 대장급으로 보이는 남자의 손짓이 떨어진 걸 확인한 순간 정인은 한 걸음 뒤로 물러섰다. 그러고는 왼쪽 발꿈치를 냉탕 난간에 걸치고 이를 지지대 삼아 몸을 공중으로 띄워 올렸다. 동시에 강한 총성이 울려 퍼졌다. 대장급 남자가 방아쇠를 당긴 것이다.

정인은 공중에서 몸을 비틀어 돌린 뒤 자신이 목표로 삼은 남자의 눈을 손가락으로 찍어 눌렀다. 눈을 공격당한 남자가 비명을 지르며 방아쇠를 당기려 했지만, 정인의 예상대로 방아쇠를 당기기 위해 총을 다시 잡아야 했다. 그 틈을 놓치지 않은 정인이 무릎으로 남자의 손목을 가격하자 칼라시니코프는 그녀의 수중에 들어왔다.

정인은 남자의 목을 두 손으로 받쳐 든 다음 반대 방향으로 꺾어 버렸다. 바로 그때, 정인의 몸을 타고 쓰러지는 남자의 등과 머리로 다른 남자들이 쏘아댄 총알이 시커먼 연기와 함께 사정없이 박혔다.

정인은 남자들이 든 칼라시니코프에 몇 발의 총알이 담겨 있는지 잘 알고 있었다. 피난덕산맥 산기슭에서 벌인 실제 훈련 때, 지급받았던 총과 같았다. 사용할 수 있는 실탄은 여섯 발뿐이었다. 그 여섯 발로 정치범수용소에서 탈옥한 무장 탈주범 여섯을 저격해야 했다. 총알 한 발로 사람을 즉사시킬 수 있는 방법은 머리, 그중에서도 좌측 두개골을 명중시키는 게 가장 정확했다. 고통 없이 사람을 보낼 수 있는 가장 유효한 방법이기도 했다. 하지만 지금 정인은 이국의 반군들을 살해할 생각이 없었다. 한 발은 총을 쥔 손에, 다른 한 발은 움직임을 무력하게 만들기 위해 발에 명중시켜야 한다. 총을 맞은 남자의 머리가 자신의 가슴 아래까지 내려왔을 때, 정인은 세 남자의 손과 발목에 총격을 가했다. 순식간에 남자들이 쓰러졌다. 정인은 들고 있던 총을 버리고 바닥에 떨어진 다른 남자의 총을 집어 들었다. 나머지 두 자루는 냉탕에 집어 던졌다.

정인이 온탕 가까이 다가가자 알몸의 양순구는 온탕 밖으로 나와

샤워기 앞에 섰다. 양순구가 유리 벽을 주먹으로 깬 다음 유리 조각
하나를 들고 다른 손으로 샤워기 앞에 서 있던 여자의 목을 휘어 감
았다. 여자의 비명을 즐길 만큼의 여유는 이미 사라져버린 듯 양순
구의 표정에는 긴장감이 역력했다. 유리 조각을 잡은 손에서 피가
흘러 인질이 된 여자의 가슴을 타고 흘러내렸다.

　— 꺼져! 꺼지라고!

　— 넌 오야도 뭣도 아니야. 너만 한 담력으로 할 수 있는 일은 많
지 않으니까.

　— 으. 으. 오지 마. 오지 말라니깐!

　양순구의 절규가 채 가라앉기도 전에 정인의 총구에서 총성이 터
져 나왔다. 총알이 정확히 유리 조각을 쥔 양순구의 어깻죽지를 관
통하자 그의 오른손이 제 의지와 상관없이 떨어졌다. 유리 조각도
바닥에 떨어졌다. 피범벅이 된 여자가 두 손으로 귀를 틀어막고 무
릎을 꿇었다.

　양순구 앞에 다가선 정인이 부들부들 떠는 양순구의 이마에 총구
를 겨누며 물었다.

　— 붓다가 네 두목이야?

　— 지금은 아니야.

　— 그럼 전에는 네 두목이었어?

　— 다 지난 일이야. 지금 그 새끼 그냥 독립군이야.

　— 독립군?

　— 그 새끼 사이코야. 돈도, 여자도 관심 없어. 씨발, 심장 팔고 콩
팥 떼냈으면 쩐을 챙겨야 할 거 아냐. 지가 무슨 자선사업가야 뭐야?

— 어디 가면 만날 수 있어? 그것만 말해.

정인은 양순구의 말을 끊으며 총구를 이마에 바짝 붙였다.

— 사, 살려줘.

— 보고 판단하겠어. 죽고 싶으면 대충 둘러대도 좋아.

양순구는 정신을 차릴 수 없었다. 1,000만 원이나 주고 데려온 인도차이나 반군들이 이렇게 맥없이 쓰러질 줄은 몰랐다. 양순구는 미칠 것 같았다. 정인의 눈빛은 조용했지만 야만 자체였다. 살기 위해 다른 것을 집어삼키는 본능에 충만한 야만.

양순구는 거짓말을 하려는 생각은 아예 하지도 않았다. 이 여자는 거짓을 본능처럼 알아차릴 것이고, 그 순간 이마에 구멍이 뚫릴 것이 분명했다.

— 지난달까지만 해도 함께 일했어. 하지만 이젠 아니야.

— 이 동네를 떠났단 거야?

— 그것도 아니야. 이곳에 있어. 유령처럼…….

— 유령……?

— 그래…… 유령.

8.

— 전화했었어요?

— 기어이 일을 벌인 건가? 그것도 혼자?

휴대전화 너머로 한 남자의 근심 가득한 목소리가 들렸다.

아침 9시. 약국 문이 열리자마자 정인은 붕대와 지혈제를 구입한 뒤 치료를 시작했다. 그때 걸려온 한 통의 전화. 재우였다.

정인은 재우에게 컵라면 네 개를 게 눈 감추듯 해치웠던 소녀의 행방을 물었다. 소녀에게 적어준 전화번호의 주인공, 재우가 짧은 한숨을 내쉬었다.

— 이제부터 같이 움직여. 그게 낫겠어.

— 아이와 통화했냐고요.

— 응, 위치 추적해놨어.

— 위치는 파악했어요?

— 이쪽 정보원에 대보니까 안전한 곳에 있다고 했어. 안심해도 좋을 거야.

— 아이가 뭐라고 하던가요?

— 당신 이야기를 하더군. 그런데 누구도 믿지 않는 눈치야. 경찰이라고 밝혀도 믿지 않았어.

— 그 아이. 다시 그곳에 돌아갈지도 몰라요. 수배라도 내려 붙잡아둬요.

— 한 가지만 묻자. 붓다, 조민 데려간 놈은 찾았어?

— 이제 찾아야죠.

정인은 붕대 끝을 동여매고 자리에서 일어섰다. 그제야 끔찍한 통증을 느꼈다. 한 걸음 떼기도 힘들 정도였다. 재우가 정인에게 사정하듯 말했다.

— 이제부터 같이 움직여. 그쪽에 심어둔 정보원이 있어. 그 새끼 족치면 뭐라도 나올 거야.

— 쉽지 않을 수도 있어요.

— 그건 내가 판단해. 그러니까 같이 움직이자고.

— 그럴 필요 없어요.

— 내 말 들으라니까.

— 찾으면 전화할게요.

정인이 먼저 전화를 끊었다. 정인은 지금 이 순간 무엇보다 잠을 자고 싶었다. 죽음보다 더 깊은 잠의 세계에 빠지고 싶었다.

정인은 눈 붙일 곳을 찾아 걸음을 옮겼다.

붓다

1.

새벽 4시.

불야성을 이루던 깊은 밤의 혼돈도 차갑게 가라앉고 새로운 하루를 시작하기도 애매한 시간. 그 시각 정인이 가산디지털단지역 사거리에 다시 모습을 드러냈다.

변두리 여관의 마지막 방을 골라잡은 정인은 꼬박 만 하루 동안 침대에 얼굴을 처박은 채 잠들었다. 어른 주먹 크기의 창문이 달린 좁은 방은 철저한 암흑이었다. 비록 깊이 잠들어 있었지만 정인의 의식 한구석은 끔찍할 정도로 선명하게 깨어 있었다. 복도를 지나는 작은 발소리에도 그녀의 몸은 저절로 움찔거렸다.

정인에게 있어 긴장은 오래된 습관 정도가 아니었다. 종교였다.

정인은 긴장이란 이름을 가진 종교의 골수 신도답게 외부 자극에서 자신을 지키는 무의식적 반응을 견뎌야 했다.

잠에서 깬 정인은 그제야 피에 젖은 옷을 벗고 욕실로 들어갔다. 상처에 스미는 비눗물에 절로 인상이 찌푸려졌지만, 신음은 흘리지 않았다. 정인은 상처를 소독하고 붕대로 강하게 조인 다음 사이즈만 보고 고른 청바지와 셔츠를 입고 거리로 나섰다.

새벽 4시 30분경. 정인은 공장 골목 마지막 단층 건물에 위치한 인력 사무소로 들어섰다. 가장 그늘진 구석 빈자리에 앉은 정인은 인력 사무소에 들어선 사람들의 면면을 그들이 눈치채지 못하는 범위 내에서 훑었다. 그렇게 기다렸다.

새벽의 유령, 붓다가 나타나길.

2.

— 새벽의 유령이란 말. 좀 더 자세히 설명해봐.

— 설명하고 말 것도 없어. 말 그대로 유령이야. 게다가 미친놈이고.

양순구의 눈에 언뜻 살기가 돌았다. 그 살기에는 애증이라 할 수 있는 또 다른 감정도 섞여 있었다.

— 멋졌지, 정말 멋졌어. 멋진 보스였다고. 그런데 이제는 미쳤어. 나는 절대 이해할 수 없어.

— 요점만 말해. 붓다는 어디 있어?

— 확실한 공급책 있겠다, 배 가르는 기술 있겠다, 좀 좋아. 딱 1년만 빡세게 벌면 준재벌 소리도 들을 수 있었는데 말이야. 그런데, 미쳤어. 그것도 아주 독하게 미쳤다고.

— 요점만 말하라고 했어.

— 지금 핵심을 말하는 거야. 그 새끼가 왜 새벽의 유령인지에 대해 말이야. 새벽 거리를 떠돌며 일하거든.

— 무슨 일?

— 인력시장을 돌아다녀. 성가시게 주민번호 남기는 인력 사무실이 아니라면 더더욱 선호하지.

— 노가다란 말이야?

— 노동이 신성하다고 하더군. 새로운 세상은 모두가 평등하게 나눠 먹는 곳이라나 뭐라나. 씨발, 그딴 개소리 좆 까라 그래.

붓다가 범상치 않은 인간이란 짐작은 양순구의 애증 섞인 독설을 통해 한층 더 분명해졌다. 정인은 양순구의 이마에 겨누었던 총구를 거뒀다. 하지만 양순구는 총구가 사라졌는데도 계속 떠들었다.

— 만나면 대신 물어봐줘. 부탁이야.

— 뭘?

— 왜 우릴 버렸는지. 그걸 알고 싶어.

— 버렸다고?

— 버렸어. 우리 모두를.

— 누가 누굴 버려?

— 그 자식이 입버릇처럼 말했어. 우리들은 어린 양이라고. 사회

가 갖다 버린 양이라고. 이상한 게 시간이 지날수록 그게 맞는 말이란 생각이 들어.

— 붓다가 교주쯤 되는 거야?

— 교주? 종교가 있어야 교주가 있지. 우리들은 그냥 붓다의 말에 세뇌되어버렸어. 그런데 우리의 우상이 어린 양들을 비참히 내버렸어. 우리들을 지옥 한복판에 내던졌단 말이야.

정인은 깊은 비애로 눈시울을 뜨겁게 적신 양순구를 물끄러미 바라보았다.

3.

백악질(白堊質) 느낌의 흰 파마 머리에 곳곳이 험하게 찢겨나간 청바지에 코뚜레를 연상케 하는 대형 피어싱이 인상적인 남자가 인력 사무소로 들어왔다. 양순구에게 들은 인상착의와 흡사했다. 정인은 그가 붓다란 사실을 알아차렸다.

둘은 서로를 마주보고 앉아 이름이 호명되길 기다렸다. 정인은 붓다를 쳐다봤지만, 그의 시선은 어느 한곳에 고정되지 않고 떠돌았다. 먼 곳, 우중충한 새벽 거리를 바라보는 것 같기도 했고, 인력 사무소에 있는 인간 군상을 훑어보는 것 같기도 했다.

정인과 붓다와 나이 든 조선족 남자 둘. 도합 네 명의 인부가 오래된 연식의 봉고차에 태워져 이동했다. 짙은 차양 탓에 이동하는 곳이 어디인지 좀처럼 알 수 없었다.

20분을 달린 뒤 봉고차를 멈춰 세운 현장소장이 인부들을 차에서 내리게 했다. 인부들은 비상계단을 이용해 지하 3층까지 내려갔다.

　현장에 도착한 뒤에도 붓다를 포함한 인부들은 아무 말도 하지 않았다. 현장소장은 쓰레기를 치우라는 말만 남기고 공사 현장을 벗어났다.

　철거 중인 지하 3층은 깨진 타일, 벽돌, 장판, 각목, 각종 철근 들이 무질서하게 널브러져 있었다.

　일행 중 가장 먼저 움직인 건 붓다였다. 붓다가 타일 조각들을 쓸어 담기 시작하자 정인과 두 조선족 인부도 일을 시작했다. 붓다는 감독하는 현장소장이 없는데도 한순간도 쉬지 않고 땀을 흘리며 '신성한 노동'을 충실히 수행하고 있었다.

　잔뜩 쌓여 있던 폐기물이 열 개가 넘는 부대 자루에 쓸어 담겼다. 공사 현장은 파장 분위기에 접어들었다. 현장소장이 놓고 간 간식과 막걸리 한 통을 나눠 마신 두 명의 조선족 인부는 구석진 곳에서 잠들었고, 붓다는 깨진 거울 앞에 서서 헤어스타일을 매만졌다. 붓다의 맞은편 벽에 웅크리고 앉은 정인은 내내 거울에서 눈을 떼지 못하는 그를 바라봤다.

　붓다는 벌써 30분째 머리 손질에 열중이었다. 하지만 정인은 붓다가 자신의 시선을 의식하고 있다는 사실을 알고 있었다. 잠시 시간이 흐르고 누군가의 발소리가 들렸을 때, 정인이 붓다에게 말을 걸었다.

— 당신이 붓다지?

붓다는 대꾸 대신 어깨를 으쓱했다.

— 조민을 찾고 있어.

거울을 통해 정인과 붓다의 눈이 마주쳤다. 거울에서 눈을 뗀 붓다가 몸을 돌려 정인을 바라봤다. 정인은 붓다의 눈길을 피하지 않으며, 거듭 물었다.

— 당신 통나무 장수라는 거 알고 있어.

— 풋.

비웃음인가. 냉소인가. 붓다가 뜻 모를 헛웃음을 터뜨렸다. 그 헛웃음이 왠지 정인을 안심케 했다. 이유는 없었다. 자신 앞에 선 이상한 꼬락서니의 젊은 남자가 범죄 집단 중에도 막장에 속하는 장기밀매 조직의 우두머리로는 보이지 않았다.

붓다가 처음으로 입을 열었다.

— 왜 찾는 거야?

— 그건 알 필요 없어. 지금 어디 있는지만 말해줘.

정인은 천천히 일어서서 맞은편 구조물에 등을 기대고 있는 붓다에게 한 걸음 다가갔다. 붓다는 무표정했다. 웃음도 없고, 그렇다고 화난 것도 아닌 무심의 반영체 같은 느낌으로 정인을 볼 뿐이었다.

입구로 들어서던 현장소장이 이상한 기류를 느꼈는지 점퍼 안주머니에서 잭나이프를 꺼냈다. 정인을 향해 성큼 다가서는 현장소장을 붓다가 손을 들어 막았다. 선잠에서 깬 두 명의 조선족 인부는 잭나이프를 보자마자 겁에 질려 벽에 달라붙었다. 현장소장이 하루 일당이 담긴 봉투를 던지자 그들은 뒤도 돌아보지 않고 작업 현장을 빠져나갔다.

— 알 필요 없다고? 아니, 나한테는 왜 조민을 찾는지가 제일 중요해.

— 적어도 당신이 데리고 있는 이유보다는 절박해.

붓다가 무심한 목소리로 말했다.

— 순수해?

— 뭐?

— 조민을 찾는 이유 말이야. 순수하냐고?

— 순수하다는 말. 어떤 의미야?

— 그 아이를 괴물로 만들 의도가 없느냐 이 말이야.

— 너희들처럼 아이에게 뭔가를 요구하진 않을 거야.

— 있는 그대로 내버려두겠다는 건가?

정인이 고개를 끄덕였다. 순간 붓다의 표정이 굳어졌다. 성나거나 정색한 얼굴과는 거리가 멀었다. 붓다가 말했다.

— 있는 그대로 존재한다는 게 어떤 건지 보여줄까?

— 개수작 부릴 생각 마.

— 오늘 밤 나와 함께할 수 있어?

— 수작 부리지 말라고 경고했어.

— 당신이 순수한지 역겨운지 시험해보고 싶어서 그래.

붓다는 자신의 코앞까지 다가온 정인을 보고도 동요하지 않았다.

— 조민을 찾고 싶으면 내 팔다리를 부수든지, 아가리를 찢어놓든지, 어떻게든 날 통과해야 할 거야. 내가 말해줘야 행방을 알 수 있을 거라고.

— ……

— 그러니 내게 보여줘. 당신이 얼마나 순수한지.

붓다의 얕고 잔잔한 숨결이 정인의 코끝을 간질였다. 붓다의 조 곤조곤한 말이 이어졌다.

— 그 정도는 해줄 수 있지 않나.

4.

조선족 출신이 아닌데도 재우의 정보원은 양고기를 꽤나 좋아했 다. 정보원은 젓가락을 사용하지 않고 연신 손으로 고기를 집어 입 에 넣었다. 재우는 맞은편에 앉아서 정보원이 먹는 모습을 잠자코 지켜봤다. 재우가 한 점도 입에 넣지 않자 정보원은 조금 멋쩍었는 지 넉살을 떨었다.

— 먹어봐요. 꽤 맛있어요.

— 너나 많이 먹어라.

— 맛있다니까 그러네요.

조선족들로 인산인해를 이루는 30평 남짓한 양고기 식당은 소란 스러웠다. 기본적으로 높은 톤에다 말할 때마다 악센트를 넣는 연 변 사투리와 중국말이 뒤섞인 소음은 오히려 재우를 편안하게 했 다. 이렇게 시끄러운 곳에선 설령 도청당한다 해도 무슨 말인지 식 별이 어려울 것이다. 꽁초를 재떨이에 비벼 끈 재우가 의자를 바싹 당겨 앉았다. 그러자 정보원도 먹기를 멈췄다.

― 붓다란 인간이 이 동네 통나무 장수인 건 맞네. 그렇지?

― 좀 다르다니까요.

정보원은 그 다름을 설명하기 꽤나 어려워했지만 말하려고 애썼다.

― 뭐랄까. 의적 같은 거 있잖아요.

― 의적?

― 통나무 장수면 이 바닥에서도 완전 막장이잖아요. 그런데 붓다는 쓰레기들을 잡아다 장기를 빼내요.

― 범죄자들 장기를 빼낸다고?

― 옛날엔 식구들 데리고 먹고살아야 되니까 통나무 거래도 하고 그랬는데, 요즘엔 무슨 심산지 아예 무상으로 장기를 나눠준대요. 쓰레기들의 콩팥, 간, 심장 뽑아다가 정말 이식이 필요한 환자들에게 무상으로 자원봉사한단 말이죠.

― 그러고도 조직이 무사해?

― 무사할 리 없죠.

― 조직 근황은 어때?

― 붓다 밑으로 양순구, 박철수 같은 조폭 출신 똘마니들이 있었는데, 지금은 모두 배신 때리고 독자적으로 장사해요. 더 이상 참을 수 없었겠죠.

― 뭘 참을 수 없어?

― 좀 전에 한 말 못 들었어요? 돈 한 푼 안 남기고 의적처럼 구는데 어떻게 참겠어요. 그래도 몇 명은 미치광이 붓다 밑에 남았어요. 열성 똘마니 한두 명쯤?

정보원은 입가심 삼아 보리차를 입 안 가득 넣고는 우물거렸다. 재우는 두리번거리는 정보원에게 손짓을 해 바짝 다가오게 한 다음 작은 목소리로 말했다.

— 최근 붓다가 아이 한 명을 데려갔어.

— 아이요?

— 개미든 통나무든 써먹으려고 한 거 아니야?

— 개미요? 그건 절대 아니에요. 붓다가 아이들을 데리고 있던 건 맞지만. 처음부터 개미 장사(아이들에게 앵벌이나 마약 심부름을 시키는 일)는 안 했어요.

— 그럼 뭐에다 썼는데?

— 쓰긴요. 공부시키고 학교 보내고. 지가 무슨 페스탈로치라고.

재우는 예상치 못한 말에 잠시 어리둥절해졌다. 막장 통나무 장수가 아이들 교육을? 재우는 옆으로 새려는 생각을 멈추고 물었다.

— 최근 데려온 남자아이, 그 아이 행방 알아볼 수 있어?

재우의 질문에 정보원은 더 낮은 목소리로 숨죽여 답했다. 소음에 묻혀 제대로 귀 기울여 듣지 않으면 아예 들리지 않을 정도였다.

— 양순구가 데려갔어요.

— 양순구? 붓다 밑에 있었다는 조폭?

— 그 새끼가 붓다 하는 일에 삥끼 치려고 애들을 빼돌린 거죠.

— 그걸 왜 이제야 얘기해?

— 언제 물어봤어요?

재우는 실망스러운 표정을 감추지 못하고 그대로 자리를 박차고 일어섰다. 정보원도 억울하다는 듯 따라 일어섰다. 식당 밖으로 나온 정보원이 재우에게 담배 한 개비를 건넸다. 재우는 정보원에게 지갑에서 꺼낸 지폐 몇 장을 건네주며 말했다.

— 제대로 살아. 직업교육도 좀 받고.

재우의 말을 들은 정보원이 놀랍다는 반응을 보였다.

— 형사님이 웬일이세요? 그런 말씀을 다 하시고.

— 됐고…… 이제 헤어지자. 괜히 니네 애들 눈치채면 골치 아프니까.

— 알겠어요. 그리고…… 몸조심하셔야 돼요.

— 미친놈. 나 형사야.

— 이 바닥. 형사고 뭐고 없는 거 아시면서.

그 말을 끝으로 정보원은 도망치듯 식당 뒤편 뒷골목으로 뛰어갔다. 재우는 사라지는 정보원의 뒷모습을 물끄러미 바라보며 중얼거렸다.

— 이걸 도대체 어떻게 엮어야 돼?

5.

허름하긴 해도 웬만한 기본 의료 시설은 갖춘 3층 규모의 병원. '평화외과'란 간판을 내건 입구에는 대형 종합병원 이름이 나란히 적혀 있었다.

하지만 철문 자물쇠를 따고 지하로 내려섰을 때부터 이곳은 평범한 병원이 아니었다. 강한 소독약과 피 냄새가 코끝을 찔러왔다. 정인은 순간 지하에서 벌어지는 일의 특수성을 감지했다. 정인은 자신을 이곳으로 데리고 온 붓다를 뒤돌아봤다. 붓다는 무표정하게 정인에게 손짓하며 지하로 내려갈 것을 종용했다.

그렇게 정인은 지옥도가 펼쳐진 지하실로 들어갔다.

주차장을 개조해 만든 지하 공간은 인간 공장이었다. 아이서부터 어른, 남자, 여자 가리지 않고 바닥에 쓰러져 있거나 벽에 등을 기댄 채 죽어 있었고, 주검을 처리하는 남자의 옷은 피로 얼룩져 있었다.

거대한 지옥도에 어울리지 않는 슈만의 피아노 협주곡이 공간 전체에 흘렀다. 부드러운 커피 향 같은 피아노 선율이 채 눈도 감지 못하고 숨을 거둔 아이의 주검을 화폭 속에 담긴 정물로 만들어주는 끔찍한 착시를 일으켰다.

정인의 몸이 먼저 반응했다. 붓다가 자신을 이곳으로 이끌었지만 이곳의 지옥도를 본 순간 그녀는 누구의 지시, 누구의 간섭도 받지 않았다. 마약에 취해 있던 두 행동 대원의 목을 짓눌러 혼절시키는 데 걸린 시간은 채 10초도 걸리지 않았다. 주검을 처리하던 남자가 도움을 요청하기 위해 비상벨을 누르려 했지만, 정인이 순식간에 달려들어 팔을 비틀었다. 남자의 비명이 공간 전체에 울려 퍼졌다. 정인은 작심하고 남자의 손가락 마디를 붙잡아 꺾어버렸다.

— 이 미친년! 놔!

— 다신 이런 짓 못하게 해주겠어.

— 으아아악!

남자의 오른손 다섯 손가락이 저마다 각기 다른 방향으로 뒤틀렸

다. 남자의 몸이 전율했다. 바닥에 주저앉아 오열했다. 남자의 머리
채를 붙잡은 정인이 아예 머리통을 비틀어 꺾으려 할 찰나, 붓다가
정인의 손을 붙잡았다.

섬뜩한 안광이 강하게 충돌했다. 살인 본능이 되살아난 그녀와
이를 억누르는 붓다의 평심이 충돌한 것이다.

붓다가 정인의 두 손을 남자의 머리에서 떼어낸 뒤 가만히 미소
지으며 고개를 가로저었다. 그제야 정신을 차린 정인이 주위를 둘
러봤다. 붓다의 행동 대장 격인 현장소장이 오른손을 붙잡고 아이
처럼 우는 남자를 일으켜 반투명한 수술용 침대 위에 눕히고는 손
발을 결박하고 있었다.

정인은 죽은 아이들의 주검을 살폈다. 소녀가 세 명, 소년이 한
명이었다. 조민은 없었다. 정인은 벽에 등을 기대고 죽은 소년을 봤
다. 눈동자가 없었다. 눈동자 대신 검붉은 핏물에 찌든 피고름이 전
부였다. 소년은 두 손에 로봇 장난감을 쥐고 있었다. 좋아서 미칠
것 같은 손짓으로 로봇을 만지던 소년의 모습이 상상되었다. 역한
피 냄새가 반가웠는지 날벌레들이 소년의 얼굴 주위에 모여들었다.

둔기로 무언가를 내리치는 소리가 들리며 곧바로 남자의 비명이
들려왔다. 정인은 고개를 돌려 소리가 난 곳을 쳐다봤다. 붓다가 행
동을 시작했다. 결박한 남자의 머리채를 잡고 벽에 기대어 세운 붓
다가 여행용 가방에서 꺼낸 망치와 정으로 남자의 양손에 대못을
박기 시작했다.

쾅.

쾅.

328

쾅.

단 세 번의 망치질로 대못은 남자의 손바닥 중심을 관통해 콘크리트 벽 깊숙이 파고들었다.

6.

— 종교적인 의미를 부여하자는 건 아니야.

붓다가 몸을 숙였다. 마치 간음한 여자를 앞에 두고 몸을 숙여 땅에 무언가를 쓰던 2000년 전 예수처럼 그는 차가운 시멘트 바닥에 몇 걸음 옮겨가며 무언가를 줍거나 긁었다. 정인은 그사이 벽과 하나가 된 남자를 바라봤다. 두 손바닥과 두 발목에 아이의 팔목 길이가 되는 대못이 박혀 있었다. 박힌 대못을 중심으로 짙푸른 정맥과 검붉은 핏물이 모여들었다. 남자는 비명조차 제대로 지르지 못하고 반쯤 입을 벌린 채 살려달라는 말만 흐느끼듯 되풀이했다.

몸을 일으킨 붓다의 손에 쥐어진 건 메스 한 자루였다. 붓다는 주머니에서 꺼낸 라이터로 메스를 소독했다.

— 원래 저 물건도 사람이고 싶었을 거야.

— 뭐 하려는 거야?

— 종합병원 행정실장으로 포부도 있고, 봉사활동 같은 것도 했겠지. 그런데, 지금 이 물건은 마약, 섹스, 소아성애, 쩐에 굶주린 중독자가 되어버렸어.

소독을 끝낸 붓다가 남자에게 다가갔다. 남자와 붓다는 면식이 있는 듯했다. 아는 사이라는 게 남자를 더 미치게 만든 모양이었다. 메스를 든 붓다의 손을 본 남자가 울먹였다.

— 미안해. 잘못했어. 살려줘.

— 살려줄 거야.

— 으흑. 잘못했어. 붓다. 그냥 이건, 섹스 같은 거였어. 하룻밤 불장난이라고. 불장난처럼 배를 갈라보고 싶었어. 당신도 이따금 그럴 때가 있잖아. 갈라보고 싶을 때가 있잖아. 그렇잖아.

— 그렇지. 맞아.

붓다가 남자 앞에 다가왔다. 일은 그야말로 순식간에 벌어졌다.

붓다의 메스가 남자의 오른쪽 눈을 향해 파고들었다. 정교한 솜씨였다. 시신경을 자극하지 않는 범위 내에서 눈 주변 피부조직을 모양새 좋게 가른 것이다. 남자의 비명이 짐승의 울음처럼 일그러졌다. 붓다가 다른 손에 쥔 거즈로 메스에 묻은 핏물을 닦아내며 말했다.

— 나도 당신을 갈라보고 싶어. 그뿐이야.

붓다가 남자의 두 눈에서 안구를 적출하는 데 걸린 시간은 3분도 되지 않았다. 무엇보다 정교한 손놀림이 돋보였다. 메스를 쥔 붓다의 손은 한 치의 망설임이나 어긋남을 허용하지 않았다. 적잖은 양의 피가 두 눈을 타고 흘러내릴수록 남자의 비명도 가라앉았다.

붓다의 의식은 거기서 멈추지 않았다. 이번에는 남자가 입은 가운과 셔츠를 벗기고는 장기를 꺼내기 위한 준비를 시작했다. 그때였다. 정인이 다가섰다. 정인은 오른손에 묻은 핏물을 닦아내고 다시 메스와 가위를 집어 든 붓다의 손목을 붙잡았다.

― 그만둬.

― 어째서?

― 경고했어. 그만두라고.

― 어째서 그래야 하는데?

남자의 몸에서 쏟아져 나온 핏물로 엉망이 된 얼굴로 붓다가 해맑게 웃으며 물었다. 정인은 잠자코 붓다를 바라봤다. 그의 얼굴에서 피어오른 웃음은 순수했다.

― 사람은 자신이 범했던 죄의 깊이만큼 되돌려 받아야 그 죄를 하늘에서 방면받을 수 있어.

정인이 남자의 상태를 살폈다. 벌린 입에서는 신음조차 나오지 않았다. 대신 핏물과 뒤섞인 눈물, 콧물이 쏟아졌다. 붓다가 조곤조곤한 말투로 말을 이었다.

― 우린 이 구제받을 수 없는 인간에게 구원을 행하는 중이야. 어처구니없는 죽음들 앞에서 사죄받을 수 있는 최소한의 자리를 마련해주는 중이라고. 오히려 나한테 감사해야 하는 거 아닌가?

― 누구도 심판할 권리 같은 건 없어.

― 법, 체제, 이념은 심판할 권리가 있고?

― 그딴 소리 집어치워.

― 네가 찾는 조민이야말로 심판과 거리가 멀어. 그저 구원이지. 단지 그 구원의 퍼즐 조각을 맞춰내는 게 우리들의 몫이야. 누구도 대신 해줄 수 없는 우리들의 권리지.

정인의 표정이 굳었다. 붓다도 웃음을 거두고 다시 이전의 무심함으로 돌아왔다. 그의 손목을 붙잡은 정인의 손에서 서서히 힘이 풀렸다.

메스를 든 손이 자유로워진 붓다가 다시 의식을 시작했다. 가슴 깊이 메스를 찔러 넣고서 수직으로 위에서 아래로 배를 가를 때였다. 갈라진 남자의 배에서 한 줄기 투명한 빛이 새어 나왔다. 변태를 끝낸 나비가 제 몸을 감싼 고치를 뚫고 날아오르는 것만 같았다. 그 환상은 더없이 달콤하고 성스러웠다.

순간, 마지막을 암시하는 듯한 남자의 처절한 오열이 터져 나왔다. 두 눈이 뽑힌 남자가 노래를 불렀다. 군가였다.

남자는 군가를 부르며 죽어갔다. 붓다가 그의 몸에서 장기를 적출해낼 때까지, 그의 장기가 아이스박스에 들어갈 때까지. 남자가 목 놓아 부르던 군가는 계속되었다.

7.

병원에서 나온 붓다가 정인을 이끈 곳은 도보로 10분 정도 걸으면 도착하는 여인숙 간판을 내건 단층 건물이었다. 슬레이트 지붕과 함석판으로 얼기설기 마감된 단층 건물은 재난 지역의 임시 숙소를 방불케 했다.

'평화여인숙'이란 상호가 적힌 칠 벗겨진 입간판 바로 밑, 정인의 눈에 띈 건 스프레이로 휘갈겨 쓴 낙서들이었다. 함석판으로 엇댄 문 전체를 차지한 음담패설과 욕설 들은 의외로 당당했고 자랑스러워 보였다. 모인 이들의 당당함이 응집된 느낌이었다. 이해하기 힘들겠지만 정인이 받은 느낌은 분명 그랬다.

　성인 남자 한 명이 간신히 걸을 수 있는 좁은 복도를 중심으로 양옆에 수십 개의 방이 빼곡히 자리 잡고 있었다. 정인은 열려 있는 방 안을 스치듯 보며 복도 끝을 향해 걸어갔다. 노숙자로 보이는 남자가 냄새나는 이불을 온몸과 머리에 터번처럼 둘러메고 담배 피우는 모습, 젖가슴을 훤히 내보인 젊은 여자가 칭얼거리는 아기에게 젖먹이는 모습, 크레파스를 손에 쥐고 벽에 무언가 그리는 치매 노인, 시커먼 피부색의 남자와 여자, 자녀로 보이는 혼혈 삼 남매가 옹기종기 모여 잠든 모습. 고시원 방만 한 공간 안에는 다양한 사람들과 살림살이가 있었다.

　붓다는 단층 건물의 마지막 쪽방 문을 열고 안으로 들어섰다. 2평 남짓한 쪽방에 붓다와 정인, 그리고 현장소장, 세 명이 자리 잡고 앉았다.

　붓다가 문 맞은편 벽에 등을 기대고 쭈그려 앉자 현장소장이 문을 등으로 가로막고서 붓다와 비슷한 자세로 앉았다. 그들 옆에는 외과 병원에서 들고 온 몇 개의 아이스박스가 놓여 있었다. 붓다가 서 있는 정인을 올려다보며 말했다.

　— 앉지 그래.

　정인은 바로 앉지 않았다. 대신 들고 있던 아이스박스를 쪽방 중앙에 내려놓았다. 정인은 붓다가 팔을 괴고 앉은 곳에 쌓여 있는 책을 훑어봤다. 과격하고 급진적인 제목으로 가득했다. 붓다는 어떻게 알았는지 마침 정인이 보고 있던 《혁명과 유토피아》란 제목의 책을 끄집어냈다. 붓다가 빛이 바랠 대로 바랜 책 겉면의 먼지를 털어내며 말했다.

— 유토피아란 말뜻이 뭔지 알지? 존재하지 않는 장소란 뜻이야.

— …….

— 이 책은 지구상에선 완전한 혁명이란 불가능하다는 내용 일색이야.

책을 펼쳐 보던 붓다가 흘러가는 말투로 말을 이었다.

— 조강윤도 그랬지. 패배주의에 사로잡힌 루저 같았어.

조강윤이란 말이 붓다의 입에서 튀어나오자 정인의 눈빛이 되살아났다.

— 하지만 말이야, 혁명이란 실패할 걸 알고도 끝까지 밀고 가는 힘이야. 유토피아를 철저히 거부해 존재하지 않는 장소 유토포스가 토포스가 될 수 있다는 기적을 이뤄내는 힘이라고.

붓다가 책을 덮고는 담배를 피워 물었다. 담배 연기가 열린 쪽방 창문 틈새로 빨려나갔다. 정인이 여전히 선 채로 물었다.

— 조민은 왜 데려온 거야?

붓다가 담배를 입에 문 채 정인을 올려다보며 미소 지었다.

— 순수를 지키기 위해. 순수를 지키려면 힘이 필요하거든.

— 순수가 뭔데? 대체 무엇이 순수하다는 거야?

정인은 조민과 관계있는 말이라면 어떤 말이든 집어삼킬 기세였다. 붓다가 되물었다.

— 기적도화회에 다녀온 거야?

— 조강윤이란 인간이 우리 옆집에 살았어.

— 옆집 아이 찾으려고 여기까지 온 건 아닐 테고…….

— 내 이유는 중요하지 않아.

— 그럼?

— 조민을 왜 이곳에 데려온 거지? 조강윤으로부터 직접 그 아이를 빼내온 거잖아.

— 난 그 이유를 알고 있는 것도, 모르고 있는 것도 아니야.

— 똑바로 말해. 알아들을 수 있게.

붓다가 담배를 권했지만 정인은 아무 반응도 보이지 않았다. 붓다는 익살맞은 미소를 지으며 꽁초가 된 담배를 벽에 비벼 끄곤 새 담배에 불을 붙였다.

— 기적도화회는 유토포스를 토포스로 만들려는 미치광이 모임이야.

— 그 미치광이 모임 이야기 귀담아 들을 겨를 같은 거 없어.

— 그래도 들어야 돼. 조민과 관계된 거니까.

붓다의 눈빛은 어느새 열정을 담아 빛나고 있었다.

— 어떤 종교든 경전이란 게 있어. 그들만의 가르침을 담은 비서(秘書) 말이야. 그런데 기적도화회 미치광이들에게는 경전이 없어. 경전 대신 구전을 신봉하는데 그 구전의 자물쇠가 바로 조민, 그 아이야.

— 구전은 뭐고 자물쇠는 또 뭐야?

— 혁명과 이상에 미쳐 날뛰던 조강윤. 그의 아들은 특별했어.

— 어떤 점이?

— 사람 말을 모두 기억하고 암기해. 분량도 상관없어. 전화번호

부에 적힌 이름과 번호를 순서 하나 틀리지 않고 모조리 암기했으니까.

— 전체를?

— 암기만이 아니야. 녀석은 사람의 기억 속에 담긴 정서와 감정까지도 기억해.

그때, 문득 정인은 조민과 함께한 짧은 시간, 수영장에서의 기억을 떠올렸다. 수영장에서 읊조리듯 말하던 조민의 말들 속에는 정인이 어떤 생각을 하는지뿐만 아니라 그녀의 마음과 감정까지 고스란히 담겨 있었다.

— 천재와는 좀 다를걸. 녀석에겐 기억 잠금 능력이 있어.

— 뭐?

— 자신이 기억하는 암호를 열쇠의 비밀번호로 인식하고 잠가버리는 거야. 그럼, 놀라운 일이 벌어지지. 이제까지 자기 머릿속에 입력된 모든 정보들이 머릿속에만 담겨 있고 정작 녀석은 기억하지 못하는 거야.

— 그럼 그 정보들은 언제 열려?

— 암호의 의미를 찾아내면 열리지. 그런데 그 암호의 의미를 알고 있는 게 아이가 아니라는 거야.

— 그럼 누군데?

— 가장 가까운 사람. 아버지겠지.

— 조강윤은 이미 죽었어.

— 그 지점부터가 문제야. 조강윤이 아들 조민에게 입력한 비밀번호의 암시를 일깨워줘야 해. 암호는 언제나 무의미한 기호들로

구성되지. 정리하자면 지금 조민의 머릿속엔 기적도화회의 비밀이 모두 담겨 있어. 그런데 녀석이 암호의 의미를 깨닫지 못하면 녀석의 머릿속 정보는 절대 풀리지 않아.

— 알겠어. 알겠는데. 내가 알고 싶은 건 단 하나야. 조민, 어딨어?

— 조민은 지금 야왕의 손에 있어.

— 야왕?

— 변절자 양순구가 보스로 모시는 인간이지.

— 뭐야, 당신이 보호하는 거 아니었어?

— 그랬었지. 양순구한테 당하기 전까지는…….

정인이 다그치듯 물었다.

— 야왕 어디 있어?

백열등 불빛이 서 있는 정인의 몸에 가로막힌 탓에 붓다의 얼굴에 짙은 그늘이 드리웠다. 붓다는 대답 대신 아이스박스를 가리켰다.

— 성인 남자 심장 둘, 콩팥 넷, 간 세 개, 아이들 각막 세 개. 제대로만 거래해도 3억이 넘어. 오늘 밤 야왕이 올 거야. 조민과 이것들을 맞바꿀 거니까.

— 언제?

둘의 시선이 충돌할 듯 부딪혔다. 정색하며 붓다가 말을 이었다.

— 난 여전히 당신을 못 믿어. 그러니 조민을 찾는다 해도 어떤 것도 장담할 순 없을 거야.

— 그건 나도 마찬가지야. 나도 널 못 믿어.

— 그래 그럼…… 넌 조민을 찾으면 어떻게 하고 싶은데?

— 데려갈 거야.

— 어디로?

— 임대 아파트. 원래 녀석이 살던 곳.

순간 정인은 불에 그슬린 1002호의 거실 벽면을 떠올렸다. 불에 탄 흔적 너머, 깨진 창문으로 거친 바람이 휘몰아쳐 그슬린 흔적을 지우자 나타난 하나의 표식. 그 표식이 암호가 아닐까. 방금 전 붓 다가 말한 기억 전달자인 조민의 머릿속 잠금장치. 한번 닫히면 해독될 때까진 결코 풀리지 않는 기억을 해제하는 암호.

정인은 입술을 질끈 깨물었다.

8.

바닥에 둔 휴대전화가 진동했다. 고요한 정적을 찢고 울리는 휴대전화 진동에 잠들었던 재우가 반사적으로 팔을 들었다. 손을 뻗어 휴대전화를 잡는 순간 그의 눈도 함께 열렸다.

재우는 가산디지털단지역에 위치한 남성 전용 사우나에서 눈을 붙였다. 좁지 않은 수면실이었지만 열 명이 넘는 남자들의 상상을 초월하는 코골이로 인해 애초부터 숙면은 포기해야 했다.

재우는 수신자를 확인했다. 기다리던 번호였다. 재우는 서둘러 자리에서 일어나 수면실 밖으로 나왔다.

— 말해.

― 내 번호란 거 어떻게 알았어요?

정인이었다. 항상 일관된 톤, 젊은 여성의 목소리 치고는 제법 허스키한 그녀의 음성을 듣는 순간 재우는 안도했다.

― 지금 이 시간에 전화할 사람이 당신 말고 또 누가 있겠어. 무슨 용건이야?

― 찾았어요.

― 어디야?

사족을 붙이지 않은 대화는 두려울 정도의 속도감으로 전개되었다. 속도에 두려움이 생기는 이유는 자명했다. 정인은 망설이지 않았다. 행동과 생각이 항상 함께했다. 하지만 재우는 달랐다. 그는 고민에 고민을 거듭한 뒤에야 행동에 옮길 수 있었다. 재우와 정인의 차이였다. 하지만 이상하게도 정인과의 대화에서는 오래된 습관처럼 길들여져온 속도에 대한 두려움이 완화되었다. 정인의 낮고 담담한 목소리가 재우의 불안을 잠재운 것이다.

― 새벽 5시. 골리앗에서 만나기로 했어요.

재우는 시간을 확인했다. 새벽 2시를 지나고 있었다.

― 누구랑?

― 조민을 데리고 있는 자들. 야왕이라고 했어요.

― 골리앗은 또 어디야?

― 가리봉 개발추진위원회 3지구.

통화 중 구글 화면을 새 창에 띄운 재우가 '3지구 개발'이란 검색어를 입력했다. 곧바로 맵 하나가 전환된 창을 메웠다. 맵을 확대해보니 가산디지털단지 역사에서 북쪽으로 500미터 떨어진 곳에 위치한 개발촉진구역이었다. 재우가 걱정스러운 투로 말했다.

— 이젠 내가 알아서 처리할게. 넌 빠져.

— 경찰이라도 부르려고요?

— 그래도 경찰이 제일이야.

— 경찰은 믿기 어려워요.

— 기동타격대 호출하려고.

— 그 정도 능력이 돼요?

— 지금 날 무시하는 거야?

재우의 얼굴에 희미한 미소가 번졌다. 뜸을 들인 정인이 말을 이었다.

— 믿겠어요. 조건은 단 하나예요.

— 조민을 보호하는 일. 그렇지?

— 물론이에요.

— 아무리 대한민국 정부가 개판이어도 통나무 장수보단 경찰이 안전하니까 걱정 마. 그럼 잠시 후에 보지.

— 티 나지 않게 와야 해요.

— 장사 하루 이틀 하나. 걱정하지 마.

— 몸조심해요.

— 너도.

9.

통화를 끝낸 재우는 곧바로 욕탕으로 들어갔다. 탕 안까지 휴대
전화를 들고 들어가는 버릇은 여전했다.

강력계 말단으로 형사 생활을 시작한 재우는 누구보다 성실한 경
찰이었다. 한 달에 집에 들어가는 날이 손에 꼽힐 정도였고, 강력
사범 검거 실적에서도 탁월한 실력을 보였다. 남다른 실적을 올리
기 위해서는 삶의 모든 것이 날카로운 긴장감 위에서 전개되어야
한다. 긴급 출동을 대비해 어디에서나 휴대전화를 소지하는 것은
광역수사대 지능2팀 팀장이 된 후로도 버리지 못하는 오래된 습관
이었다.

습식 사우나 안으로 들어서며 기동타격대 팀장에게 전화를 걸려
는 순간, 휴대전화가 먼저 진동했다. 수증기로 뿌예진 화면을 손가
락으로 눌러 지운 다음 수신자를 확인했다. 정인의 번호는 아니었
다. 새벽 2시에 걸려온 낯선 이의 전화. 재우는 잠시 망설이다 휴대
전화를 손에 쥐었다. 누구의 전화든 피할 이유는 없다고 생각했다.

— 제가 누군지는 아시겠죠.

말끝을 묘하게 흐리는 여자의 말투는 지나칠 정도로 사무적이었다.

— 모르겠는데요. 신분부터 밝히시죠.

— 지난번 따님 병원에서 뵈었죠?

병원이란 말을 듣는 순간 딱 한 인물이 떠올랐다. 유난히 마른 몸
을 가진 여자. 정 부장으로 통하던 여자가 자신의 목을 조를 때의
장면이 머릿속에 떠올랐다. 사우나에 있던 탓일까. 얼굴 전체에 맺

힌 땀방울이 휴대전화를 쥔 손등을 타고 흘러내렸다.

— 이 새벽에 무슨 용무요?

— 이제부터 아무 행동도 하지 마십시오.

— 무슨 뜻이요?

— 지금부터는 우리가 움직이겠습니다.

— 우리가 누구야? 가만, 당신들…… 지금 내 전화 딴 거야?

— 그건 중요하지 않습니다.

— 그게 왜 안 중요해? 말해봐. 내 전화 도청하고 있었던 거야?

— 애초에 당신은 조민이 있는 곳을 찾아내는 것만 의뢰받은 것으로 알고 있습니다. 그게 성사되었으니 그 이후는 A가 알아서 하겠다는 겁니다. 무슨 뜻인지 알아들으시죠?

— 당신들…… 어린애 데려다가 도대체 무슨 짓을 하려는 거야.

— 김재우 팀장, 지금 다른 아이 걱정할 때가 아닐 텐데요.

— 뭐가 어째!

— 만일 당신이 합류해 불상사라도 일어나면 그건 전적으로 당신 책임입니다. 명심하세요.

재우는 터져 나오려는 욕을 참으며 그대로 전화를 끊어버렸다.

재우는 들끓는 분노를 추스르며 곧바로 정인에게 전화를 걸었다. 하지만 들려오는 건 "통화 거절 상태입니다. 잠시 후 다시 걸어주세요"라는 안내음뿐이었다. 몇 번을 반복해도 결과는 마찬가지였다.

— 왜 안 받는 거야!

재우는 초조해진 마음에 욕탕 문을 힘껏 열어젖혔다. 차가운 바깥 공기가 재우의 벗은 몸속을 파고들었다.

10.

새벽 5시. 붓다와 정인을 태운 봉고차가 골리앗에 도착했다.

정인과 붓다는 양쪽 차창 밖을 살폈다.

오랜 시간 방치된 간이 놀이터를 에워싸듯 수십 개의 컨테이너가 두세 겹씩 쌓여 거대한 산성을 이뤘고, 컨테이너 벽면은 온통 독기에 찬 성토 문구 일색이었다. 스프레이로 벽면에 갈겨쓴 자폭, 자멸, 파괴, 폭동 등 원색적인 문구가 섬뜩했다.

봉고차를 운전한 현장소장이 조수석에 있던 밀짚모자를 머리에 눌러쓰고는 다른 모자를 붓다에게 건넸다. 파마 머리를 완벽히 덮고도 여유가 있는 챙이 넓은 모자였다. 붓다는 고개를 가로저었다. 붓다는 NYPD 모자를 깊숙이 눌러쓴 정인을 보고 말했다.

— 어때. 제대로 놀아볼 준비는 됐어?

— 이게 장난으로 보여?

— 왜, 재미없어? 난 엄청 재밌는데.

— 그거 알아? 당신은 사이코야. 미친 사이코 새끼라고.

그 말에 붓다는 소리 내어 키득거렸다.

— 사이코 맞아. 미치지 않고서야 어떻게 세상을 바로 볼 수 있겠어. 세상 자체가 미쳤는데. 난 내 식으로 순수를 재건설하고 있어. 피로 물든 악행의 밤을 보내면서 우리만의 기적을 꿈꾸는 일 말이야. 그런 거, 매력적이지 않아?

정인은 붓다의 눈동자를 근접 거리에서 바라봤다. 티 없이 맑은,

순수함의 결정체였다. 그 순수함으로 살아 있는 사람의 눈알을 뽑고 배를 갈라내다니. 믿기 어려웠다.

— 조민이 잘못되기라도 하면 넌 내 손에 죽어.

— 협박이란 건 통하는 사람한테나 하는 거야.

— 뭐?

— 날 똑바로 봐.

붓다의 얼굴이 다가왔다. 입술이 닿을 정도로 가까운 거리였다.

— 넌 내가 살아 있는 사람으로 보여?

— 미친…… 새끼.

— 난 유령이야. 유령이라고.

— 입 닥쳐.

— 크크큭.

붓다의 웃음소리는 곧 그쳤다. 어느새 표정이 사라진 그가 봉고차 문을 열었다.

11.

이중, 삼중으로 세워 올린 산성 모양의 컨테이너 탑이 골리앗인지, 산처럼 쌓여 있는 엄청난 양의 산업폐기물과 각종 재활용 쓰레기가 골리앗인지 식별이 어려웠다.

붓다의 심복인 현장소장은 봉고차에서 내리자마자 컨테이너 성벽 틈새 하나를 골라잡아 그 사이로 빠르게 들어갔고 붓다와 정인이 그 뒤를 따랐다.

앞장선 현장소장이 쓰레기 산 앞에서 멈추자 두 사람도 따라 멈춰 섰다. 그들 앞에는 제법 많은 사람이 모여 있었다. 조선족으로 보이는 작업복 차림의 남자들이 표정을 잃은 밀랍 인형처럼 움직임조차 없이 자리를 잡고 있었고, 다리에 붕대를 감고 기우뚱하게 서 있는 양순구도 보였다.

정인은 가운데 서 있는 남자에게 시선을 집중했다.

정인 옆으로 다가온 붓다가 담배를 입에 물고 불을 붙이며 이 모든 게 대수롭지 않다는 말투로 입을 열었다. 굳은 얼굴로 자신과 정인을 노려보는 가운데 남자를 향해 턱짓을 해보이며.

— 야왕이야.

원곡동 외국인 타운에서도 보았고 시흥 사거리 공장 골목에서도 보았던 남자였다. 자신을 양순구에게 보냈던. 정인이 한 발 앞으로 다가가며 말했다.

— 당신이 야왕이었어?

— 그랬나? 내가 야왕이었나?

— 조민 어딨어?

야왕이 투박한 연변 사투리로 말했다.

— 물건 어디 있네?

붓다가 꽁초를 바닥에 버리며 말했다.

— 아이들이 먼저야.

— 물건부터 보이는 게 순서 아니겠니.

그 순간 정인이 쓰레기 산을 향해 빠르게 움직였다. 움직임을 포착한 야왕 패거리가 일제히 정인에게 달려들었다. 정인은 그들 따위는 신경도 쓰지 않았다. 시간이 너무 지났다. 더는 지체할 수 없었다. 자신을 향해 달려드는 남자들의 목을 꺾고 팔을 부러뜨렸지만 조민이 있을 법한 곳은 보이지 않았다. 정인은 점점 지독한 허탈함에 지쳐갔다.

야왕은 흥미로운 눈길로 정인을 지켜봤다. 붓다 역시 이 상황이 즐겁다는 듯 뜻 모를 멜로디가 담긴 랩을 흥얼거렸다. 야왕 패거리는 쓰레기 산 곳곳에서 나타났다. 현장소장은 붓다를 보호하기 위해 바짝 몸을 붙였다.

정인이 야왕의 바로 앞까지 다가갔다. 가쁜 숨소리가 그녀의 입에서 불가항력으로 새어 나왔다.

— 조민…… 어디 있어?

야왕은 모자를 벗고는 군데군데 남아 있는 머리카락을 손으로 크게 빗어 넘겼다.

— 몇 번을 봐도 솜씨가 좋아. 예서 죽긴 아까운데 같이 일하는 게 어떻겠어?

— 입 닥치고 묻는 말에 대답이나 해. 조민, 어디 있어!

그 순간 야왕의 작고 왜소한 몸이 순식간에 위로 솟구쳐 정인의 가슴팍을 치고 올라섰다. 이내 야왕의 두 주먹이 정인의 명치와 옆구리를 강타했다. 연달아 야왕의 발차기가 정인의 얼굴을 향해 날아들었다. 숨이 탁 막혔지만 정인은 손을 한번 크게 펼쳐 독수리가 먹이를 채듯 자신의 얼굴을 향해 파고든 야왕의 발, 그중에서도 발끝을 움켜쥐었다. 정인이 쏟아낸 엄청난 악력이 야왕의 몸에 끔찍한 파문을 일으켰다. 사지가 각기 다른 방향으로 찢겨지는 극심한 고통을 느끼며 야왕이 그대로 쓰러졌다.

야왕은 곧바로 반격에 나섰다. 종아리에 감아놓았던 칼을 빼어 들고는 쓰러진 채로 정인의 발목을 향해 휘둘렀다. 칼이 정인의 발 뒤꿈치를 가르자 이내 검붉은 피가 허공으로 튀어 올랐다. 찰나의 순간 날카로운 칼끝 섬광을 감지한 정인이 본능적으로 발을 들지 않았다면 칼은 정확히 그녀의 아킬레스건을 끊어버렸을 것이다.

중심을 잃은 정인이 쓰러진 야왕을 향해 몸을 비틀어 내려앉으며 야왕의 목을 붙잡았다. 야왕은 칼을 직각으로 세워 정인의 이마를 정면으로 겨냥했다.

정인은 자신의 몸을 파고드는 두려움을 철저히 축출했다. 최소한의 두려움마저 잃어버린 정인은 칼을 쥔 야왕의 오른 손목을 손날로 내리쳤다. 야왕이 움찔하며 물러섰다. 칼이 떨어지는 순간 정인은 손을 뻗어 칼날을 움켜쥐었다. 강렬한 통증이 밀려들었지만, 그녀는 그 순간 아무 생각도 하지 않았다. 오직 하나의 집념에만 몸의 모든 감각을 결박했다.

칼날의 방향이 전환됨과 함께 야왕의 얼굴에 차가운 감촉이 닿았다. 정인의 손을 타고 흘러내린 핏물이 야왕의 눈과 볼, 입술로 떨어졌다. 이제 칼날은 야왕의 눈을 향했다. 야왕의 얼굴 근육이 매섭게 경련했다.

그때였다. 야왕의 눈 속 깊이 칼을 찔러 넣으려는데, 어디선가 요란한 비명이 들려왔다. 비명과 함께 야왕의 얼굴 주변으로 검은 그림자가 내려앉았다. 거대한 어둠이 야왕과 정인의 몸을 휘감았다.

비명은 더욱 거세게 증폭되었다. 검은 그림자가 완전히 자신과 야왕의 몸을 덮었다고 생각한 그 순간 정인이 고개를 돌려 반대편을 올려다봤다. 삼중, 사중으로 쌓아올린 거대한 컨테이너, 언제까지라도 견고할 것만 같던 골리앗이 균형을 잃고 허물어지고 있었다.

정인은 그대로 야왕의 어깻죽지를 붙잡고 쓰레기 산 옆으로 구르기 시작했다. 곧이어 컨테이너가 육중한 굉음을 일으키며 무너져내렸다. 거대한 굉음과 흙먼지로 뒤덮인 골리앗 속에서 붓다의 자지러지는 웃음소리가 들려왔다.

12.

전경 한 개 중대가 폴리스 라인을 치고 골리앗 주위를 포위했다. 곧이어 초대형 소방차와 구급차도 등장했다. 골리앗 중심의 산업폐기물에서 불길이 타올랐다. 엄청난 크기의 화염이 치솟았고 곳곳에서 폭발음이 들렸다. 폴리스 라인을 친 경찰과 전경 들은 대열을 갖춰 서서 골리앗 내부에서 일어나는 사태에 대해 철저히 방관으로 일관했다.

뒤늦게 도착한 재우가 신분증을 보이며 당장 골리앗으로 진입하라고 지시했지만, 그들은 꼼짝도 않은 채 상부의 지시란 말만 되풀이했다.

골리앗 내부에서 벌어지는 상황은 그야말로 야만이었다. 검게 도색된 방호헬멧과 방탄복으로 중무장하고 테이저건을 든, 어디 소속인지 실체조차 불분명한 수십 명의 요원이 골리앗에 있던 야왕 패거리와 붓다를 진압했다. 기도하듯 두 손을 높이 들어 올리고 기괴하게 키득거리던 붓다를 향해 테이저건 공격이 쏟아졌다.

눈을 뜨지 못하고 쓰러져 온몸을 비틀며 경련하던 붓다에게 요원 여러 명이 한꺼번에 달려들었다. 검푸른 불꽃이 붓다의 몸을 에워싸며 들끓었다.

정인은 야왕의 목덜미를 움켜쥔 채 절룩이며 무너진 컨테이너를 뚫고 걸음을 옮겼다. 수차례 테이저건을 맞은 야왕은 눈을 뜨곤 있었지만 정신을 잃은 듯 정인이 붙잡고 끌어당길 때마다 몸이 휘청댔다.

경찰의 스크럼을 뚫고 봉고차 조수석에 야왕을 밀어넣던 정인의 눈에 익숙한 한 인물이 들어왔다. 재우였다. 중무장한 요원들이 타고 내리는 개조된 검은 군용 버스 앞에 재우가 서 있었다.

봉고차에 올라탄 정인이 운전석 하부에 위치한 컨트롤 박스를 단숨에 뜯어 두 개의 전선을 접촉시켰다. 두세 차례 합선 불꽃을 일으킨 끝에 시동이 걸렸다. 그때 차창 앞과 옆에서 육중한 타격이 시작되었다. 중무장한 요원들이 금속 재질로 된 곤봉을 휘둘렀다. 차창 앞유리가 산산조각 났다. 본능적으로 몸을 숙인 정인은 기어를 변속하자마자 있는 힘껏 액셀을 밟았다. 엄청난 반동력과 함께 달려들던 무장 요원 두 명이 차 밑으로 밀려들어갔다.

바리케이드를 뚫고 달려나가는 정인의 머릿속에서 방금 전 지나쳤던 재우의 얼굴이 지워지지 않았다.

13.

— 이게 뭐 하는 짓이야!

재우가 무전기로 도주한 정인의 봉고차 수배를 지시하고 있던 정 부장의 어깨를 잡아당겼다. 재우의 눈빛은 분노와 당혹감으로 들끓었다. 어처구니없는 새벽의 참화가 마치 자신의 밀고로 벌어진 것처럼 여겨졌기 때문이다.

— 당신들 뭐야! 저 무장한 군인들은 다 뭐고.

재우의 입에서 자연스럽게 군인이란 단어가 튀어나왔다. 중무장한 요원들을 두고 한 말이었다. 실제 그들은 특수부대에 가까운 진압 능력을 과시했다. 테이저건을 맞은 붓다는 바닥에 드러누운 채 미동도 하지 않았다.

정 부장이 재우를 날카롭게 노려보며 말했다.

— 분명히 빠지라고 했을 텐데요.

— 사람이 죽었어. 당신들 도대체 뭐야?

— 아가리 닥치라고 했어! 조용히 퇴직하고 싶으면 입 닥치고 가만있으라고. 알아들어?

그 말을 끝으로 정 부장이 돌아섰다. 재우는 테이저건에 맞아 바닥을 나뒹구는 골리앗의 패잔병들을 일사불란하게 수거하는 요원들 모습을 번갈아 살폈다. 수치스러웠다. 자신이 할 수 있는 거라곤 정인의 무사 탈출을 기대하는 게 전부였다. 이처럼 무기력하고 수치스러울 때가 또 있을까.

죽음의 문

1.

평택항 물류 보관창고 B-2 구역.

수십 개의 보관창고 중 한 곳에 불과하지만 구역마다 할당된 창고 규모는 만만찮은 크기였다. 수백 평이 넘는 창고 내부에는 선박용 대형 컨테이너 박스들이 이중 삼중 쌓아 올려져 있었다. 남자는 창고 한구석에 가설한 방갈로 안에 열 명의 아이들을 데리고 있었다.

아이들은 모두 체구가 작았다. 체형으로만 보면 초등학교 저학년 으로 보였다. 아이들 중 한 명이 익숙하게 담배를 피우고 있었다. 담 배 피우는 소년을 다른 아이들이 신기한 듯 살폈다. 아이들만이 아 니었다. 빠른 속도로 담배를 피워 없앤 소년을 신기하게 바라보던 남자가 자신이 피우던 럭키 스트라이크 한 개비를 더 내주었다.

새 담배를 입에 문 소년이 금방 꺼질 것 같던 꽁초의 불씨를 이용해 불을 붙였다. 짙은 연기가 소년의 얼굴 전체에 은근히 타오르는 향불처럼 피어올랐다.

바로 옆에서 소년을 지켜보는 소녀의 얼굴은 유난히 검었다. 흑인이라 불러도 될 만큼 검은 피부를 가진 소녀는 피부색과 극적으로 대비되는 유난히 흰 흰자위와 크고 동그란 검은 눈동자를 갖고 있었다. 큰 눈망울을 깜빡거리던 소녀는 정인과 함께 편의점 앞에서 컵라면을 먹었던 소녀였다.

소녀는 정인의 말대로 재우에게 전화했다. 재우는 소녀를 아동보호센터로 연결해줬는데, 소녀는 그곳과는 무관한 곳에 갇혀 있었다.

다른 아이들은 지쳐 바닥에 머리를 박고 잠들거나 모로 누워 쓰러져 있었다. 방갈로 안은 정적만 가득했다. 아이들을 지키던 남자는 무료한 듯 기지개를 켜고는 밖으로 나가 문을 잠갔다.

담배 피우는 소년의 눈길이 소녀의 얼굴이 아니라 목에 고정되었다. 소녀의 목에는 임시 신분증 같은 목걸이가 채워져 있었다. 소년의 눈길을 의식한 소녀가 주위 기척을 살피며 낮은 목소리로 말했다.

— 아동보호센터 직원이 줬어. 급할 때 연락하라고.

— 거기 계속 있지 그랬어.

— 싫어. 너무 지루해. 몇 시간 있는데도 숨이 막히는 것 같더라. 그래서 다시 돌아왔어.

— 어떻게?

— 거리에서 사는 사람끼리는 알아볼 수 있어. 끼리끼리 알아보지. 지루한 곳에서 사는 사람들은 절대 이해할 수 없는, 그런 게 있어.

— 여긴 지루하지 않아?

― 지루하지 않아. 대신.

창문으로 안을 살피는 남자와 소녀의 눈이 마주쳤다. 소녀가 최대한 크게 미소 짓자 남자는 시큰둥한 표정으로 고개를 돌렸다. 소녀는 미소 지은 채로 조용히 말을 이었다.

― 우린 죽을 거야. 그것도 머지않아.

― 그걸 어떻게 알아?

― 저 아저씨.

소녀가 턱짓으로 창문으로 보이는 남자의 등을 가리켰다.

― 저 조선족 아저씨가 마지막 문이야.

― 무슨 문?

― 죽음의 문.

소녀가 손으로 자신의 목을 그어 죽는 시늉을 해 보였다. 죽는다고 하는데도 소년은 전혀 동요하지 않았다. 무표정하게 소녀를 바라볼 뿐이었다. 소녀가 허탈한 듯 물었다.

― 넌 내 말이 안 무섭니? 내가 하는 말 전부 거짓말 같아?

― 거짓말 아니라는 거 알아. 무서워.

― 그런데 반응이 뭐 그래?

― 넌 죽을 걸 알면서 왜 다시 여기로 온 거야? 보니까 넌 제 발로 저 아저씨를 찾아온 것 같던데.

소년의 질문에 소녀가 기다렸다는 듯 답했다.

― 일찍 죽는 것도 나쁘지 않을 것 같아서.

자신 있게 잘라 말했지만 소녀는 떨고 있었다. 소녀는 자신의 선택이 어리석지 않다는 걸 스스로 다짐하고 싶었는지도 몰랐다.

— 일찍 안 죽는 건 나쁜 거야?

— 나한테는 그래. 좀 더 자라면 몸을 팔겠지. 돈은 꼰대들이 챙기고, 약 빨고 야동 찍거나 그러겠지. 하루도 빠지지 않고 술 처마시고, 그러다 애 배고 애 지우고 그러겠지. 그러다 술병이나 성병 걸려 뒈지고…… . 내가 어떻게 살지 너무나 뻔한데 차라리 지금 죽는 게 편하지 않겠어?

— 듣고 보니 그러네.

소년은 아쉬운 표정으로 꽁초를 바닥에 비벼 껐다. 담배를 더 얻고 싶어도 남자가 누군가와 통화하느라 안을 보지도 않았다. 남자는 꽤나 소란스러운 중국어로 통화를 이어갔다.

— 담배는 언제 배웠어?

— 몇 년 됐어.

— 기저귀 찰 때부터?

— 응.

— 누가 가르쳐줬어?

— 스스로.

— 신기하다. 담배를 어떻게 스스로 배우지?

— 난 네가 더 신기해.

소년의 말에 소녀가 피식 웃었다.

— 어차피 우린 반드시 죽어. 반드시. 우린 좀 일찍 죽는 것뿐이야. 다행이지, 뭐. 나쁜 짓을 좀 하긴 했지만, 그래도 지금보다 더 크면 더더더 많이 할 게 뻔하잖아. 여기 있는 애들 다 같아. 지금 죽는 게 차라리 나아.

죽는다는 말이 소녀의 입에서 반복됐다. 아이들 중 유독 어려 보이는 꼬마 한 명이 울기 시작했다. 덩치 큰 소년이 벌떡 일어나며, "씨발년아! 아가리 안 닥쳐!"라고 소리쳤다. 소녀는 개의치 않고 말을 이어갔다.

— 넌 아직 모르지. 난 가리봉에서만 5년이야. 여기가 마지막이 될 거야. 여기 평택 말이야. 여기서 눈, 심장, 피부 싹 다 발려가지고 중국으로 가는 배에 실리는 거야. 저기 보이는 컨테이너들 중 하나에 실려 떠나는 거야. 다 죽는 거라고. 다 죽어.

하나둘 몸을 일으킨 아이들이 소녀에게 욕설을 쏟아부었다. 안 그래도 두려움에 젖어 있던 아이들의 눈이 흉포하게 번들거렸지만 소녀는 죽음의 공포를 소년에게 더 자극적으로 전달하고 싶어 마음이 몹시 조급해졌다. 소년은 소녀의 말을 무심하게 듣기만 했다. 마치 이 모든 일이 자신과는 아무 상관도 없다는 듯.

— 정말 안 무서워?

— 무섭다니까.

— 무서워하는 얼굴이 아니잖아!

소녀는 소년의 무심에 분노를 느꼈다. 갑자기 덩치 큰 소년이 소녀의 옆구리를 발로 걷어찼다. 소녀는 얼른 소년 옆으로 몸을 숨겼다. 덩치 큰 소년이 씩씩거리며 말했다.

— 얼굴도 시커먼 년이 재수 없게 자꾸 죽는다 죽는다 개지랄이야. 그렇게 뒈지고 싶음 내가 먼저 죽여줄까?

안의 소란을 느꼈는지 남자가 방갈로 안으로 들어와 주먹을 휘두르며 알아듣지 못할 말을 지껄였다. 덩치 큰 소년은 단번에 겁에 질려 구석에 쭈그리고 앉았다.

소녀는 소년의 귀에 속삭였다.

— 쟤들도 무서워 저러는 거야. 이런데도 넌 죽는 게 무섭지 않
아?

— 어떤 게 죽는 건데?

— 뭐?

— 죽는다는 거 말이야.

— 그게 무슨 말이야. 죽는다는 게 뭐냐니?

— 숨 못 쉬는 거. 그런 거 말하는 거야?

— 당연하지.

— 그런 건 죽는 게 아니야.

— 그럼 뭐가 죽는 건데?

— 있고 없고가 죽는 걸 결정하는 게 아니란 말이야.

— 응?

— 죽음을 결정하는 건 우리 안에 피어나는 기억의 꽃이야.

— 기억의 꽃?

— 너와 내가 지금 함께 말하고 마음을 나누는 일. 이런 게 기억
의 꽃이야. 이 꽃이 피면 영원히 사라지지 않고 우리 마음속에 남게
될 거야.

— 무슨 소린지 모르겠지만 너 좀 똑똑해 보인다.

보관창고의 문이 열리고 거대한 빛이 안으로 쏟아져 들어왔다.
남자가 서둘러 창고 한구석의 방갈로 문을 활짝 열어젖혔다.

창고 안으로 다섯 남자가 들어왔다. 초겨울 날씨에도 검은 양복 상하의만 입은 남자들은 하나같이 주머니에 한 손을 꽂고 담배를 피웠다.

소녀가 소년에게 말했다.

— 도기야.

— 도기?

— 저기 제일 가운데 선 아저씨 보이지. 나보다도 더 시커멓게 생긴 아저씨.

— 응.

— 저게 오야야. 본명은 아무도 모르고 여기선 도기로 통해.

— 뭐 하는 아저씨야?

— 몰라서 물어? 우릴 중국으로 팔아넘길 꼰대잖아.

소년이 소녀를 봤다.

— 넌 이 상황이 꽤나 재미있나 봐.

— 심심하진 않잖아.

열린 창고 문으로 바닷바람이 한층 매섭게 파고들었다. 소년이 잔뜩 몸을 움츠렸고 그런 소년의 흩날리는 머리칼을 소녀가 쓰다듬었다. 소년이 말없이 자신의 머리를 만지는 소녀의 시리도록 차가운 눈동자를 바라봤다. 소녀가 말했다.

— 내 이름은 혜진이야. 지루한 이름이지.

— 그렇지 않아.

— 너도 말해봐. 네 이름. 죽기 전에 이름이나 알고 죽자. 빨리 말해.

— 조민.

— 조민?

— 성은 조, 이름은 민.

— 외자네. 민, 예쁘다.

— 예쁘다고?

— 응, 예뻐…… 네 이름.

2.

— 자비를 베풀어주마.

얼굴과 몸 전체가 시커멓게 그을린 도기가 닭장 속 닭처럼 비좁게 살을 맞대며 앉아 있는 아이들을 보며 말했다. 도기의 입에서 역한 입 냄새가 풍겼다. 5인승 다마스의 짐칸에 세탁 이불 포개듯 밀어 넣은 열 명의 아이들은 밀폐된 차 안에서 두려움 반, 피곤함 반의 낯빛을 그대로 드러냈다.

운전석에는 까까머리 남자가 앉아 있고, 방갈로를 지키던 조선족 남자가 그 옆에 앉아 있는데도 도기는 스스럼없이 바지와 팬티를 내렸다.

도기는 잔뜩 흥분한 얼굴로 소년과 소녀 들을 훑어보며 말했다.

— 날 기분 좋게 만드는 딱 한 명만 살려주겠어.

도기는 두 다리를 최대한 벌리고는 두 손을 고개 뒤로 돌려 깍지 꼈다. 고개를 뒤로 젖힌 도기가 긴 한숨을 내쉰 뒤 명령하듯 말했다.

— 기회는 딱 한 번이야. 열심히 해봐. 사내든, 계집이든 제대로

빨아주는 딱 한 명만 살려줄 거야.

 말이 끝나기가 무섭게 어린 소녀 한 명이 짐칸에서 넘어와 도기 앞에 무릎을 꿇었다. 도기는 아이들을 번갈아 살피며 흐뭇한 표정을 지었다. 도기는 아이들의 절박함을 즐겼다. 짙은 차양이 내린 차창이 굳게 닫힌, 실내등조차 켜놓지 않은 내부는 어두웠다. 어둠 속에서 게걸스럽게 반응하는 도기의 몸이 혜진의 눈에는 시커먼 괴물로 보였다.

 '저 끔찍한 괴물이 이제 곧 내 배를 가르고 날 죽이겠지.'

 도기의 그것을 한입 가득 삼켜 넣던 아이들의 순서가 모두 지나고 마지막으로 혜진과 조민만 남았다. 지그시 눈을 감은 도기가 짐칸 한구석에 서로 몸을 붙이고 앉아 있는 조민과 혜진에게 명령했다.

 — 빨리 넘어와. 시간 없어.

 다마스가 사거리 신호를 받고 멈춰 섰다. 때맞춰 조민이 잽싸게 차 문을 열었다. 문이 반쯤 열리자마자 조민이 도기 앞에 엉거주춤한 자세로 무릎 꿇고 있던 혜진의 팔을 잡아 문밖으로 밀쳐냈다. 엉겁결에 혜진이 차 밖으로 빠져나왔다. 의외의 상황에 도기가 깜짝 놀라 얼굴을 드는 순간 조민이 도기의 얼굴을 향해 있는 힘껏 박치기를 하고는 그대로 밖으로 내뛰었다.

 혜진과 조민은 전력으로 내달렸다. 늦은 오후, 사거리 광장에는 많은 사람들이 모여 있었다. 조민과 혜진은 광장 중심에 멈춰 섰다. 초겨울 날씨에도 이마와 얼굴 전체가 식은땀으로 축축이 젖었다.

어느새 도기가 성큼성큼 다가오고 있었다. 혜진의 눈에 비친 도기
는 시커먼 심벌을 가진 악마였다.

혜진은 광장을 오가는 사람들을 바라보며 도움을 구했다.

— 살려주세요! 도와주세요!

누구도 혜진을 돕지 않았다. 거대한 악마의 검은 그림자가 점점
더 가까이 다가왔다. 상가 사람들은 쇼윈도 안에 숨어 지켜보기만
할 뿐, 누구도 위험에 빠진 두 아이에게 도움의 손길을 내밀지 않았
다. 어느새 둘의 몸은 검은 그림자에 덮여버렸다.

도기가 혜진에게 손을 내밀었다. 혜진이 한 걸음 물러났지만 그
게 전부였다. 도기의 투박하고 거친 손이 혜진의 목덜미를 결코 가
볍지만은 않게 움켜쥐었기 때문이다. 얼굴 가득 함박웃음을 머금은
채 도기가 말했다.

— 덥나 봐. 땀을 많이 흘리네.

말은 혜진에게 건넸지만 시선은 내내 조민을 향했다. 혜진은 다
급하게 주위를 둘러봤다. 교통경찰이 있었다. 교통경찰은 혜진의 목
덜미를 움켜쥔 도기를 봤음에도 신호기 앞에서 꼼짝도 하지 않았다.
그 모습이 혜진에게 더 끔찍한 절망으로 다가왔다. 도기가 말했다.

— 돌아가자. 너희들이 있을 곳으로.

도기는 그곳이 어디인지 말해주지 않았다. 말하지 않아도 알 수
있는 곳으로 데려가주겠다는 걸까.

두 아이의 손을 잡고 도기가 태연하게 광장을 가로질렀다. 다마
스는 이미 나머지 아이들을 태우고 떠났기 때문에 도기는 택시 정

류소에서 승객을 기다리던 택시에 올라탔다.

— 다문화병원으로 갑시다.

다문화병원이란 말이 익숙하지 않았는지 택시 운전사가 확인하듯 물었다.

— 조선족 병원 말하는 거죠?

— 맞아요. 거기로 갑시다.

3.

봉고차 차체의 절반이 축대 밖으로 튀어나갔다. 축대 높이는 5미터가 넘었다. 바리케이드가 무너진 축대 아래로 우레탄으로 마감된 사설 주차장의 푸른 바닥이 보였다. 조금만 힘의 균형이 무너져도 기울기를 이기지 못하고 주차장 바닥으로 곤두박질치고 말 일촉즉발의 상황이었다. 봉고차 안에서는 안전벨트로 양 손발이 묶인 야왕이 비명조차 지르지 못하고 한 사람을 노려보고만 있었다. 정인이었다.

야왕은 정상의 몸이 아니었다. 오른쪽 귀와 코, 아랫입술과 손가락, 성기마저 훼손된 상태였다. 정인이 야왕의 몸을 엉망으로 만드는 데는 채 1분도 걸리지 않았다. 또한 훼손하는 데 사용한 무기는 우습게도 야왕이 즐겨 쓰던 잭나이프였다.

정인은 일말의 죄의식도 느끼지 않았다. 반대로 자신의 행동을 정당화하는 데도 관심 없었다. 그녀는 단 하나, 야왕에게서 듣고 싶은 한 가지 답만이 절실했다. 그뿐이었다.

고환이 잘려나간 순간 야왕은 정인이 무엇을 원하는지 짐작했다. 끔찍한 선혈의 낭자 속에서 야왕은 떠올리고 말았다. 불온한 과거의 한순간. 탈북을 시도하다 붙잡힌 사상범을 처벌할 때 가해지는 두 가지 유형을 야왕은 선명히 기억하고 있었다.

반역자의 처벌은 두 가지로 나뉜다. 단번에 숨을 끊는 유형과 살려두기 위한 유형. 오히려 자비로운 쪽은 숨통을 끊기 위해 벌이는 처벌이다. 처형 자체에 의미를 부여하기에 고통을 오래 두지 않으며 처형자를 대하는 최소한의 예의가 남는다. 하지만 살려두는 유형은 비참하다. 무자비한 신체 훼손을 자행하면서도 어쩌면 살 수도 있다는 실낱같은 희망을 남기다 처형의 절정에는 어김없이 성기를 훼손했다.

야만의 습벽만 남은 야왕에게 성은 유일한 존재 의미였다. 그러므로 야왕은 선택해야만 했다. 목숨을 구하자면 정인이 듣고자 하는 답을 제공해야 했다. 그렇지 않으면 곧 죽음이었다. 하지만 살아난다 해도 앞으로의 삶은 이전과 전혀 다른 지루함에 방치될 것이었다. 한쪽 귀는 잘려나갔고 망막이 찢어진 눈으로는 제대로 볼 수 없으며, 더욱이 고환이 잘린 탓에 남자로서의 기능도 무너진 상태였다.

정인이 칼끝을 야왕의 남은 한쪽 눈가에 갖다 대었다. 야왕의 몸이 절박하게 경련했다.

— 이게 마지막이야.

— 조민이라고 했나?

끝내 야왕이 말문을 열었다. 한사코 침묵하던 야왕의 입이 기어이 열린 것이다.

야왕은 죽음보다는 비참한 삶을 택하기로 했다.

— 주머니에 있어.

야왕의 입이 열리자마자 정인이 야왕의 주머니를 뒤져 두 대의 휴대전화를 꺼냈다. 하얀색과 검은색. 정인은 두 대의 휴대전화를 동시에 야왕 앞에 보이며 물었다.

— 어느 거야?

— 검은색.

— 번호는?

— 7번 눌러.

정인은 하얀색 휴대전화를 바닥에 내버리고 검은색 휴대전화 폴더를 열고 단축번호 7번을 눌렀다. 신호가 가자 정인이 야왕의 귀에 휴대전화를 갖다 댔다. 야왕이 입술을 움직이자 아랫입술에서 검붉은 핏물이 흘러내렸다.

다섯 번째 신호가 이어진 뒤에야 상대가 전화를 받았다. 야왕이 시선은 정인을 향한 채 침착하게 말했다.

— 나야.

휴대전화 속 수신자의 음성이 비교적 선명하게 야왕과 정인, 둘 모두에게 들렸다.

— 애들 중 말썽 피운 놈이 있어서 골치네요.

— 누구?

— 이번에 넘겨준 남자애하고 혼혈 계집애요.

— 붓다가 공수해온 남자애?

— 예.

— 그래서?

— 다른 애새끼들은 평택항으로 넘겼고요.

— 그리고?

— 둘은 카르멘에게 넘기려고요. 괜히 중국에서 말썽 부릴 것 같아 여기서 절반 디스카운트해서 끝내는 게 낫겠어요.

— 지금 어디 있어?

— 병원이지 어디긴 어디예요.

— 다문화병원?

— 예.

— 알았어.

— 무슨 일 있어요?

— 없어.

— 정말요?

상대가 더 말을 이어가려고 하자 정인이 대신 전화를 끊어버렸다.

— 다문화병원이 어디야?

— 평택에 있어. 조선족 병원이라 하면 알아. 병원 지하에 오래전에 문 닫은 장례식장이 있어. 거기야.

— 카르멘은 누구야?

— 그곳 의사.

— 너희들하고 거래하는?

— 응.

야왕의 응답을 들으며 정인은 119 버튼을 눌렀다.

— 10분이야. 10분 안에 지혈해야 돼. 안 그럼 죽어.

— 잠깐.

한쪽 눈을 힘껏 부릅뜨며 야왕이 정인을 불렀다.

— 정말 같이 일할 생각 없어?

정인은 마지막 순간까지 자신을 저울질하는 야왕의 본능을 어이없어 하며 봉고차에서 내렸다. 한두 차례 위협적인 흔들림이 있었지만 축대에 걸친 봉고차는 가까스로 균형을 유지했다.

4.

— 지금 어디야?

3년 동안 하루도 빠지지 않고 들어왔던 중저음의 목소리였다. 이제 막 일주일이 지났을 뿐인데, 정인은 휴대전화 너머로 들려오는 수호의 목소리가 낯설게 느껴졌다.

시속 200킬로미터를 넘나들며 서해안고속도로를 질주하는 택시 안에서 한 손에는 핸들을 잡고 다른 한 손에 휴대전화를 쥔 정인은 이제 보고를 재개해야 한다는 부담감과 함께 보고 누락에 대한 추궁을 생략한 수호에게 고마움을 느꼈다. 정인은 사당과 수원을 오가는 총알택시 운전 때처럼 사무적으로 대답했다.

— 운전 중이에요.

— 그간 꽤 많은 곳을 돌아다녔더군.

— 그랬어요. 하지만 특이 사항은 없었어요.

— 택시 운전에 충실했단 말을 하고 싶은 건가?

— 그렇게 보고해도 무방하단 말이에요.

— 무방한지 아닌지는 내가 판단할 문제고.

수호의 말투에는 약간의 신경질이 묻어 있었다. 하지만 정인은 수호의 심리까지 따질 여유가 없었다. 구형 소나타 택시는 벌써 서평택 톨게이트를 지나 평택항에서 10분 거리에 있는 다문화병원으로 향하고 있었다. 신호를 죄다 무시하고 전력 질주하는 정인의 과격한 운전으로 서울에서 평택까지 채 30분도 걸리지 않았다. 덕분에 쉬지 않고 쏟아지는 주변 차량들의 클랙슨 소리가 휴대전화 너머 수호의 귀에까지 전달되었다. 수호가 낮게 가라앉은 목소리로 말했다.

— 이쯤에서 멈추는 게 좋을 것 같아.

— 보고할 일이라도 생긴 건가요?

— 남의 일처럼 말하는군.

— 그 형사에게서 연락받았어요?

— 아무튼 중단해. 중단하고 내게 보고해.

— 명령인가요?

— 그런 셈이지.

— 명령이라면 듣겠어요. 단.

— 31호. 토 달지 말아.

정인은 수호의 지시를 순순히 따를 수 없었다. 3년 동안 자신을 우호적으로 대해준 수호에 대한 예의는 분명 아니었지만, 그래도 어쩔 수 없었다.

— 1시간 후에 보고할게요. 1시간 후에.

불야성을 이루던 평택 시가지를 총알처럼 빠져나간 정인이 어느새 택시를 멈추고 시동까지 꺼버렸다. 지상 7층, 지하 4층으로 구성된 다문화병원 지하 주차장이었다. 주차장 내부는 완벽한 침묵과 암전이었다. 신호 표시기는 모두 고장 났고 천장 형광등조차 한 개도 남김없이 꺼진 상태에서 지하 주차장을 비추는 건 기둥마다 설치된 푸른 유도등 불빛이 전부였다.

일방적으로 통화를 끝낸 정인은 내친김에 아예 휴대전화 배터리를 분리해버렸다. 휴대전화를 조수석에 던진 정인은 한 치의 망설임 없이 차 문을 열고 밖으로 나왔다. 그녀의 손에는 아무것도 없었다. 그 어떤 무기도 들지 않은 상태였지만 그럴수록 정인은 한층 가열한 전의에 사로잡혔다.

범속한 이들에게 불안은 정신력의 퇴보로 이어지기 마련이지만 정인은 달랐다. 작금의 두려움은 오히려 맨손뿐인 그녀를 더한층 절박하게 비끄러맸다. 정인은 지하로 통하는 비상문 손잡이를 잡았다. 손잡이는 굳게 닫혀 있었다. 주위를 둘러봤다. 지하 주차장에는 오랜 시간 방치되어 수북이 먼지가 쌓인 몇 대의 차량이 전부였다.

정인은 택시의 트렁크 바닥에 손바닥을 대고 두어 번 헤집더니 길고 날카로운 철사를 집어 올렸다. 다시 비상문으로 가 철사를 두어 번 구부려 열쇠구멍에 끼워 넣었다. 철사 끝을 밀어 넣고 몇 번 돌리자 이내 잠금장치가 풀렸다.

정인은 지하 4층으로 달려 내려갔다. 마음이 급했다. 조민, 그 아이가 위험했다.

5.

장례식장이 있는 지하 4층은 비상등도 형광등도 꺼져 있었다. 좁은 복도와 높은 천장의 빛이라고는 환풍구 사이로 희미하게 스며든 몇 줄기뿐이었다. 그리고 냄새. 사람 냄새 같기도, 가축 비린내 같기도 한 냄새가 정인의 후각을 파고들었다.

육식동물의 존재 방식은 먹이사슬이다. 대여섯의 시커먼 물체와 마주했지만, 정인은 그 물체가 사람이라는 실감이 들지 않았다.

오래전 칠흑 같은 어둠과 계곡의 깊은 동굴 속에 방치된 정인은 오랜 시간, 시각을 거세당한 채 촉각과 후각으로만 견뎌야 했다. 그것도 훈련의 일종일 거란 생각이 든 건 그 지옥 같은 어둠 속에서의 유기(遺棄)를 겪은 이후였다. 이유, 목적, 모든 것이 망실된 채 정인은 스스로 동물이 되는 법을 익혀야 했다. 오직 본능만으로 무언가를 잡아먹고, 불을 피우고, 추위와 싸우는 순간을 겪어야 했다. 결국 어느 순간 생존 본능 자체가 그녀의 몸이고 감각이고 정신이 되었다.

극한의 환경에서 살아남기 위한 자생력 강화 훈련. 결국 정인은 살아남아 살인 기계가 되었다. 생존 본능만 살아남은 육식동물이 되고 만 것이다.

정인은 자신을 공격하는 물체를 현실로 인식하지 못했다. 누군가 목이 부러지고 팔목이 비틀리며 치명적인 탈골로 비명을 질렀다. 하지만 그 무엇도 현실이 아니었다. 또한 텅 빈 장례식장 한 곳에 어둠의 일부처럼 드러누워 마약에 취해 유난히 큰 눈을 깜빡이는 소녀와 문신으로 도배된 남자의 몸 역시 정인에게는 비린내 가득한 고깃덩어리에 불과했다.

정인은 항문과 사타구니 사이가 찢어져 고통스러워하는 소녀를 쳐다봤다. 소녀는 울 힘조차 잃어버렸는지 나지막한 신음만 내질렀다. 정인은 남자의 명치를 가격했다. 숨조차 쉴 수 없는 상태로 몰아넣고 전혀 느슨하지 않은 속도로 감각이 살아 있는 관절인, 두 다리와 두 팔, 손목과 발목을 부러뜨렸다.

정인은 소녀를 범한 남자를 용서할 수 없었다. 정인은 꽥꽥 비명을 지르는 남자의 입 속에 주먹을 밀어 넣었다. 그러고는 주먹을 점점 더 입 안 깊숙이 밀어 넣었다. 더 이상 크게 벌릴 수 없을 정도로 입을 벌린 남자가 두 손을 버둥거렸지만 뼈 마디마디가 부러진 탓에 흐느적거리는 연체동물처럼 덜렁거릴 뿐이었다.

정인이 소녀에게 물었다.

— 조민은 어디 있어? 여기 있어?

— 그 아이…… 끌고 갔어요.

— 어디로?

정인의 시선이 반사적으로 자신의 코앞에서 두 손을 휘저어대는 남자에게로 향했다. 핏발 가득한 눈은 번들거리는 흰자위로만 메워졌다.

— 누가 끌고 갔어?

그 물음에 여전히 울먹이며 소녀가 답했다.

— 누군가 구급차에 그 아이를 태우고 떠났어요.

— 카르멘?

여전히 정인은 남자에게서 눈을 떼지 않았다.

— 카르멘이야?

남자가 눈을 홉뜬 채 가까스로 고개를 끄덕였다.

남자는 눈물을 흘렸다. 남자는 도기였다. 어린 여자아이의 생살을 찢어가며 욕정을 채우려 했던 도기가 흘리는 눈물을 보며 정인은 최소한의 자비심도 갖지 못했다. 도기의 눈물이 자신의 살에 닿는 그 섬뜩한 촉감을 견디지 못했다. 결국 정인은 짧은 비명을 지르며 주먹을 아예 남자의 목 끝까지 밀어 넣고 말았다.

손목까지 집어삼키고 만 도기의 눈에서는 더 이상 검은 눈동자를 찾을 수 없었다. 도기는 숨을 쉬지 못했다. 숨이 멈춘 후에도 도기의 부러진 팔과 다리는 쉬지 않고 꿈틀거렸다. 정인은 핏물과 침으로 엉망이 된 손을 내밀어 소녀를 붙잡아 일으켰다.

— 괜찮니?

6.

비제의 〈카르멘〉이 울려 퍼졌다. 카오디오 볼륨을 최대한 높인 의사는 범접하기 어려운 테너의 고음을 핏대까지 올리며 목청껏 따라 불렀다.

카르멘이란 별명으로 불리길 원하는 의사는 전속력으로 질주하는 응급 환자 이송용 구급차에서 오페라의 주인공처럼 비극의 주인공이 되길 원했다. 핸들을 잡은 손을 있는 힘껏 들썩거리며 지휘자 흉내를 냈고, 그럴수록 구급차는 크게 흔들렸다.

조수석에 앉은 조민은 카르멘을 말없이 지켜보았다. 카르멘의 얼굴은 조증의 절정에 이른 환희로 가득해 보였다. 기어를 잡고 있어야 할 카르멘의 오른손에는 러시아산 보드카 한 병이 쥐어져 있었다. 기어 변속도 포기한 채 미친 듯 평택항을 면한 38번 국도를 내달리면서 비장미 가득한 〈카르멘〉을 반쯤 열어놓은 차창을 향해 비명을 지르듯 내질렀다. 갑자기 조민이 물었다.

— 슬퍼요?

— 뭐?

— 슬퍼요?

카르멘이 카오디오 볼륨을 줄이더니 이내 아예 꺼버렸다. 급작스럽게 음악이 중단되자 남은 건 매섭게 몰아치는 바람소리와 구급용 사이렌뿐이었다. 38번 국도는 가로등마저 띄엄띄엄 비추고 있어 전체적으로 어두웠다. 이따금 맞은편 차선에서 전조등을 켠 채 대형 트럭이 덮칠 듯 질주해오는 게 전부였다.

— 이제야 조용해졌군. 뭐라고?

— 슬프냐고 했어요.

— 왜 그렇게 생각하지?

— 슬픈 노래를 억지로 기쁘게 부르는 것 같아서요.

카르멘이 조민을 쳐다봤다. 구급차에 오르기 전부터 카르멘은 술에 취해 있었다. 차에 올라서도 곧바로 보드카를 절반 이상 비워버렸다. 술에 절은 눈빛은 혼탁했지만, 그래도 의사로서의 모습은 남아 있었다. 백색 의사 가운을 걸치고 있어서만은 아니었다. 덥수룩하게 기른 턱수염과 아무렇게나 헝클어뜨린 머리만 봐선 영락없는 술주정뱅이 노숙자 행색이었지만 눈빛이나 손놀림은 예사롭지 않았다. 카르멘이 말했다.

— 슬프지. 맞아. 이건 정말 좆같이 슬픈 일이야.

— 왜 좆같이 슬픈데요.

카르멘은 보드카를 한 모금 삼킨 뒤 말을 이었다.

— 곧 다가올 죽음의 모순을 애도하고 싶어서겠지.

— 죽음이 어째서 모순이죠?

— 죽음 자체는 모순이 아니야. 모순은 곧 있을 네 죽음에 내가 악역을 맡아야 하기 때문이야. 그게 모순이지. 꽤 짜증나고 성가신.

— 힘든 것 같아요.

— 내가?

— 그냥…… 그래 보여요.

잠시 침묵하는 동안 보드카를 한 모금 더 마신 카르멘이 말했다.

— 두렵지 않니? 넌 잠시 후엔 죽고 말 거야. 몸 전체에서 검은 피를 콸콸 쏟아내면서.

— 당신을 위로해주고 싶어요.

— 날…… 위로하고 싶다고? 널 죽이는 날?

— 이유는 모르겠어요. 하지만 당신에겐 지금 위로가 필요한 것 같아요.

카르멘이 급브레이크를 밟았다. 구급차는 브레이크를 밟고 나서도 얼마를 더 밀려서야 간신히 멈출 수 있었다. 보닛에서 하얀 연기가 솟아올랐다. 연기는 많지 않았지만 어둠 속 허공을 새하얀 수증기가 휘덮는 느낌이었다.

카르멘이 운전석에서 몸을 돌려 간이침대가 있는 뒤로 넘어갔다. 그러고는 조민에게 오라고 손짓했다.

조민은 망설이지 않았다. 카르멘을 바라보며 조수석에서 뒤편 공간으로 단번에 넘어갔다. 뒤편 공간에는 간이침대와 구급약, 마취제, 심실세동기와 간단한 지혈제, 수술 도구가 마련되어 있었다. 카르멘은 실내등 밝기가 마음에 들지 않는지 떨리는 손으로 침대 밑을 뒤지더니 곧 탈부착용 무영등을 꺼내 불을 켰다. 엄청난 밝기의 무영등이 차 안을 밝히자 조민이 손을 들어 눈을 가렸다.

카르멘은 보드카를 조민의 손에 쥐어주었다.

— 마셔.

— 왜 마셔야 하죠?

— 마취약이 없거든. 그러니 마셔두는 게 좋을 거야. 생살을 찢을 거니까.

카르멘이 심하게 떨리는 손으로 수술용 장갑을 손에 끼기 시작했다. 카르멘은 무영등을 거치대에 걸쳐놓은 뒤 조민을 침대에 눕혔다. 조민은 순순히 카르멘이 하자는 대로 따랐다. 순응하지 않을 이유가 없다고 생각했다. 자신에게 주어진 질서는 카르멘의 말처럼 언제나 모순투성이였기 때문이다. 이 정도 모순이야 언제나처럼 주어졌던 일이기에 불안할 것도, 두려울 것도 없었다. 단지 씁쓸할 뿐이었다.

— 나는 내가 앗은 모든 이들의 생명을 한 줌의 음악으로 위로해

줬고 한 줌의 난해한 시로 추모해줬고 주류의 탐욕들에게 침을 뱉어줬지.

간신히 수술용 장갑을 낀 카르멘이 조민의 손에 쥐어준 보드카를 빼앗아 대신 마셨다. 손을 떠는 탓에 주액(酒液)은 죄다 카르멘의 입 주위를 적시고는 목울대를 타고 흘러내렸다. 카르멘은 자신만 알아들을 수 있는 말을 쏟아내고 또 쏟아냈다.

— 참 슬픈 밤이야. 아무리 노력해도 벗어날 수 없는 가난과 불명예, 외과의로서의 내 실력에 대한 참을 수 없는 모독, 가족과 아내, 자식새끼란 이름의 구더기들. 이 모든 거추장스러운 짐들이 내장을 밀고 올라오는 역겹고 슬픈 밤이야. 맞아. 이런 순간에 난 위로받아야만 해. 네 말이 맞아.

— 어떤 위로를 받고 싶나요?

— 이런 날이면 말이야. 누구든 속에 있는 것, 가장 진실에 가까운 생짜를 들춰내고 싶은 참을 수 없는 욕구에 저절로 몸이 끓곤 한단다. 그게 마음이든 신앙이든 영혼이든 신체 장기든 배설물이든 그게 무슨 상관일까. 안 그래?

미끌미끌한 느낌이 슬며시 조민의 아랫배로 파고들었다. 카르멘의 장갑 낀 미끈거리는 왼손이 조민의 셔츠 단추를 끄르고 바지 벨트까지 익숙하게 풀었다. 조민은 눈조차 깜빡이지 않았다. 이제야 가까스로 엄청나게 밝은 무영등 빛과 동화되려는 순간인데, 지금이 마지막일지도 모른다는 생각이 불현듯 조민의 뇌리를 스치고 지나갔다. 저항해야 하는데 조민은 방법을 몰랐다. 몸의 신경이 빠른 속도로 굳어갔지만 발버둥 치고 싶지는 않았다. 이상했다. 조민에게는 지금의 상황이 신기하기만 했다. 메스가 자신의 피부에 닿는 이 순간이 이상하게 아늑했다. 미치도록. 경이로울 만큼.

그 아늑함은 오래가지 못했다. 찰나의 명멸이었다. 사이렌 너머로 엄청난 크기의 클랙슨 소리와 대형 덤프트럭의 브레이크 파열음이 점점 증폭되더니 그대로 그 환하던 무영등 불빛이 조민의 눈앞에서 휘몰아치는 눈보라처럼 순식간에 쏟아져 내렸다.

덤프트럭은 갓길에 서 있는 카르멘의 구급차를 미처 보지 못했다. 뒤늦게 구급차를 발견한 운전사가 있는 힘껏 브레이크를 밟으며 충돌을 피하려 했지만 내리막길의 가속을 억제하기에는 역부족이었다.

덤프트럭은 엄청난 힘으로 구급차를 밀어내면서 가드레일을 들이받더니 이내 국도 밖으로 탈주해버렸다. 차도에서 이탈된 구급차와 덤프트럭은 동시에 바닷속으로 추락했다.

7.

반파된 덤프트럭이 크레인에 걸려 인양되었다. 덤프트럭이 인양되기 전 구급차는 먼저 인양되었다.

여러 대의 견인차와 경찰차가 뒤섞여 요란한 소리를 냈다. 물에 흠뻑 젖은 정인은 사고 현장에 모여 있는 사람들을 살폈다. 경찰과 의료진만 있는 건 아니었다. 견인차 뒤로 특이한 차가 있었다. 기동타격대나 아랍 지역 용병들의 주요 이송 수단으로 사용되는 검은색 밴이었다. 밴의 옆구리에는 작은 크기의 'A'라는 마크가 새겨져 있었다. 낯설지 않은 마크였다.

육안으로만 봐선 시위 진압이나 철거 현장에 투입되는 용역업체 느낌이 다분했지만, 실제 골리앗에서 본 저들의 살상력은 상식적 예상을 훌쩍 벗어나는 수준이었다. 테이저건 사용 실상도 그랬고 지금도 마찬가지였다. 저들에 비하면 현장에 모인 경찰들은 들러리에 불과해 보였다. 검은 제복으로 중무장한 A라는 정체불명의 회사 직원들이 현장을 수색했다. 사고 지점 부근으로 탐속정이 오갔으며, 수색을 위해 파견된 다이버들이 분주하게 물길을 헤집었다. 그들 중 한 여자가 정인의 눈에 들어왔다. 여자는 중무장한 다른 이들과는 확연히 구별되는 검은색 치마 정장 차림이었다.

8.

사고 현장이 A에게 발견되기 20분 전, 정인은 경찰과 구급대보다 먼저 현장에 도착해 있었다. 도기는 의사 면허가 취소된 카르멘이란 별칭의 마약중독자가 수시로 일을 벌이는 이른바 집도 장소가 평택항 근처의 38번 국도 갓길이라고 알려줬다. 하지만 정인이 도착했을 때는 덤프트럭이 구급차를 덮친 직후였다.

정인은 바로 사고 현장인 물속으로 뛰어들었다. 그리 깊지 않은 수심이었지만 물속에서의 깊이는 더없이 섬뜩한 두려움으로 체감

되었다.

물 밖도 어둠이었지만 물속은 더더욱 끔찍했다. 불빛이라고는 정인이 손에 든 손전등 불빛이 전부였다. 그럼에도 정인은 눈을 부릅뜨고 손을 뻗어 사물들을 만지기 시작했다. 구급차는 바닷물 속에 반파된 채로 가라앉아 있었다. 옆으로 함께 떨어진 덤프트럭이 희미하게 보였다. 물 밖으로 나와 한번 숨을 크게 들이마신 정인이 다시 물속으로 들어가 구급차 안을 살폈다. 차 문은 반쯤 열려 있었고, 차창의 한쪽은 박살나 있었다. 정인은 간이침대를 붙잡고 차 안으로 들어갔다. 물속에서도 메스를 놓지 않은 채 의사 가운을 입고 둥둥 떠 있는 한 남자, 카르멘이 손에 잡혔다. 카르멘은 일찌감치 숨을 거둔 상태였다. 조민은 보이지 않았다.

정인이 물 밖으로 올라왔을 때 도로 저편에서 사이렌 소리가 들려왔다. 사고 현장을 향해 달려오는 수습 차량들이었다.

도로 위로 올라와 두 발을 딛고 선 정인은 저만치 떨어져 자신을 보고 있는 한 남자를 발견했다. 정인은 반사적으로 주머니에서 휴대전화를 꺼내 보였다. 바닷물에 흠뻑 젖은 휴대전화. 폴더를 열어봤지만 전원은 이미 꺼진 뒤였다. 전화를 하려는 건 아니었다. 자신이 물 밖으로 나오길 기다리던 한 남자를 향해 변명의 말이 아닌 행동을 보여주기 위해서였다. 수호가 흠뻑 물에 젖은 정인에게 다가왔다.

수호는 지하 보일러실에서 라디오를 들으며 시간을 때울 때와 같은 건조한 표정으로 정인에게 손짓했다. 수호가 향한 곳은 짓다 만

폐건물이었다. 어둠 속으로 빨려 들어가듯 수호가 먼저 그곳으로 들어섰고 정인이 말없이 그 뒤를 따랐다. 곧이어 경찰차와 구급차, 마지막으로 A라는 이니셜이 박혀 있는 두 대의 개조된 밴이 현장에 도착했다.

9.

— 찾았어?

폐건물 속에서 수호가 제일 먼저 꺼낸 질문이었다. 정인의 머리에서 물방울이 쉼 없이 떨어졌다. 정인이 고개를 가로저었다. 수호가 말을 이었다.

— 한창민이 사라졌어.

머리의 물기를 털면서 내내 사고 현장을 지켜보던 정인이 수호를 돌아봤다. 한창민, 북한에서의 직속상관. 수호가 손에 들고 있던 담배를 건넸다. 둘은 각자 입에 문 담배에 불을 붙였다.

— 실종이나 테러의 흔적은 아직 없어.

— 그럼 뭐죠?

— 자발적 실종으로 봐야지.

— 무슨 근거로?

— 최근 한창민 대장 만난 적 있었지? 그 일과 관계있는 것 같아.

정인은 그날의 만남을 떠올렸다. 과거를 잊은 채 박제처럼 집무실에 앉아 열 개가 넘는 신문을 정독하던 모습. 너무 평범해서 비현

실적이었던…….

— 한창민의 일에 외부세력이 개입되고 있어. 거기에 자네도 포함된 것 같고.

수호의 시선이 머문 곳은 사고 현장에 아직까지 남아 있는 A의 무장 직원들이었다.

— 서울지방경찰청에서 활동 허가까지 받은 단체라는데, 실체를 알 수 없어. 그런데, 아마도 한창민의 일과 관련되었을지도 모르겠어.

다시 정인을 바라본 수호가 담배 연기를 그녀의 다리 아래로 뱉으며 빠르게 질문을 던졌다.

— 자네가 찾는 조민이란 아이. 혹시 한창민과 관계있는 거 아냐?

— 그냥 술주정뱅이 아버지를 둔 무적자일 뿐이에요.

— 한창민이 어쩌면 자네가 조민을 찾기 원할지도 모른다는 생각이 들어서.

— 말도 안 돼요.

— 어떻게 그렇게 단정하지?

잠시 뜸을 들인 정인이 수호의 질문에 답했다.

— 대장이 내게 마지막으로 한 말이 아무 행동도 하지 말라는 거였어요.

— 말과 행동은 반대라고 하지 않았나?

— 누가요?

— 당신 직속상관.

정인은 오래전 북한에서의 훈련 강령을 떠올렸다. 한창민은 분명 그렇게 말했었다.

'곧 행동하지 않을 때가 온다. 말과 행동은 언제나 반대여야 한다. 이 역설을 견딜 수 있을 때 현상과 본질의 교란은 가라앉을 것이다. 현실은 언제나 우리를 배반한다.'

— 비선으로 당신과 접촉을 시도한 이가 있어. 뭔가 해줄 말이 있는 것 같아. 중대 사안이라며 직접 부탁했어.

— 무슨 말이요?

— 한창민, 조민, 그리고 조민을 찾는 이들에 대해서.

— 누군데요?

— 그보다 먼저…… 당신 정말 몰랐나?

— 뭘요?

— 조민이 특수한 아이란 사실 말이야.

'특수'란 단어가 국정원 직원인 수호의 입에서 나올 때에는 그 의미의 일반성보다는 의외성에 주목할 필요가 있었다. 지금 상황이 그랬다. 특수하다는 것. 그건 극비 사안에 대한 실체에 접근할 수 있다는 의미로 통용 가능한 말이었다. 적어도 비밀문서나 정보를 취급하는 국가 정보기관에 소속된 이들이 사용하는 '특별하다'는 말은 그렇게 통했다. 정인은 자신도 모르게 고개를 가로저었다. 정인을 3년간 지근거리에서 봐온 수호는 이제 그녀의 눈빛이나 몸짓만으로도 어느 정도 진실과 거짓을 구별할 수 있었다. 수호는 지금 그녀의 표정이 진실임을 확신했다.

— 특수한 아이라고요?

혼잣말처럼 정인이 중얼거렸다. 꽁초를 바닥에 버린 수호가 말했다.

— 그럼 더더욱 접선할 필요가 있겠네.

— 잠깐만요. 지금 이 상황, 보고되는 건가요?

— 글쎄.

모호한 답변이었다. 그것은 어쩌면 가장 내밀한 것을 파고든다고 자부하지만 실체 규명에 대해선 그 무엇도 감당하기가 녹록치 않은 국가 정보기관 소속 평직원의 한계였는지도 몰랐다.

10.

물속은 편했다. 물 위든, 그 밑이든 물과 함께하면 조민은 평화를 느꼈다. 뜻 모를 평화의 감각이었다.

카르멘의 슬픈 눈을 목격했다. 수천, 수만 개의 입거품을 쏟아내며 허우적거리는 모습을 조민은 묵묵히 지켜봤다.

카르멘은 웃고 있었다. 조민의 눈에 비친 카르멘의 환하게 벌린 입, 물길을 헤치려 허우적대는 두 팔과 두 다리의 움직임은 춤추는 광대의 몸짓으로만 보였다. 백색 가운을 입고 끝까지 손에서 메스를 놓지 않은 채 갈퀴질하듯 힘껏 물길을 파헤치던 카르멘은 그 순간에야 진짜 살아 있는 사람 같았다.

함께 물속으로 빠져든 덤프트럭 운전사도 조민의 눈에 들어왔다. 하지만 조민은 그들에게 구원의 손길을 내밀지 않았다. 잠자코 그들의 몸짓이 약한 불씨처럼 꺼지는 광경을 지켜보기만 했다. 조민은 고요히 물 위로 떠오르며 평화에 대해서 생각했다.

'평화가 무슨 뜻일까? 평화가 나와 무슨 상관일까?'

누구도 평화의 말뜻을 가르쳐주지 않았다. 아버지 조강윤은 한글 맞춤법조차 가르친 적이 없다. 의미를 모르는데, 그럼에도 평화의 말뜻이 이미 자신의 머릿속에 입력되어 있는 것이 어색했다. 조민은 이러한 자신이 무겁게만 느껴졌다. 자신의 기억 속에 이미 너무나 많은 말과 의미, 정보가 쌓여 있는 것 같았다. 물에 있으면, 물을 느끼면 그 무게로부터 자유로웠다. 그래서 조민은 물이 좋았다.

물 위로 떠올라 양팔과 양다리를 벌리고 평택항의 밤하늘을 바라보던 조민이 물길을 가르기 시작했다. 그러고는 흠뻑 물에 젖은 몸으로 도로에 올라섰다. 조금 전의 참상을 보여주는 파괴의 흔적들이 조민의 눈에 고스란히 들어섰다.

조민은 그대로 걸음을 옮겼다. 도로 맞은편에 야트막한 야산의 검은 그림자가 펼쳐졌다. 중앙선을 가로지르고 가드레일을 넘어섰다. 조민은 길이 아닌 곳으로 들어섰다. 잡초들이 무성한 산길을 오르면서 조민은 자신에게 물었다.

'이젠 어디로 가야 하지?'

| 3부 |

A

배후

1.

강원건설 사장 최순호는 작심하고 질펀한 술자리를 진설(陳設)했다. 광란의 축제나 종말론적 만찬을 준비하듯이. 테이블 위에는 최고급 양주 다섯 병과 화려한 안주가 가득했지만, 술자리의 단골손님인 정부 고위 관료 따위는 없었다. 오늘 술자리는 강원건설 사장 최순호가 자신의 이름을 걸고 벌이는 왕국 놀음이었다. 오늘만큼은 룸의 주인공이 최순호였다. 최순호는 텐프로 중에서도 최상급이라는 아가씨 열 명을 모아놓고 혼자서만 독점적 광란에 사로잡혔다. 하지만 그 광란의 끝에서 최순호를 기다리는 건 결국 섬뜩한 두려움뿐이었다. 제아무리 술에 취해도 망각할 수 없는 예정된 파국이 최순호를 미치게 했다.

— 다들 꺼져. 씨발, 다 꺼지라고!

외모만 봐서는 대학생으로 보이는 여자들이 느닷없는 일갈에 놀라 일제히 룸 밖으로 나갔다.

최순호는 어느새 혼자가 되었다. 밴드 마스터마저 퇴장한 상태에서 들려오는 건 노래방 기계의 에코 반주가 고작이었다.

소파 깊숙이 머리를 파묻은 최순호가 잠시 감고 있던 눈을 부릅떴다. 핏발 가득한 흰자위를 번들거리며 룸 천장을 화려하게 장식한 사이키 조명을 응시했다. 난잡한 불빛을 바라보며 중장비 운전사로 시작해 도급 순위 50위권에 드는 강원건설을 일궈내기 위해 숨 가쁘게 달려온 20여 년을 회상했다. 한때 꿈이며 자부심이었던 강원건설은 이제 끔찍한 악몽이 되었다.

유관 기관과 정부 기반 사업, 대기업 하도급을 위한 접대 활동에 쏟아붓던 시간과 돈, 자질구레한 법적 분쟁과 노조 탄압으로 인한 폭력 사태, 지역 토호와 조직폭력배 견제를 위해 또 다른 폭력을 청부해 버텨오던 시간을 지내고 보니 남은 건 윗선들의 이기적인 제 발 빼기와 시시각각 다가오는 부도 위험뿐이었다.

자신이 선택할 수 있는 길은 딱 한 가지란 생각밖에 들지 않았다. 최순호는 예정된 수순처럼 술에 취해 비틀거리는 몸을 일으켜 넥타이를 풀고는 테이블 위로 올라섰다. 넥타이를 목에 잡아매고 한끝을 사이키 조명에 묶었다.

깊은 심호흡을 끝낸 최순호는 더 이상 아쉬울 게 없다는 듯 손에 쥔 양주를 마저 들이켰다. 그러고는 유언을 남기듯 소리쳤다.

— 씨발. 개 좆같은 세상. 알아서 뒈져준다. 알아서 뒈져준다고!

독기에 찬 독백을 뱉은 최순호가 손에 쥔 양주병을 유리 테이블을 향해 내던졌다. 수직으로 내리꽂힌 술병이 산산조각 났다.

두꺼운 강화유리로 된 테이블이 수백, 수천 개의 금을 만들더니 이내 구멍이 생기듯 무너져 내렸다. 테이블이 박살나는 순간, 최순호가 발을 지지할 곳이 사라졌다.

숨이 막힌 최순호는 껙껙 소리를 지르며 두 손으로 제 목을 잡고 발버둥 쳤다. 유언도 끝냈고, 후회도 없었다. 이 상태로 죽는 게 유일한 해결책인 것도 맞지만 죽음은 언제나 공포였다. 최순호는 지금의 고통에서 벗어날 수 있다면 악마에게 영혼이라도 팔고 싶었다. 죽음만이 고통의 끝이라고 생각했는데, 죽음밖에는 길이 없다고 생각했는데, 찰나의 숨 막힘은 술기운을 순식간에 휘발시켰다. 수백, 수천 번씩 다짐한 죽음의 결의를 철저히 무장해제당한 것이다.

이대로 죽는 건가. 정말 이대로. 절망적인 얼굴로 눈이 감기려는 순간, 원치 않는 누군가가 나타났다. 최순호의 비루한 목숨을 살려주고 대신 영혼을 빼앗아갈 악마. 악마는 손에 권총을 쥐고 있었다. 대한민국임에도 불구하고 무심할 정도로 대담한 총격이 터져 나왔다.

한 발, 두 발, 세 발. 거침없이 터져 나온 격발과 동시에 사이키 조명이 무너져 내렸다. 동시에 최순호의 몸 또한 바닥에 떨어졌다. 졸지에 깨진 유리 조각과 함께 룸 바닥에 뒹굴게 된 최순호가 발작적으로 기침을 쏟아냈다. 그런 최순호에게 악마가 다가왔다. 최순호가 놀란 얼굴로 중얼거렸다.

— 김재우…… 팀장?

2.

죽겠다며 깨진 술병으로 동맥을 긋는 시늉을 하고 타이를 다시 목에 묶고 천장 어딘가에 목을 매달려 발버둥 쳐도 재우는 눈 하나 깜짝하지 않았다. 최순호의 눈빛에는 이미 두려움이 가득했다. 이런 눈으로 자살하는 인간은 없었다.

재우는 단 한 가지 답을 듣기 위해 이곳에 왔다. 그 답을 듣고 나서는 최순호가 죽든 말든 상관할 마음이 없었다.

— 나한테 왜 접근한 거야?

최순호를 묵묵히 바라보던 재우가 물었다. 헛짓하느라 기운이 빠진 최순호는 소파에 눕듯이 몸을 기댔다.

— 뻔한 걸 왜 묻습니까. 잘 봐달라는 거 아닙니까.

— 그게 다가 아닐 텐데.

수면 위로 떠오른 재우의 혐의는 비리를 일삼는 건설업체 사장에게 떡값을 받은 게 전부였다. 하지만 재우가 듣고 싶은 답은 따로 있었다. 재우는 최순호의 배후를 알고 싶었다. 자신을 곤경에 빠뜨린 배후를.

재우가 콜트 권총을 들어 올렸다. 안전장치를 해제한 권총의 총구가 최순호의 이마를 정면으로 겨누었다. 최순호는 처음에는 장난하지 말라고 실실 웃으며 객기를 부렸다. 하지만 재우가 방아쇠에 손가락을 밀어 넣자 장난이 아니라는 사실을 깨달았다. 이 순간 재우는 최순호가 죽음의 순간 보았던 악마였다.

— 내가 당신 회사 뒷일 봐주는 일도 거의 없었고, 당신네 회사

입찰 비리를 무마할 만한 지위도 아니었어. 그런데도 당신은 내게 거액의 뒷돈을 줬어. 내 말 맞지?

— 그게 잘못된 건 아니잖습니까?

— 솔직히 말해.

총구의 방향이 관자놀이에서 턱으로 내려갔다.

— 총탄이 안면 측부를 관통하면 어떻게 되는 줄 알아?

— 어…… 어떻게 되는데요?

— 언젠가는 죽을 거야. 하지만 바로 죽진 않아. 대신 죽을 만큼의 고통이 계속되지.

— 에이…… 씨발.

— 재수 없게 내가 지혈이라도 해버리면 너는 다시 살게 될 거야. 고통은 옵션이고.

— 그럴 거면 그냥 죽여. 나 어차피 살고 싶은 마음도 없는 놈이야!

— 어떡하지? 난 진실을 듣기 전까진 계속 당신을 살려둘 생각인데.

— 밖에 아무도 없어? 씨발, 아무도 없냐고!

도움을 요청하는 최순호를 재우가 오히려 딱하다는 듯 쳐다봤다.

— 이 술집 전체가 비리 백화점인데, 이 정도로 신고하겠어? 안 그래?

최순호의 얼굴 근육이 자신도 모르게 심하게 떨렸다. 제 몸이 아닌 것 같았다. 옅은 한숨을 내쉰 재우가 짧게 질문했다.

— 배후가 누구야?

— 씨발. 뒷돈 주는 데 무슨 배후예요, 배후는. 난 그냥 시키는 대로…….

최순호의 말은 진심이었다. 최순호는 말 그대로 시키는 대로 했을 뿐이다.

— 누가 시켰지?

— 담당 검사요. 전에 담당했던.

재우는 자신이 한심했다. 왜 한 번도 배후를 의심하지 않았을까? 자신을 옴짝달싹 못하게 만든 세력에 대해 왜 한 번도 생각하지 않았을까? 재우의 말투가 신경질적으로 변해갔다.

— 검사가 직접 나를 지명했어?

— 그랬다니까요. 검사 새끼, 접대 잘 받고 롤렉스 하나 받고 끝났어요. 다음 날 확인차 전화하니깐 광역수사대 지능2팀 팀장, 김재우 당신한테도 로비하라는 거예요. 김 팀장이 요즘 돈이 궁해서 잘 통할 거라고요.

— 그래서?

— 알았다고 했죠. 그 정도야 뭐, 그렇게 생각했는데, 아예 액수까지 딱 잘라 말하는 거예요. 검사한테 먹인 것과는 비교도 안 되는……. 얼만지는 뭐 잘 아시잖아요.

재우가 받은 것은 일련번호가 그대로 추적 가능한 50만 원 상품권 백 장, 5,000만 원이었다.

— 입찰 건과 아무 상관없는 광역수사대 지능2팀 팀장에게 5,000이나 먹이라는 게 이상하지 않았어?

— 당연히 이상했죠. 그래서 물어봤더니, 시키면 시키는 대로 하

지 무슨 말이 그리 많으냐고 짜증만 냅니다.

— …….

— 그때야 그 검사 새끼가 내 목줄을 쥐고 있으니 더는 묻지 못했죠. 씨발. 지방 건설업자 양아치가 무슨 힘이 있어. 까라면 까야지, 안 그래요?

최순호가 울먹였다. 잠시 잊고 있었던 자신이 죽어야 하는 이유가 새삼 떠오른 모양이었다. 나이 든 남자일수록, 특히 비릿한 냄새를 풍기는 가죽 두꺼운 남자일수록 눈물이 많았다. 바늘로 찔러도 피 한 방울 나올 것 같지 않은 50대 건설업자 최순호는 가능하다면 통곡이라도 하고 싶었다.

— 나한테 상품권 먹이라고 시킨 새끼, 이름이 뭐야?

— 고동식.

최순호는 고동식이란 이름 석 자를 또박또박 부러지듯 말했다. 그런 호명 속에는 대상에 대한 짙은 원망이 섞여 있었다. 그 감정은 이어지는 최순호의 말속에 고스란히 드러났다.

— 천벌 받았지. 그렇게 등골 빼먹으니 그 사단이 안 나.

— 무슨 소리야?

— 그 새끼 이제 검사도 좆도 아니에요. 꽃뱀한테 잘못 걸려서 파직당하고. 그 사건 몰라요?

최순호의 말을 듣는 순간 재우가 반사적으로 되물었다.

— 그때…… 자살한 검사? 그 검사가 고동식이야?

최순호는 고개를 끄덕이는 것으로 답을 대신했다.

재우는 자살한 검사에 대한 얘기를 듣기는 했지만 관심은 없었다. 광역수사대에 있는 사람들은 계속되는 사건 수사로 인해 자기 구역 이외의 사건 사고에는 둔감한 편이었다.

그래도 사건 처리가 좀 의심스럽다고 생각했던 것이 기억났다. 자택에서 목매달아 죽었다는 고동식의 시신은 유족 동의에 따라 부검을 생략하고 바로 화장했다. 그런 식의 자살자 처리가 진실을 감추는 데 악용됨을 재우는 잘 알고 있었다.

길게 이어진 복도에는 총소리를 듣고 달려온 마담과 접대부들, 구역의 관리자들이 수군거리며 모여 있었다. 재우가 룸의 문을 열자 그들은 일제히 한 걸음씩 뒤로 물러났다. 재우는 룸을 나가기 전 최순호를 바라봤다. 최순호는 술을 병째 마시는 중이었다. 최순호가 꼬인 혀로 중얼거렸다.

— 나…… 이제 어떡하죠?

3.

죽은 자에 대해선 관대해지는 법이다. 죽은 자가 남긴 흔적에 대해서는 특히 더 그렇다.

재우는 고동식이란 전직 검사가 고인이 된 지금이 오히려 안심할 수 있다고 생각했다. 살아 있어 어떤 식으로든 배후로 일컬어지는 시스템과 연루되어 있으면 진실에 대한 은폐는 견고해질 테지만, 죽은 자의 흔적에 대한 뒤처리는 아무래도 느슨해진다. 그게 시스템의 속성이다. 시스템은 살아 있는 상태로 종속된 이들에 대한 통제와 조율에만 관심을 갖는다. 그렇기에 죽은 자의 흔적은 제법 실감나는 유령으로 떠도는 법이다.

　룸살롱을 나온 재우는 곧바로 호정만을 만나러 갔다. 그들이 만난 곳은 서울지방경찰청 맞은편 오피스텔이 아닌 제3의 장소, 철도 대합실 내 정보이용실이었다.

　아이피 주소가 모두 정보기관으로 등록된 컴퓨터 앞에 호정만을 앉힌 재우가 고동식에 대한 자료 검색을 부탁했다. 계속되는 부탁과 요구에 짜증을 낼 법도 한데 호정만은 묵묵히 자료 추적을 시작했다.

　정부 아이피여서 그런지 몰라도 공공 기관 컴퓨터는 여러모로 정보 탐색에 제약이 많았다. 명령어 입력도, 검색도 제한적이었다. 재우는 고동식에 대한 모든 걸 알고 싶은 것은 아니었다. 그럴 만한 흥미도, 여유도 없었다. 자신에게 마수를 뻗은 비리수사팀의 계산된 접근과 그로 인해 엮이게 된 정 부장이란 여자. 결국 A에 대한 윤곽 파악이 주 관심사였다.

　'도대체 A는 무엇일까? 단체? 개인? 결사단체? 그도 아님 비밀 조직?'

　수많은 질문들이 재우의 머릿속을 헤집고 다니는 와중 마음 깊은 곳에서 울분 가득한 한 가지 물음이 화산 폭발하듯 뜨겁게 솟구쳤다.

　'왜? 도대체 나지? 하필이면 왜 날?'

　호정만의 작업은 이번에도 30분을 넘기지 않았다. 노파심에서일까. 재우가 걱정스러운 얼굴로 물었다.

— 왜? 나오는 게 없어?

— 아니. 나올 만큼 나왔어.

컴퓨터를 끈 호정만이 먼저 자리에서 일어났다. 정보이용실 부스를 벗어난 둘은 약간의 간격을 두고 역사 플랫폼을 천천히 걷기 시작했다. 주말이라 그런지 상, 하행선 가릴 것 없이 수많은 인파로 북적였다. 익명의 시민들이 저마다 쏟아내는 말들이 이내 거대한 소음으로 화했다. 호정만과 재우의 대화는 소음 속으로 빠르게 묻혀버렸다.

— 고동식, A와 관계된 거야?

— 그건 확실해.

둘은 계속 걸었다. 재우도, 호정만도 서로 다른 곳을 살피며 혹시라도 있을 도청의 위험을 최대한 경계했다. 호정만이 말했다.

— A는 일종의 결사체 같아.

— 결사체?

— 구성원들끼리 서로를 모르고 핵심들로 인해 움직이는 조직으로 볼 수 있어.

— 무슨 목적으로?

— 무엇을 찾고 지키려 하는지는 정확히 모르겠어.

— 무슨 음모론 같군. 고동식도 몰랐을까?

— 이 평검사는 A라는 피라미드의 하위 레벨 같아. 위에 뭐가 있는지는 몰랐겠지. 그냥 윗선의 지시를 받고 자기가 담당한 피의자들에게 장난을 친 것 같아. 환경단체 수장, 펀드매니저, 전직 국회의원, 자원 개발과 관련된 회사 중역, 최순호 같은 인물은 정말 예

외적이고. 이 작자가 맡은 사건들까지 임의로 붙여줬다는 것만 봐도 윗선의 통제력이 어느 정도인지는 대충 짐작이 되지 않아?

— 그런데도 고동식이 A에 대해 몰랐을까?

— 고동식은 A란 결사체가 자기가 몸담은 검찰 조직 중 실세로 통하는 인물들의 비선 라인이란 정도만 알고 그 이상은 몰랐던 게 분명해.

— 모르면서 어떻게 A를 결사체로 이해하고 그들의 지시대로 일할 수 있지?

— 고동식에게 직접 오더를 내리는 누군가가 있었겠지. 고동식은 그 누군가를 통해서만 A에 대해 알았던 걸로 보여. 하지만 그 누군가는 밝혀지지 않았고, 고동식은 살해당했지.

— 살해? 자살 아니야?

— 순진한 거야, 순진한 척하는 거야?

호정만이 쓴웃음을 잔뜩 담은 얼굴로 힐끗 재우를 바라봤다.

— 피의자로 알려진 꽃뱀 역시 다분히 의도적으로 접근한 걸로 보여. 자살 정황, 목격자, 단서. 분명한 게 아무것도 없어. 그런데도 일사천리로 진행된 걸 보면 다음과 같은 추리가 가능해.

— 어떤 추리?

— 고동식이 A에 대해 알지 말아야 할 금기를 알아버렸을 경우지.

— 금기라면……?

— 왜 A가 자신에게 이런 일을 시키는지에 대한 이유를 알아낸 거겠지. 그 이유 때문에 희생된 것 아니겠어?

둘은 플랫폼의 끝에서 멈춰 섰다. 건너편 철로로 고속 열차가 들어서기 시작했다. 불을 붙이지 않은 담배를 입에 문 호정만에게 재우가 거듭 물었다.

— A에 관한 정보는 이게 전부야? 날 표적 삼아 고동식과 최순호를 사주해 얽어맸다는 것?

— A에 대해 알 수 있는 한 가지 단서가 더 있어.

— 그게 뭔데?

— 환태평양 자유경제무역지대 자문회의.

— 뭐?

— 쓸데없이 길지? 고동식이 유일하게 알고 있는 A가 주관하는 행사야.

— 자문회의라면, 대통령 자문기관 같은 곳인가?

— 응. 대통령 산하로 되어 있지만 그건 껍질이고.

— 그럼?

— 대한민국 원로회, 퇴역 장성, 전경련 간부 같은 꼰대 노릇 한다는 인물들은 죄다 모이는 행사로 알고 있어. 보수, 진보 가릴 것 없이 완전 잡탕인데 꽤 오랫동안 명맥을 이어오고 있어. 명칭만 숱하게 변했지 거슬러 올라가면 이승만 때부터 온 것 같아.

— 도대체 그런 인간들이 나한테 접근한 이유가 뭐지?

— 그게 나도 진짜 궁금하다.

호정만이 가볍게 재우의 어깨를 토닥였지만 호정만의 얼굴은 생각보다 심각했다. 호정만 역시 재우가 얽혀 든 사건이 예상 수준이 아님을 인지했기 때문이다.

4.

　호정만이 소개해준 세운상가 3층 사무실은 기본 시설이 턱없이 빈약했다. 정수기 물통은 텅 비었고, 급수 시설도 고장 난 상태이며, 덜덜거리는 냉장고에는 먹을거리 대신 용도를 알 수 없는 부품 몇 개가 들어 있을 뿐이었다.

　재우는 캔 커피를 마시며 목마름과 배고픔을 대신할 수밖에 없었다. 여러 대의 노트북과 프린트용 이면지로 충분히 어질러진 테이블 위로 재우가 마신 커피 캔이 수북이 쌓였다. 꼬박 하루 그리고 이틀. 호정만은 이곳 사무실을 찾지 않았고, 혼자 있던 재우는 오직 한 가지 작업에만 몰두했다. 여러 면에서 불편하긴 해도 호정만의 비밀 사무실은 이런 식의 조사를 하기에 최적화된 장소였다. 도청 방지 교란 전자파가 상가 전체에 보이지 않는 파형으로 구축되어 있어 도청이나 감청의 위험이 적으며, 상가 어디에도 감시 카메라가 없기에 주위 감시로부터 자신을 보호하기에 충분했다. 이런 곳에 숨어 재우가 알고자 하는 관심사는 오직 하나, A였다.

　대한민국 국정원이나 심지어 미 FBI 자료까지도 정보 접근이 가능한 호정만의 검색 망에도 A란 단체는 잡히는 것이 없었다. 어떤 이들이 주축인지, 구성원은 몇 명이며 누구인지, 무엇보다 추구하는 목표가 무엇인지, 무엇 하나 선명한 것이 없었다. 그래도 재우는 포기하지 않았다.

　'분명하지 않다고 해서 행동하지 않을 순 없어.'

　재우는 처음부터 A에게 조종당했으며, 지금도 압박은 계속되고 있었다. 먼저 거래를 요구한 것도 A였고, 소미가 입원한 병원으로 찾아와 협박한 것도 A였으며, 서울 시내 한복판을 점령군처럼 밀어붙여 경찰도, 군인도 아닌 용병들이 테이저건을 마구잡이로 난사하도록 사주한 것도 A였다.

소미가 때맞춰 자살 기도를 한 것은 아무리 생각해도 의심스러운 일이었다. 소미는 그동안 자살 기도 비슷한 일도 벌이지 않았다. 이름도 생소한 그 병이 왜 하필 시기를 딱 맞춰 자살 기도라는 극단적 행동으로 터져 나왔을까. 아직 조민이란 아이를 찾지 못했지만 설령 그 아이를 찾는다 해도 A가 자신을 놓아줄지 재우는 알 수 없었다. 어쩌면 이용 가치가 떨어지자 살해해버린 고동식 검사의 운명이 자신의 미래가 될 수도 있었다.

재우는 이틀 동안 잠 한숨 자지 않고 정보원들과 접선하거나 인터넷 검색엔진을 총동원해 A의 실마리를 잡기 위해 노력했다. 하지만 노력에 비해 재우가 손에 건진 건 초라할 정도로 빈약했다. 내내 안개 속을 걷는 기분이었다가 꼬박 48시간을 투자한 말미에야 A에 대한 추리가 가능한 최소한의 단서가 나타난 것이다. '환태평양 자유경제무역지대 자문회의' 동영상이었다.

재우는 세운상가에 들어오기 전, 접근이 그런대로 용이한 시의원 출신 자문위원 보좌관에게 접근해 참석자 자리에 초소형 도청 캠을 설치했었다.

자문회의는 한 달에 한 번, 보수단체가 전경련의 지원을 받아 의총회관에서 개최하는 회의로 대략 2시간 동안 이뤄졌다.

재우는 1시간 30분 내내 동영상에서 특기할 만한 사항을 발견하지 못했다. 호정만이 귀띔해준 것처럼 자문회의에 참석한 인물들은 현실 정치에선 한 걸음 물러났지만 이러저러한 연결 고리를 만들어 정재계에 한쪽 발을 담가놓은 철 지난 인사들이 대부분이었다. 강연자들 역시 알 만한 보수 논객과 신자유주의 신봉자 들이 대부분이었다.

1시간 30분이 지난 뒤, 마지막 남은 캔 커피를 비운 재우는 동영상에 집중하기 힘들 정도로 지쳐 있었다. 마지막 강연자의 얼굴을 확인하지 않았더라면 헤드폰을 벗고 사무실을 벗어났을지도 몰랐다.

이름이 호명된 한 남자가 강단 위로 올라섰다. 남자의 이름은 강형철이었다. 국방연구소 수석연구위원이란 직함으로 소개된 강형철. 하지만 재우의 눈에 들어온 남자는 소미의 병원에서 만난 의뢰인, 함문형이었다.

강연 제목과 주제 모두 미상이었다. 단상에 오른 함문형은 원고조차 준비하지 않았다. 두 손으로 강연대를 붙잡은 함문형은 자리에 앉아 있는 퇴물들을 꾸짖듯 둘러본 뒤 마침내 입을 열었다.

내가 지금부터 말하려는 건 민주주의에 대한 이야기가 아닙니다. 오히려 그 반대라고 할 수 있겠네요. 나는 지금부터 공산주의에 대해 말하려 합니다.

흔히 하는 말로 빨갱이란 말을 쓰지 않습니까? 맞습니다. 그 빨갱이에 대해 말하려는 겁니다. 그런데 난 빨갱이가 얼마나 악독한지 소개하는 데 그칠 생각이 없어요. 난 공산주의가 우리에게 얼마나 소중한 이념인지를 설명하고자 합니다.

한 단락 이야기의 운을 떼고 난 함문형이 물 한 모금을 마시는 동안 회중이 술렁거렸다. 헤드폰을 착용하고 모니터로 이 장면을 주시하던 재우 역시 함문형의 말에 귀가 의심스러웠다.

함문형은 이어서 설교문 낭독하듯 모인 이들에게 '신자유주의 시대의 공산주의 방법론'이란 자신만의 특별한 논리를 개진했다. 얼핏 몇 마디 듣기만 했을 뿐인데, 재우는 섬뜩하고 불쾌한 기분이 들었다.

김정일이나 김정은. 이들은 불행한 겁니다. 한마디로 재수 없게 걸려든 거예요. 왜냐고요? 아버지 때문입니다. 아버지 김일성이 공산주의 사상을 멍청할 정도로 대중화시켰어요. 일당독재든, 주체적 인민이든 모든 광기가 자신에게로 향하게 만들어버렸거든요. 진짜 공산주의는 그런 게 아닙니다. 진짜 공산주의는 숨어 있는 엘리트에 의한 숨은 지배예요. 그게 가능하기 위해서는 뼛속까지 부패한 정권이 선한 사마리아인처럼 오합지졸 같은 민중들 앞에 들러리를 서야 합니다. 우린 그 뒤에 숨어 강력한 철권통치를 지지하고 지켜봐야 하는 거구요. 정권 바뀌고 체제 바뀌고 설령 국가 자체가 꺼져버려도 영구 집권이 가능한 권력을 창출하는 것. 이봐, 어르신들. 우리 솔직해집시다. 까놓고 말하자고요. 당신네들 이렇게 모인 게 바로 이 권력, 그 빌어먹을 걸 자손대대로 물려주고 싶어 모인 거 아닙니까? 내 말 틀립니까?

시정잡배만도 못한 조잡한 논리를 늘어놓는 함문형의 강연은 언어 선택의 저급함만큼이나 거침이 없었다. 재우는 강연자의 노골적인 막말을 시종 경청하다 심지어 강연이 끝나고 난 뒤에는 기립해 박수까지 치는 참석자들의 작태를 보며 함문형이 A에서 갖는 위치를 짐작했다. 재우는 함문형의 강연을 들으며 지나치게 단순한 A의 목표를 예단할 수 있었다. A의 목표는 오직 하나, 배금(拜金)이었다.

권력이란 말은 에둘러 밝힌 이야기에 불과했다. 권력 지향적 집단이라면 3대가 계승되는 북한식 사회주의를 두고 선명성 운운하며 비판하진 않을 것이기 때문이다.

재우는 A란 비밀 결사체의 대변인 격인 함문형이 말하는 영구 권력이 배금 외에 다른 것은 있을 수 없음을 확신했다. 노욕에 사로잡힌 이들을 단번에 사로잡는 건 오히려 단순하다. 더 강하고 노골적인 배금주의를 고취시키는 것이다. 그것이 끝 모를 허기에 게걸스럽게 입을 벌린 육식동물들을 길들일 수 있는 유일한 해결책일지도 모른다. 그 해결책을 제시해준 함문형의 강연 앞에 배금의 노예들이 기립박수를 치는 건 그들 사이에선 당연한 것처럼 보였다. 자문회의에 참석한 이들은 강연을 끝내고 강단에서 내려온 함문형에게 악수를 청하는 등 눈도장 찍기에 분주했다.

재우는 헤드폰을 벗고 의자 깊숙이 머리를 파묻었다. 불을 붙이지 않고 오랜 시간 물고 있던 담배가 두 동강이 나버렸다. 재우는 동영상 속 강연장을 지켜보며 한 가지 질문에 매달렸다.

'저 배금주의자들이 왜 나를 타깃으로 삼은 거지? 임대 아파트의

그 아이는 또 뭐고?'

5.

재우가 컴퓨터를 끄고 사무실을 나가려 할 때였다. 테이블에 놓아둔 대포전화 중 하나에서 진동이 울렸다. 새 담배에 불을 붙인 재우는 진동이 계속되는 휴대전화를 내려다봤다. 업무 특성상 보유했던 대포전화 중 가장 오래된 사양이었다.

폴더를 열어보니 '발신자 표시 제한'이란 글자가 나타났다. 재우는 지난 48시간 동안 자신이 이 대포전화를 사용했었는지 곰곰이 생각했다. 하지만 머릿속이 텅 빈 것처럼 아무 생각도 나지 않았다.

진동은 계속되었다. 여간해선 끊지 않을 기세였다. 결국 재우는 망설임을 멈추고 전화를 받았다. 통화 버튼을 누르고도 한참을 침묵하자 발신자인 상대가 답답했던지 먼저 말을 건넸다.

— 왜 전화 안 받아요? 말은 또 왜 안 하구요.

경상도 말투가 섞인 어색한 표준어만으로 재우는 상대가 누구인지 알아챘다. '마약쟁이'라고 부르며 10년 동안 함께해온 정보원이었다.

— 알아냈어?

재우는 마약쟁이에게 평택항을 통해 아이들 장기를 밀반출하는 통나무 장수 도기의 행방을 알아보라고 지시했었다. 재우의 조급함을 간파했는지 마약쟁이는 평소 습관처럼 너스레를 떨지 않고 알아낸 내용을 빠르게 게워냈다.

— 도기 그 새끼 따였어요.

— 무슨 소리야?

— 짭새가 떴다고요. 그 새끼, 병원 지하에서 반병신 되어 자수했
대요. 짭새들이 그냥 주워 먹은 거죠.

— 자수했다고?

— 예. 가보니까 이미 입은 찢어져 있고 자지는 잘렸대요. 사이코
새끼한테 제대로 걸린 것 같아요.

— 애들은? 애들은 발견됐어?

— 그 변태 새끼가 따먹은 여자애 한 명이 전부라던데요.

— 남자앤?

— 예?

— 남자애는 없었어?

— 모르겠어요. 현장엔 그 여자애 한 명뿐이라고 했어요.

— 그 새끼 지금 어디 있어?

— 평택시립병원에 입원해 있어요. 대충 치료 끝나면 구치소로
옮긴다는데…… 여보세요? 여보세요? 내 말 듣고 있어요? 형사
님? 예?

서둘러 사무실을 나온 재우가 빠른 속도로 비상용 계단을 통해
지하 주차장으로 내달렸다.

6.

— 여러 말 묻지 않겠어.

중환자실에 누운 도기가 두 손을 허우적거리며 주변에 도움을 청
했다. 하지만 열 개의 침대가 도열된 중환자실에는 도기를 제외하
면 단 한 명의 환자도 없었고, 당직 간호사는 자리를 비운 지 1시간
이 지났는데도 돌아오지 않고 있었다.

광역수사대 지능2팀 팀장이란 직위를 이용해 재우는 중환자실
밖에서 대기하던 평택경찰서 당직 형사에게 면담 시간 10분을 할애
받았다. 중환자실로 들어온 재우가 가장 먼저 한 일은 문을 잠그고
문 앞을 대형 의료 기계로 가로막는 일이었다. 그 뒤 재우는 곧바로
감시 카메라 렌즈를 도기가 누운 곳의 반대로 뒤틀었다. 그 모습을
지켜본 도기가 몸을 일으키려 했다. 과다 출혈로 창백하게 질린 도
기는 두려움에 시달려 지쳐 보였다.

재우가 입에서 산소호흡기를 떼어내자 도기는 고통스럽게 숨을
헐떡이며 자신도 모르게 고개를 가로저었다. 재우는 단숨에 도기의
턱을 움켜쥐었다. 재우의 얼굴이 자신의 코앞까지 닥쳐들자 도기가
엉겁결에 소리를 질렀다. 하지만 봉합된 입이 심하게 부어 있는 탓
에 도기는 제대로 된 비명을 낼 수 없었다. 재우가 말했다.

— 넌 알 거 아니야. 아이들이 도망쳐도 찾을 수 있는 방법 말이야.

— 으. 으으.

— 너희들한테 아이들은 놓쳐선 안 될 돈줄이잖아. 그러니 말해.
찾는 방법.

도기의 턱을 움켜쥔 재우의 손에 더 강한 힘이 가해졌다. 도기는 천형의 형벌을 앞둔 죄수처럼 재우의 표정 하나하나에 예민하게 반응했다. 도기의 손가락이 꿈틀거렸다. 뭔가를 집고 싶어 하는 듯했다. 재우는 진료 기록지를 찢어 뒷면을 도기의 오른손 밑에 깔아주고 오른손에는 볼펜을 쥐어주었다. 도기가 재우를 바라보며 한 낱말, 한 낱말 힘겹게 써 내려갔다.

재우는 기다렸다. 도기의 손동작이 멈출 때까지. 도기의 오른손은 꽤 힘겹게 움직였다. 그사이 혈압은 위험수위까지 떨어졌고 심장박동 역시 가파르게 상승했다.

재우는 메모를 확인했다. 도기가 볼 수 있도록 기록지를 도기의 눈앞에 펼쳐 보였다. 재우는 자신이 도기의 뜻을 제대로 이해했는지 확인하고 싶었다. 기록지에는 딱 세 단어만 적혀 있었다.

캡슐, GPS, 주파수

— 캡슐이라면 위치 추적 장치 말하는 거야?

도기가 힘들게 고개를 위아래로 한 번 움직였다.

— 그걸 조민에게 심었어? 피부 조직에?

조민이란 이름을 기억하지 못했지만, 도기는 무조건 고개를 끄덕였다. 어차피 물건으로 들여온 아이들에게는 빼놓지 않고 캡슐을 심었으니까.

— GPS는…… 라디오 주파수로 찾는 GPS? 그거야?

도기가 더 한층 거칠어진 숨을 내쉬며 고개를 끄덕였다. 재우가 마지막으로 물었다.

— 주파수가 몇이야?

질문과 함께 재우는 도기의 오른손을 들어올렸다.

45.7

45.7이란 주파수를 적어낸 도기는 할 수만 있다면 소리를 지르고 싶었다. 하지만 응급으로 봉합된 입에선 소리조차 나오지 않았다.

7.

휴대전화 진동은 한참 동안 지속되었다. 배터리를 분리하지 않으면 끝까지 울릴 기세였다. 재우는 발신자가 누구인지 궁금하지 않았다. 알고 싶지도 않았다. 하지만 받지 않을 수는 없었다. 알고 싶지 않은 누군가가 자신의 숨통을 조이고 있음을 외면할 수 없었다. 벽에 등을 기대고 선 재우는 결국 전화를 받았다.

— 접니다. 정 부장.

— 또 무슨 일이요? 다신 얼쩡거리지 말라고 한 게 누군데.

— 자꾸 얼쩡거리는 건 오히려 김 팀장, 당신인 것 같은데요.

— 뭐라고?

— 조민을 찾고 있죠?

— 그렇다면 어쩔 건데?

— 중단하란 말은 않겠습니다.

— 퍽도 고맙군.

— 대신 찾으면 약속대로 조민을 저희에게 무사히 인계하시기 바랍니다.

— 내가 무슨 이유로 그래야 되는데?

— 그렇게 하는 게 신상에 좋을 겁니다.

— 협박인가?

— 김 팀장 개인에 대한 협박만은 아닙니다.

정 부장의 말은 독을 품은 뱀의 혀처럼 교활하게 꿈틀거렸다. 재우는 갑작스럽게 요동치는 심장박동을 애써 가라앉히며 말을 이어갔다.

— 그게 무슨 뜻이지?

— 우리…… 따님 병원에서 만났었죠. 그게 뭘 뜻한다고 생각합니까?

— 소미를…… 설마.

— 따님의 자살 충동. 시간이 갈수록 더 심각해질 겁니다. 부인한테 들어보니 오늘도 링거를 박살 내고 깨진 유리 조각으로 손목을 그으려 했다죠. 아마.

— 뭘 어쩔 셈이야!

— 우린 따님에게 아직까지 아무 해도 입히지 않았습니다.

— 원하는 게 뭐야.

— 지금 난 제안을 하는 겁니다. 서로 만족할 수 있는 합리적 제안이죠.

— 말해봐.

— 조민을 데려온다면 따님의 자살 충동과 희귀병 치료를 A에서 적극 지원하죠.

— 그걸 지금 나보고 믿으라는 거야?

— 따님 병원에 함문형 씨가 찾아간 목적이 뭔지 생각해보세요. 그럼 답을 찾기 한결 쉬울 겁니다. 김 팀장, 당신에겐 선택의 여지가 없습니다. 만약 당신이 중간에 어리석은 짓을 한다면…… 따님의 안전은 책임지지 못합니다.

— 너희들, 이러고도 무사할 줄 알아? 현직 형사한테 이런 식으로 협박해도 무사할 줄 아느냐고.

— 그런 건 당신이 걱정하지 않아도 됩니다. 당신은 오직 내 제안을 받아들이느냐 마느냐만 신경 써야 할 겁니다.

재우는 복도 천장을 올려다봤다. 짙푸른 형광 불빛이 착시를 일으킨 걸까. 문득 재우는 자신이 물 위에 서 있다는 기분이 들었다. 물 위를 표류하려면 필사적으로 움직여야만 한다. 행동해야만 하는 것이다. 행동의 시비를 가리는 일 따위는 머릿속에서 철저히 지워버려야 한다. 휴대전화를 떨어뜨리듯 내려놓은 재우가 고개를 한껏 뒤로 젖힌 채 신음하듯 한 마디를 쏟아냈다.

— 빌어먹을.

기억 전달자

1.

서울 한복판 광화문에서 정인은 수호를 만났다. 수호는 주차 금
지 구역에 세워진 9인승 밴 앞에 서 있었고, 정인이 다가오자 차 문
을 열어 내부를 확인시켜주었다. 아무도 없음을 강조하기 위함이었
다. 주저 없이 뒷좌석으로 들어간 정인은 자리에 앉자마자 눈을 감
았다. 최근 제대로 눈을 붙인 적이 없었다. 정인은 깊은 잠에 빠졌
다. 수호가 운전하는 밴은 창공을 가르는 비행기처럼 있는 듯 없는
듯 부드러운 흐름을 시종 유지하며 빠르게 달렸다.

얼마나 지났을까. 멈춰선 밴의 시동이 꺼졌다. 한참이 지나서야
정인이 눈을 떴다. 정인은 가장 먼저 운전석에 앉은 수호의 뒷모습
을 살폈다. 수호는 정면을 바라보고 있었다. 짙푸른 녹음으로 가득

한 시계(視界)가 차창 앞 세계의 압도적 배경으로 펼쳐졌다.

수호의 눈길을 따라 정인 역시 앞을 바라봤다. 녹음으로 덮인 숲은 가지치기 작업이 완료된 듯했고, 그 뒤로 대리석 마감재를 사용한 건물이 위용을 드러내고 있었다.

깨어난 정인을 얼핏 살핀 수호는 운전석 차창을 반쯤 열고 담배를 피웠다. 수호를 지켜보던 정인이 곧 몸을 일으켜 차 문을 열고 밖으로 나갔다.

정인의 눈에 바닥에 깔린 자갈이 보였다. 건물 입구로 들어서는 초입이었다. 온통 자갈밭이었고 길 양옆으로 연못이 보였다.

정인은 정복 차림의 두 남자가 서 있는 입구를 향해 걸어갔다. 문득 고개를 들어 붉은색 블라인드로 가려진 2층 창문을 봤다. 블라인드가 살짝 흔들렸다. 정인은 미세한 틈새로 보이는 누군가와 눈이 마주쳤다.

운전석 문이 열리는 소리가 들렸다. 3년 동안 단 한 번도 보지 못한 양복 차림의 수호가 먼발치에 서서 정인을 봤다. 옷 때문인지 수호는 처음으로 국정원 직원처럼 보였다.

정인은 다시 2층 창문을 봤다. 틈새로 보이던 눈은 사라져 있었다. 그제야 정인은 자신의 법적 감시자인 수호를 통해 접촉할 만한 이가 누구일지 생각했다.

2.

정인의 눈에 가장 먼저 들어온 것은 금빛 배지였다. 정인은 옅은 한숨을 뱉었다. 금배지와 연결되는 것은 단 한 사람뿐이었다. 정인은 2층 집무실 문이 닫히자마자 응접실 소파에 앉을 것을 권하는 남자에게 물었다.

— 어떻게 당신이 먼저 나를 찾을 생각을 했죠?

말쑥한 양복 차림인 남자는 푸른색 넥타이를 느슨히 풀고는 반쯤 피운 담배를 비벼 껐다. 대형 창문에 굳게 내려져 있는 블라인드가 늦은 오후의 햇살을 차단해 집무실은 어둑어둑했다. 그래서일까. 정인은 마치 그림자와 대화한다는 느낌을 받았다. 남자가 말했다.

— 당신이 뭐냐. 작은아버지한테. 작은아버지라 불러라.

작은아버지. 그 말을 듣는 순간 정인은 본능적으로 서가 벽면에 진열된 액자 두 개를 바라봤다. 현직 대통령과 악수하는 작은아버지의 환히 웃는 얼굴과 여당 비례대표 국회위원임을 공인하는 국회의원 증서가 표구된 액자였다.

정인은 책상 앞을 장식한 명패를 확인하듯 바라봤다.

　창조정의당 국회의원 정현수

그 명패만큼 작은아버지를 분명하게 설명해주는 이름은 없었다. 정인이 물었다.

— 여긴 어디죠?

― 연구소지. 정치 연구소. 안심해도 된다.

정인은 연구소란 말을 반복하는 정현수의 말속 의도를 어렵지 않게 짐작했다. 여당 국회의원이 자신의 신분을 이용해 은밀히 활동하기에는 정치 연구소가 제격이었다. 이런 곳에선 이른바 당의 비밀 모의 일체가 벌어지기 마련이었다.

비밀 모의에는 도청 장치의 부재가 따라붙는 법. 정현수가 '안심해도 된다'라고 말한 데는 그런 근거가 있었다. 하지만 정인은 마음이 놓이지 않았다. 정현수의 의도가 의심스럽기만 했다. 정현수는 자신을 '작은아버지'라고 말했다. 누군가 혈연관계를 파고든다면 혀를 깨물면 깨물었지 순순히 고백할 리 없는 사람이 갑작스레 핏줄이 당겨서 그렇게 말했을 리는 없다.

얼굴 한번 본 적 없던 작은아버지, 정현수. 정현수를 처음 본 것은 한창민 대장과 함께 망명한 직후 남한에서였다. 정인은 믿을 수 없었다. 부모의 얼굴은커녕 이름도 모르는데, 비록 이복형제라고는 해도 어떻게 작은아버지가 있을 수 있단 말인가.

오늘이 정현수를 만나는 두 번째 자리였다. 정인의 마음은 불길함이 압도했다. 여당 실세들조차 정현수가 폐족 출신 탈북자임을 모를 텐데 이렇게 노골적으로 국정원 직원까지 개입시켜가며 자신을 부른 데는 분명 이유와 목적이 있을 것이었다.

정현수는 정인의 마음이 어떤지에는 관심이 없는 듯했다. 거두절미하고 원하는 답을 듣는 데만 신경 쓰고 있었다.

― 최근에 한창민을 만났다고?

― 네.

— 그가 무슨 이유로 널 불렀지?

— 제가 찾아간 거예요.

— 네가? 이상하구나.

— 뭐가요?

— 진짜 용건은 한창민한테 있었거든.

정현수는 담담하게 말했지만 그 역시 적잖이 긴장하고 있다는 사실을 정인은 직감했다.

— 무슨 말이에요. 용건이 그에게 있었다니.

— 아이 말이야.

'아이'라고 말하는 순간, 정현수의 목소리 톤이 달라졌다.

— 그 아이, 처음부터 네 아버지 작품이었거든.

— 잠깐만, 아버지라니요? 그게…… 무슨 말이에요?

— 모르는 척하는 거냐? 한창민 말이다.

— 한창민이 뭐…… 지금 뭐라고 했어요?

정인의 눈썹이 꿈틀 움직였다. 단 한 번도 생각해본 적 없는 대상이 지금 정인의 머릿속에서 아버지란 이름으로 둔갑하는 순간이었다. 정인이 믿을 수 없다는 얼굴로 정현수를 바라봤다. 새 담배를 입에 문 정현수는 정인과 시선을 마주하며 무심한 말투로 정인에게 진실을 말했다. 듣고 싶지 않고, 알고 싶지 않았던 진실.

— 본명은 정주운, 그가 내 이복형이고 네 아버지다.

— 집어치워요. 믿을 수 없어요. 불가능한 일이에요.

— 우리들 세계에 불가능한 일은 없어. 그게 진실이야.

정인의 표정이 한껏 일그러졌다. 정현수, 그가 지금 한 말은 불가능이어야만 했다. 반드시 그래야만 했다. 그렇게 믿지 않고선 견딜 수 없었기 때문이다. 정인은 한창민이 자신을 바라볼 때의 눈빛을 똑똑히 기억하고 있었다. 동정, 연민, 혈육에 대한 일말의 정도 찾아볼 수 없는 죽은 독수리의 눈동자를 닮은 눈빛을 정인은 결코 잊지 못했다. 그런 눈빛을 가진 이가 아버지일 수는 없었다. 그래서는 안 되는 것이었다.

침묵은 진실을 긍정하는 잔인한 매개였다. 정인은 정현수를 계속해서 할퀴듯 노려봤지만 정현수는 말없이 침묵으로 진실을 받아들일 것을 강요했다. 언제나 이런 식이었다. 통보와 수용. 이 잔인한 일방주의 앞에 '왜'라는 질문은 설 곳이 없었다.

이제 정인은 정현수가 아이라고 말한 대상을 생각해야 했다. 틀림없이 조민이었다. 정인의 기억 속에서 조민은 알코올중독자 아버지에게 학대당하는 아이였고, 가끔 담배를 나눠 피우는 옆집 아이에 불과했다. 하지만 정현수의 한마디로 인해 그 관계가 송두리째 흔들렸다. 정인은 담배를 입에 문 정현수에게 다그치듯 물었다.

— 한창민의 작품이라고요?

— 한창민이 네 아버지인 걸 인정하는 거냐?

— 인정하고 말고는 내가 결정해요. 그러니까 묻는 말에나 대답해줘요. 그게 작품이라니 무슨 말이죠?

— 그 아이. 아마 널 기억하고 있지 않았니? 북에서 지낸 네 모든 일 말이다.

— …….

— 피난덕산맥에서 살인 기계로 살았던 때의 기억 말이다. 아니

414

냐?

정인은 할 말을 잃었다. 침묵을 긍정의 표시로 받아들인 정현수가 말을 이었다.

— 그게 다가 아니다. 그 아이, 모든 걸 기억하고 있어. 일종의 기억 저장고지.

— 모든 거요?

소파 깊숙이 앉아 있던 정현수가 갑자기 정인을 향해 상체를 기울였다.

— 우리에 대한 모든 것 말이야.

— …….

— 그중엔 네 아버지 정주운의 의도도 들어 있지.

— 의도라니요?

— 정주운, 그 인간이 널 그곳에서 살인 기계로 키운 사실 말이야. 그 모든 설계도가 아이의 머릿속에 저장되어 있어.

정현수는 구체적인 설명을 생략했다. 한창민이란 이름으로 자신의 정체를 숨긴 형 정주운을 중심으로 한 무정부주의단체이자 폐족들에게 유일한 정신적 탈출구로 여겨졌던 비밀 모임. 그 활동에 어떤 식으로든 가담한 이들이 지금 정현수의 입 밖으로 발설된 '우리'의 실체였기에.

3.

— 차 안에서 일 이야기를 하려니 좀 어색하네요.

수호가 담배 한 모금을 길게 빨아들일 때 조수석 문이 열렸고, 정장 차림의 한 여자가 올라탔다.

수호는 차 앞유리 너머, 정현수를 비롯해 여당 핵심 엘리트들로 구성된 정권재창출유지위원회 일원들이 정치 연구소 건물 입구에 모여 있는 모습을 물끄러미 바라봤다. 그들 모두를 컨트롤하는 이가 바로 자신의 옆에 앉아 있었다.

며칠 전, 수호는 이첩 명령을 받았다. 현재까지 진행해온 정인과 관련된 자료 일체의 이첩이었다. 윗선인 정보과장으로부터 들은 건 정 부장이라는 직함이 다였다.

— 소속이 어디시죠?

질문을 받은 정 부장은 답 대신 싸늘한 미소를 지어 보였다. 자신을 바라보는 정 부장과 한동안 눈을 마주한 수호가 시선을 돌려 다시 차창 앞을 바라봤다. 정 부장은 사무적인 말투로 말을 이었다.

— 자료 이첩은 데이터 남기지 말고 그냥 출력물 한 부로만 넘겨줘요. 문서 전체 포맷하는 것도 잊지 말고요.

— 알겠습니다.

— 이번 주까지 가능하겠죠?

— 그렇게 하죠.

— 차후 접선 장소는 정보과장이 말해줄 거예요.

— 준비해놓겠습니다.

일에 대한 이야기는 그걸로 마무리되었다. 하지만 정 부장은 차에서 내리지 않고 다른 질문을 던졌다.

— 한 가지 알고 싶은 게 있어요.

— 말씀하세요.

— 미혼인 걸로 알고 있는데, 왜 31호에게는 부인과 자녀가 있다고 말했죠?

수호는 퉁명스럽게 대꾸했다.

— 저까지 사찰한 겁니까?

— 그런 질문 받자고 물은 거 아닌데요.

— 그럼 저도 답하지 않겠습니다.

— 알겠어요. 더 묻지 않죠. 사적인 문제일 테니까.

— 이번엔 제가 한 가지만 물어도 될까요?

— 그러세요.

— 정인.

— 이름 함부로 부르지 마세요.

— 31호. 저 친구는 이제 누가 관리하게 되죠?

수호의 질문에 정 부장이 미소를 지었다. 정 부장의 얼굴 전체에 일그러진 웃음이 열꽃처럼 피어올랐다. 속뜻을 알 수 없는 표정이었다. 정 부장이 이내 통보하듯 답하고 조수석 문을 열고 차에서 내렸다.

— 그 역시 정보과장에게 물으세요. 그동안 수고하셨어요.

4.

— 웃기지 말아요.

정인이 자리를 박차고 일어섰다.

정인은 지금까지 꺼낸 정현수의 말 중 무엇 하나도 믿고 싶지 않았다. 할 수만 있으면 지금까지 들었던 말 전부를 지워버리고 싶었다. 하지만 정현수의 굳게 다문 입술을 보면 볼수록 정인은 한창민에 대한 말이 거짓이 아닐 거란 불길한 기분에 사로잡혔다.

직속상관으로만 알고 있던 한창민이 자신의 아버지란 사실. 그가 1990년대 후반까지 이어져온 북한 내 무정부주의단체 '도현회'를 해체하는 과정에서 일어난 집단 학살을 집단 자살의 이름으로 자행했고, 도현회의 모든 걸 말소하려 했다는 사실은 정인에게 큰 충격으로 다가왔다.

정인은 도현회 해체와 남은 이들의 남조선 망명은 북조선의 묵인 하에 어쩔 수 없이 감행된 타협의 결과로 알고 있었다. 거기에 하나 더, 도현회 구성원들 대부분은 자살로 생을 마감했지만 한창민과 자신, 그리고 남은 이들 몇몇이 죽음을 택하지 못했던 건 김일성의 숨은 일가란 혈통 문제 때문으로 알고 있던 게 전부였다.

그런데 도현회 해체가 자살이 아닌 타살, 그것도 집단 학살이란 범죄 행위로 인한 것이며, 도현회 구성원들을 살육한 장본인이 그곳의 실질적 수장인 한창민이었다는 사실은 정인의 귀를 의심케 하기에 충분했다.

정현수는 정인이 받을 충격 따위는 아랑곳하지 않고 자리에서 일어

418

선 정인을 차가운 시선으로 올려다보며 말했다.

　— 국정원에서는 이번 사건에 너도 연루된 걸로 알고 있어.

　— 사건? 무슨 사건이요?

　— 형은 남조선 망명 후, 도현회는 실질적으로 끝장났다고 보고했어. 정보기관에서 별의별 방법으로 진실 여부를 추궁했지. 네 아버지 말이 맞는지 말이야.

　— 그래서요?

　— 잠정적으로 지켜보는 수밖에 없다고 결론 내렸어. 네 아버지는 도통 속내를 알 수 없는 사람이니까. 그런 형이 기어이 일을 저지른 거야. 조강윤이란 남조선 내 혁명가와 접선하고 그 작자의 아들인 조민에게 기억 전달자 역할을 맡긴 거지.

　— 기억 전달자라…….

　— 도현회에 관한 모든 것을 머릿속에 저장해둔 아이가 바로 그 아이야.

　— …….

　— 형은 그 아이를 정인, 네가 찾도록 유도한 거야.

　— 그럴 리 없어요.

　정인이 단호하게 잘라 말한 뒤 숨도 쉬지 않고 말을 이었다.

　— 대장을 얼마 전에 다시 만났을 때, 그는 나를 벌레 보듯 했어요. 다신 얼굴 보지 말자고 했다고요. 남조선 망명 후 그와의 면담은 단 두 번이었어요.

　— 형은 원래 그런 인간이야. 자신의 목적 달성을 위해선 자식이든 뭐든 이용할 수 있는 인간이라고. 그걸 몰랐나?

— 웃기지 말아요.

— 그가 그 아이를 네 옆에 심어두고 일을 벌였다는 걸 정말 몰랐어?

— 그런 일 없다고!

— 그랬군. 그럴 줄 알았어.

— 대장은 지금 어디 있어요?

— 나도 몰라.

— 정말요?

— 며칠 전에 형이 출근하지 않았다는 보고가 왔어. 어떤 수를 썼는지 집이든 어디든 그림자처럼 따라붙던 감시원들을 따돌리고 유령처럼 사라졌어.

— 이건 말도 안 돼요. 이해할 수 없어요.

— 뭐가?

— 조민의 집에 왜 불을 지른 거죠? 조강윤이 무슨 이유로 집에 불을 지른 거냐고요.

— 정보기관이 조민이란 아이가 기억 전달자란 사실을 알게 된 건 최근이었어. 국정원이 그 사실을 알아낸 날 일을 벌인 거야. 불에 타 죽은 것처럼 위장한 거지.

— 누가 추적했죠? 당신은 그걸 또 어떻게 알고요?

— 우리를 남조선에 정착할 수 있게끔 만들어준 게 그들이야.

'그들'이란 말에 정인은 깊은 의문을 품었다. 모호했다. 하지만 정현수가 말한 '그들'이란 단어 속에 모호함이 자리할 곳은 없었다. '그들'은 분명한 실체로 정인에게 다가왔다.

― 그들이 누군데요?

― 그건 나도 모른다.

― 그들이 대장이 폐족이란 걸 알고 있었어요?

― 물론.

― 그가 내 아버지라는 것도?

정현수가 고개를 끄덕였다. 정인은 여전히 어떤 것도 인정하고 싶지 않았다. 허탈감에 사로잡힌 정인을 바라보며 정현수가 말을 이었다.

― 이거 하나는 분명해.

― 뭔데요?

― 그들의 비호를 받는 이상 우리의 신변은 보장된다는 거.

― …….

― 그렇게 역겨운 얼굴로 보지 마. 생각해봐. 내 신분이 이처럼 말끔히 세탁되어 여당 비례대표까지 할 수 있었던 힘이 어디서 왔다고 생각해?

― 대장도 그렇게 생각했어요? 대장도 당신처럼 그들이 자신을 보호해준다고 생각했느냐고요.

― 그렇게 생각하지 않으니까 이 사단이 난 거 아냐!

정현수의 언성이 높아졌다.

― 도현회의 가르침 따윈 빨갱이 집단 속에 있을 때 모조리 소각했어야 했어. 시대가 어떤 시대인데 아직도 유토피아 타령이야. 그런 망상에 사로잡혀 도현회의 맥을 잇겠다고 설쳐대니까 이런 난리를 겪는 거 아니야.

— 그게 그렇게 중요한가요? 그들에게 조민의 머릿속에 든 정보가 그렇게 중요해요? 그들이 도대체 왜 도현회의 교리나 지침 따위에 관심을 갖냐고요.

그 말에 정현수가 멈칫했다. 순간 정인은 눈을 가늘게 떴다.

— 다른 게 또 있죠? 그것 말고 또 다른…….

— 그럴 수도 있겠지.

— 그게 뭔데요?

— 거기까지는 모른다. 내가 알았다면 그들이 나와 해결하려 했겠지. 이렇게까지 그 아이를 찾으려 하겠어?

정인이 정현수의 얼굴을 찬찬히 살폈다. 정현수의 표정에는 억울함이 배어 있었다.

그들은 대를 이어 무정부주의단체 도현회에 관련해왔다. 김일성에서 김정일, 김정일에서 김정일의 자식들로. 3대째 이어지는 권력과의 불편한 공생을 견디며 살아남기 위해 어떻게든 살인 기계가 되어야 했던 도현회에서의 지난날을 정현수는 자본주의의 자궁 안으로 들어선 이상 어떻게든 보상받고 싶어 몸이 달아 있었다. 과거라면 뭐든 태워버리고 싶은 진한 갈망으로 가득한 정현수의 눈빛을 보는 순간 정인은 반사적으로 직속상관이 아닌 아버지로서의 한창민을 생각했다. 순수 이념을 향한 그의 집념이 떠올랐던 것이다.

— 이제부터 내가 하는 말 잘 들어.

정현수가 문가를 살피며 두리번거렸다. 도청 장치가 없다면서도 피감시자의 오랜 습관으로 주위를 살폈다. 정현수는 좀 더 낮은 목소리로 말했다.

— 이젠 각자가 살아남아야 돼.

— 무슨 뜻이에요?

— 내가 오늘 널 부른 건, 내가 한 말을 증명하기 위해서였어. 난 그들에게 너와 네 아버지가 무슨 일을 꾸미는지 모른다고 했어. 오늘 이 자리에서 널 만나 직접 확인하겠다고 했지.

— 난 어떤 일도 꾸미지 않았어요.

— 그건 네 사정이야. 네가 살려면, 여기 남조선 땅에서 제대로 발붙이고 살려면 네 아버지가 숨은 곳을 밝히거나 그 아이, 조민을 데려와야 해.

— 내가 미쳤어요?

— 그게 싫다면 네 마음대로 해도 좋아. 하지만 그 이후는 책임 못 져. 난 너와 아무 상관없는 사이가 되는 거야.

— 원래 우린 아무 사이도 아니었어요.

— 난 여기서 재혼도 했고, 늦었지만 자식도 낳았어. 이만하면 권력도 손에 쥐었고.

— 창조정의당 국회의원이시죠.

— 빈정거리지 마라.

— …….

— 네가 뭐라 말하든 난 살고 싶다. 인간답게 살고 싶어.

— 인간……답게요?

— 네 아버지, 그 작자는 인간이 아니야. 그는 그냥 도현회란 이름의 유토피아 그 자체야. 생각해봐. 북한에서 말이야. 네가 가장 가혹하게 훈련받지 않았든? 어린 너에게 형이 뭘 가르쳤어?

— 그만하세요.

— 똑똑히 기억해. 하나도 잊지 않았어. 네가 열 살 때 사람 죽이
던 장면 말이야.

— 그만해…….

— 칼로 목을 가르고 숨통을 끊어놓던 네 모습이 지금도 지워지
지가 않아. 누가 너에게 그런 짓을 시켰지? 정치범들의 모가지를
비틀고 심장을 꺼내라고 시킨 게 누구였지?

— 입 닥쳐요!

— 그게 네 아버지야.

— 닥치라고.

정인의 입술이 파르르 떨렸다. 정현수는 느릿느릿 새 담배를 입
에 물곤 말을 이었다.

— 너도 살고 싶으면 그 아이, 나한테 데려와. 안 그럼 모두 죽어.

— 당신한테 데려오면 아이는 어떻게 되는데요?

— 그건 내가 알 바 아니야.

— 더러운 인간!

— 그렇게 말하고 싶다면 그래라. 그래, 난 더러운 인간으로 변했
어. 하지만 아무것도 변하지 않는 네 아버지보단 차라리 내가 더 인
간적이지 않니?

정인은 더 이상 이곳에 남아 있을 수 없었다. 온몸 구석구석 벌
레들이 파고드는 듯한 꺼림칙함을 더는 견딜 수 없었다. '그들'이란
보이지 않는 세력에게 영혼을 내다 파는 역겨움이 정인을 수치와
모욕감으로 들끓게 했다.

정인이 걸음을 옮겨 문고리를 붙잡은 순간, 정현수가 나직한 목소리로 말했다.

— 도현회 훈련 장소를 기억하면 돼.

정인이 뒤돌아 정현수를 봤다.

— 북에서 피난덕산맥이라면 여기 남조선에선 지리산이야.

— 지리산?

— 피난덕산맥과 산세가 가장 유사한 게 지리산이니까. 아이는 그곳에 갔을 거야.

— 어떻게 확신해요?

— 기억 전달자의 행동 본능은 자신이 저장해둔 기억의 지배를 받아. 저장된 기억이 본능을 지배하는 거지.

— 그들도 알아요?

— 아니.

무슨 이유에서인지 정인은 정현수의 마지막 답인 '아니'라는 말에 믿음이 갔다.

5.

그날은 몹시 추웠다. 살을 에는 듯한 차가운 바람이 휘몰아치는 새벽이었다.

훈련이 언제 끝나는지, 무슨 목적으로 한 해에도 수십 명씩 죽어나가는 동료들을 지켜봐야 하는지. 질문조차 망각의 늪 속에 몰아

넣은 스무 살 겨울, 정인에게 그날 새벽은 영원히 지워지지 않을 각인으로 남았다.

　정인이 새하얀 입김을 쏟아내며 번뜩 눈을 떴을 때, 그녀의 몸 위로 시큼한 피비린내가 격발된 포탄 파편처럼 일거에 쏟아져 내렸다.

　몸을 일으킨 정인은 한동안 정지 상태로 있어야 했다. 일어설 엄두조차 내지 못했다. 훈련소 문은 활짝 열려 있었다.

　정인이 용수철처럼 훈련소 밖으로 몸을 옮겼을 때, 그녀의 눈앞에 나타난 건 피투성이가 된 시체들이었다. 하얀 눈에 뒤덮인 산속 고원, 대지 위에 쌓인 눈과 대조를 이루는 선홍빛 피 웅덩이. 목을 붙잡은 이, 무릎을 꿇은 이, 바닥에 웅크린 이, 각양각색의 모습이었지만 분명한 건 그들 모두 죽었단 사실이었다. 피난덕산맥. 산속 깊이 자리 잡은 도현회 훈련소. 그곳에서 집단생활을 하던 백여 명 가까이 되는 도현회 구성원들의 처참한 최후였다.

　한순간 멍했다. 이 불가해한 새벽의 참상을 지켜보던 정인의 입에서 새하얀 입김이 쉬지 않고 새어 나왔다. 어떻게 된 일인지, 앞으로는 어떻게 될지. 어떤 질문도 떠오르지 않았다. 정인은 서서히 자신을 향해 다가오는 십수 개의 총구를 의식했다. 인민군들이 정인을 포위하듯 에워쌌고 그들 속에서 한 남자가 눈에 띄었다. 한창민이란 이름 뒤에 숨어 있던 아버지, 정주운이었다. 그의 두 손은 묶여 있었고 그의 손과 옷가지, 무표정한 얼굴에는 검은 핏방울이 훈장처럼 묻어 있었다.

　둘은 서로를 마주했다. 그 순간 정인은 긴 한숨을 내쉬었다. 내내 감춰두었던 해방감이 밀려들었다. 어젯밤까지 함께 훈련받던 동료들이 시체로 뒹굴었지만 불경스럽게도 정인은 하나도 슬프지 않았다. 뜻 모를 해방감이 그녀의 온몸에서 독침처럼 솟아올랐다. 그 순간의 불온한 희열은 정인에게는 죽어도 포기할 수 없는 환희였다.

정인은 한창민을 보며 자신도 모르게 웃음 지었다. 한창민을 향해 지어보는 처음이자 마지막이 될지도 모를 미소였다. 한창민은 정인의 미소에 아무 반응도 보이지 않았다. 피범벅을 하고서 자신의 하나뿐인 딸을 해부하듯 지켜볼 뿐이었다. 정인은 한 걸음씩 다가오는 인민군들을 바라보며 생각했다.

'끝이구나.'

6.

휴대전화가 진동했다. 발신자를 확인하기 전 이미 정인은 네 통의 문자메시지를 확인했다.

〔나. 김재우야. 할 말이 있으니 전화받아.〕
〔전화받지 않을 거면 이것만 들어둬. 듣기만 해도 좋아.〕
〔조민. 그 아이 찾지 마. 제발 찾지 마.〕
〔찾지 마.〕

정인은 재우의 전화를 받지 않았다. 연구소 건물을 벗어나자 그대로 비포장도로가 이어졌다. 어둠이 깔린 산길을 걷는 건 차라리 아늑한 느낌이었다. 쉬지 않고 떨리는 휴대전화를 손에 쥔 채 정인은 점점 더 깊어져만 가는 밤의 산길을 향해 걷고 또 걸었다. 배터리가 다할 때까지 휴대전화는 절규하듯 제 몸을 떨었다.

동굴

1.

　정인은 고속버스 정류장으로 가기 전 동대문시장부터 들러 겨울 점퍼와 검은색 후드 티, 청바지 한 벌과 속옷을 샀다. 정인은 상가 지하에 위치한 오래된 공용 화장실에 들어가 문을 잠갔다. 녹슨 벽 타일 중심에 곳곳에 금이 간 대형 전신 거울이 눈에 띄었다. 정인 은 옷을 벗던 중 문득 거울에 비친 자신의 몸을 바라봤다. 깊게 파인 칼자국과 포탄 파편이 몸 곳곳에 파고든 흔적은 시간이 지날수록 오 히려 더 선명하게 남았다. 좌측 어깻죽지와 그로 연결되는 삼두박근 부근의 상처가 가장 심했다. 정인은 거울에 비친 자신의 몸 중 가장 쉽게 눈에 들어온 상흔에 가만히 손을 갖다 댔다. 이제 어떤 통증도 느껴지지 않았지만 그 어떤 기억보다도 또렷하고 생생했다.

　잠시, 아주 잠깐 자신의 알몸을 지켜보던 정인이 이내 정신을 다

잡았다. 봉투에서 속옷을 꺼내 입은 뒤 곧바로 새로 산 청바지와 후드 티를 입었다. 벗은 옷들은 속옷까지 모두 쓰레기통 속에 밀어 넣고 밖으로 나왔다.

옷과 함께 버린 것이 있었다. 몸의 일부처럼 갖고 있던 두 대의 휴대전화였다. 휴대전화를 버린다는 게 무엇을 의미하는지 누구보다 정인 자신이 잘 알고 있었다. 구형 폴더식 휴대전화는 결코 잃어버려선 안 되는 불문율과도 같은 위치 추적 장치였다. 지금껏 그래 왔고 앞으로도 일거수일투족을 보고해야만 하는 정인이 처음이자 마지막으로 벌이는 일탈이었다.

고속버스 맨 뒷자리에 앉아 안전벨트를 잠갔을 때, 문득 정인의 눈에 신발이 들어왔다. 오래된 흰색 스니커즈는 끈이 다 닳고 너덜너덜해져 힘주어 다시 묶을라 치면 물에 젖은 휴지처럼 찢어질 것 같았다. 겉옷에서부터 속옷, 휴대전화까지 쓰레기통 속에 처박을 때에도 정인은 이 오래된 신발을 버릴 생각은 하지 않았다.

흰색 스니커즈는 남한으로 내려온 정인이 처음으로 받은 선물이었다. 선물이란 개념을 가르쳐준 이는 수호였다. 수호는 정인을 감시하는 임무를 맡은 네 번째 국정원 직원이었다. 3년 전 어느 날, 수호는 선물이라며 정인이 지금 신고 있는 스니커즈 상자를 내밀었다. 물끄러미 신발을 내려다보던 정인은 수호에 대한 애잔한 감정을 느꼈다.

정인은 최대한 의자를 뒤로 젖힌 다음 눈을 감았다. 개인적 감정은 불필요하다. 불필요한 감정은 걸림돌일 뿐이다. 정인은 오직 한 가지에만 집중하고자 했다. 조민을 만나는 것. 만나서 '왜'라고 묻는 것.

2.

재우는 고속도로를 달리는 차 안에서 라디오 볼륨을 최대한 높였다. 꽤 오래된 연식의 소나타는 180킬로미터 이상으로 육박하자 심하게 흔들렸다. 핸들을 꽉 움켜쥐어도 흔들림은 좀처럼 가라앉지 않았다.

카오디오는 지지직거리는 소음만 내뱉고 있었다. 주파수는 제대로 잡히지 않았다. 그 엄청난 소음 속에서도 재우는 몇 가지 암호를 듣기 위해 집중했다.

도기 같은 통나무 장수나 지하 거래에 도가 튼 이들은 의외로 첨단 장치 사용에 인색한 편이다. 디지털 시스템은 별수 없이 네트워크의 그물망 속에 있다. 첨단을 지향할수록 네트워크가 깔아놓은 그물망을 피하기 어렵다. 하지만 디지털을 포기하면 추적이 어려워진다.

지금과 같은 라디오 GPS를 이용한 위치 추적이 그런 경우다. 조민의 몸에 캡슐을 심어 넣은 발상, 캡슐에서 송출된 신호를 GPS 시스템으로 전환하는 것까지는 디지털 방식이지만 캡슐에서 송출하는 방식을 대표적 아날로그 매체인 라디오 주파수로 변환하는 방법, 거기에 라디오 주파수로 알 수 있는 현재 위치가 그들만의 암호에 의해 표시된다면 추적은 미궁으로 빠지고 만다.

45.7Hz.

어느 방송국에서도 사용하지 않는 주파수 대역. 노이즈 속에서 점점 또렷해지는 몇 가지 숫자가 재우의 귀에 들려왔다.

……4 ……5 ……8 ……9.

숫자는 이내 재우가 숙지해놓은 그들만의 암호로 해독되었다.

지리산 천왕봉.

어느새 재우는 하동이란 표지판을 지나치고 있었다.

지리산국립공원 표지판이 보이는 장소까지 접근했을 때였다. 조수석에 던져놓았던 휴대전화가 딱 한 번 진동하고 멈췄다. 몇 시간 전부터 이미 발신자 표시 제한으로 수십 통의 전화가 걸려왔지만 재우는 받지 않았다. 잠시 망설이던 재우가 액정이 밝아진 휴대전화를 집었다. 한 통의 영상 메시지였다. 재우는 즉시 메시지 확인 버튼을 눌렀다. 그러자 곧바로 소미가 발작하는 장면이 재생되었다. 소미와 장 박사 옆에는 현경이 주저앉아 있었고, 일전에도 마주친 적 있던 함문형이 병실 문에 팔짱을 끼고 기대서 있었다. 함문형이 재우를 향해 손을 흔들어 보였다. 재우가 소리를 지르며 휴대전화를 조수석에 내던졌다.

— 씨발 새끼들!

재우의 욕설은 이내 허망하고 갑갑한 절망으로 되돌아왔다. 전력으로 달리는 자신의 모습이 지금처럼 수치스럽고 불안했던 적이 없었다. 재우는 멈출 수 없었다. 이젠 이유나 명분 따위는 중요하지 않았다. 소미를 살리기 위해서는 어쩔 수 없었다. 찾아야 했다, 기억 전달자 조민을.

3.

조민은 이름 모를 풀숲 중심에 섰다. 머리보다 더 높은 마른 풀이 세찬 바람에 휘날렸다. 조민의 몸을 보호해주는 건 아무것도 없었다. 날카로운 가시를 가진 풀숲 속 잔가지들이 걸을 때마다 몸 곳곳을 사정없이 스치고 지나갔다. 차갑고 날 선 고통이었다. 칼에 몸을 베이면 아마 이런 아픔일 거라고 조민은 어렴풋이 생각했다.

평택에서부터 지리산까지, 자신의 의지와는 상관없이 움직이는 두 발을 보며 내내 당혹스러워했다. 무의식 속에 정해진 곳으로 움직이는 몸뚱이는 이미 자신의 것이 아니었다.

머릿속은 텅 비어버렸다. 생각을 아예 할 수 없었다. 조민은 이 특별한 느낌을 긍정도 부정도 않고 다만 받아들였다. 마치 용량이 꽉 찬 하드디스크처럼 더 이상 그 어떤 것도 받아들일 수 없는 포화상태의 느낌이었다. 그럼에도 조민은 움직였다. 고속도로를 따라 걷고 또 걷는, 무모하지만 절대적 계율에 이끌린 행위를 지속했다. 갓길이나 나무 그늘에 누워 잠든 트럭 운전사에게 태워달라고 말할 때도 조민의 머리는 여전히 텅 비어 있었다.

조민은 지리산으로 가고 있었다. 무의식이 이끄는 강렬한 자력이었다. 그 절대적 힘에 이끌린 조민은 길을 걸었고, 급기야 지리산 천왕봉 부근 숲길까지 다다랐다. 조민은 천왕봉으로 이어지는 중산리 등산 코스로 가지 않았다. 가파른 오르막 경사와 험악한 산세에도 불구하고 등산로가 아닌 길로 걸으며 무의식이 가리키는 곳을 향해 움직였다.

오르고 오르던 거친 길의 끝은 고원지대처럼 평탄했다. 이 평탄함이 어디서 끝날지, 평탄함 너머에는 또 어떤 세상이 있을지 아무것도 알지 못했다. 마침내 조민이 걸음을 멈췄다. 키보다도 높은 날카로운 가시와 거친 이파리들로 가득 덮인 가시덤불 숲이 진로를 방해했다. 가시덤불 숲은 더는 나아갈 수 없는 한계처럼 버티고 서 있었다. 겉옷과 바지, 심지어 운동화까지 뜯겨진 상태였던 조민은 조금만 몸을 움직여도 피부를 파고드는 가시들의 무정한 공격 앞에 그저 멈춰 설 수밖에 없었다.

얼마나 서 있었을까. 문득 조민이 하늘을 올려다봤다. 산의 밤은 도시보다 훨씬 더 일찍 찾아오는지 몇 시간 전까지만 해도 해가 중천에 걸려 있더니 지금은 천둥번개와 먹구름이 하늘 전체를 가득 메운 뒤였다.

그때였다. 가시덤불 숲 주변에서 소리가 들려왔다. 땅을 헤치고 파고드는 소리와 함께 가시덤불도 거칠게 흔들렸다. 세찬 바람이 불어온 걸까. 하지만 가시덤불의 거센 움직임은 바람에 흔들리는 수준이 아니었다. 저돌적인 완력이 숲의 중심을 가르는 느낌이었다.

마침내 조민의 눈앞에 소리의 주인이 정체를 드러냈다.

멧돼지일까. 멧돼지라 하기에는 훨씬 더 크고 육중해 보였다. 조민은 거친 숨을 토해내며 씩씩거리는 정체불명의 짐승을 바라봤다. 멧돼지의 형체를 가진 짐승 역시 조민을 발견하곤 멈춰 섰다.

한 마리가 아니었다. 가시덤불은 쉬지 않고 흔들렸다. 거칠게 짓밟혀 뿌리째 뽑혀나가거나 줄기가 부러지기도 했다.

짐승들은 조민을 해하지 않았다. 조민을 발견 못한 것도 아니었고, 특유의 야성을 감춘 것도 아니었지만 놀랍게도 짐승 무리는 조민을 향해 으르렁거리지도 않았고 최소한의 위해도 가하지 않았다. 큰 눈을 부릅뜨면서도 덤벼들지 않고 바라보기만 하더니 몸을 돌려 앞서 걸으며 그물망처럼 얽혀 있는 가시의 숲을 파헤쳐 조민에게 길을 만들어주었다.

점점 시야를 어둡게 하던 키보다 큰 수풀들이 하나둘씩 꺾이면서 빛의 무리가 우박처럼 떨어졌다. 빛의 무리는 짙은 먹구름 사이를 비집고 나와 춤을 추듯 조민이 선 덤불숲으로 내려앉았다. 저녁놀과 뒤섞인 빛살이 하늘에서 구멍이 뚫린 것처럼 곧게 내려와 조민의 몸을 감싸 안았다.

조민은 앞으로 나아갔다. 한 걸음씩 옮기자 점점 '조민'이라는 자신만의 의식이 돌아오기 시작했다.

지리산 깊은 곳, 이름, 위치 아무것도 알 수 없는 이곳까지 오는 동안 조민은 아무 생각도 할 수 없었다. 그저 걸을 뿐이었다. 달리는 차를 보았고, 자신을 태워준 트럭 운전사의 얼굴과 핸들을 잡은 거친 손을 보았지만, 이 모든 게 자신과는 아무 상관없는 급류에 휩싸여 떠내려가는 토사물 같았다.

하지만 지금은 달랐다. 긴 꿈에서 깨어난 느낌이었다. 그런데 이 깨어남이 조민을 불안하게 했다. 자신의 눈앞에 펼쳐진 짐승들의 돌진은 해석이 불가한 꿈속의 한 장면 같았기 때문이다.

4.

한 무리의 등산객이 정인의 어깨를 스치며 앞으로 걸어갔다. 지리산 정상으로 향하는 초입, 본격적인 오르막 경사가 시작되는 곳이었다.

내내 고개를 숙이고 걷던 정인이 고개를 들어 그들의 뒷모습을 살폈다. 모두 여섯 명이었고 비니를 쓴 전형적인 등산복 차림의 남자들이었다. 모두 등에 무거워 보이는 배낭을 짊어지고 있었는데, 그 짜임새가 군장을 방불케 했다. 검은 장갑을 착용한 그들은 민첩하고 규칙적인 걸음으로 돌계단을 올라서더니 어느새 시야에서 사라졌다.

정인은 그들이 평범한 등산객이 아님을 직감했다. 정인에게는 그들의 배후가 누구든, 그들이 무엇을 찾기 위해 움직이든 그건 관심사가 아니었다. 어두워질수록 점점 더 차갑게 가라앉는 체온만큼이나 정인에게 절박한 건 오히려 직감이었다. 직감은 정인을 오래전부터 지배해오던 훈련소에서의 자신과 마주하도록 이끌었다.

아홉 살부터 스무 살까지, 정인은 11년 동안 살인 기계가 되어 훈련받았고, 생존하기 위해 몸부림쳤다. 왜 살아야 하는지, 왜 죽여야 하는지에 대한 질문을 처음으로 던진 건 적어도 스무 살 이후의 일이었다. 그녀는 11년을 일말의 질문도 거세된 채 더없이 건조한 기계로 살았다.

기계의 몸은 기계를 만들어낸 조물주가 주인이며 규칙이었다. 조물주가 누군가의 제거를 명하면 그대로 따라야 했고 조물주가 극한 환경에서 살아남을 것을 명하면 어떤 수를 쓰든 살아남아야 했다. 그 기계적 본능은 정인의 존재 이유이기도 했다.

이 순간 정인은 본능의 세계, 기계의 몸으로 되돌아왔다. 하지만 정인은 자신이 과거의 그곳으로 돌아왔다는 생각을 할 순 없었다. 과거는 애초부터 존재하지 않았으니까. 정인에게는 과거 자체가 말소되었다. 그렇기에 본능은 어떤 상황이든 현재의 긴박함으로 닥쳤다. 지금 당장 마주한 현실에 나름의 대응력을 보여주는 것. 대응함으로써 미래를 이어가는 것. 그것이 지금 본능으로 돌아선 정인의 존재 이유였다.

정인은 본능에 충실하기로 했다. 정인은 망설임 없이 등산로를 이탈해버렸다. 야생동물 외에는 누구의 발걸음도 닿았을 것 같지 않은 절벽을 향해 불길이 치솟듯 빠른 속도로 달려갔다.

5.

절벽을 기어오르던 정인은 한 순간 발이 미끄러지며 곤두박질쳤다.

얼마나 누워 있었을까. 정신을 차렸을 때, 그녀의 눈앞에 크고 작은 별이 총총히 떠 있는 검은 하늘이 펼쳐졌다. 그러나 곧바로 찾아든 발목의 통증에 아름다운 밤하늘을 감상할 여유는 없었다. 통증으로 신음을 삼키면서도 정인은 안도했다. 통증은 축복이었다. 감각이 없어지면 수습이 불가능했다. 정인은 어렵게 몸을 일으키고 양손으로 오른쪽 다리를 잡았다. 발목뼈가 부러져 비틀려 있었다. 정인은 이를 악물고 부러진 뼈를 제자리에 맞춘 후 셔츠를 둘둘 말아 발목을 묶었다. 매서운 바람이 땀을 차갑게 식혔다. 기운이 빠지자 몸은 다시 뒤로 넘어갔다. 숨을 몰아쉬며 하늘을 봤다. 그때였다. 검은 그림자가 하늘의 별을 순식간에 가로막았다.

그림자가 아니었다. 실체였다. 어둠 속에서 더 어두운 실루엣을 가진 검은 눈동자와 검은 털로 휩싸인 살아 꿈틀거리는 짐승이었다. 이제껏 처음 본 짐승이었다.

머리 위로는 곰을 닮은 짐승 무리가 정인을 내려다보았고, 다리 아래에는 멧돼지를 닮은 짐승이 무리 지어 있었다.

짐승들은 으르렁거리지 않았다. 자연 그대로의 무표정으로 정인을 대했다. 정인은 짐승들의 숨소리 뒤에 짐승이 아닌 숨소리가 섞여 있음을 느꼈다. 엄마 품에 안겨 잠든 아이의 숨소리 같았다.

— 걱정하지 마.

숨소리의 주인이 속삭이듯 말문을 열었다. 산에 들어온 뒤 처음으로 듣게 된 사람의 소리. 아이의 맑은 소리였다. 소리의 주인은 바로 조민이었다.

— 조민? 조민이니?

— 누나를 해치지 않을 거야. 날 먼저 이곳으로 인도했어. 이번엔 누나 차례였나 봐.

조민의 모습은 보이지 않았다. 정인이 볼 수 있는 건 짐승들의 눈동자와 검은 실루엣뿐이었다. 검은 짐승들이 하나둘 자리를 비켜주었다. 그 자리에 조민이 서 있었다. 별빛에만 의지해 희미했지만, 정인의 눈에 비친 조민의 얼굴은 여태 보아온 중에서 가장 밝아 보였다.

— 오랜만이야, 누나.

조민의 입에서 나온 하얀 입김이 허공에서 흩어졌다.

— 그래…… 오랜만이네. 정말.

6.

동굴은 생각보다 깊었다. 조민이 안내한 곳은 온전히 그 자신만의 동굴이었다. 가파른 경사면에 있는 구덩이에 머리부터 밀어 넣자 얼굴이 흙모래와 잡초로 가득한 바닥에 닿았다. 성인 남자 한 명이 간신히 들어갈 수 있을 정도의 구덩이를 지나자 동굴이 펼쳐졌다.

신비로웠다. 절벽과 암석으로만 이뤄진 깎아지른 절벽 내부에는 흡사 고래 배 속처럼 거대한 공동(空洞)이 있었는데, 더욱 믿기 어려운 일은 동굴의 깊이와 광대함만이 아니라 정체를 알 수 없는 짐승이 수효를 헤아릴 수 없을 만큼 모여 있다는 사실이었다.

동굴 속으로 빛이 스며들었다. 정인은 빛이 어디서 들어오는지 알지 못했다. 네 발 달린 무명의 짐승이 하나둘씩 지상의 구덩이를 뚫고 동굴 속 깊이 파고들며 정체를 드러낸 뒤에야 빛이 어디서 온 것인지를 알게 되었다. 짐승들의 눈동자. 가혹하리만치 또렷하게 발산되는 안광이 동굴을 희미하게 밝히고 있었다.

동굴 속 짐승들과 마주한 정인은 온몸을 파고드는 끔찍한 동통(疼痛)에 사로잡힌 채 조민을 가로막고서 무기가 될 만한 것을 찾아 손에 쥐었다.

산과 나무, 폭포와 절벽, 크고 작은 돌과 매서운 추위. 정인에게 자연은 언제나 섬뜩하게 날이 선 무기였다. 정인은 뾰족한 돌 하나라도 손에 쥐지 않으면 안심하지 못했다. 자신을 지킬 힘이 없으면 자연은 무엇이든 삼켜버리는 무정한 블랙홀 같았기 때문이다.

정인이 돌을 치켜들자 짐승들의 눈빛이 달라졌다. 위협을 느낀 짐승들이 살기를 드러냈다. 슬며시 벌린 입에서 날카로운 송곳니가 보였고, 털들이 고슴도치처럼 사방으로 솟아올랐다.

정인을 가로막은 건 조민이었다. 조민이 말했다.

— 돌을 버려.

— 뭐?

— 무기를 버리라고. 누나가 자기들을 해치려 한다고 생각해. 그래서 겁먹은 거야.

— 겁먹었다고?

— 겁먹으면 보호하고 싶어져. 보호하고 싶은 마음이 강하면 폭력이 돼. 폭력이 계속되면 전쟁이 벌어지지.

— 너…….

— 먼저 돌부터 버려. 버리면 평화가 찾아와. 평화가.

평화라는 말을 들은 뒤, 정인은 천천히 손에서 돌을 놓았다. 조민의 말은 허언이 아니었다. 돌이 바닥에 떨어지자 살기 가득한 짐승들의 눈빛도 가라앉았다. 치솟았던 털과 꼬리, 귀도 함께 제자리로 돌아갔다.

문득 긴장이 풀리면서 정인은 서 있던 자리에 주저앉았다. 그런 정인을 조민이 바라보고 있었다. 조민의 갈색 눈동자가 정인의 눈에는 또렷한 점 하나로 보였다.

— 넌 누구야?

— 난 아무것도 아니야.

— 아무것도 아닌 사람은 없어.

— 내가 그래. 난 내가 아니야. 그렇다고 다른 그 무엇도 아니야.

낮고 작은 목소리인데도 동굴은 두 사람의 목소리를 커다란 메아리로 만들었다.

— 난 누군가의 기억이고 누군가의 희망, 기다림이야. 그뿐이야.

— 기억…… 기억 전달자.

— 맞아. 난 전달자야. 내 기억 속에 담겨 있는 것. 사람들의 기억, 사람들의 말, 사람들의 영혼, 감정, 난 그것들을 말할 수 있어. 나는 그것들을 말하는 순간에만 살아 있는 나야. 그리고 그 기억은 이제 나에게만 남아 있어. 전달한 이도 기억하지 못하는 기억. 오직 이 지구상에 나 홀로만 남아 있는 유일한 기억. 그러므로 나는 그 유일한 기억 속에서만 살아 있어. 다른 그 무엇도 아닌 말하는 나, 기억으로만 살아 있는 나 말이야.

조민이 무릎을 끓었다. 그 작은 몸을 둘러싸고 빛을 머금은 짐승들의 눈동자가 뜻 모를 슬픔을 일거에 쏟아냈다. 이 순간 정인은 이 세계 어디에도 존재하지 않는 비물질이었고, 동굴은 균형을 잃어버린 혼돈의 어느 한 곳이었다. 자신이 보는 앞에서 조심스레 입을 벌려 말하는 조민은 무엇이든 태워 삼키는 태양이었고 동굴 속 어둠을 밝히는 짐승들의 눈동자는 밤하늘을 비추는 별빛이었다.

— 그런데 왜 누나를 보면 아프지?

— 아프다고?

— 지금은 아파. 마음이 찢어질 것같이 아파.

조민의 손이 정인의 뺨에 부드럽게 다가왔다. 따뜻했다. 냉랭한 동굴에서 느낀 조민의 손길은 타오르는 단 하나의 불꽃이었다. 정인은 자신의 뺨을 어루만지는 조민의 손을 붙잡았다. 순간 정인의 얼굴이 붉게 물들었다. 수치심이 온몸을 휘감았다. 수치심의 원인은 정인, 자신의 손 때문이었다. 그녀의 손은 외로움에 얼어버린 한 마리 짐승처럼 차가웠다.

슬픔, 기쁨, 아픔, 측은함, 사랑, 쓸쓸함, 서글픔, 외로움. 그녀의 손은 그중 어느 것에도 반응하지 못하는 싸늘히 식어버린 빙하 같았다. 그 차가운 손이 조민의 따뜻한 손을 감히 붙잡은 것이다. 살아 있음에 반응하기 위해 아이의 뜨거움을 한껏 움켜쥔 것이다.

정인은 조민의 따뜻한 손, 단 하나의 불길을 절박하게 붙잡았다. 힘의 강약 조절조차 포기한, 오직 절박함으로만 일관된 움켜쥠이었다. 조민은 아프다고 말하지 않았다. 그녀의 뺨에서 손을 거두지도 않았다.

— 누나는 아픔을 뭐라고 배웠어?

조민의 입에서 한마디, 한마디 흘러나올 때마다 정인은 아득한 나락으로 떨어져 내렸다. 정인의 앞에 그가 있었다. 한창민. 아버지라는 남자, 그 자신도 밝히지 않았고, 그녀도 믿을 수 없는 천륜으로 맺어진 혈육. 그녀의 의식은 시간의 터널에 이리저리 부딪히며 아주 먼 곳으로 흘러갔다. 정인은 말했다.

— 평화를 그렇게 원한다면서. 그랬으면서 왜 내 손에 무기를 쥐어줬어? 왜 날 살인 기계로 만들었어? 도대체 왜?

— 그래야 했기 때문이야.

한동안 정인을 바라보던 조민의 입이 열렸다. 어리고 앳된 목소리였다. 하지만 조민은 이 순간 정인을 내내 무정한 얼굴로 내려다보는 한창민, 그녀의 아버지였다. 기억을 전달해준 한창민조차도 기억하지 못하는 한창민, 아버지의 딸을 향한 마음. 이제 그 마음을 확인할 길은 조민 외에는 아무도 없었다.

— 자기 딸을 그렇게 차갑게 바라보는 아버지는 없어. 딸에게 살인을 가르치는 아버지는 어디에도 없다고.

— 너와 난 핏줄이기 전에 하나의 꿈이야. 모두가 가야 할 목표라고.

— 뒤틀렸어. 모든 게 일그러졌다고.

— 정인.

— 난 처음부터 뒤틀린 채로 태어났어. 거꾸로 매달린 저주로 태어나 짐승의 배를 가르고 배 속에서 흐르는 피를 마시고 사람을 죽였어. 죽지 않고 살기 위해 누군가를 찌르고 부수고 파괴하고 무너뜨리고 저주하고, 그렇게…… 그렇게 살아왔어. 이게 진짜 슬픔이

야. 알아?

정인은 더 힘껏 조민의 손을 움켜쥐었다. 그녀의 눈에서 맑은 눈물이 흘러내렸다.

맑은 아이의 목소리로 말하고 있는 건 조민이었지만 그 말에는 조민의 모든 기억을 독식한 한창민, 미치광이 이상주의자의 생각이 가득 차 있었다. 유토피아의 종말이 진실이냐며 오히려 딸에게 원망스럽게 묻고 있었다.

— 이해받지 않아도 좋아.

— 처음부터 대장, 당신을 이해한 적도, 이해하고 싶은 적도 없었어.

— 한 가지만 기억해줄래?

— 그런 말…… 역겨워.

— 무기를 버리고 살육을 멈추기 위해, 미치광이 배금과 욕망을 잠재우기 위해 우린 무기를 들어야 했고 싸워야 했어. 그게 우리에게 주어진 존재 이유야. 그 사실만큼은 잊지 마.

— 궤변이야.

— 알아. 궤변이야. 이해받을 수도 없고, 이해될 수도 없는. 하지만.

— 그만해. 닥치라고.

— 처음부터 뒤틀렸지만, 그래도 이젠 행동해야 해.

— 내가 왜? 내가 왜 당신 뜻을 따라야 하는데. 왜?

— 미안하다.

— 그런 말 하지 마. 진심이 아니잖아!

— 미안해.

444

미안하다는 말. 그 말을 듣자, 정인의 손에서 빠른 속도로 힘이 빠져나갔다. 그런 정인의 손을 조민이 붙잡았다. 정인은 조민의 따뜻한 손길을 다시 느낄 수 있었다. 마음이 가라앉았다. 너무 가라앉아 모든 것이 사라지는 것만 같았다.

난생 처음 느끼는 감정이었다. 정인은 언제나 날 선 차가움으로 살아왔다. 잠잘 때조차 누군가 자신의 몸 위에 올라타 심장을 찌를 것같아 두려웠다. 두려움을 잊기 위해 정인은 항상 깨어 있어야만 했다. 자신의 몸을 무기로 만들기 위해 필사적이어야만 했다. 죽지 않고 죽이기 위해 살아야만 했다. 벼랑 끝에 선 긴장으로만 견뎌왔다.

그런데 부드럽게 다가온 조민의 손길, 그 따뜻함을 느낀 순간 정인은 태어나 처음으로 자신을 옭아맨 긴장으로부터 벗어날 수 있었다. 오래된 주술로부터의 해방과 같았다. 태어나 젖을 물면서부터 시작된, 부성과 모성, 사랑이 거세된 상태에서 받아들일 수밖에 없던 주술. 그 부재란 이름의 주술로부터 스스로 풀려나는 낯선 느낌, 모든 것이 처음일 수밖에 없는 낯섦에 눈을 뜬 것이다.

7.

정인은 울기 시작했다. 동굴의 드높은 허공, 그 철저히 틀어 막힌 허공을 향해 머리를 있는 힘껏 곧추세운 채로 목 놓아 울기 시작했다.

울음은 곧바로 또 다른 울음을 낳았다. 동굴이 하나의 울음을 수백, 수천 개의 울음으로 만들어냈다. 그처럼 서글프게 울 수가 없었다. 그런 정인을 조민이 끌어안았다. 정인에게 따뜻한 느낌을 주었던 방금 전의 온기는 온데간데없었다. 끌어안으면 안을수록 조민의 몸이 점점 더 차갑게 식어갔다. 낮인지 밤인지 시간의 흐름조차 소용없게 된 동굴에서 조민의 몸은 빠르게 체온을 잃어갔다.

초겨울, 동굴 속 추위는 끔찍했다. 때론 차가움이 살아 있는 모든 걸 집어삼킬 수도 있었다.

정인은 다급했다. 후드 티와 청바지, 브래지어와 팬티마저 단숨에 벗어젖혔다. 조민의 옷도 벗겼다. 조민의 숨소리가 잦아들었다. 그럴수록 정인은 더 서둘렀다. 어느새 둘의 몸은 하나가 되었다. 정인은 필사적으로 자신의 체온을 조민의 몸에 불어넣고자 몸부림쳤다. 어떻게든 조민을 살리고 싶었다. 이기적이라 해도 할 수 없었다. 정인은 기억 전달자인 조민을 통해 아버지의 말을 전해 들었다. 하지만 아직도 갈 길은 멀었다. 주술의 주인도 아버지였으니, 주술이 깨진 다음의 길도 아버지가 알려줘야 했다. 그것이 태어날 때부터 저주받은 채로 태어난 자신이 선택할 수 있는 전부였으니까. 그걸 알기 위해서라도 정인은 조민을 살려내야 했다.

정인이 조민에게 자신의 체온을 옮겨 담았다. 조민의 작은 입 속에 자신의 입술을 갖다 대어 숨을 불어넣었다. 두 손으로 조민의 작은 머리와 목을 매만졌다. 몸 구석구석을 빨고 핥았다.

조금씩, 아주 조금씩 조민의 몸에서 온기가 되살아났다. 짐승들의 울음을 들으며 조민은 조금씩 살아났다. 살고 싶어 옅은 숨을 힘겹게 내쉬며 작고 여린 손으로 발가벗은 정인의 젖가슴을 움켜쥐었다. 고통으로 무장된 정인의 상처 입은 몸을, 살기 위해 독하게 버텨온 그녀의 몸을 만지고 또 만졌다.

둘은 살고자 했다. 살고 싶어 몸부림쳤다.

8.

— 담배 없어요?

— 담배는 몸에 해로워.

— 피우고 싶은데. 하나만 피울게요.

조민은 비교적 편안해 보였다. 재우는 그 모습을 믿지 않았다. 지금과 같은 상황에서 어떻게 편안할 수 있을까.

조민의 몸속에 내장된 라디오 GPS를 통해 지리산 천왕봉 부근까지 접근하는 데 3일이 걸렸다. 서울에서 지리산까지 차로 이동한 것은 반나절도 채 걸리지 않았지만 그 후, 이틀하고도 꼬박 반나절을 사라진 조민을 찾는 데 보내야 했다.

천왕봉 근처까지 오는 것은 어렵지 않았다. 등산로가 아닌 암벽 등반 수준의 산길을 헤치고 나가는 것도 괜찮았다. 문제는 천왕봉 절벽 부근에 마냥 머물러 있는 조민을 좀처럼 발견할 수 없었다는 데 있었다.

조민과 정인이 몸을 숨긴 동굴은 은폐된 암굴과 같았다. 밖에서 볼 땐 동굴이 있을 거라곤 상상조차 할 수 없었다. 덤불과 잡초 더미, 수많은 가시덤불로 휩싸여 있어 발로 밟아보지 않는 이상 동굴을 발견한다는 건 불가능에 가까웠다.

그렇지만 재우는 결국 조민을 찾았다. 초겨울 침엽수림의 늪을 헤치면서 산길을 헤매던 재우는 이번이 마지막이라 작심하고 절벽 후미진 길을 걸었다. 그러던 중 다리 절반이 구덩이에 빠지면서 거대한 동굴을 발견할 수 있었다.

재우는 랜턴으로 동굴을 비췄다. 그토록 찾고 싶던 존재, 조민의 벗은 몸을 목격할 때만 해도 안도의 한숨을 내쉬었지만 그것은 찰나에 지나지 않았다. 한 여자의 알몸도 함께 목격되었기 때문이다. 그 여자가 정인임을 확인한 재우는 자신도 모르게 절망적인 신음을 흘려야 했다. 정인과 조민이 벗은 몸으로 서로를 끌어안고 얼마나 오랜 시간 동굴에 있었는지 재우는 짐작하지 못했다.

동굴에 계속 두면 동사할지도 모른다는 위기감에 둘을 동굴 밖으로 끌어냈지만 재우는 이 순간 어떤 선택을 해도 후회할 수밖에 없음에 또 한번 절망해야 했다.

동사할 위험으로부터 구하기 위해 조민을 안은 게 도리어 화근이 되었던 걸까. 조민을 끌어안은 채 지독한 냉기를 견디던 정인의 의식은 점점 아득해져갔다.

정인은 잘 알고 있었다. 눈꺼풀이 완전히 감기는 순간, 그 순간이 곧 의식의 상실, 뇌의 정지란 사실을. 그 뒤에서 기다리는 건 의심의 여지없이 죽음이란 것도. 죽음은 오만스러울 정도로 냉정하게 단 한 번의 분리로 마무리된다. 그 경계가 언제나 존재를 섬뜩하게 한다. 처절할 만큼 두렵고, 두려운 만큼 무력해진다. 하지만 정인은 이 순간 자신의 모든 것을 걸고 발버둥 쳤다.

시간이 갈수록, 애써 쌓아 올린 모래성이 무너지듯 무력해졌지만 그럼에도 정인은 살기 위해 견디고 또 견뎠다. 초인적인 인내가 효과를 본 걸까. 다 타버린 잿더미처럼 모든 것이 희미해졌지만, 희미함의 끝자락에 보이는 빛 한 점이 눈을 훑고 지나갔다. 뒤이어 누군가, 사람의 목소리가 들렸다. 남자 목소리였다. 그가 누구든, 무엇을 하든 상관없이 조민을 구원해주길 바랐다. 이 지독한 추위와 배고픔에서 조민을 살려낸다면 그걸로 족하다고 생각했다.

재우는 먼저 조민을, 그 뒤 정인을 동굴 밖으로 끌어내 옷을 입혔다. 재우는 배낭에 챙겨 넣은 비상식량을 꺼내 조민에게 전해주었다. 비상식량을 먹어치우자마자 조민이 담배를 찾았다. 담배 이야기가 흘러나오자 때맞춰 정인의 감은 눈도 서서히 열렸다. 냉기도 조금씩 가라앉았다. 재우가 망설이다가 자신이 피우던 담배 한 개비를 조민에게 건네주었다.

조민의 입에서 길고 깊은 담배 연기가 절벽 위로 피어올랐다. 그제야 정인은 완전히 눈을 뜨고 구조자가 누구인지 확인했다. 재우였다.

재우 역시 정인을 보고 있었다.

9.

'지금…… 울어요?'

정인은 재우에게 그렇게 묻고 싶었다. 하지만 입이 열리지 않았다. 정신이 돌아오는 속도가 마냥 더디기만 했다. 제대로 숨을 쉬는 것만도 고마워해야 할 상태였다.

재우는 준비해온 비상용 핫팩을 정인의 등과 가슴, 몸 곳곳에 밀어 넣고 발목 상처를 치료했다. 응급조치를 끝낸 뒤에는 정인의 입을 슬며시 벌려 자신이 씹고 또 씹어 죽처럼 만든 비상식량을 넣어주었다.

정인은 처음에는 제대로 된 목 넘김조차 힘겨웠지만 재우가 직접 입에서 입으로 넣어주자 겨우 삼킬 수 있었다. 몸에 영양분이 공급되자 체온도 제법 회복되었다. 초겨울 지리산이어도 한낮만큼은 태양이 뜨겁게 타올랐고 구름 한 점 없었다. 절벽 후미여서 응달이 짙게 드리웠지만 주위의 모든 걸 얼어붙게 만들 법한 바람의 기세도 한층 누그러졌다.

조민은 잠들었다. 잔뜩 지쳐 있던 탓이었다. 재우가 침낭에서 꺼낸 야외 담요를 조민의 몸에 감싼 뒤 아예 조민을 자신의 등에 들쳐 맸다. 재우는 내려놓은 배낭에서 버클을 꺼냈다. 그러고는 하산할 때 깨지 않도록 조민의 몸을 자신의 몸과 분리되지 않게 버클로 단단히 동여맸다. 조민이 재우의 왼쪽 어깨에 얼굴을 파묻었다. 길게 늘어뜨린 조민의 머리카락이 눈가를 덮었다.

정인은 재우를 묵묵히 바라만 봤다. 처음에는 입이 굳어 말을 꺼넬 수 없었지만 말을 할 수 있게 된 후에도 정인은 침묵했다. 주변 풍경이 정인의 눈에 들어왔다. 침엽수들이 빼곡히 들어선 절벽 아래로 검은 형체들이 하나둘, 속속 눈에 들어왔다. 바위틈이나 나무 뒤에 몸을 숨긴 그들은 정인이 지리산 등산로에 들어섰을 때 봤던 남자들이었다.

그들은 재우의 행동을 예의 주시하고 있었다. 재우 역시 그들을 알아차린 지 오래였다. 재우는 미칠 것 같은 답답함에 사로잡혔다. 모습을 숨긴 그들이 자신에게 행동을 강요했기 때문이었다. 빠져나갈 수 없었다. 사방이 막힌 담에 갇혀버린 수인처럼 재우는 지금 이 순간 정인을 물끄러미 쳐다보는 것 외에 아무것도 할 수 없었다.

재우는 행동해야 했다. 허리 뒤춤에 두었던 콜트 권총을 꺼내 총구에 소음기를 연결했다. 어려운 작업이 아니었지만 소음기를 쥔 재우의 손은 유난히 더뎠다. 정인은 재우의 눈을 봤다. 재우의 눈시울은 이미 붉게 달아올라 있었다. 숨소리 또한 거칠고 불규칙했다.

정인은 묻지 않았다. 묻지 않아도 알 수 있는 일을 지나칠 만큼 많이 봐왔다. 지금도 마찬가지였다. 재우가 숨어 있는 그들을 대신해 자신을 제거해야만 한다는 사실. 그걸 모르지 않기에 정인은 부러 말하지 않았다.

소음기 부착을 완료한 재우가 한 걸음 성큼 다가와 총구를 정인의 얼굴에 겨누었다. 그 뒤 조심스럽게 고개를 돌려 주위를 살폈다. 그들 중 한 명의 눈이 재우의 눈과 마주쳤다. 재우는 시선을 다시 정인에게 향했다. 그들은 재우의 일 처리를 기다렸다.

― 다섯 발이야.

재우가 입을 열었다. 크지도 작지도 않은 목소리였다. 그들의 귀엔 들리지 않겠지만 적어도 정인은 분명히 들을 수 있는 크기였다. 권총을 쥔 재우의 손이 안쓰러울 만큼 심하게 흔들렸다.

― 급소는 모두 피할 거야. 그건 자신 있어.

― ······.

재우가 한번 크게 심호흡하고는 두 손으로 총을 다시 쥐었다.

― 나, 사격으로만 일 계급 승진했거든.

― ······.

― 그러니 믿어도 돼.

재우가 웃었다. 울음도 함께였다. 그 모습이 정인의 눈에 들어왔다. 재우가 다시 한번 심호흡을 했다.

― 조금만 견뎌.

― ······.

― 조금만.

정인은 재우를 물끄러미 보기만 했다. 그 순간, 퍽, 하는 소리와 함께 총알이 발사되었다. 동시에 정인의 심장 바로 옆으로 한 발의 총알이 파고들었다. 핏방울이 나무에 기대고 앉은 정인의 두 다리에까지 파편처럼 터져 나왔다.

정인은 유리 조각처럼 사방으로 튀어 오르는 핏물을 무감각하게 바라봤다. 심장 옆을 뚫고 나간 총알은 결코 무감각하지 않았다. 정인에게선 작은 파문이 일었다. 몸의 고통과는 상관없는 심장의 요동이었다.

슬펐다. 재우와 마주하고 있음이 끔찍할 만큼 슬펐다. 방아쇠를 당기는 재우의 운명이 자신의 처지와 다를 바 없다는 생각이 들었다. 그 동질감이 격발 이후 찾아온 몸의 고통, 그 아픔 속으로 고스란히 스며들었다.

'아팠겠구나. 내 손에 의해 희생되거나 죽어간 모든 이들이 이렇게 아팠겠구나.'

정인은 재우를 슬픔 가득한 눈으로 바라보았다.

네 번의 격발이 망설임 없이 이어졌다. 한 발의 총알이 오른쪽 허벅지를 관통했고, 세 발의 총알이 목울대 옆, 옆구리, 아랫배에 피가 솟구칠 정도의 상처만 남기며 스쳐 지나갔다. 정인은 총을 쏘는 재우를 계속 응시했다.

다섯 번째 방아쇠를 당긴 재우의 눈에서 왈칵 눈물이 쏟아졌다. 재우는 "힘들다", "정말 힘들다" 하고 중얼거렸다. 소음기를 부착한 총구에선 하얀 연기가 아지랑이처럼 피어올랐다.

정인이 입으로 숨을 내쉴 때마다 입 밖으로 검은 핏물이 쏟아졌다. 옆구리와 허벅지를 타고 흘러내렸다.

배와 다리, 가슴, 어디 한군데 성한 곳이 없었다. 정인은 피를 흘리며 옆으로 쓰러졌다. 죽음의 경련으로 피투성이 몸이 떨렸다. 그 모습을 지켜보던 그들 중 하나가 몸을 일으켰다. 곧이어 나머지 남자들도 곳곳에서 나타났다. 재우는 몸을 돌리고 핏발 선 눈으로 그들을 노려보았다. 그들은 수고했다는 듯 슬쩍 고개를 끄덕이고는 하산을 시작했다.

재우는 콜트 권총을 바닥에 내던졌다. 오른쪽 어깨 너머로 따뜻한 숨길을 내뱉는 조민의 옅은 숨소리가 들려왔다. 재우는 정인을 내버려둔 채 산을 내려갔다.

배금

1.

소미는 잠들어 있었다. 현경은 소미의 상태가 호전되었다고 말했지만 재우는 그 말을 믿지 않았다. 나아졌다고 믿고 싶은 현경의 바람일 뿐이었다.

그러면서도 잠든 소미의 얼굴은 재우를 안도케 했다. 하얀 시트를 목 위까지 덮어 올리고 창가를 향해 고개를 돌린 채로 잠든 소미의 모습은 더없이 평온해 보였다.

문이 열렸다. 복도의 형광등 불빛이 불 꺼진 독실 안으로 빠르게 침범했다. 침대 옆에 앉아 있던 재우와 현경이 동시에 일어섰다.

먼저 간호사가 들어와 링거를 교체했고, 뒤이어 장 박사가 들어왔다. 장 박사는 재우에게 소미를 치료할 수 있는 샘플링을 연구하게 되었다며 이보다 더 기쁜 일이 어디 있느냐고 말했다. 재우는 환하게 웃는 장 박사의 얼굴을 슬쩍 외면했다.

보호자는 환자를 대하는 의사의 태도를 느낌만으로도 알 수 있다. 환자의 병명을 말할 때 내뱉는 의사의 말투나 몸짓을 통해 알고 싶지 않아도 알게 되는 것이다. 소미의 병에 대해 말할 때 재우가 느꼈던 장 박사의 태도는 어딘가 성가시고 짜증난 모습이었다. 그런데 재우가 조민을 함문형에게 넘긴 이후 모든 것이 달라졌다. 며칠 전까지만 해도 소미를 방관하듯 지켜보기만 하던 이들이 지금은 수시로 상태를 점검하며 치료에 전력을 기울였다. 방법을 묻는 재우에게 치료법이 없다고만 말하던 장 박사가 갑자기 치료가 가능하다고 떠들고 있었다.

소미가 앓고 있는 '기억 강박 증후군'은 세계적으로도 몇십 명밖에 발견 안 된 희귀 질환이었다. 그렇기에 연구나 치료법 개발에 상당한 투자가 필요했다. 같은 질환을 앓는 환자의 DNA 구조를 샘플링하면 그에 대한 면역 체계 연구와 치료법 개발 역시 획기적으로 진행될 수 있을 거란 사실을 장박사가 모르지는 않았을 것이다. 또한 희귀 질환 치료법 개발이란 연구 성과가 가져다주는 인지도 상승이 누구라도 체감 가능한 수준의 변화로 이어진다는 것도 염두에 두었을 것이다. 문제는 돈이었다. 장 박사는 앞으로 꾸준히 A로부터 연구 지원금을 받을 것이다. 장 박사에게 소미는 단순한 환자의 의미를 넘어 업적 달성을 위한 모르모트가 된 것이다.

재우는 저간의 사실을 알고서도 장 박사를 구세주로 받아들일 수밖에 없었다. 어깨에 다정하게 올린 손을 뿌리칠 수도 없었고, 자신만 믿으라는 장 박사에게 욕설을 퍼붓지도 못했다. 재우는 잠든 소미를 바라보며 자신의 행동을 합리화하려 애썼다. 아픈 딸을 둔 아빠라면 어쩔 수 없었을 거라고. 예수, 부처, 누구라도 그랬을 거라고. 그렇게 재우는 어쩔 수 없는 일이었다고 끝없이 변명했다.

2.

거대한 굉음이 들렸다. 몸이 끝 간 데 없이 펼쳐진 무간옥 속에 빠져드는 것만 같았다. 이 경우 고통의 실감은 오히려 단 하나의 축복이 되어주었다. 몸의 감각이 돌아오는 신호 중 가장 반가우면서도 동시에 끔찍한 건 바로 통증이었다. 입술을 깨물어보고 머리를 이리저리 젖히고 비틀어봐도 참을 수 없는 고통이 그랬다.

정인은 차라리 비명을 지르고 싶었다. 하지만 소리가 나오지 않았다. 커다란 수건이 자신의 입을 틀어막았기 때문이다.

비명을 지르려는 고통의 호소와 함께 지옥문이 열리듯 정인의 눈이 떠졌다. 눈을 뜨자마자 정인에게 밀려드는 건 불안이었다. 불안은 몸의 고통이나 죽음의 두려움과는 거리가 멀었다.

'조민이 없어. 보이지 않아.'

정인의 눈에 들어온 건 드높은 시멘트 천장과 짙푸른 색으로 회칠된 물탱크, 잿빛 수도관 파이프와 대형 펌프 들이었다. 시멘트 천장에 드문드문 설치된 형광등 불빛이 공간을 희미하게나마 비추었다. 그 빛에 의지해 다시 둘러본 공간은 낯선 곳이 아니었다. 수호의 당직 근무처인 지하 보일러실. 그곳이었다.

지리산 천왕봉에서 피투성이가 된 정인의 응급 지혈을 마친 수호는 정인을 병원으로 데려가지 못했다. 차선으로 선택한 곳이 가장 익숙한 장소, 보일러실이었다.

수호는 정인을 살리고 싶었다. 급소를 피한 다섯 발의 총알, 재우의 잔인한 배려에 보답해야 했다. 하지만 장비가 터무니없이 적었다. 메스 몇 개와 소독용 거즈, 수술용 실과 모르핀 주사 몇 개, 그리고 산소호흡기가 구호 장비의 전부였다.

정인을 잠들게 해도, 완전히 깨어나게 해도 안 되었다. 잠들면 그대로 숨을 거둘지 모르고 깨어난다면 생살을 찢는 고통에 견딜 수 없을 것이었다. 결국 수호는 갖고 있던 모르핀 전부를 정인의 몸속에 밀어 넣었다.

정인은 숨을 쉬며 간혹 두 눈을 열고 누군가에게 말을 건넸다. 대상도 내용도 불분명했다. 환각과 현실이 두서없이 교차되는 순간순간이 반복되었다. 가혹한 현실과 환각의 혼용 속에서 거대한 물길이 정인이란 한 존재를 보잘것없는 미물로 만들어버렸다. 정인은 거대한 홍수에 휩쓸린 것처럼 어디론가 계속해서 빠져들었다.

그 깊이는 심연이었고 끝 모를 공포였다. 이 순간 누구도 정인을 구원해주지 못했다. 이 순간만큼은 신도 들러리에 불과했다. 이 무간의 공포를 이겨낼 수 있는, 이겨내야 하는 주인은 오직 한 존재, 미물에 불과한 정인 그 자신이었다.

3.

— 살았군.

수호가 말했다. 그 말이 정인에게 믿음을 주었다. 그래, 살았구
나. 정인이 오른손을 들어 손가락을 움직여보았다. 손가락이 움직
였다. 수호가 정인의 입에 물려 있던 수건을 조심스럽게 **빼내었다**.
정인의 입 속으로 들어갈 땐 마른 수건이었지만 2시간쯤 지나자 핏
물과 식은땀에 흠뻑 젖은 상태가 되었다.

— 계속해서 소리를 질렀어. 혀를 깨물 것 같아서…….

— 모르핀을 썼어요?

정인이 가장 먼저 물은 첫마디는 모르핀이었다. 정신을 차리기
위해 필사적인 지금도 몸의 감각은 제 것이 아닌 것처럼 어색했으
며, 연신 목이 말랐다. 수호가 젖은 가제 수건을 그녀의 입술에 갖
다 대며 답했다.

— 가진 거 모두.

— 왜 그랬어요.

— 안 그랬으면 벌써 죽었어.

— 지금 살아 있는 거죠, 나.

극한 훈련 중 치명적인 부상을 입거나 죽음을 목전을 둔 이에게
치사량에 가까운 모르핀을 투입하는 경우가 종종 있다. 모르핀의
환각 효과가 시작되면 의식은 강력한 환각 작용에 의존해 하루고
이틀이고 의식 활동을 지속하는 경우가 있는데 이 경우 뇌는 살아
있는 것처럼 보이지만 살아 있는 것이 아니다. 모르핀의 효능이 그

수명을 다하는 순간 환각의 다리가 걷히고 현실이란 괴물이 뇌를 공격하면 그때 뇌는 스스로 활동을 중지하고 심장 역시 더 이상 살아 있기를 포기한다. 정인이 묻고 싶은 건 자신이 그 상태인지 아닌지였다.

수호는 말이 아닌 행동으로 답했다. 정인의 우측 옆구리를 슬며시 손으로 쥐어본 것이다. 순간, 아찔한 통증이 밀려들면서 정인은 자신도 모르게 비명을 질렀다. 수호가 서둘러 손을 뗀 뒤 답했다.

— 통증이 있으면 살아 있는 거 맞아. 모르핀 약발은 이미 떨어진 상태거든.

살아 있음을 확인한 정인이 크게 심호흡을 했다. 숨을 고른 뒤 정인이 물었다.

— 어떻게 날 찾은 거죠?

— 신발.

수호가 짧게 답한 다음 바닥에 놓여 있는 스니커즈의 밑창을 보여주었다. 이제는 다 해어진 피로 범벅이 된 신발 밑창에 초소형 칩이 보였다. 도청 장치였다. 신발을 바닥에 내려놓은 수호가 화제를 돌렸다.

— 천왕봉으로 가고 있는데 김재우 형사가 연락을 해왔어. 당신이 총상을 당했다고…….

— 그 아저씨가…….

— 그 형사, 일생일대의 도박을 했어.

— 무슨 소리예요.

— 치명상을 면할 수 있는 부위에만 총알을 박았어. 물론 제때 지

혈하지 않았으면 십중팔구 죽었을 거야. 해발 1000미터가 넘는 지리산에서 널 피투성이로 만들고서도 살아 있길 기원했던 거야.

— ……

— 또 한 가지.

수호가 정인에게 물건 하나를 건넸다. 책이었다. 'Old Testament'란 문구가 박혀 있는 구약성서였다. 하지만 책은 이전 상태와는 달랐다. 책 일부가 보기 좋게 찢겨나가 있었고, 곳곳에 검붉은 핏물의 흔적이 가득했다. 수호가 말을 이었다.

— 그게 널 살렸어.

— 무슨 말이에요?

— 점퍼 안주머니에 넣어두었던 그 책이 있었기에 출혈 속도를 늦출 수 있었어. 그렇지 않았음 내가 갔을 때 이미 늦었을 거야.

책을 손에 쥔 정인이 잠시 생각했다. 언제부터 이 책을 내 몸의 일부처럼 지니고 있었던 걸까. 정인의 생각은 알 수 없는 일탈이 시작된 기원으로까지 거슬러 올라갔다. 불타버린 조민의 방에서 이 책을 손에 쥔 그때, 그때부터 이 책을 몸에서 떨어뜨린 적이 없었던 것이다. 수호가 낮은 목소리로 말했다.

— 미친 짓이야.

— 난 그 사람보다 당신이 궁금해요.

— 뭐가?

— 날 찾아 그곳까지 찾아 나선 당신 말이에요.

정인의 질문에 수호는 선뜻 답하지 않았다. 둘은 서로를 바라봤다. 수많은 감정들이 교차하거나 때론 거칠게 부딪혔다.

─설명할 수 없는 이유가 있어.

─설명할 수 없다고요?

─31호. 당신이 조민을 지키기 위해 목숨을 거는 것과 비슷한 이유라고 해두지.

─더더욱 모를 소리만 하네요. 나와 당신은 달라요. 당신은 처음부터 끝까지 감시자일 뿐이에요.

─사표 썼다면?

─네?

─나 어제부로 공무원 아니야. 사직서 냈다고.

─어째서…….

정인과 수호는 한동안 서로의 눈만 바라보았다. 한참 만에 정인이 낮은 목소리로 물었다.

─왜 속였어요?

─뭘?

─당신…… 아이 없잖아요. 미혼이죠?

─그건 어떻게…….

─딸과 통화한다는데 성인 남자의 목소리가 들렸어요. 미혼인 게 알려지면 곤란한 건가요?

─사적인 감정이 들통나는 게 싫어서.

─그게 뭔데요?

순간 수호는 입술을 꽉 다물었다. 얼핏 얼굴이 붉어진 듯도 싶었다.

─그냥…… 지켜주고 싶었어.

수호는 자리에서 일어나 요란한 소리를 내며 커피를 탔다. 정인은 그런 그의 뒷모습을 지켜봤다. '지켜준다'는 말. 생전 처음 들어보는 말이었다. 누군가 자신을 지켜준다? 평소라면 신경도 쓰지 않을 말이었다. 하지만 수호는 자신을 죽음에서 지켜줬다. 그리고 지금도 지켜주고 싶었다고 말했다. 낯선 감정이었다. 어쩌면 그건 그가 사준 스니커즈 운동화를 3년 내내 신고 있는 것과 비슷한 감정일지도 모른다는 생각이 들었다.

— ……앞으로도 지켜주고 싶어. 이젠 평범한 민간인에 불과하지만.

등을 돌린 채 수호가 웅얼웅얼 말했다. 제대로 듣지 못해도 상관없다는 듯이.

4.

깊은 밤, 불 꺼진 병원 휴게실은 어두컴컴했다. 재우는 창가에 앉아 창밖을 보고 있었다. 휴게실 문이 열리고 두 명의 남자가 들어왔다. 함문형과 수행원으로 보이는 젊은 남자였다.

— 대충 마무리된 것 같네요.

함문형은 친한 사이라도 되는 듯 다정하게 말을 걸며 재우에게 담배 한 개비를 내밀었다.

언뜻 보면 평범한 대기업 임원 느낌이었지만, 재우에게 함문형은 결코 평범한 인물이 아니었다. 재우가 어렵게 쌓아올린 사회적 지위와 가족이란 세계 안에 멋대로 개입한 요주의 인물이었다. 재우가 함문형이 건넨 담배를 군말 없이 받아 들자 문 앞을 병풍처럼 지키고 서 있던 젊은 남자가 다가와 불을 붙여주었다.

함문형은 체질적으로 여유로운 기백을 지닌 듯했다. 하지만 그 여유가 재우에게 관대함으로 느껴지진 않았다. 오히려 반대였다. 함문형이 품은 여유는 권력의 힘에서 비롯되었다. 무소불위의 권력을 손에 쥐었을 때 보일 수 있는 여유, 함문형의 여유는 그랬다.

함문형이 꽁초가 된 담배를 휴게실 바닥에 떨어뜨려 발을 비벼 끌 때, 재우가 입을 열었다. 재우의 목소리는 비록 작았지만 주위를 환기시킬 만큼은 또렷했다.

— 그 아이…… 앞으로 어떻게 되는 겁니까?

함문형은 즉답 대신 슬며시 미소 지었다.

— 죽일 건가요?

재우는 소미를 살리기 위해 대신 산 제물로 넘긴 아이, 조민의 미래를 알고 싶었다.

— 솔직히 말해줄까요?

— 물론.

— 나도 잘 모르겠습니다.

— 그게 솔직한 답입니까?

— 그렇습니다.

재우가 믿지 못하겠다는 표정으로 말했다.

— 당신은 적어도 A라는 집단의 실무자 아닙니까. 실무자가 내막을 모른다는 걸 지금 믿으라는 겁니까?

— A라는 말. 편의상 붙여진 이니셜에 불과합니다. 우두머리가

있는 것도 아니고 지시하는 자도, 지시받는 자도 왜 이 일을 해야 하는지 모르는 경우가 허다해요. 굳이 알려고도 하지 않고요.

— 당신의 강연을 들었습니다.

— 알고 있어요. 그 정도 점검도 안 했을까 봐요.

재우는 함문형을 뚫어져라 바라보며 말을 이었다.

— 날 선택한 것부터, 그러니까 처음부터 모든 게 계획적이었군요. 그렇죠?

— 뭐. 그렇다고 해두죠. 우린 당신이 조민이란 기억 전달자를 가장 빠른 시간 안에 무리 없이 찾아줄 인물로 낙점했으니까요. 따님의 특이한 정신과 병력 역시 거래 대상으로 적격이었고요.

— 그 말은 여차하면 내 딸도 조민처럼 이용할 수 있다는 말처럼 들리는군요.

— 이용이란 말보다 협력과 공생으로 표현하면 어떨까요.

— 공……생, 협……력?

— 따님도 우리 입장에선 썩 훌륭한 자산이 될 수 있어요.

— 일종의 보험 같은 거요?

— 쓸데없는 자괴감은 버리세요. 우린 피차 소기의 목적을 달성한 겁니다. 당신은 언제 자살할지 모를 천재병 앓는 딸을 치료할 적절한 기회를 잡았고, 우린 조민과 조민 외에 또 다른 기억 전달자를 확보했어요. 이런 식의 협력적 관계를 통해 상호 발전해나가는 겁니다. 두고 보세요. 이번 일이 김 팀장 앞날에 플러스가 될지 마이너스가 될지 말이에요.

묵묵히 듣고 있던 재우가 물었다.

— 조민의 머릿속에 저장해놓은 정보란 게 대체 뭡니까?

— 방금 전에 말했잖아요. 나도 모른다고요.

재우가 짧은 한숨을 내쉬었다. 함문형이 덧붙여 설명했다.

— A의 최고 윗선도 그 내용은 모를걸요. 장담할 수 있어요.

— 내용도 모르는 정보를 확보하기 위해 이 난리를 피운 겁니까?

재우의 공격적인 어투가 신경에 거슬리는지 함문형이 잠시 눈을
감았다 떴다. 감정을 진정시키기 위한 오래된 습관 같았다.

— 정인하고 제법 친해진 것 같던데, 그 아버지가 어떤 인물인지
는 짐작이 되나요?

— 그냥 대단한 인물이란 것 정도?

— 자, 한번 생각해봐요.

함문형은 재우가 있는 곳으로 한 발 더 다가가 한층 낮은 목소리
로 말을 이었다.

— 그는 김일성의 배다른 혈통이에요. 아무리 배가 달라도 혈족
중심의 북한에서 로열패밀리를 남한에 내줄 땐 그만한 윗선들 간의
딜이 있지 않았겠어요? 대가리들끼리 구체적으로 무슨 딜을 했는지
우리가 알 바는 아니지만 손해 보는 장사는 안 했을 게 분명하지요.

— 그래서요.

— 그런데 정인의 아버지란 인간, 한창민 말이요. 북에서 남으로
보내놓고도 노심초사하는 인물이었어요. 북에선 우리들한테 관리를
맡기고도 계속해서 감시해왔단 말이죠. 그 이유를 A도 짐작은 하고
있었는데, 실체까진 닿지 않았어요. 하지만 한창민이 이어받은, 그
러니까 김일성 그 새끼가 항일이니 독립운동이니 뭐니 한다면서 만

주, 신의주, 일본, 동북아시아를 훑으며 설레발칠 때 규합된 사이비 종교 같은 무정부주의단체가 뭔가 엄청난 걸 숨겨놓았다는 것만큼은 분명하단 말이죠. 그게 팩트예요. 다른 건 없어요.

— 엄청나다면 뭘 말하는 거죠?

— 지금 시대에서 말하는 엄청난 가치가 뭐가 있을 거라고 생각해요?

— 그게 뭔데요?

— 정말 몰라요?

— ……돈?

함문형이 피식 웃었다.

— 돈이란 게 말이죠. 종류가 다양해요. 화폐가 아닌 게 더 값어치가 나간다니까요. 식민지 통치 시대에 사라진 문화재, 보물, 전쟁 통에 비자금 용도로 빼돌린 천문학적 규모의 금괴, 각종 희귀 광물까지. 명분이며 역사 보존 좋아하는 이들에겐 고고학적 가치로 돈이 될 것이고, 현물이나 금, 보석 좋아하는 이들에겐 천문학적 액수의 현금으로 확보될 것이고, 게다가 이 모든 게 비밀리에 진행되니 그렇게 얻은 돈에 누가 세금을 때리겠으며 도덕적 해이를 운운하겠어요? 완벽한 비자금인데. 안 그래요?

재우는 꿀꺽, 침을 삼켰다. 그들이 찾는 것이 이것이었던가. 단지 이것?

— 그렇게 좋은 거라면 일찌감치 한창민을 직접 심문하면 됐잖아요.

— 조민이란 아이에게 자기 안에 담고 있던 내용 전부를 옮겨 담

았어요. 디지털신호를 A 컴퓨터에서 B 컴퓨터로 옮겨 담듯이요. A인 한창민은 자신의 기억을 아예 포맷시켰어요.

— 조민은 쉽게 말할까요.

— 그런 것까진 김 팀장이 궁금해할 필요 없어요. 우린 그 방면에 전문가니까. 그 정도만 알아둬요.

— ……

— 여기까지만 말해두죠. 더 알아봐야 피차 피곤할 테니.

함문형이 재우로부터 떨어져 앉았다. 폭풍이 몰아치듯 한순간 휩쓸고 지나간 함문형의 말을 듣고 나자 재우의 마음은 이전보다 더 무거워졌다. 물러선 함문형이 새 담배를 입에 물었다. 그러고는 다소 긴장이 풀린 말투로 말했다.

— 혹시나 해서 일러두는데요.

— 말해요.

— 이런 사실을 외부에 알리는 일은 없었으면 좋겠습니다.

재우가 허탈한 눈으로 함문형을 바라봤다. 함문형은 자신이 말해놓고도 우스운 듯 일그러진 미소를 지으며 말을 이었다.

— 뭐, 당신이 떠벌린다 해서 그걸 감당할 만한 세력이 있는 것도 아니지만. 그저 노파심에서 해두는 말이요.

— 겨우 그런 거요?

— 뭐요?

— 겨우 돈이나 챙기자고 아이를 잡아 가두고 멀쩡한 사람을 그렇게 죽였냐고요.

재우의 말을 들은 함문형이 오히려 더 이해할 수 없다는 듯 황당한 웃음을 지으며 가라앉은 목소리로 답했다.

— 그 규모가 어느 정도인지 감을 못 잡아서 그딴 소릴 지껄이지. 그래. 맞아요. 당신 같은 인종들은 그냥 딱 그 정도 수준에서 만족하는 게 속 편할 거예요. 알면 뭐하겠어요? 완전히 차원이 다른 이야기인데.

재우는 자리를 박차고 일어섰다. 더 이상 뒤돌아보고 싶지 않았다. 생명, 인간의 존엄은 모두 헛것이었다. 돈 앞에 과연 무엇이 온전한 가치로 남을 수 있겠는가. 돈 앞에서 과연 무엇으로 나 자신을 지킬 수 있을 것인가. 이미 뒷돈을 챙기며 비리의 가운데로 들어섰었다. 딸을 위해 어쩔 수 없었다는 말은 결국 핑계였다. 자신은 이미 돈의 노예가 됐다. 어떻게 해도 이 굴레를 벗어날 수 없을 것이었다.

5.

정인은 신발 끈을 고쳐 맸다. 반대편에는 수호가 있었다. 수호는 낚시용 의자에 웅크리고 앉아 바로 앞에 있는 거대한 높이의 대형 냉난방 펌프를 바라보고 있었다. 새벽 5시. 본격적인 중앙난방이 가동되면서 지하 보일러실은 엄청난 기계음에 파묻혔다. 어떤 말을 해도 제대로 듣기 힘든 굉음이 이어졌다.

정인이 자리에서 일어서자 수호는 그녀의 신발을 쳐다봤다. 정인은 여전히 3년 전 수호가 선물한, 여전히 도청 장치를 분리하지 않은 흰색 스니커즈를 신고 있었다. 밑창은 구멍이 뚫렸고 신발 끈은 중간이 끊어져 다시 이어 묶어야 하며, 핏물의 흔적이 방치된, 지금 당장 쓰레기통에 처박혀도 아쉬울 것 없는 신발이었지만, 정인은 어김없이 그 신발을 신었다.

정인의 손에는 건물명이 적혀 있는 한 장의 메모지가 쥐어져 있었다. 수호가 적어준 메모였다.

송도 자유무역센터

수호는 재우에게 받은 문자메시지를 그대로 옮겨 적은 거라고 말했다.

잠시 동안이지만 수호는 절박한 눈으로 정인을 바라보았다. 어쩌면 마지막이 될지도 모른다는 불안이 수호의 마음을 안타깝게 했다. 지금의 수호로서는 정인에게 어떤 말을 해야 할지, 어떤 행동을 취해야 할지 알 수 없었다. 뭔가가 그의 눈을 침침하게 했고, 뭔가가 그의 목구멍을 근지럽게 했다.

한참 동안 정인을 올려다보던 수호가 고개를 펌프 쪽으로 돌렸다. 정인 역시 몸을 돌려 굳게 닫힌 보일러실 문으로 걸어갔다. 보일러실 문이 열렸다. 밖에서 들어온 불빛이 정인의 몸 전체로 쏟아졌다.

— 부탁인데…….

수호가 등을 돌린 채 말했다.

— 너무 멀리는 가지 마.

470

6.

재우는 소미를 붙잡고 울었다. 참지도 않고, 주위의 눈치를 보지도 않고 어린아이처럼 그냥 막, 미친 듯 오열했다.

소미는 서럽게 우는 아빠, 재우를 말없이 끌어안아주었다. 소미의 손이 재우의 오른손과 포개어졌다. 재우의 오른손에는 권총이 쥐어져 있었다. 안전핀이 떨어져 나갔고, 방아쇠만 당기면 격발이 가능한 상태였다. 단 한 발의 실탄이 장전되어 있었다.

병원 옥상. 재우가 자신의 관자놀이에 총구를 겨누었을 때, 소미가 그에게로 다가왔다. 눈에 넣어도 아프지 않은, 보고만 있어도 살아야 한다는 절박함을 일깨워주는 소미가 자신을 향해 다가오고 있었다. 재우는 방아쇠를 당기지 못했다. 소미가 재우를 가만히 끌어안으며 말했다.

— 아빠.

— 소미야······.

— 날 닮은 아이가 내 마음속에 누워 있어.

— ······.

— 그 아이는······ 오래전부터 날 알고 있었대. 내가 어떤 마음인지, 내가 누군지도.

— ······.

— 아빠.

— 응?

— 아빠 마음 안에도 그 아이가 있어?

재우는 살 수도 죽을 수도 없음을 깨달았다. 정인의 몸을 향해 총을 쏘던 자신의 손이 지금은 소미의 따뜻한 손길에 흔들렸다.

재우의 귀에 환청과도 같은, 하지만 분명한 말 한마디가 메아리쳐 울렸다.

힘들었죠?

힘들…….

철 십자가

1.

송도 자유무역센터.

거대한 마천루. 멀리서 보면 얼음송곳처럼 예리하게 솟아오른 초
고층 빌딩인 송도 자유무역센터 주위로는 아무것도 없었다. 건물을
중심으로 반경 5킬로미터 주변에 건물이나 아파트의 흔적조차 볼
수 없었다. 멀리 서해안이 보였고, 8차선 도로 위에선 거칠 것 없는
속도로 질주하는 대형 트럭 행렬이 길게 이어졌다.

완공된 지 제법 오랜 시간이 지난 듯 보였지만 자유무역센터라는
이름을 가진 85층 상업 시설은 텅 비어 있었다. 화려함을 과시하는
정문의 대형 유리문도 기능을 포기한 채 모두 열려 있었고, 지자체
인사들의 기념사진들로 전시된 로비는 적막감을 더해주었다.

정인이 몰고 온 구형 소나타 택시가 자유무역센터 입구를 지났다. 정문까지 접근한 뒤 핸드브레이크를 올리고 시동을 끄자 보닛 사이로 스멀스멀 하얀 연기가 올라왔다. 그제야 정인은 택시의 엔진 오일이 바닥났음을 알리는 신호의 점멸을 확인했다.

로비로 들어선 정인은 아무런 준비도 하지 않았다. 계획도 없었다. 단지 하나의 목표만 생각할 뿐이었다. 그 목표가 선명하면 선명할수록 목적 성취와는 무관한 질문들이 꼬리표처럼 따라붙었다.

'나는 왜 이곳에 왔지?'

'나는 어디서 왔으며 어디로 가고 있지?'

'나는 누구지?'

정인은 엘리베이터 앞에 섰다. 엘리베이터는 모두 전원이 꺼진 상태였다.

1층 방재실 문이 열리며 점퍼 차림의 남자가 나와 엘리베이터 앞에 멈춰 선 정인을 향해 다가왔다. 헝클어진 머리 꼴과 차림새가 방재실에서 내내 나오지 않았음을 짐작케 했다. 손으로 머리를 대충 눌러 앉힌 남자가 가져온 열쇠로 다섯 대의 엘리베이터 중 중앙에 위치한 엘리베이터의 컨트롤 박스를 열고 전원을 올렸다. 그 순간 엘리베이터 문이 열렸다. 남자는 호주머니에 손을 찔러 넣고 풍선껌을 질겅거리며, 정인이 엘리베이터에 탈 때까지 기다렸다.

정인은 남자를 응시했다. 남자는 무척이나 지루해 보였다. 하루도 거르지 않고 당직 근무를 했을 것이다. 방재실 구석에 자리 잡고 앉아 텅 빈 건물 내부를 촬영하는 감시 카메라 모니터에서 눈을 떼지 않았을 것이다. 그 모습에 수호가 겹쳤다.

'너무 멀리는 가지 마.'

이 순간 왜 수호의 마지막 말이 생각나는 걸까. '멀리'는 거리가 아니라는 것을 너무도 잘 알고 있었다. 마음 한구석이 뜨뜻해졌다. 정인은 수호의 바람을 들어줄 수 없었다. 수호 역시 잘 알고 있을 것이다.

남자는 엘리베이터 안의 P버튼을 누르고는 다시 내렸다. P는 최고 층인 84층 위에 위치한 버튼이었다. 정인을 태운 엘리베이터 문이 닫혔다. 곧이어 둔중한 느낌의 엘리베이터 가동 소리가 들렸다. 정인은 엘리베이터 난간에 등을 기대고 서서 잠시 눈을 감고 모자를 벗었다. 짧았던 머리는 어느새 단발이 되어 있었다. 머리를 한번 크게 쓸어내린 정인이 좀 더 깊이 모자를 눌러썼다.

2.

엘리베이터 문이 열렸다.

커튼월 구조로 마감된 대형 유리 벽으로 에워싸인 P층의 천장 곳곳에는 화려하면서도 클래식한 느낌의 상들리에가 장식되어 있었다. 바닥에는 한 걸음 발을 디딜 때마다 푹신함이 느껴지는 방음용 매트가 깔려 있었다. 그 외 공간에는 아무것도 없었다. 그야말로 텅 비어 있었다. 유리 벽을 향해 집중된 계단식 구조의 공간을 제외하면 테이블, 가구, 파티션, 그 무엇도 없었다. 마감 공사가 끝나지 않았는지 P층 입구 주위로 형광등과 조명 기구, 벽면 마감재가 방치되어 있었다.

정인의 눈에 가장 먼저 들어온 건 P층의 공허가 아니었다. 거대한 철 십자가였다.

족히 4미터를 육박하는 종과 횡의 십자가형 철제 구조물이 높은 층고의 천장에서 방음재 매트 바닥으로 견고한 보처럼 박혀 있었다. 그 철 십자가에 누군가가 거꾸로 못 박혀 있었다. 정인의 기억에서 평생 지워지지 않는, 잊힐 수 없는 누군가였다.

아버지.

한창민 대장이란 호칭이 더 익숙한 남자. 실종되었다던 그가 자유무역센터란 곳에서 거꾸로 매달려 있었다.

정인은 다리에 힘이 풀렸다. 이제 한창민 대장은 정인에게 어떤 진실도 알려줄 수 없었다. 대답 없는 질문은 영원의 시간이 흐르도록 답을 내주지 못할 것이었다.

한창민은 두 눈을 부릅뜨고 있었다. 일말의 흔들림도 없는 검은 눈동자는 어딘가를 향하고 있었다. 분명 그랬다.

정인은 주춤주춤 한창민에게 다가갔다. 그의 몸은 피로 물들어 있었다. 베이지색 바지와 양말, 남한 망명 전부터 신어온 오래된 구두, 찢어진 셔츠와 공화국 수훈 기념으로 받은 손목시계까지 모두 피로 얼룩져 있었다. 그의 것이 틀림없는 검붉은 핏방울이 촘촘히, 점묘화처럼 스며들어 있었다. 목울대에서부터 흘러내린 핏물이 얼굴 전체를 거꾸로 휩쓸고 내려왔으며, 머리칼 곳곳에 스며든 피가 방울져 바닥에 뚝뚝 떨어졌다. 반쯤 입을 벌렸으나 숨을 쉬진 않았다.

한창민의 죽음 곁에는 또 다른 피투성이들의 고통이 아로새겨져 있었다. 남한으로 같이 내려온 이철도 눈에 띄었고, 송정구와 윤철우를 비롯한 기적도화회 신도들도 보였다. P층 전체에 피비린내가 진동했다.

철 십자가 아래 조민이 앉아 있었다. 조민은 턱이 낮은 계단 바닥에 웅크리고 앉아 말없이 담배를 피우고 있었다. 아이의 주위에는 담배꽁초가 어지럽게 떨어져 있었다.

내내 고개를 숙이고 있던 조민이 고개를 들어 정인을 바라봤다. 무표정했다. 정인의 존재를 외면한 것도 아니지만, 묵묵히 바라보기만 할 뿐, 어떤 감정도 보이지 않았다.

거꾸로 매달린 한창민의 피가 조민의 어깨 위로 방울져 떨어졌다. 조민은 얇은 티셔츠를 입고 있었다. 꽤 품이 커 보이는 티셔츠는 누군가의 옷을 대신 입은 것 같았다.

한 남자가 조민에게 다가갔다. 남자는 더없이 다정하게 조민의 머리를 쓰다듬었다. 조민의 머리칼이 부드럽게 찰랑거렸다. 조민은 남자의 손길을 뿌리칠 생각도 이유도 없어 보였다. 최소한의 반응자체를 생략해버린 듯 일체의 반응을 보이지 않았다.

조민은 모든 참상을 목격했을 것이다. 거꾸로 철 십자가에 매달린 남자, 손발에 박힌 대못, 남자의 몸에서 쏟아진 뜨거운 피. 그런데도 조민은 아무런 표정이 없었다. 동요, 불안, 슬픔, 공포 등 최소한의 감정조차 휘발된 느낌이었다. 조민의 머리칼을 쓰다듬던 남자가 말했다.

— 통 아무 말도 않기에 걱정이었는데, 마침 잘 왔군.

조민은 새로운 담배를 찾을 수 없었던지 바닥에 떨어져 있던 꽁초 하나를 집으려 했다. 남자는 그런 조민에게 새 담배를 꺼내 입에 물려주었다. 불을 붙여준 남자, 함문형이 애석하단 표정으로 말했다.

— 명색이 청소년선도봉사위원인데 이렇게 어린애 입에 담배나 물려주고 말이야. 괜한 죄책감이 들어.

함문형의 말을 들으며 정인은 가장 구석에 서 있는 정장 차림의 여자를 응시했다. 여자의 손은 피로 얼룩져 있었다.

함문형이 말했다.

— 어떻게 살았지? 여기는 누가 알려줬어?

— ……

— 김재우가 말하던가? 아니지, 그 인간에게 이곳을 말해준 적은 없는데.

정인은 한 발 더 철 십자가를 향해 다가섰다.

— 뭐, 어떻게 알고 찾아오든 상관은 없지.

— 왜 이런 거야?

정인의 질문에 오히려 더 어처구니없어한 건 함문형이었다. 그 역시 이런 출혈은 예상하지 못했다.

— 한창민, 이 허접한 인간은 정말 미쳤어. 아무리 어르고 달래도 소용없더군. 저 아이한테 이식한 기억의 봉인을 열어달라고 내가 정말 정중히 요청했거든. 그런데 결과가 이 모양이야.

— ……

A가 동원한 것으로 보이는 이들이 숨이 끊어진 채로 곳곳에 쓰러져 있었다. 하지만 괴물처럼 살아남은 사람도 있었다. 손과 목덜미에 묻은 핏방울을 채 닦지 않은 정장 차림의 여자가 그랬다. 함문형이 정인에게 소리치듯 말했다.

— 피차 이게 무슨 고생이야? 도대체 이렇게 해서 뭐가 남는데? 누가 알아주기나 해? 응?

정인의 눈에 눈물이 고였다. 자신도 모르게 일어난 반응이었다. 정인은 손을 뻗어 철 십자가에 매달린 한창민의 몸을 만지고 싶었다. 함문형이 말을 이었다.

— 그렇잖아도 우리 정 부장이 널 만나고 싶어 몸이 달았는데 말이야. 자. 서로 인사들 하지. 어쩌면 구면일 수도 있잖아.

함문형이 싱긋 웃으며 말을 이었다.

— 북에서 말이야.

서로를 쉽게 알아볼 수 있다는 건 때론 축복일 수도 있지만 그 반대, 재앙일 수도 있다. 정인의 경우는 대부분 재앙이었다.

정 부장이란 여자. 마른 몸을 가진 여자, 예민해 보이는 눈빛을 가진 여자, 그 여자의 날카로운 눈을 마주한 순간, 정인은 여자가 자신과 같은 종임을 알아차렸다. 애써 골몰하지 않아도 알 수 있는 본능이었다.

정 부장은 내내 아무 말도 하지 않았다. 말 대신 철 십자가를 향해 한 걸음 내딛었다. 정인은 내내 정 부장의 두 손과 바지, 상의 소매에 잔뜩 묻은 피의 흔적을 주시했다.

한창민을 아버지라고 인정한 적은 없었다. 하지만 한창민은 정인에게 영원한 대장이었다. 아버지가 아니라 해도 그것만으로 충분했다.

정인은 버려진 형광등 두 개를 양손에 쥐며 말했다.

— 저 아이…… 데려가겠어.

한마디면 충분했다. 그 한마디 안에 정인의 모든 것이 담겨 있었다. 아버지에 대해 채 풀지 못하고 켜켜이 쌓여 있는 앙금, 질문, 애증, 원망, 증오, 탄식, 그리움. 그리고 수많은 질문들.

처음에는 조민에게 '왜'를 묻고 싶었다. 하지만 지금은 아니었다. 정인은 조민을 놓아주는 것이 자신에게 주는 처음이자 마지막 임무라고 생각했다. 여전히 목적도, 이유도 알 수 없었다. 언제나 그랬듯 그 지독한 모순 속에서 되풀이되는, 처음부터 결정된 예정의 삶일지도 몰랐다. 바로 그렇기에 정인은 이제 그 모순의 살풀이를 중단하기 위해서라도 조민을, 그 아이로 대표되는 아버지의 아버지의 아버지들이 쌓아 올린 무거운 짐을 내려놓아야만 했다.

함문형이 조민으로부터 한 걸음 물러섰다.

— 글쎄, 그게 쉬울까?

함문형의 눈빛이 반짝였다. 그에게는 지금 이 상황이 거대한 게임의 한 장면과 같았다. 돈을 주고 고용한 남파 간첩 출신인 엘리트 살인 기계 정 부장이 정인을 가로막았다. 하지만 정인은 멈추지 않았다. 망설이지 않았다. 그것이 지금까지 받아온 훈련의 전부였다. 목표 성취 전까진 절대 멈추지 않는 것. 멈출 수 없는 것. 멈춰야 하는 단 하나의 예외가 있다면 죽음뿐이었다.

3.

　지금 정인은 편안함을 느꼈다. 아늑하기까지 했다. 생존의 극한까지 다다랐던 그날을 떠올리면 떠올릴수록 이해하기 어려운 아늑함을 느꼈다. 자신의 본성을 따라 펼쳐진 원시의 공간과 같은 느낌이었다.

　몸의 고통이 가중될수록 생존을 위협하는 극단적 상황일수록 정인은 더 절박해졌다. 정인은 자신만의 절벽을 창조해내곤 했다. 새롭게 창조된 마음속 절벽을 기어오르는 정인은 절벽의 끝에 아버지가 있기를 갈망해왔다. 하지만 아버지는 자신이 아버지란 사실조차 숨긴 채 하나뿐인 혈육을 생존의 낭떠러지로 던져 넣길 반복했다. 아버지는 아무 말도 하지 않았다. 살아 돌아오라는 말도, 죽어버리라는 말도 하지 않았다. 극한의 순간에서 삶과 죽음을 선택해야 하는 건 온전히 정인의 몫이었다.

　정인에게 살아야 하는 이유 같은 건 없었다. 그저 그 순간을 견뎌내지 못하면 죽는 것이었다. 매우 단순한 생존 논리였고, 그 단순한 방식이 그녀의 의식과 말, 감정과 종교가 되었다. 그러므로 정인은 죽을 수 없었다. 죽는 법을 배우지 못했으니까.

　극한에 내몰릴수록 정인은 원하든 원치 않든 생존 방식에 대한 초극적인 체험을 실험해왔다. 정인은 앞으로도 계속해 자신 앞에 놓인 죽음을 거부할 것이었다.

　정인은 아버지가 죽었다는 걸 실감할 수 없었다. 죽음이 받아들여지지 않았다. 그것이 정인으로 하여금 극한 속에서 절대 평온을 깨우치게 해주었다. 잡히고 잡고, 만지고 만져지고, 사랑하고 사랑 받고, 미워하고 미움받고, 안고 안기고, 울고 울어지고, 살고 살아 지고의 그물을 넘어선 어떤 표류의 이름이었다.

정인과 정 부장이 나란히 섰다. 정 부장의 손에는 권총이 격발을 준비하고 있었다.

— 잘 가라우.

정 부장이 말했다. 비록 찰나의 순간이었지만, 정 부장은 방아쇠를 당기지 못하고 멈칫했다. 괴물은 괴물을 알아본다. 정인은 속으로 웃었다. 한심한 여자. 적을 두고 머뭇거린다는 게 어떤 결과를 낳는지 너무도 잘 알면서…….

정 부장도 자신의 과오를 알아차렸다. 정인과 정 부장이 눈을 마주했다. 눈에도 감정이 있다는 걸 그들은 잘 알고 있었다. 검은 눈동자 속에 살아 꿈틀대던 감정은 몸의 오감과는 또 다른 특질로 들끓었다. 격발을 망설이는 순간, 미세하게 떨리는 정 부장의 눈동자는 자신도 모르는 새 삶이 아닌 죽음을 택했다.

정인은 달랐다. 정인은 지금 '왜'를 묻고 있었다. '왜'가 있기에 여기까지 올 수 있었다. 비록 아무 답도 구할 수 없을지라도 정인은 묻고 또 물을 것이다. 그 물음으로 여기까지 왔고 '왜'라는 물음이 정인의 전부였다.

총을 쥔 정 부장의 손목을 잡은 정인은 총구를 순식간에 반대편으로 뒤틀었다. 반사적으로 정 부장이 방아쇠를 당겼다. 요란한 총성이 터졌다. 거꾸로 뒤집힌 총구에서 터진 총알은 정확히 정 부장의 이마를 꿰뚫었다.

정 부장은 비명 한번 지르지 못하고 쓰러졌다. 그런 정 부장을 애도하기라도 하듯 정인은 P층의 사면을 장식한 유리 벽을 향해 총알을 마구 쏟아부었다. 엄청난 양의 유리 파편이 84층 아래로 비가 되어 쏟아졌다.

함문형은 허탈한 표정이 역력했지만 의외로 담담했다. 윗선에게 연락하거나 도망가려 들지도 않았다.

함문형을 죽이고 살리는 건 정인의 관심사 밖이었다. 정인은 조민의 손을 잡았다. 그런 정인에게 함문형이 말했다.

— 아이를 데려가도 넌 계속 쫓길 거야.

— ······.

— 날 죽여도 또 다른 A가 나설 거고.

— ······.

— 아무리 말해도 관심 없나 보군. 하긴 그러니까 여기까지 왔겠지.

— ······.

— 아버지 일은 유감이야.

— 유감?

— 진심이야.

— 유감······이라고?

진심이란 말, 유감이란 말을 하지 않았더라면 어땠을까. 함문형의 얼굴에 우월한 미소가 담겨 있지 않았다면 어땠을까. 아버지를 들먹이던 함문형의 얼굴에서 일말의 진심도 찾아볼 수 없었다. 한 사람의 죽음과 사상에 대해 말할 때 보일 수 있는 최소한의 예의는 진심이다. 하지만 함문형은 진심을 공감하지 못했다. 북한의 도현회가 추구했던 것이 무엇인지에 대한 최소한의 이해도 없었다. 도현회, 아버지, 그리고 정인의 의식 속에 자리 잡은 건 단 하나, 존엄이었다. 함문형은 존엄이 왜 필요한지 이해하지 못했다.

정인은 자신의 분신처럼 머리를 감싸던 NYPD 모자를 벗어 조민의 머리 깊이 씌워주었다. 조민이 잠시 앞을 볼 수 없도록 한 다음 함문형의 이마를 향해 마지막 총알을 날렸다.

4.

눈발이 흩날렸다. 거리와 도로를 살얼음처럼 덮은 희디흰 눈빛의 향연이 펼쳐졌다. 잔뜩 어둑한 늦은 오후의 하늘로 봐선 눈보라가 몰아칠 기세였다.

조민이 먼저 구형 소나타 택시에 올라탔다. 뒤이어 운전석에 앉은 정인이 고개를 젖히고 숨을 길게 내쉬었다. 온몸에 남아 있는 힘이 얼마 없었다. 정인이 조민을 바라봤다. 조민은 여전히 웃지도, 화내지도, 기쁘거나 두려워하지도 않았다. 정인이 시동을 걸었다.

— 내 직업 알지?

— 알아. 택시 운전사.

— 가고 싶은 데 있으면 말해. 데려다줄게.

조민이 조용히 정인을 보며 말했다.

— 누나 마음속에 떠오르는 곳, 그곳이 내가 갈 곳이야.

그 말과 함께 정인은 바로 기어를 변속했다. 도로에는 한 대의 차도 지나가지 않았다. 눈으로 덮인 도로를 가로지르는 건 정인의 구형 소나타 택시가 전부였다.

5.

구형 소나타 택시는 더 이상 움직이지 않았다. 택시는 고속도로를 빠져나와 국도를 지나 비포장도로로 들어선 어느 지점에서 멈춰섰다. 한번 멈춰선 택시는 더 이상 움직이지 않았다. 기름, 엔진오일이 모두 바닥나버렸다. 무엇보다 정인의 기력이 죄다 휘발된 상태였다.

이따금 흩날리던 눈발은 저녁 어둠이 찾아오면서 거센 눈보라로 변해버렸다. 땅도 마찬가지였다. 희디흰 눈발이 차도와 인도를 가리지 않고 온통 백색으로 덮어버렸다.

표지판이 보이지 않았다. 주위를 둘러봤지만 인가의 흔적을 찾을 수 없었다. 바닷바람이 거세게 몰아쳤고 빛이라고는 저 멀리 깜빡이는 등대 불빛이 전부였다.

마지막 담배 한 개비가 조민의 입에서 연기와 함께 사라졌다. 꽁초를 콘솔 박스 재떨이에 비벼 끈 조민이 정인을 바라봤다. 정인은 많이 지쳐 보였다. 조민의 시선을 느낀 정인이 눈을 감은 채 입을 열었다. 말을 할 때마다 하얀 입김이 새어 나왔다.

— 여기가 마지막으로 네가 가고 싶은 곳일 거라 생각했어.

— 왜 그렇게 생각했어?

정인이 힘겹게 싱긋 웃었다.

— 너. 지금…… 날 생각해?

— 응?

— 내 꿈, 내가 가야 할 곳을 생각하느냐고?

— 아니.

— 하지만 난 널 생각해. 앞으로도 그럴 것 같아.

— 누나 생각 속에 떠오른 내 마지막이 여기야?

조민의 질문에 정인은 답하지 않았다. 다만 가늘게 뜬 눈으로 차창 앞을 내다보기만 했다. 앞을 볼 수 없을 정도로 굵은 함박눈이 쏟아지고 있었다.

조민이 조수석 문을 열었다. 덜컥, 소리와 함께 문이 열리자 이내 차 안으로 세찬 바람과 함께 눈발이 파고들었다. 조민의 머리칼이 바람에 험하게 흩날렸다. 정인이 걱정스러운 얼굴로 조민을 바라봤다. 조민이 웃었다. 눈이 보이지 않을 정도로 깊게 눌러쓴 모자 아래로 조민은 무척이나 밝게 정인을 향해 웃어 보였다. 조민은 성에가 잔뜩 낀 차창에 손가락으로 하나의 기호를 적어 내려갔다.

XP바Q

차창에 적힌 기호를 바라보던 정인이 한참이 지난 뒤에야 말했다.

— 무슨 뜻이야?

— 누나는 알고 있었지?

— 벽에 네가 썼다는 것만 알아. 그 이상은 몰라.

— 누나한테 주는 마지막 선물이야.

— 선물……이라고?

— 응.

— …….

— 조금…… 미안한 마음이 들어.

— 뭐가?

— 선물이 너무 초라해서.

— …….

— 누난 내게 많은 걸 주었는데.

— …….

— 누나.

— …….

— 고마웠어.

왠지 조민의 마지막 말, '고마웠어'가 유언처럼 들렸다. 가만히 생
각해보면 그랬다. 정인은 자문했다. 방금 전까지 내 옆에 앉아 함께
숨을 쉬던 아이는 누구였을까? 무엇이었을까? 어떤 의미였을까?

서글픈 질문들이 해일처럼 밀려드는 순간 정인이 운전석을 박차
고 밖으로 나왔다. 이미 조민은 사라지고 없었다. 눈보라가 휘몰아
치는 백색 어둠 속으로 종적을 감춰버렸다.

정인은 한동안 그 자리에 우두커니 서 있었다. 아무것도 보이지
않았다. 이곳이 어디인지도 알지 못했다. 원점으로 되돌아온 기분
이었다.

XP바Q

XP바Q

1.

― 왜 하필 이 직업이죠?

― 이게 어때서요?

― 택시 운전이 마음에 안 들어요?

― 이 일이 더 적성에 맞을 것 같아서요.

말쑥한 양복 차림의 남자는 수호보단 한참 더 어려 보였지만 고압적인 태도는 수호와 비교도 할 수 없었다. 첫 만남에서 대상을 압도하려는 단순한 판단이거나, 국정원 요원이란 오만한 자긍심이 작용한 탓일까. 수호의 후임이라고 밝힌 남자는 시종 정인에게 딱딱하게 굴었고, 정인 역시 남자가 가진 오만함에 걸맞은 대응으로 일관했다.

남자는 정인의 새로운 일터에 직접 방문했다. 수호가 일하던 한

양아파트 14단지 지하 보일러실이 그녀의 일터였다.

이직에 관해 몇 마디 던지긴 했지만, 사실 남자에게 정인의 이직은 반가운 일이었다. 밤새 서울 시내를 돌아다니며 온갖 종류의 사람들을 만나는 택시 운전은 특호 감시자 급에 속하는 이의 직업으로는 영 불안했던 게 사실이었다.

남자 역시 자신의 일이 줄어들었다는 생각에 더 이상의 딴죽은 걸지 않았다. 왜 하필 전임인 수호가 하던 아파트 시설 관리 일을 승계받았느냐는 질문도 하지 않았다. 남자는 들고 온 쇼핑백을 접이식 간이침대에 앉아 있는 정인의 옆에 내려놓았다.

— 선물입니다.

— 선물이요?

정인이 피식 웃었다. 남자는 쇼핑백에서 내용물을 꺼내 보여주었다. 신발이었다. 흰색 스니커즈.

— 선물 맞죠?

— 신발 있습니다. 지금 신고 있잖아요.

— 그걸로 어디 걸을 수나 있겠어요.

남자의 말은 틀리지 않았다. 정인이 신고 있는 흰색 스니커즈는 밑창 절반이 떨어져 양말이 보일 정도였다.

— 당장 갈아 신어요. 당신이 이러고 있으면 내가 욕먹어요.

— 욕먹을 일 없게 하면 되죠?

— 무슨 말이에요?

정인이 말없이 신고 있던 신발 한 짝을 벗어 남자 앞에 떨어뜨렸다. 실밥 곳곳이 터져나간 신발은 그야말로 넝마 같았다. 바닥에 떨어진 신발을 쓰레기 보듯 내려다보는 남자에게 정인이 말했다.

— 도청 장치, 거기다 설치해요. 아직 쓸 만해요.

멈칫한 남자는 약간 머쓱한 표정으로 바닥에 내려놓았던 서류 가방을 들었다.

— 그럼 일주일에 한 번 방문하는 걸로 하겠습니다.

— 그렇게 하세요.

— 혹시라도 이첩하지 않은 정보가 있으면 지금이라도 말씀하시죠.

정인이 남자를 빤히 쳐다보며 말했다.

— 없어요.

— 없다고요?

— 예.

머뭇거리며 서 있는 남자에게 정인이 말했다.

— 더 할 말 있나요?

남자의 고압적인 표정이 설핏 약해지나 싶더니 곧이어 사정하듯 말했다.

— 뭐, 물론 전임한테 말은 들었어요. 크게 사고 칠 일은 없을 거라고. 그런데 내가 말입니다. 국정원에서 일했지만 이런 감시 업무는 처음이에요.

— 그래서요.

— 우리 사이가 좀 더 솔직해져야 한다고 생각해요. 이를테면.

— 이를테면?

— 가장 기초적인 거. 당신의 이메일이나 계정 비밀번호 같은 거 말입니다. 불편하겠지만 그런 것도 오픈해야 되거든요. 하나도 남

김없이요.

— 이메일 안 써요. 인터넷도 거의 안 하고. 전임자한테 들었을 텐데요.

— 그러면 저건 뭡니까?

남자가 정인의 등 뒤를 가리켰다. 등을 돌리지 않아도 무엇을 말하는지 알 수 있었다. 소화전 펌프 모터 표면에 못으로 긁어놓은 하나의 표식, XP바Q.

정인이 보일러실에 와서 가장 먼저 한 일은 조민이 자신에게 남겨준 유일한 선물을 기록해놓는 일이었다. 정인은 신임 감시자의 눈썰미가 놀랍다고 생각했다. 남자는 신기한 눈으로 자신을 보는 정인에게 다시 부탁조로 말을 이었다.

— 물론 사생활 침해할 생각은 없어요. 서로 오해할 만한 일은 하지 말자는 겁니다.

— 저 글자하고 인터넷하고 무슨 상관인데요?

— 왜 그러세요. 다 알면서.

— 모르니까 묻잖아요. 말해봐요.

— 나 참.

정인이 자신을 놀린다고 생각했는지 남자의 얼굴이 약간 붉어졌다.

— 계정 비밀번호 아니에요? 한글 자판을 영문으로 옮겨놓은 거.

— 자판?

— X, P, 바…… 그리고 Q. 한글로 바꾸면 테……밥, 테바…… 브? 뭐 그 정도겠는데. 정말 비밀번호 아닌가요?

— 그렇군요.

남자의 얼굴이 확연히 붉어졌다. 전임이던 수호가 갑작스럽게 국정원을 그만둔 것도 그렇고, 감시자에 대한 정보 일체를 후임인 자신에게 공개하지 않는 것도 그렇고, 남자는 상당히 난처한 입장이었다. 하나하나 감시 대상인 정인에게 물어보고 파악해야만 하는 상황인데, 지금 그 대상이 자신을 놀리고 있다는 생각이 들자 자존심이 상했다.

― 나한테 오픈된 자료에 대해서만큼은 정확히 보고해야 해요. 그럼 다음 주에 다시 오죠.

남자는 고압적인 자세로 돌아가 짧게 말하고는 보일러실을 나가버렸다.

남자가 나간 뒤 정인은 가방에서 조민의 집에서 건진 단 하나의 유품을 꺼냈다. 'Old Testament'란 이름이 붙은 구약성서. 히브리어 상형문자들이 번역 없이 빼곡히 적혀 있는 오래된 책이었다.

얇은 습자지에다 총알이 뚫고 지나간 탓에 조심스럽게 펼칠 수밖에 없었다. 정인의 손이 책 후반부에서 멈췄다. 유독 한 단어에 붉은색 밑줄이 그어져 있는 게 눈에 들어왔다. 정인은 그 히브리어 단어를 못으로 벽에 그어 넣었다. 그러고는 또 얼마 안 가 또 하나의 붉은색 밑줄을 발견했다. 밑줄이 그어진 단어는 모두 세 개였는데 모두 같은 단어였다.

정인은 히브리어 상형문자를 못으로 벽에 그어놓고 가만히 지켜보았다.

טבח

― 테바브?

2.

3개월 만에 다시 찾은 청량리 재개발 지역은 이제 아예 형편없는 슬럼가로 변해버렸다. 상가들이 하나둘씩 떠나며 그대로 방치해놓은 쓰레기 더미에선 고약한 악취가 풍겼고, 한낮임에도 어둡고 습한 기운만 가득했다.

한국 기독교 이단 및 신흥 종교 연구소.

길고 거창하며 듣기에 따라선 숱한 오해를 낳을 수 있는 연구소의 소장 최현은 평일 오후에도 연구소를 지키고 있었다. 느닷없는 정인의 방문에도 당황하기는커녕 마치 기다리기라도 했다는 듯 반갑게 맞았다. 입춘이니 뭐니 하며 기상청은 봄이 찾아왔다고 연일 떠들어댔지만 이곳은 여전히 한겨울이었다. 한겨울 날씨가 분명한데도 변변한 난방 기구 하나 없는 연구소에서 그나마 외풍을 막아주는 건 그가 지금까지 봐온 수많은 책들이었다.

정인은 최현에게 앞뒤 설명 없이 '테바브'에 대해 물은 뒤 조민의 유품 'Old Testament'를 내밀었다. 최현은 테바브란 단어가 구약 어디에 기록되어 있는지 알고 있는 듯 책의 마지막 쪽부터 훑기 시작했다. 예상대로 최현은 얼마 안 가 정인이 발견했던 붉은색 밑줄이 그어져 있는 부분을 찾아냈다. 예언서의 한 부분이었다. 최현이 정인에게 되물었다.

— 뭘 알고 싶은 거죠?

— 의미요. 테바브란 단어가 가진 의미.

어쩌면 암호일 수도 있었다. 하지만 정인은 테바브가 암호이기 전에 의미를 담고 있다고 생각했다. 눈보라가 몰아치는 백색 바닷속으로 사라져버린 조민이 남긴 마지막 말은 '선물'이었다. 만일 XP바Q가 암호라면 조민은 그 쓰임을 알려줬을 것이다. 그래야 선물이 될 테니까.

— 테바브라……. 요즘 기억력이 영…….

히브리어 성경을 덮은 최현은 책상 밑에 쌓여 있던 책 더미 속에서 책 한 권을 끄집어내었다. 책을 뒤적거리던 최현이 이제야 기억났다는 듯 한 손으로 자신의 이마를 탁 치며 말했다.

— 대학살.

— 대학살?

최현이 고개를 끄덕였다.

— 맥락도 알려줄까요? 학살이란 단어엔 여러 의미가 산포되어 있어요. 아우슈비츠, 킬링 필드, 난징 학살도 학살이지만 그건 현대사적 의미고 중세사나 고대사의 대학살은 의미가 또 다를 수도 있죠. 내 의견을 밝혀도 되나요?

— 물론입니다.

— 히브리어로 대학살이란 단어를 사용했다. 그리고 구약 예언서나 역사서에 등장하는 테바브를 가리켰다는 건 말하고자 하는 의미

가 당시 맥락 안에서 이뤄졌다는 느낌이에요. 느낌이 아니라 거의 확신이죠.

— 그게 무슨 뜻이죠? 구체적으로 말씀해주세요.

— 물론 그것도 외경 이야기예요. 정통성은 부족하죠.

— 외경이란 게 뭐죠?

— A급이 아닌 B급 이야기. 이스라엘 민족은 오랜 시간 당대 강대국들의 복속국이 되거나 피식민지 주민으로 살았어요. 대학살이 일어난 건 신구약 중간기에 해당되는 사건 중 하난데, 이스라엘 민족들 중 엘리트 집단으로 알려진 한 소종파에서 일어난 집단 학살 사건을 다루고 있어요. 이 종파는 이름도 알려지지 않았기 때문에 후일 기록된 이름이 테바브, 대학살이에요. 테바브로서만 알려진 소종파죠.

— …….

— 계속할까요? 지루하지 않아요?

최현은 눈을 반짝이며 물었다. 누군가를 붙잡고 이런 이야기를 할 수 있어 무척 즐거워하는 눈빛이었다.

— 전혀. 계속 말해주세요.

— 문헌상으로 밝혀진 결론은 남유다를 지배하던 바빌론 왕국에서 이 소종파의 씨를 말리기 위해 그들 전부를 아골 골짜기란 곳에 몰아넣어 죽인 것으로 되어 있어요. 물론 그건 공식적으로 알려진 의미예요. 실제로 그 골짜기의 물이 사람들이 흘린 피로 강이 되었다고 해요. 하지만 외경에선 대학살의 관점을 다르게 말하고 있어요. 나는 외경의 해석이 더 신빙성이 높다고 생각해요.

— 어째서죠?

— 속성으로 봐야 할까요. 원래 A들은 진실을 감추려는 속성을 가져요. 말한다 해도 절반의 진실만 밝힌다고 해야 하나. 속살까지 드러내는 걸 본능적으로 부끄러워해요. 그래서 모든 역사 기록을 왜곡의 역사로 보는 학자들도 있죠.

— A라고요?

— 아까 말했잖아요. A와 B. 나는 지금 B급 얘기를 하려는 거고요.

— 그럼 선생님은 테바브가 지금 말씀하신 것과 다른 의미가 있다고 보는 건가요?

— 다른 의미가 아니라 팩트에 대한 해석이 다르다는 걸 말하려는 거예요. 사실 A들은 테바브를 테바흐라고 발음하죠. 테바브, 테바흐 해석의 차이예요.

— 테바흐, 테바브…….

— 해석이란 절대적인 게 아니에요. 가능성이죠. 어느 해석이 사건의 실체에 더 가까이 다가갔느냐 여부를 판가름하는 가능성. 나는 소종파의 대학살 참극은 겉으로 말해지는 것처럼 바빌론 왕이 벌인 광기 때문이 아니라 다른 이유가 있다고 봐요. 그걸 뒷받침해주는 사료가 우리 식으로 말해 야사라고 하는 외경에서 발견되었고요. 야사로 전해지는 이야기…… 들려줄까요?

— 네, 들려주세요.

— 대학살은 밖이 아니라 안에서 일어났어요.

— 내부에서?

— 소종파 지도자가 공동체 구성원을 모두 죽인 거죠. 한 명도 남김없이.

순간, 섬뜩한 기운이 정인의 몸을 휩쓸었다. 아버지가 벌였던 도현회의 사건과 너무나 유사했기 때문이다. 최현은 정인의 긴장된 표정 변화를 읽었지만 설명을 멈추지 않았다.

— 이 학살은 집단 자살을 닮았어요. 외부세력이 아닌 자신들이 그토록 믿고 따르는 지도자에 의해 한밤중에 골짜기로 끌려가 봉변을 당한 거니까.

— 이유가 뭐죠?

— 그 이유가 백미예요.

'백미'란 말이 신경에 거슬렸지만 정인은 잠자코 최현의 설명을 기다렸다.

— 이 소종파는 정통이 아니에요.

— 정통이 아니라뇨?

— 소위 말하는 이단이죠. 물론 그 기준이야 야훼를 숭배하는 이스라엘 정통성에 기준했을 때 그런 거고. 하여튼 이 집단은 절대 순수를 지향하는 그들만의 독특한 기율을 갖고 있었어요. 그런데 황제숭배를 거부하는 기율 탓에 이스라엘 정통파뿐만 아니라 자신들을 지배하는 바빌론 왕국에게도 눈엣가시가 된 거죠.

— 살아남기 어려웠겠군요.

— 그렇죠. 그런데 이 소종파, 꽤 오랜 시간 명맥을 유지했어요. 대를 이어가면서까지 자신들의 정체성을 유지했죠.

— 그게 어떻게 가능했죠? 별도의 군대가 있었나요?

— 희망이란 담보가 있기에 가능했어요.

— 희망? 무슨 뜻이죠?

최현은 혼자만 아는 엄청난 비밀이라도 공개하는 듯 흥분으로 달아오른 얼굴로 말을 이었다.

— 바빌론 왕국에서 이들을 묵인했던 결정적인 이유가 이 소종파가 갖고 있는 비밀문서 때문이었어요.

— 비밀문서?

— 그 비밀문서 속에 엄청난 보석과 무기의 비밀이 은닉된 걸로 알려져 있어요. 그런데 소종파 지도자는 이 비밀문서는 신에게 신탁받은 것이기에 함부로 공개할 수 없으며 신이 허락한 합당한 때가 되면 문서를 공개하여 바빌론 왕국에 모두 헌납하겠다는 약속을 한 거예요.

— 바빌론 왕이 그 약속을 믿었나요?

— 믿을 수도, 믿지 않을 수도 없었어요. 믿지 않으면 황제숭배를 거부한 이 불경스러운 집단을 숙청해야 하는데, 만에 하나 모두 죽어 없어져 비밀문서의 공개 자체가 불가능해지면 엄청난 부와 무기를 잃어버릴지도 모르잖아요. 결국 그 소종파는 바빌론 왕의 비호를 받으며 그들만의 공동체를 키워나갔어요. 엄격한 훈련과 기율을 익혀가며 자신들만의 자생력을 키워나갔죠. 그들의 훈련이 얼마나 혹독했는지…….

— 이해가 되지 않아요.

정인은 곁가지로 새려는 최현의 말을 잘랐다. 그냥 뒀다가는 그들의 훈련 과정까지 줄줄이 읊을 것 같았다.

― 소종파 지도자는 무슨 이유로 자신을 신처럼 따르는 구성원을 죽인 거죠?

― 변질이죠.

― 예?

― 변질이 화를 불렀어요.

― 지도자의 지시를 거부했나요?

― 아니, 오히려 더 충성했었죠. 그런데 한 가지, 희망이 그들을 죽였어요.

― 어째서요?

― 그들이 죽기보다 더한 훈련과 집단생활을 거부하지 않고 참아 왔던 건 비밀문서가 공개되었을 때, 수많은 보석과 무기가 자신들 것이 된다고 믿었기 때문이에요. 무기를 다루고 재산을 관리할 능력을 갖추게 되면 더 이상 바빌론 왕의 비호를 받을 필요도, 자신들을 개보다 못하게 이단으로 취급하는 이스라엘 정통파 사회에 편입될 이유도 없다고 생각한 거죠. 그들의 그러한 믿음이 지도자에게 극단적 선택을 하게 만든 것 같아요. 대학살 말이죠.

― 그들로서는 당연한 목표 아닌가요? 왜 학살이 필요했던 거죠?

― 결론부터 말할까요?

― 좋을 대로.

― 비밀문서란 건 애초부터 존재하지 않았어요.

― 예?

정인의 눈이 커졌다. 비밀문서가 없다……. 그렇다면 그들의 희망은 무엇인가.

— 다시 말해 수많은 보석과 무기가 신의 신탁으로 숨겨져 있다는 거 자체가 망상이었어요.

— …….

— 그렇지만 그 망상은 아주 그럴싸했죠. 자기네 집단의 정체성을 지키며 살기 위해서는 국가가 원하는 게 무엇인지, 강대국이 바라는 게 무엇인지 알고 그 욕망을 자극해야만 살아남을 수 있었어요. 보석은 돈이고 무기는 권력이죠. 거기에 이 거대한 부와 권력을 신으로부터 받았다는 비밀문서란 명분까지 있으면 명예까지 얻게 되죠. 그 망상을 믿지 않을 강대국이 있었을까요? 소종파는 그걸 이용했던 거예요.

— 그런데 어째서……?

— 소종파의 지도자, 절대 순수를 추구하던 몽상가는 자신의 구성원들조차 비밀문서가 품고 있는 돈, 권력, 명예에 빠져드는 걸 막지 못했어요. 하나의 누룩이 전체를 부풀리듯, 변질된 희망이 그들마저 힘에 취한 바빌론 왕국이나 야훼에 취한 이스라엘 정통파 사회와 다를 바 없게 만들어버린 거죠. 아마도 소종파 지도자는 구성원들의 변질을 막고 순수성을 지키기 위한 최선의 방법이 학살이라고 생각했을 거예요. 그게 히브리어 성서에 등장하는 '대학살'의 진짜 이유라고 생각해요.

— 하나만 물을게요. 소종파 구성원들 중에 비밀문서가 애초부터 없었다는 걸 아는 사람이 얼마나 있었나요?

— 모두 알고 있었죠. 비밀문서가 없다는 걸 구성원 모두 알고 있

었어요.

정인은 혼란스러운 얼굴로 물었다.

— 있지도 않은 문서를 있다고 믿고 거기에 희망을 걸었다고요? 그게 말이 되나요?

— 있어야 한다고 믿었으니까요.

— 그게 믿음이라는 건가요?

— 그들한테는 그게 믿음이었죠. 존재하지 않는 문서를 믿는 것.

— ……

— 이젠 내가 물을게요. 그 비밀문서…… 정인 씨는 이 세상에 없다고 생각해요?

— 무슨 뜻이죠?

— 존재하지 않는다고 말하는 거. 그 자체가 모순 아닐까요? 문제는 그 모순을 받아들이는 태도겠죠. 어차피 우린 결국 아무것도 모르니까요.

정인은 물끄러미 최현을 바라봤다. 그리고 중얼거렸다.

— 선물은 아닌 것 같네요.

정인은 연구소 밖으로 나왔다. 복도는 어둑했고 습한 냉기는 여전했다. 이곳에도 봄이 오기는 올까.

정인은 존재하지도 않는 비밀문서를 머릿속에 가득 담은 채 시간 속으로 사라진 조민을 떠올렸다. 안타깝지는 않았다. 헛된 희망이라 해도 상관없었다. 그 희망마저 없으면 너무 서글프니까.

정인은 창가에 기대서서 담배를 피워 물었다. 어디서든 조민이

맡을 수 있도록 길게 연기를 뿜었다. 언제든, 어디서든 다시 만나
자. 정인의 간절한 염원을 담은 연기가 허공에서 흩어졌다.

작가의 말

이 이야기는 어느 소년에 관한 이야기입니다.

언제인지는 정확히 기억나지 않지만 남대문시장 먹자골목 한구석에 웅크리고 앉은 소년과 눈이 마주친 적이 있습니다. 아이의 행색은 멀쩡했어요. 용모도 괜찮았고 무엇보다 새하얀 낯빛에 티 없이 맑은 눈빛이 인상 깊었습니다.

눈을 마주치고 오래지 않아 우린 헤어졌습니다. 나와 눈을 마주친 소년이 갑자기 자리에서 일어나 빠른 속도로 걸음을 옮겨 인파 속에 파묻히고 말았죠. 순식간에 벌어진 일이라 서둘러 찾는다고 했지만 결국 어디서도 소년을 발견할 수 없었습니다. 다시 만날 수도 없었고요.

생각해보면 별일 아닐 수도 있습니다. 그저 수많은 사람들 중에

한 사람, 그것도 유독 눈에 띄는 어린아이 한 명을 마주한 것일 수 있습니다. 그런데 오랜 시간이 지난 지금까지도 그 소년의 눈빛을 잊지 못하겠습니다. 소년에 대한 기억은 결국 내 안에 울고 있는 한 어린아이를 떠올리는 것으로 비약했습니다. 삶의 수많은 기억 속에서 나 자신조차 기억해내지 못하는 어린 소년들 말입니다. 그 아이들은 무슨 이유로 그렇게 서글피 울고 있는 걸까요. 수많은 사람들로 가득한 시장 골목이나 불이 켜지지 않는 어두운 방 한구석에 웅크리고 앉아 말입니다.

소년은 멈춰버린 기억일지도 모릅니다. 우리의 잔인함은 기억이 멈출 때에야 수면 위로 떠오르는 교활한 은폐의 속성을 갖고 있죠. 모든 부조리를 흘려보내는 망각의 잔인함, 성장강박증에 빠져 근원을 돌아보지 않으려는 추종의 잔인함, 상상하기조차 힘든 혐오의 극한을 도리어 인간의 궁극 이념으로 옹립하려 드는 오해의 잔인함까지. 어쩌면 이 모든 게 우리 기억 속에 멈춰 서 울고 있는 소년을 무심코 지나쳤을 때 일어나는 학살의 평범성이 아닐까 생각해봅니다. 아마도 이런 생각들이 꼬리에 꼬리를 물어 《기억의 문》이란 또 한 편의 책을 상재하려는 욕구로 발전되지 않았나 싶네요.

이 책에 나오는 인물이나 지역명, 단체명이나 국가기관명 등 이와 관련된 모든 정황은 허구임을 밝힙니다.

《기억의 문》을 만드는 데 많은 분들께 빚을 졌습니다. 처음 이 글을 쓸 수 있도록 동기 부여를 해주신 이윤정 감독님, 글을 쓰는 내내 정신적 영감을 제공해주신 박해영 작가님, 여주인공의 심리와 정서에 대해 조언해주신 김유진 작가님, 작품 전체의 구조를 날카롭게 분석해주신 라계영 작가님, 원고를 책임편집해주신 김준섭 편집자, 원활한 집필 활동과 공간을 지원해준 서울 프린스 호텔과 무엇보다 이 책의 출간을 흔쾌히 허락해주신 한겨레출판사 여러분까지. 감사의 인사만으론 부족한 이분들의 배려에 그저 우리 안의 우는 아이를 함께 보듬어주겠다는 말로 대신할 뿐입니다.

다시 한번 그 소년을 보고 싶네요. 기억 속에서든, 기억 밖에서든.
그리고 바라봅니다. 우리 기억 속 소년이 더 이상 울지 않아도 될 그런 세상 말입니다.

2015년 3월
주원규